中國先鋒詩歌論

精神重力與個人詞源

陳超

自 序

本書分為上、下兩篇。上篇「歷史語境中的詩與思」，是對 20 世紀 80 年代以降，在不斷變化的歷史語境下，中國先鋒詩歌發展中的幾個彼此相關的重要理論問題的探討。下篇「先鋒詩歷時性線索中的『範型』」，是對 20 世紀 60 年代至今，先鋒詩歌發展史上的幾位標誌性、代表性的詩人的研究，並試圖在論述時以個案帶出史的線索。筆者希望做到專業性和可讀性，學理性和時效性並舉，勾勒和闡釋中國先鋒詩歌發展的概貌，為此後對先鋒詩歌做進一步的歷史和美學評價，提供相對可靠的起點或某一角度的參照。

本書取名為「精神重力與個人詞源」，代表著我對先鋒詩歌的價值的基本認識，同時也是此書的基本論旨。我以為，對先鋒詩歌而言，詩歌外在的型模「成規」，還不是決定性的，決定性的是那種「表達現代人對生存的特殊感受力的特殊語言」，即先鋒詩歌的意味和表達其意味的話語方式，是同步發生、彼此選擇、彼此發現、彼此照亮的。這決定了優秀的先鋒詩歌，不僅是特殊的修辭技藝，也是詩人試圖揭示和命名生存、歷史、生命、文化中的噬心困境，所產生的「精神重力」。而且，這種「精神重力」體現在先鋒詩歌中，也並非類聚化的「代言人」式表達，而是來自於詩人個體生命體驗所浸潤的「個人詞源」。在現代社會，先鋒詩歌要為捍衛個人心靈感受的價值而申辯，詩人雖然要處理個人經驗中的公共性，但更專注於公共經驗中個人的特殊性。詩人尋求個人化的語言，個人化的書寫、命名能力，常常將公共化的語詞變為個人「發明」般的新詞，像是汲於「個人詞源」的深井。

我以為，同時堅持這兩個維度，將有助於我們在新的歷史語境下如何衡估「詩與真」的關係問題。在此，「精神重力」和「個人詞源」，是在對話關係中展開的兩個相互激發、相互平衡、相互吸引——簡言之，是「相互贈予」的因素。對先鋒詩而言，缺乏「個人詞源」的「精神重力」，時常會淪為空泛的見證式表態；而沒有「精神重力」在其中的「個人詞源」，則常常淪為微不足道的私語化「遣興」。正是成功的個人心靈詞源，贈予精神重力以藝術的尊嚴；而精神重力，則贈予個人心靈詞源以具體歷史生存語境中的分量。

詩學文本介入當下寫作語境的活力和有效性，是我寫作此書的動力。在寫作這些詩人專論和理論探討文字時，我會不斷回想起中國先鋒詩歌從上個世紀 60 年代至今所走過的激動人心的道路。同時，我也清晰地感到，從價值確認，詮釋模式，運思向度，到措辭特性上，自己的批評方法也正在經歷著一個較大的轉變。下面，我想集中對書中所實踐的批評意識做一些必要的說明，因為它不僅是詩歌批評方法轉型的問題，還事關如何打破當下詩歌創作的「幽閉」狀態，重置詩的具體歷史及文化位置，以及對中國先鋒詩歌歷史承載力和形式激發力的綜合性理解。

在相當長的時期裏，詩歌批評家或是單一地貼近社會學和文化闡釋，或是專注於文體形式研究，或是印象式地表達自己的審美感受。這些批評文本各有佳境，但也有明顯的缺陷——它們人為地將先鋒詩的意義闡釋和形式研究割裂，硬性地使之「各自為陣」了。上面談到，先鋒詩是「表達現代人對生存的特殊感受力的特殊語言」，這決定了其「功能」與「本體」是同步呈現的。緣此，我們應該樹立「舞蹈與舞者不能分開」（葉芝〔William Butler Yeats〕語）的意識，積極尋求真正有效地「兼治」或「打通」二者的方式，避免「分而治之」帶來的缺失。如果說，前些年採取「分治」是為了使詩歌批評更走向「內部」，有一定專業推進力的話，那麼今天依然如此，則就有明顯的保守性了。

詩歌於社會、歷史、文化、性別、階級等大有關係，其文體修辭形式也是詩歌之為詩歌的本體依據。在有效的批評中，它們均不可或缺。我們不能顧此失彼或非此即彼，而應有能力將之扭結一體做出綜合批評。說到底，真正有活力的詩歌批評，探討的應是綜合性的事關具體歷史語境下先鋒詩「寫作」諸方面的問題。而要對「寫作」這個關聯域廣闊的概念進行綜合考察，則需要樹立「形式就是恰當地達到了目的的內容」，即本體與功能不再硬性割裂的、求實的理念。因為，「那些外部關係本身即為文本所有，包含在文本內部。內部和外部的區分，正如大多數這類二項對立一樣，結果都被證明是人為的，是騙人的。」[1]圍繞綜合性的當下詩歌「寫作」問題，筆者明顯感到上述詩歌批評，將本體與意義做「二分法」的處理，或依賴於某種單一的批評「範式」進行批評寫作，是乏力的，至少是不順手或不夠用的。如何將詩歌的外部研究和內部研究有效地打通，就成為需要我們考慮的重要問題。

本書作者試圖從單一化的批評模式中跳出，探尋一種姑且稱之為「歷史－修辭學的綜合批評」的方式。本書的「上篇」，採取了較為明顯的「知識僭越」或曰跨界的策略，逾出專門化的「學科知識體制」，開啟歷史哲學視野，乃至社會學視野，將歷史話語、社會學話語、哲學話語，融通到詩學話語中，為先鋒詩的意識背景做出深層次的透視，以求把詩歌清晰地顯現在具體的歷史語境之中。有這個意識背景鋪墊，本書「下篇」的詩人論，同樣打破以往詩歌批評內在的制度性侷限，在對詩人個體審美話語的分析中，自覺地引入歷史話語分析的維度。實踐一種以話語的歷史生成為重心，同步開啟歷史文化闡釋和文體修辭闡釋的新的綜合批評模式。

使詩論話語能對社會歷史和修辭學的雙重視野作出回應，把對詩歌的文體意識、修辭特性的細讀辨析，同步融滲到歷史話語的建構中，這就是我的想法。因此，面對中國先鋒詩歌，筆者不僅僅觀照其形式本體，還將之作為一種勇毅的文化實踐、文化奮爭，來考察其特定的知識譜系與意識形態。比如在論述當代先鋒詩歷史上不同階段的標誌性詩人，特別是郭世英、張鶴慈、北島、西川、于堅、翟永明、海子時，筆者就自覺地將其納入較為開闊和縱深的社會歷史和詩學的對話關係中，體現了微觀研究中的宏觀視野。從

---

[1] 希利斯・米勒（J.Hillis Miller）：《文學理論在今天的功能》，見拉爾夫・科恩編：《文學理論的未來》，中國社會科學出版社，1993 年，第 125 頁。

對其詩歌話語的修辭學、文體形式的分析中發現「症候」，將之引入某種社會文化視野，透視出詩的困境和可能性，揭示出其歷史的、文化的壓力。

我為自己設計的批評路線和目標，是要回答如下問題：詩歌說了什麼？怎樣說的？由誰說？對誰說？在什麼時間和歷史語境下說？納入何種意義系統中說？這就既離不開對詩歌揭示的具體歷史語境的分析，同樣也離不開對個人話語的修辭學分析。因為，詩歌不僅表達了詩人的情感經驗，而表達這種情感經驗的修辭路徑本身，也是他的歷史的情感經驗的重要構成部分；換言之，不只是他的情感經驗運用了某種修辭，同時也是這種修辭才「建構」了他的歷史情感經驗。詩歌批評的歷史化、社會化內涵，其實是內在於語言修辭方式裏的。因為在很多時候，不只是詩人的意識和修辭的才能決定著話語的意義，而且還有具體歷史語境中的話語的集體無意識的「自我運動」，決定了詩人的意識。

「歷史—修辭學的綜合批評」，要求批評家保持對具體歷史語境和詩歌語言／文體問題的雙重關注，使詩論寫作兼容具體歷史語境的真實性和詩學問題的專業性，從而對歷史生存、文化、生命、文體、語言（包括宏觀和微觀的修辭技藝），進行扭結一體的處理。既不是單一地對其文本解讀來傳釋詩歌母題與理念，避免只做主題的社會學分析；也不單純從本體修辭學的角度探尋其詩歌話語的審美特性，避免把詩歌文本從歷史語境中抽離，使之「美文」化、風格技藝化。而是將它們相互融滲，共時遊走。這樣，詩歌批評就可能有效地聯接起修辭學分析和歷史話語分析，文體學批評和文學社會學批評，體現出宏觀歷史洞察中的微觀專業化視角，使批評充滿具體歷史語境中的緊張感和摩擦力，和對詩歌寫作內部問題的有效打開。在自覺而有力的歷史文化批評和修辭學批評的融會中，才可能增強批評話語介入當下創作的活力和有效性，並能對即將來臨的歷史—審美修辭話語的可能性，給予「話語想像」、「話語召喚」的積極參與。

我認為，自覺地將對美學的省察與對歷史生存的省察交織在一起，從人的具體歷史語境出發去把握先鋒詩歌的活力和美，使語言不再作為修辭學意義上的「美文」，而是人與生存之間真正的臨界點和困境來考察，這些都是一個時代的詩學富於活力的標誌。雖然筆者做得尚顯粗笨，但也清晰地感到了批評理念的這種轉變，給自己帶來的較為開闊的批評視界。

或許會有同行說，你所說的「歷史－修辭學的綜合批評」，不就是時下流行的那種告別「新批評」之類的形式主義研究，走向所謂的「文化批評」麼？這話只說對了一半。「文化批評」對我確有啟發，但我以為，與「文化批評」相比，「歷史－修辭學的綜合批評」更多地具有詩學問題的專業性。它是對詩歌語言技藝環節和歷史生存的雙重關注。這裏的「修辭學」既指向審美的語言技藝，同時又被「歷史」所修正和限定，換言之，它同時指向對詩歌文本審美修辭特性的分析，和對人置身其中的具體歷史語境的揭示，是一種綜合的考察審美話語和歷史話語的「實踐－反思的詩學」。

哈羅德・布魯姆（Harold Bloom）在《西方正典》中抱怨道：「所有對文學作品審美價值持敵意者不會走開，他們會培養出一批體制性的憎恨者」，「文學研究者變成了業餘的社會政治家、半吊子社會學家、不勝任的人類學家、平庸的哲學家以及武斷的文化史家。」[2]我以為，從為「文學性」和「經典性」籠統地辯護上來看，布魯姆的抱怨有一定道理和糾偏的時效性。但布魯姆對支撐著何為「文學性」、「經典性」，誰的「文學性」、「經典性」，背後的價值預設和認知前提，缺乏某種必要的反思。似乎它們是「天經地義」、「從來如此」而無需爭辯的。比如，在他看來，艾略特（T.S. Eliot）的詩歌，不僅算不上「經典」，甚至算不上是好詩。難道就因為艾略特詩歌除審美話語外，尚有較多宗教、哲學、神話學、文化人類學、甚至社會歷史文化元素嗎？而這些，在我看來恰恰是艾略特詩歌的傑出之處。他有能力完成話語「越界」，將之「融通」到詩歌之中。看來，指責別人是「憎恨學派」（不無道理）的布魯姆，也是一個與之構成戲劇性對偶的「憎恨者」，他陷入了一個自設的非此即彼的二元對立框架，似乎詩學批評可以是一種「自足的」書寫行為，不需要在歷史、社會、文化視野中給出新的命題，新的應答。但真的是如此嗎？我看到布魯姆本人的詩學批評，其中某些最具激發力的部

---

[2] 哈羅德・布魯姆：《西方正典》，譯林出版社，2011 年，第 429、432 頁。

分，其實也不乏對弗洛伊德（Sigmund Freud）理論、神學、尼采（Friedrich Nietzsche）的強力意志哲學、斯賓格勒（Oswald Spengler）的「歷史—文化週期」理論、科學哲學的「範式」理論、後現代思潮……如此等等，頗多的借重。

所以，我們完全不必站到「是歷史話語，還是審美話語？」的二元對立框架中的某一邊。它們並不是誰驅逐誰的問題，而是可以綜合處理的。我認同王一川對語言的「修辭性」所做的更開闊的理解，「語言是我們立身其中的世界本身的行為，是使我們的存在獲得自我理解的東西。……修辭性更突出的是語言活動的社會動機和社會效果：修辭指人為著感染他人，確立或改變自己在社會權力結構中的位置而有力和有效地運用語言，這勢必更注重語言活動中的扭曲、含混、破碎、掩飾、潤飾等複雜因素。這既可以解決語言與『生活世界』的複雜關係問題，又可以使一直未有著落的價值評價找到落腳點。」[3]

今天的詩歌批評家，既要有能力越過單薄的「內部批評」的界限，向更廣闊的歷史文化語境敞開，又需要保持專業的文本細讀、修辭分析的態度。使詩歌話語不僅作為元詩意義上的「美文」，也是人與歷史生存之間真正臨界點和真正困境的「作為存在之家的語言」，使自己的批評話語能在歷史話語空間和審美話語空間，真切而機敏地縱深穿逐。長期以來，我們的詩歌批評過度強調社會性、歷史性，最後壓垮了語言審美性，這肯定不好。但後來又有過分強調「審美話語自主性」的大趨勢，這同樣減縮了詩歌批評的能量，使詩歌批評沒有了視野，沒有文化創造力，甚至還削弱了它的命題的承載力、摩擦力、推進力。有活力的詩歌批評，應能構築雙重視野，在對詩歌文體和語言修辭紋理的剖露中，同步作出某種有機的、具體的歷史性引申。注意，下面的話並非多餘——我這裏所說的「歷史」，之所以被「具體」所限制，是在強調現代詩歌批評要重視的是實際的、具體的歷史語境。它在具體歷史意識的多樣性、世界的多樣性、理論的多樣性、人的多樣性的氛圍中產

3 王一川：《語言烏托邦》，雲南人民出版社，1994年，第210、211頁。

生出來。與本質主義的軸心化的歷史意識不同，現代詩歌批評強調歷史的具體性，強調詩人「個人化的歷史想像力」的重要性。

在對理論批評姿態或對批評家角色的確認上，筆者也試圖體現出職業自覺，提醒自己理論批評相對的自立性，亦即理論批評與創作的「平行」和「對話」關係。批評為了更大限度地實現自己的價值，有必要重新確立自己。詩學批評不是詩歌創作的單純的附屬和輔助，批評家也不是詩人的「僕從」或「西席」。如果說過去曾經如此，那是由於真正意義上的詩學批評沒有合理、合法地建立起來。批評與創作的合理關係只能是平行和對話，一個自覺的批評家，應具有既深刻介入創作而又能獨立於創作的精神和書寫能力。對批評價值、職能和過程的一定程度的自覺，使筆者得以以較為敏銳和自如的心境，提出某些值得討論的問題。在這部書的寫作過程中，我感到了詩歌批評在獲具相對的自立後，煥發出的自身的活力與魅力。

羅蘭・巴爾特（Roland Barthes）在《批評與真實》一書中揭示出一個有趣的事實，即如今許多有效的批評家也成了「作家」。這個說法可能會使那些「學院派」理論家蹙額，但若是我們換一種表述，就會看到它骨子裏的真確性。按照巴爾特的說法，「作家」不應以他所書寫的文類為特徵，而只應以某種「言語的自覺性」為特徵，他體驗到語言的深度，而不只是它的工具性或美感。以前，批評與創作是被一個古板的神話隔離了，而今天的作家與批評家處於同樣纏繞——也很可能是歡愉——的寫作環境中，挖掘著同一個對象：語言。我很認同巴爾特的說法，這種意識不僅會影響到理論批評話語的表面的修辭效果，而且還註定會激發出批評家的陌生的思考，異樣的書寫歡愉和情感經驗的衝撞力。文學理論批評，特別是詩學理論批評，不僅僅要做到「達意」，同時其本身也應作為一種揭示生存和語言奧秘的創造性的「寫作」。在挖掘語言的某些過程中，我的確曾享受過創造的快樂。

上述言及的，更多是筆者在本書寫作過程中所希望遵循的意識。希望做到和真正做到肯定還不是一回事。筆者究竟做到了怎樣的程度，還要請讀者批評指教。

本書得以在臺灣出版，多承秀威公司的認可，特別是黃姣潔女士和劉璞先生的熱誠幫助，謹此敬致謝忱。我還要特別感謝我的妻子杜棲梧女士，由於我的駑鈍，是她完成了全部的文字輸入（我近年出版的其他著作同樣如此），並同步修正了書中某些文句的訛誤。多年來，她一直無怨無悔地幫助我，我的感激和敬意是無法言說的。

陳超 記於 2012 年 10 月 8 日

目　次

上篇 歷史語境中的詩與思

第一章　深入生命、靈魂和歷史生存的想像力之光

——先鋒詩歌20年，一份個人的回顧與展望

20 世紀 80 年代中期，我國先鋒詩出現了從意識背景到語言態度的重大轉換，直到今天我們似乎還可以看到它帶來的持久影響。如何描述這一轉換的性質，可以有不同的方式。其中最通常的方式是按照歷時的詩歌史線索，對朦朧詩之後出現，但在創造力型態上彼此間差異性很大的先鋒詩潮（它們被習慣性稱為「新生代」、「第三代」、「後朦朧詩」），分別做出「事實指認」。目下大部分相關的理論批評著述，依循的就是這樣歷時呈現分別予以「事實指認」的方式。這種方式有其學理上的審慎或有效性，材料上的豐富和準確，但也有其不得已而為之的一面。

作為詩歌批評和創作的雙重從業者，我真正進入先鋒詩歌範疇，恰好也是 20 年。就理論批評而言，本人以往對先鋒詩潮流向的研究，基本也未曾逾出歷時性的分別予以「事實指認」的方式。但是，作為一個詩人，我還是希望能找到一條連貫的、與詩的意味與形式均密切相關的論述線索。批評家與詩人的雙重身份，既可以彼此激發，也可能相互掣肘，其間種種情態冷暖自知。但這種雙重身份明顯的好處是，它讓我始終保持了對先鋒詩歌本體與功能的平衡關注，而不是偏執於一端。

基於這種「平衡」意識，近年來我思考的線索就是先鋒詩歌的「想像」模式在自身的歷史演進中所採取的不同的轉換方式。它們為什麼會轉換？是怎樣轉換的？其合理性和缺失在哪裏？詩歌的「想像力」，就是詩人改造經驗記憶表像而創造新形象的能力。對詩人想像方式的發生和發展的探詢，會拖出更為深廣的關聯域，它事關詩人對語言、個體生命、靈魂、歷史、文化的理解和表達。圍繞這一點進行的歷時性考察，或許有助於我們在對 20 年來先鋒詩歌的回顧和展望時，不至於「事實指認」有餘，而價值判斷不夠足。

我認為，20 年來先鋒詩歌的想像力向度是沿著「深入生命、靈魂和歷史生存」這條歷時線索展開的。其最具開拓性的價值也在這裏。當然，這裏所謂的「價值」，是根據我個人的審美趣味、生存立場做出的。因此，本章副標題中出現的「個人」，絕非是妄自尊大或自矜，只不過是昭示出一個個人的視點，並期待同行的駁難、補充與修正。

一

對於保持著冷靜的人們來說，上世紀 80 年代初期發展到成熟的湧流階段的「朦朧詩」——其文脈濫觴可上溯到 60-70 年代後期的「X 小組」、「太陽縱隊」、「白洋淀詩群」、「《今天》詩群」——只是泛指意義上的先鋒詩歌，而不是準確意義上的先鋒派詩歌，在他們那裏，我們可以清晰地看到曾被中斷了的五四運動以來，啟蒙主義、民主主義、浪漫主義詩歌的變格形式。在朦朧詩人的代表性作品中，其想像力向度與五四精神有諸多的同構之處。因此，朦朧詩的想像力主體，是一個由人道主義宣諭者，紅色陣營中的「右傾」，話語系譜上的浪漫主義、意象派和象徵派等等，混編而成的多重矛盾主體。在他們的「隱喻—象徵，社會批判」想像模式內部，有著明顯的價值齟齬現象。但也正是由於這種齟齬所帶來的張力，使朦朧詩得以吸附不同歷史判斷及生存和文化立場的讀者，不同的詮釋向度。所以，在 80 年代初期，雖然朦朧詩受到那些思想僵化的批評家的猛烈抨擊，但這反而擴大了它的影響力，使其站穩了腳跟。其原因就是由於它在社會組織、政體制度、文化生活方面，與中國精英知識界「想像中國」的整體話語——「人道主義」、「走向現代化」——是一致的。

1984 年後，「朦朧詩人」開始了想像力向度的調整或轉型。北島由對具體意識形態的反思批判，擴展為對人類異化生存的廣泛探究。楊煉更深地涉入了對種族「文化—生存—語言」綜合處理的史詩性範疇。多多更專注於現代人精神分裂、反諷這一主題。芒克則以透明的語境（反浪漫華飾）跡寫出昔日的狂飆突進者，在當代即時性欣快症中，作為其伴生物出現的空虛和不踏實感。這四種向度，是 1984 年後「朦朧詩」最有意義的進展。同時，它也昭示出作為潮流出現的「朦朧詩群」的解體。

「朦朧詩」更新了一代人的審美想像力和生存態度。從早期正義論意義上「民主、自由」新左翼聖禮式的精神處境的漸次淡化，到後期幾位詩人對現代主義核心母題的迫近，我認為，其後者在某種程度上，休戚相關地預兆了新生代詩歌的發展。因此，簡單地將新生代詩歌看作「朦朧詩」的反對者，是一種過於幼稚的說法——無論是曾經說過，還是今後打算這麼說。

但是，作為詩歌發展持續性岩層的斷面，新生代詩歌的想像力方式與「朦朧詩」的確不同。由此否定「朦朧詩」是膚淺的，但超越它（包括「朦朧詩人」後期創作的自我超越）則是詩歌發展的應有之義。1985 年前後，新生代詩人成為詩壇新銳。隨著紅色選本文化樹立的卡理斯瑪（charisma）的崩潰，和翻譯界「日日新」的出版速度，這些更年輕的詩人，在很短的時間裏「共時」親睹了一個相對主義、多元共生的現代世界文化景觀。在意識背景上，他們強調個體生命體驗高於任何形式的集體順役模式；在語言態度上，他們完成了語言在詩歌中目的性的轉換。語言不再是一種單純的意義容器，而是詩人生命體驗中的唯一事實。這兩個基本立場，是我們進入新生代詩歌的前提。

這裏，我借用兩句大家熟悉的古老神諭，來簡捷地顯現這種不同——

「理解你自己」：「朦朧詩人」在這裏意識到的是社會人的嚴峻，承擔，改造生存的力量。新生代詩的主脈之一「口語詩」，意識到的卻更多是，「理解你自己」只是一個小小的個體生命，不要以「神明」自居（包括不要以英雄、家族父主及與權力話語相關的一切姿勢進入詩歌）。

「太初有道」：「朦朧詩人」在這裏意識到的「道」，是人文價值，社會理想目標，核心，主宰。新生代詩人意識到的，更主要是這個語辭的源始本真含義：道 the word（字，詞）；新生代另一主脈，具有「新古典」傾向的詩人，則追尋超越性的靈魂歷險，而非具體的社會性指涉。

二

20 世紀 80 年代中期至末期廣泛湧流的「新生代詩歌」，只是對朦朧詩之後崛起的不同先鋒詩潮的泛指，也可以說，它是「整體話語」或曰「共識」破裂後的產物，其內部有複雜的差異。但是，從詩歌想像力範式上看，它們約略可以分為兩大不同的類型：日常生命經驗型和靈魂超越型。當然，這兩種不同的範型也並非簡單地對立或互不相關，特別是到 90 年代中期，彼此間的「借挪使用」是十分明顯的。這個特點，容我在下一部分細加論述。

對日常生命經驗的表達，主要體現在對朦朧詩的「巨型想像」的迴避上。這使得新生代詩歌之一脈，將詩歌的想像力「收縮」到個體生命本身。這種「收縮」是一種奇妙的「收縮」，它反而擴大了「個人」的體驗尺度，「我」的情感、本能、意志和身體得以彰顯。1985 年之後，引起廣泛關注的「他們」、「非非」、「莽漢」、「女性詩」、「海上」、「撒嬌」、「城市詩人」、「大學生詩派」等等，都具有這一特性。從題材維度上，他們回到了對詩人個人性情的吟述；從形式維度上，他們體現了對主流方式和朦朧詩方式的雙重不屑；從心理維度上，他們表達了鎮定自若的「另類文化」心態；從語言維度上，他們大多體現了口語語態和心態合一的直接性，其語境透明，語義單純。最終，從想像力範疇看，他們力求表述自我和本真環境的「同格」。

限於篇幅，且以韓東的一首短詩為例。如果說韓東的《有關大雁塔》之所以重要，是因為它更像是第三代詩人反對「巨型想像」的「寫作憲章」的話，那麼真正能代表他想像力向度和質地的，還應是表現日常生活的詩作。比如《我聽見杯子》：

這時，我聽見杯子
一連串美妙的聲音
單調而獨立
最清醒的時刻
強大或微弱
城市，在它光明的核心
需要這樣一些光芒
安放在桌上
需要一些投影
醫好他們的創傷
水的波動，煙的飄散
他們習慣於夜晚的姿勢
清新可愛，依然
是他們的本錢
依然有百分之一的希望
使他們度過純潔的一生
真正的黑暗在遠方吼叫
可杯子依然響起
清脆，激越
被握在手中

這裏，一次普通的朋友聚飲，被詩人賦予了既尋常又奇妙的意味。它是「單調而獨立」的，但同時又是「最清醒的時刻」。對日常生活中細微情緒的準確捕捉的「清醒」，對語言和想像力邊界的「清醒」。詩人不是沒有感到「真正的黑暗」和「創傷」，只是他無力改變它，遂不再在意它。與朦朧詩的「我不相信」相比，新生代詩人已是「習慣於夜晚」，並自信個體生命的「清新可愛」和朋友之間的世俗情誼，這就是生活的「本錢」。這是一種既陌生又古老的本土化的詩歌想像方式，它排除了形而上學問題，不論這些問題被認為是此刻不能解決的，還是根本永遠無意義的。

總之，在上述所言的幾個新生代詩歌「社團」中，儘管有情感和意志強度，語型和素材畛域的不盡相同，但就其想像力範型和「自我意識」看，卻具有「家族相似性」——抑制超驗想像力，回到個人本真的生命經驗。

除去「影響的焦慮」因素，這種想像力向度轉換的發生與詩人對「語言」的重新探究有關。在日常生命經驗想像力範型的詩人中，于堅是具有自覺的理論頭腦的人物。他用「拒絕隱喻」，表達了對這一審美想像力轉換的認識。從單純的理論語義解讀看，這一理念肯定是成見與漏洞重重。但是對詩人而言，在很多時候，恰好是成見與漏洞構成了他鮮明而有力的存在。「拒絕隱喻」，從根源上說，是語言分析哲學中的「語言批判」意識，在詩學中的「借挪使用」。或許在這類詩人意識中，語言是表達本真的個人生命經驗事實的，而「隱喻」預設了本體和喻體（現象／本質）的分裂，它具有明顯的形而上學指向，和建立總體性認知體系的企圖。這與新一代詩人所主張的「具體的、局部的、片斷的、細節的、稗史和檔案式的描述和 0 度的」，[1]詩歌想像力方式，構成根本的矛盾。按照語言分析哲學家維特根斯坦（Ludwig Wittgenstein）的表述就是：「全部哲學就是語言批判」。如果在詩人限定的想像力範疇中，語言應該表述經驗事實的話，那麼超驗的題旨，既無法被經驗證明，又無法為之「證偽」，那就當屬「沉默」的部分，可以在寫作中刪除了。

于堅本人及第三代詩人的某些代表性作品，其特殊魅力的確受益於這個理念。經由對隱喻——暗示想像力方式的迴避，他們恢復了詩歌與個體生命的真切接觸。但值得我們注意的還有，對常規意義上的現代詩「想像力」的抑制，有時可能會激發擴大了讀者對「語言本身」的想像力尺度。在這點上，恰如法國「新小說」的閱讀效果史，它們迴避了對所謂的「本質」、「整體」

---

[1] 于堅：《拒絕隱喻》，載《磁場與魔方》，北京師範大學出版社，1993 年，第 311 頁。

和「基礎」的探詢，但這種迴避不是簡單的「無關」，它設置了自己獨特的「暗鈕」，打開它後，我們看到的是景深陡然加大的第三代人與既成的想像力方式的對抗。在對抗中，一個簡潔的文本同樣吸附了意向不同的解讀維度，「每一個讀者面對的不像是同一首詩」。這也是「他們」、「非非」、「莽漢」、「海上」、「女性」等等詩群，與 80 年代同步出現的「南方生活流」詩歌的不同之處。後者僅指向單維平面的主流意識形態認可的「現實主義」生活題材，而前者卻指向對先鋒詩歌想像力範式的轉換實驗。

與這種日常生命經驗想像力方式不同，幾乎是同時或稍後出現的新生代詩歌另一流向是「靈魂超越」型想像方式。其代表人物有西川、海子、駱一禾、歐陽江河、張棗、鐘鳴、陳東東、臧棣、鄭單衣、戈麥……等，以及某種程度上的「整體主義」、「極端主義」、「圓明園」、「北回歸線」、「象罔」、「反對」……詩人群。這些詩人雖然從措辭特性上大致屬於隱喻——象徵方式，但從想像力維度上卻區別於朦朧詩的社會批判模式。他們也不甚注重瑣屑的日常經驗和社會生活表達，而是尋求個人靈魂自立的可能性；把自己的靈魂作為一個有待於「形成」的、而非認同既有的世俗生存條件的超越因素，來縱深想像和塑造。在這些詩人的主要文本裏，人的「整體存在」依然是詩歌所要處理的主題。而既然是整體的存在，就不僅僅意味著「當下的存在」，它更主要指向人的意識自由的存在——靈魂的超越就是人對自身存在特性的表達。

比如，80 年代中後，海子、西川、駱一禾的詩，就確立了超越性的「個人靈魂」的因素，充任了世俗化的時代碩果僅存的高邁吹號天使角色。他們反對藝術上的庸俗進化論，對人類詩歌偉大共時體有著較為自覺的尊敬和理解。對終極價值缺席的不安，使之發而為一種重鑄聖訓、雄懷廣被的歌唱。海子的靈魂體驗顯得激烈、緊張、勁哀，在遼闊的波浪裏有冰排的撞擊，在清醇的田園裏有烈焰的劈剝；駱一禾則沉鬱而自明，其話語有如前往精神聖地的頌恩方陣。帕斯卡爾（Blaise Pascal）說過：「沒有一個救世主，人的墮落就沒有意義。」但是，在一個沒有宗教傳統的國家，詩人們這種「絕對傾訴」，其對象是不明確的。他們的詩中，「神聖」的在場不是基於其「自身之因」，而是一種「借用因」。他們詩中神性音型的強弱，是與詩人對當下「無望」的心靈遭際的體驗強度成正比的。這一點，在海子浪漫雄辯的詩學筆記中，在駱一禾對克爾愷郭爾（Soren Aabye Kierkegaard）的傾心偏愛中可以找到進一步的根據。作為此二人最親密的朋友，西川的超越性體驗，卻較少對「無望」感的激烈表達。他擁有療治靈魂的個人化的方式，他心嚮往之的「聖地」是明確的——純正的新古典主義藝術精神。這使西川幾乎一開始就體現出謙遜的、有方向的寫作，但這決不意味著他在詩藝上的小心翼翼、四平八穩。他的詩確立了作為個人的「靈魂」因素，並獲具了其不能為散文語言所轉述和消解的本體獨立性。

正如當時西川所言，「衡量一首詩的成功與否有四個程度：一、詩歌向永恆真理靠近的程度；二、詩歌通過現世界對於另一世界的提示程度；三、詩歌內部結構、技巧完善的程度；四、詩歌作為審美對象在讀者心中所能引起的快感程度。我也可稱為新古典主義又一派，請讓我取得古典文學的神髓，並附之以現代精神。請讓我復活一種回聲，它充滿著自如的透明。請讓我有所節制。我嚮往調動語言中一切因素，追求結構、聲音、意象上的完美」[2]。這是一種「新古典主義立場」，其想像力向度體現了「反」與「返」的合一。既「反對」僵化的對古典傳統的仿寫，又「返回」到人類詩歌共時體中那些仍有巨大召喚力的精神和形式成分中。總之，對這類詩人來說，使用超越性的想像力方式帶來的詩歌的特殊語言「肌質」，同樣出自於對確切表達個人靈魂的關注。或許在他們看來，不能為口語轉述的語言，才是個人信息意義上的「精確的語言」，它遠離平淡無奇的公共交流話語，說出了個人靈魂的獨特體驗。表面看來，在這些詩人中歐陽江河的情況略微特殊一點。比如歐陽江河在 1987 年發表的《玻璃工廠》，就曾被視為較早帶有「後現代因素」的詩作。但深入細辨，我們發現可能它並非如此：

在同一個工廠我看見三種玻璃：
物態的，裝飾的，象徵的。

---

[2] 西川：《藝術自釋》，《詩歌報》1986・10・21。

人們告訴我玻璃的父親是一些混亂的石頭。
在石頭的空虛裏，死亡並非終結，
而是一種可改變的原始的事實。
石頭粉碎，玻璃誕生。
這是真實的。但還有另一種真實
把我引入另一種境界：從高處到高處。
在那種真實裏玻璃僅僅是水，是已經
或正在變硬的、有骨頭的、潑不掉的水，
而火焰是徹骨寒冷，
並且最美麗的也最容易破碎。
世間一切崇高的事物，以及
事物的眼淚。

詩人意識到有「三種玻璃：物態的，裝飾的，象徵的」。但最後他的隱喻一象徵想像力終於自信地躍起，指向靈魂的超越性。在此，「另一種真實」，就是本質主義的真實，靈魂淬礪的真實；而「另一種境界」，就是存在主義的「存在先於本質，本質是由人不斷新創造出的東西」所激勵下的人的自由、選擇和責任。

以上就是我對上世紀 80 年代新生代詩歌，在想像力的向度和質地上的不同範式的約略認識。由於本書特殊視角的限定，這種「總結」一定會既顯得集中，又顯得有些概括。（好在本人已出版有近 90 餘萬字的《20 世紀中國探索詩鑒賞》，和諸如《精神肖像或潛對話》等一批詩人個案研究文章，有興趣的讀者可以細加參照。）可以看出，對 80 年代新生代詩歌這兩大想像範型的衡估，筆者基本採取的是多元共生、強調差異性的立場。這裏的「元」與「差異」，是互為條件又相互打開的關係。在這點上，唐曉渡的看法頗為中肯，「我們以一種審慎得多的態度來談論所謂『多元化』，而不致使其成為又一個空洞的時代戳記。『元』者，始也，圓也，完整充實、自為創構之謂也。問題在於，我們是否能夠和據何證明自己作為個人自成一『元』——不僅僅是在社會學和心理學的意義上，而且是在美學的意義上？」[3]在我看來，上述的詩群和個人，其佼佼者的想像範型已經基本上具備了自成一「元」的條件，考慮到當時具體的寫作語境和詩人們心智發展的早期階段，「相對」來看，這種成就的取得的確是十分珍貴的。

當然，從我個人「絕對」的詩歌理想和文化價值判斷來說，這兩種想像力範型都不能令我真正滿意。其各自的優長前文已述，其各自的缺失是：對日常生命經驗想像力範型而言，其詩歌有對本真的世俗生活及個人經驗的表述，但缺乏一種更寬闊的對「歷史生活」中個人處境的深刻表達，其流弊所及使大量追隨者陷入「消解一切歷史深度和價值關懷」，以庸常化自炫的寫作。而對「靈魂超越性」想像力範型而言，其詩歌有精審的形式和高貴的精神質地，但卻缺乏更刻骨的對「此在」歷史和生命經驗的有效處理，不期然中成為一種可供遣興的高雅讀物。其流弊特別體現在詩人海子去世之後，某些盲目而易感的追隨者身上。

我們期待著能有一種新的想像範型，來修正它們各自的缺失，汲取各自的優長，達到對一種綜合創造力的開拓——個人化的「歷史想像力」。它是指詩人從個體主體性出發，以獨立的精神姿態和話語方式，去處理我們的生存、歷史和個體生命中的問題。在此，詩歌的想像力畛域中既有個人性，又有時代生存的歷史性。如果說，在藝術中極端就是自足的話，我所期待的整合性的想像力目標真的能很好地實現嗎？

三

斯賓格勒（Oswald Spengler）在他的《西方的沒落》第一版序言表達過這樣的意思：一個在歷史上不可缺少的觀念並不是產生於某一個時代，而是它自身創造那個時代，這一觀念只是在一種有限的意義上才是那個註定孕育

---

[3] 唐曉渡：《多元化意味著什麼？》，《唐曉渡詩學論集》，中國社會科學出版社，2001年，第131頁。

的人的所有物。我以為，斯賓格勒這句話既說出了某方面的真相，又顯得「亦此亦彼」。筆者看到，在很多時候，時代是跟著個別註定孕育偉大觀念的精英前進，而非相反。偉大的「觀念」可以創造一代人自己的精神「小時代」。比如，我們所期待的新的想像範型——個人化歷史想像力，恰恰出現於一個它幾乎難以出現的年代，不是時代的主流話語催生了它，恰好相反，是它自身創造了屬於它自己的時代，一個與彼時的主流話語抗辯的一代詩人歷史想像力範式崛起的年代。

80 年代末，歷史的劇烈錯動給詩人們帶來了深深的茫然和無告，在有效寫作的缺席中，詩歌進入了 90 年代。90 年代初期的詩壇有兩種主要的想像類型：一種是頌體調性的農耕式慶典詩歌，詩人以華彩的擬巴羅克語型書寫「鄉土家園」，詩歌成為遣興或道德自戀的工具，對具體的歷史語境缺乏起碼的敏感。另一種是迷戀於「能指滑動」，「消解歷史深度和價值關懷」的中國式的「後現代」寫作。這兩類詩歌充斥著當時的詩壇，從某種意義上說，它們共同充任了「橡皮時代」既體面又安全的詩人角色，並對大量初涉詩壇的青年寫作者構成令人擔憂的語詞「致幻效應」。詩歌在此變成了單向度的即興小箚，文化人的閒適趣味，迴避具體歷史和生存語境的快樂書寫行當，如此等等。先鋒詩歌的特殊想像力功能再一次陷入了價值迷惑。

大約在 1993 年後，先鋒詩歌寫作較為集中地出現了想像力向度的重大嬗變與自我更新，它以深厚的歷史意識和更豐富的寫作技藝，吸引了那些有生存和審美敏識力的人們的視線，很快就由局部實驗發展到整體認知。正如詩人西川所說，「是 80 年代末、90 年代初中國社會以及我個人生活的變故，才使我意識到我從前的寫作可能有不道德的成分：當歷史強行進入我的視野，我不得不就近觀看，我的象徵主義的、古典主義的文化立場面臨著修正。」[4]同樣，詩人王家新也深深感到了以往的寫作，「我們的經歷，我們的存在和痛苦在詩歌中的缺席，感到我們的寫作仍然沒有深刻切入到我們這一代最基本的歷史境遇中去。」[5]這是一種籲求歷史性與個人性，寫作的先鋒品質與對

---

[4] 西川：《大意如此》，湖南文藝出版社，1997 年，第 2 頁。
[5] 王家新：《〈回答〉的寫作及其他》，《莽原》，1999 年 4 期。

生存現實的介入同時到場的詩學。很明顯，它的出現，既與當時具體歷史語境的壓強有關，也與對早期「朦朧詩」單純的二元對立式的寫作，和對本質主義神話失效後的歷史反思有關。

我認為，在那個階段，先鋒詩人對漢語詩歌的重要貢獻，主要是改變了想像力的向度和質地，將充斥詩壇的非歷史化的「美文想像力」，和單維平面化展開想像的「日常生活詩」，發展為「個人化歷史想像力」。如何在真切的個人生活和具體歷史語境的真實性之間達成同步展示，如何提取在細節的、匿名的個人經驗中所隱藏著的歷史品質，正是這些詩人試圖解決的問題。正是這種自覺，使先鋒詩歌在文學話語與歷史話語，個人化的形式技藝、思想起源和寬大的生存關懷、文化關懷之間，建立了一種深入的彼此啟動的能動關係。且讓我們對幾位詩人的作品略做分析。

以影響廣泛、頗具代表性的先鋒詩人西川為例，他此前的詩，從精神向度上是垂直「向上」昇華（而其變體就是對「遠方」的渴慕），通往神聖體驗和絕對知識的；其隱語世界則是建立在新古典主義（或許還包括對象徵主義影響深遠的史威登堡的神秘主義哲學）所認為的此在—彼岸、現象—本質、肉體—靈魂、世俗—神性……的分裂上。他或許相信，在諸項二重分裂裏，後一項是先然存在不容懷疑的，而詩人的使命就是使這種分裂重新聚合。「有一種神秘你無法駕馭／你只能充當旁觀者的角色／聽憑那神秘的力量／從遙遠的地方發出信號／射出光束，穿透你的心……我像一個領取聖餐的孩子／放大了膽子，但屏住呼吸」（《在哈爾蓋仰望星空》）。此詩寫於 80 年代中期，可視為一批詩人的精神「姿勢」。僅從詩歌藝術本身看，這類作品是不錯的。然而它卻無法對應於 90 年代以來具體的歷史語境和生存處境，甚至它也無法真實地顯現我們的精神處境。90 年代以來，西川的詩歌發生了極大變化，體現了向歷史想像力、包容力、反諷、情境對話、悖論、戲劇性、敘述性……綜合創造力的敞開：

他的黑話有流行歌曲的魅力
而他的禿腦殼表明他曾在禁區裏穿行

他並不比我們更害怕雷電
當然他的大部分罪行從未公諸於眾
……

他對美的直覺令我們妒恨
且看他把綿羊似的姑娘欺侮到髒話滿嘴
可在他愉快時他也抱怨世界的不公正
且看他把嘍羅們派進了大學和歌舞廳
……

他的假眼珠閃射真正的凶光
連他的臭味也會損害我們的自尊心
為了對付這個壞蛋（我們心中的陰影）
我們磨好了菜刀，挖好了陷阱
……

我們就得努力分辯我們不是壞蛋
（儘管壞是生活的必需品）
我們就得獻出女兒，打開保險櫃
並且滿臉堆笑為他洗塵接風

——《壞蛋》

在此，「壞蛋」作為一個類似兒童口語語彙的詞，有分寸地懸置了斬釘截鐵的道德判斷，甚至反向的意識形態譏誚。但我們感到，它的反諷卻更為犀利了。而這裏我更感興趣的還不是詩人對「壞蛋」多少有些無奈的譏刺這個聲部，而是與其平行的另一聲部——「自審」意識。詩人追問道，「為了對付這個壞蛋（我們心中的陰影）」，「我們就得努力分辯我們不是壞蛋（儘管壞是生活的必需品）」，正是這突兀楔入的盤詰，令我們怵然心驚。西川在堅持基本的道義關懷的同時，又容留了生存的含混、尷尬、荒誕和複雜喜劇性，正如他說「既然生活與歷史，現在與過去，善與惡，美與醜，純粹與汙濁處於一種混生狀態」,「既然詩歌必須向世界敞開，那麼經驗、矛盾、悖論、噩夢，必須找到一種能夠承擔反諷的表現形式。」[6]詩人同時也寫出了我們內心的無言之痛和隱蔽之惡的原動力，他迫使我們看清，我們的內心其實也蹲伏著恬不知恥又屈辱無辜，狡黠狂妄又滿身灰土，咻咻威懾又羸弱不堪的野獸。在《厄運》、《巨獸》、《鷹的話語》中都有這種不同聲部的緊張爭辯，西川沒有封住「個我」／「他我」／「一切我」的嘴——沒有壓抑或刪除自己內心深處複雜糾葛的聲音，沒有對任何絕對主義或獨斷論的龐然大物的急切認同，從而使自己的詩在具體歷史語境和生存處境中真正紮下了根。

再比如于堅，80 年代雖然已寫出影響廣泛的具有「當下關懷」（張頤武語）的作品，但是他的詩真正具有歷史承載力和強大命名力，還是 90 年代的作品。特別是長詩《0 檔案》，它既可視為一部深度的語言批判的作品，同時也是深入具體歷史語境，犀利地澄清時代生存真相的作品。詩中有不少段落，甚至是刻意地以「非詩」的、社會體制「習語」或「關鍵詞」的形式出現，詩人寫出它們對個人生存的影響，開啟了我們的歷史記憶：

鑒定：
尊敬老師　關心同學　反對個人主義　不遲到
遵守紀律　熱愛勞動　不早退　不講髒活　不調戲婦女
不說謊　滅四害　講衛生　不拿群眾一針一線　積極肯幹
講文明　心靈美　儀表美　修指甲　喊叔叔　叫阿姨
扶爺爺　挽奶奶　上課把手背在後面　積極要求上進
專心聽講　認真做筆記　生動活潑　謙虛謹慎　任勞任怨

思想彙報：
他想喊反動口號　他想違法亂紀　他想喪心病狂　他想墮落
他想強姦　他想裸體　他想殺掉一批人　他想搶銀行

---

[6] 西川：《大意如此》，湖南文藝出版社，1997 年，第 2、4 頁。

他想當大富翁　大地主　大資本家　想當國王　總統
他想花天酒地　荒淫無度　獨霸一方　作威作福　騎在人民頭上
他想投降　他想叛變　他想自首　他想變節　他想反戈一擊
他想暴亂　頻繁活動　騷動　造反　推翻一個階級

一組隱藏在陰暗思想中的動詞：
砸爛　勃起　插入　收拾　陷害　誣告　落井下石
幹　搞　整　聲嘶力竭　搗毀　揭發
打倒　槍決　踏上一隻鐵腳　衝啊　上啊
……

——《0檔案》

這些故意「乾澀」的詩行，反而是詩人具有豐沛的歷史想像力的表徵，所謂內容是完成的形式，形式是達到了目的的內容。它深刻地反思和揭示了一代人的成長史。他們是昆德拉（Milan Kundera）所說的「兒童暴力」的產品，既是單純的也是可怕的，既受到「理想教育」又受到「仇恨教育」，既順役於禁欲主義又將性／政治宣洩結為一體。特別是文革中，社會總體性的施暴結構已深深植入了他們（我們）無意識深處。詩人迫使我們反思，當偽善和彼此監視成為一個人表現「忠貞」、「光明」、「崇高」的必須方式，那麼我們的歷史和精神型構發生了怎樣的史無前例的災變？同時，這首詩更深刻的意義還是其「語言批判」。它表達了「檔案語體」對個體生命的歪曲壓抑。在一個以僵化的正確性、統一性取代差異性和複雜經驗的時代，諸如文革時代，公共書寫方式成為消除任何歧見，對人統一管理、統一控制的怪物；人在減縮化漩渦中成為一個個僵滯的政治符碼，一個可以類聚化的無足輕重的工具，一個龐大的機器群落中的一顆螺絲釘。在此，「個人檔案」竟然導致了個人的消失，這難道不是具有「極限悖謬」特徵的歷史體驗嗎？所以，與其說詩人在質詢將人變為「0」的檔案本身，不如說更是在以此來「轉喻」一種普遍的權力話語方式。它不尊重個人的尊嚴，並自認為具有絕對的控制、懲罰大權。如果說人類就是通過語言去辨認存在的，那麼減縮和控制語言，就是減縮和控制人的精神能力。正如奧威爾（George Orwell）在《1984》中所揭示過的體制化的書寫，就體現在將一切「中心化」、「整體化」、「順役化」的企圖中，而當它深入到我們每個具體的個人的話語方式中時，專制主義和蒙昧主義就同時產生了。

王家新早年的詩歌有著明快而濃烈的理想主義色澤，不久又進入「純詩」寫作，但是，由於維度單一，前者顯得簡單高亢而後者又有些飄忽。雖然詩人的情感是真摯的，可是它們在不期然中變成了另一意義的「美文能指滑動」。90 年代中期，經由對個人化歷史想像力的自覺引入，詩人的寫作語境猛烈拓寬了，他既捍衛了個人化的精神質地，又及時地引發了我們對時代普遍的感應力。如長詩《回答》，通過帶有「本事」色彩的夫妻離異事件，洞透了一代人的精神史。詩人將個體遭際的沉痛經驗一點點移入到更廣闊的時代語境中，使之既燭照了個體生命最幽微最晦澀的角隅，又折射出歷史的症候：

於是我看到控訴暴力的人，其實在
渴望著暴力；那些從不正視自己的人
也一個個在革命的廣場上找到了藉口
同樣，那些急於改變命運的人，正被他們的
命運所捉弄。從當年的紅小兵到女權主義者
從「解放全人類」到「中國可以說不」
人們一個個被送往理論的前線，並在那裏犧牲
可是我多麼希望你不！
你也不再是那個走向金水橋頭，舉起右手
向著偉大領袖的遺像悲壯宣誓的小丫頭了
現在你出入於高等學府，說著一口英文
有著我所欣賞的瀟灑和知識份子氣
但在你的這首詩裏，又是誰，仍在攥著
那只多年來一直沒有鬆開的小拳頭？

——《回答》

文本中遍佈著大量類似的情境、細節，它們含有極大的「命名」能量，詩人從具體的個人處境出發，找到個人記憶的重心，將其帶入特殊意義上的有機知識份子「公共交流」的話語平臺，並與歷史進行了緊張盤詰與對話。王家新將個體生命的遭際總結成特殊的「限量」的歷史，在限量中凸現了詩人個體主體性的內在穿透力。在此，「正史」與「稗史」（個人心靈史）相互穿插，個人的「小型」經驗陡然擁有了對生存的寓言性功能。這裏，「小就是大」，它不追求事件本身的宏大，而是歷史語境穿透力的博大，和自我反思—對話能力的強大。

我們看到，當時的先鋒詩歌在告別獨白式的「啟蒙」話語後，幸運地未曾滑入話語的自戀或自戕，沒有成為抽掉歷史意識的語言空殼。詩人們獲具了可貴的歷史想像力，他們極為注意話語的歷史生成原則和時代的語言狀況，「語言是存在之家」，「我語言的邊界就是我世界的邊界」，這就不僅改變了詩歌的書寫形態，同時也是寫作主體精神質地的巨大改變。

限於篇幅，對其他詩人的作品不容再做文本分析。總之，在 90 年代中後詩人們寫出了大量的有歷史想像力的優秀作品——以下是我今天仍記憶猶新，能馬上信筆寫出的——諸如《致敬》、《厄運》、《鷹的話語》（西川），《瓦雷金諾敘事曲》、《孤堡箚記》、《回答》（王家新），《0 檔案》、《上教堂》、《飛行》（于堅），《在刀鋒上完成的句法轉換》、《厭鐵的心情》、《自傳第 39 頁》（周倫佑），《傍晚穿過廣場》、《關於市場經濟的虛構筆記》、《紙幣，硬幣》（歐陽江河），《重新做一個詩人》、《黑暗又是一本哲學》（王小妮），《十四首素歌》、《莉莉和瓊》（翟永明），《偽證》、《在樓梯上》、《為什麼我要這樣說到在海堤上》（臧棣），《祖國之書，及其他》、《鐵路新村》、《搬家》（孫文波），《斷章》、《歲月的遺照》、《小丑的花格外衣》（張曙光），《來自海南島的詛咒》、《下雨——紀念克魯泡特金》、《學習之甜》（蕭開愚），《在硬臥車廂裏》、《寄自拉薩的信》、《一個鐘錶匠人的記憶》（西渡），《送斧子的人來了》、《炎熱的冬天》、《由於陰謀，由於順從》（王寅），《這樣一位孩子》、《連朝霞也是陳腐的》、《懷抱中的祖國》（孟浪），《十夜　十夜》、《生活》、《麥子：紀念海子》（柏樺），《開篇》、《玻璃》、《青春》（梁曉明），《他》、《在落日的祭壇上》（劉翔），《輪回三章之一：敘事》、《南方以南》（韓東），《懷念》、《星期天的麻雀》（宋琳），《天河城廣場》、《信箚》（楊克），《為上帝補寫墓誌銘》、《現實》、《食已宴》（默默），《演講比賽》、《流水線》、《在紀念碑頂》（阿堅），《餓死詩人》、《野史》、《等待戈多》（伊沙），《博物館或火焰》、《我看到轉世的桃花》、《藝徒或與火焰賽跑者之歌》（陳超）……等等。在這些詩中，我們都看到了先鋒詩在時代生存的雙重壓力（權力話語和拜金主義）下，不屈地重新煥發出的歷史命名能力和藝術創造活力。他們的詩，既沒有重返唯美的烏托邦，也沒有追趕膚淺的中國式的「後現代」，而是將近在眼前的異己包容進詩歌，最終完成對具體歷史語境的揭示、對話、盤詰和批判。正是這類詩歌，在歷史維度、生存現場和「說話人」的身份上所進行的巨大調整、修正和縱深挖掘，有力地結束了當時詩壇的茫然和低迷，平庸和自得，避免了使詩歌陷入「集體遺忘」的行列，為中國先鋒詩歌的想像力和書寫技藝的深入進展，提供了繼續進行的機會。

對 90 年代中後先鋒詩歌效果史的總結，理論界有種種說法，諸如「知識份子寫作」，「民間立場」，「個人寫作」，「中年寫作」，「敘事性」，「中國話語場」，「反諷意識」，「互文性」……如此等等。但在我看來，這些從不同視角提出的概念，應該有一個簡潔的綜合性指認。詩歌的個人化「歷史想像力」，是筆者在 90 年代中期提出的概念[7]。它不是規範的已成的理論概念，但很可能比已成的概念更能有效地綜合描述新的詩歌現實。對「個人化歷史想像力」的高度重視，就是我對 90 年代中期以降先鋒詩歌最具開拓性方面的價值指認，它涵蓋了如上種種概念。圍繞這一點，或許有助於我們真正地企及「詩與思」合二而一的核心，而不讓一些枝節紛擾我們的批評視線。

「個人化歷史想像力」，不僅是一個詩歌功能的概念，同時也是有關詩歌本體的概念。從以上對詩歌文本的簡單分析，我們就可以看出「寫什麼」和「怎麼寫」，在歷史想像力的雙重要求下，是無法兩分的。簡單地說，「個

---

7 可參看拙文《詩的想像力及其他》，載《山花》，1996 年 5 期；以及《現代詩：作為生存、歷史、個體生命話語的特殊「知識」》，《學術思想評論》第二輯，1997・9。

人化歷史想像力」要求詩人具有獨立思考帶來的歷史意識和當下關懷，對生存－個體生命－文化之間真正臨界點和真正困境的語言，有深度理解和自覺挖掘意識；能夠將詩性的幻想和具體生存的真實性作扭結一體的遊走，處理時代生活血肉之軀上的噬心主題。「個人化歷史想像力」，應是有組織力的思想和持久的生存經驗深刻融合後的產物，是指意向度集中而銳利的想像力，它既深入當代又具有開闊的歷史感，既捍衛了詩歌的本體依據又恰當地發展了它的實驗寫作可能性。這樣的詩是有巨大整合能力的詩，它不僅可以是純粹的和自足的，同時也會把歷史和時代生存的重大命題最大限度地詩化。它不僅指向文學的狹小社區，更進入廣大的有機知識份子群，成為影響當代人精神的力量。

諸如以上所說的詩人們，雖然其具體的寫作方式不同，但都為增加詩歌的「歷史想像力」做出了自己的努力。而如果暫時排除他們詩歌母題和措辭方式的個人性，我認為他們的寫作狀態還是有一些約略的「共性」：擴大詩歌文體的包容力，由簡單的抒情性轉入深層經驗的敘述性，由單向度的審美「昇華」轉入懷疑和反諷，由不容分說的「啟蒙」變為平等的溝通和對話，並能有力而成功地處理被既往的狹隘理念看作是「非詩」的材料。相應地，其詩歌語型，也由單純的隱喻或口語，發展為各種不同語型的異質扭結。如西川長詩《厄運》給我們提供的陌生化書寫格局：

……他出生的省份遍佈縱橫的河道、碧綠的稻田。農業之風吹涼了他的屁股。他請求廟裏的神仙對他多加照看。

他努力學習，學習到半夜女鬼為他洗腳；他努力勞動，勞動到地裏不再有收成。

長庚星閃耀在天邊，他的順風船開到了長庚星下面。帶著私奔的快感他敲開尼祿的家門，漫步在雄偉的廣場，他的口臭讓尼祿感到厭煩。

> 另一個半球的神祇聽見他的蠢話，另一個半球的蠢人招待他麵包渣。可在故鄉人看來他已經成功：一回到祖國他就在有限的範圍裏實行起小小的暴政。
>
> ……　……
>
> ——《厄運·009734》

很明顯，詩人考慮的不是什麼「文類規範」，像不像一首「好詩」，而是更深入的歷史想像力和話語的活力及有效性問題。詩中的「他」，既是一個具體的個人，同時也是一個有足夠承載力的「歷史符號」。詩人自覺地將自己的敘述話語織入一張更廣闊的歷史、社會和文化系譜網中，通過互文性關係，發現了「他」是由近代以來的歷史、現實和文化之網編織而成的多重矛盾主體。我們看到，即使後來在「他」追求精神「私奔」的反傳統姿態背後，不期然中依然順理成章地依循於專制或蒙昧主義的傳統。「他」使我們縱深反思，在某個特定的歷史語境中，一代人精神構型內部存在著的價值齟齬。西川這種語型和結構，的確顛覆了文體的界限，但卻有效地擴大了詩歌文體的包容力。他堅持了獨立思考、獨立判斷的「個人寫作」，但又使之進入更廣闊的有機知識份子公共交流和對話平臺，詩歌具有了觸及歷史、時代和知識份子公眾情感的力量。我想，詩人對既往詩歌寫作方式的某種程度的「顛覆」，不是為顛覆而顛覆，其根本原因是為了解決語言與擴大了的經驗之間的緊張矛盾關係，使詩歌話語更有力地在生存和歷史語境中紮下根。

在談到 90 年代以來自己的寫作方式發生巨大變化時，西川說：「急劇變化的歷史對我當時的審美習慣和價值觀具有摧毀性的打擊力。所以我當時從內心深處需要一種東西，它應該既能與歷史相應，又能強大到保證我不會被歷史生活的波濤所吞噬，如果可能，最好還能最大限度地保證我的獨立性。」[8]的確，顛覆的發生是由於習見的方式已無法準確表達詩人意識到的巨大歷史內涵，和現實生存中「可寫資源」的空前豐富性；通過變化或顛覆才能建立更

---

[8] 西川：《對話：答譚克修問》，《明天》，湖南文藝出版社，2005 年，第 456 頁。

有效地與之對應／對稱的語境。這樣的詩作，忠實於當代人精神世界的複雜性，矛盾性和可變性，維繫住了具體歷史語境中固有的真實感，啟動了不同話語系譜之間的能動的對話、碰撞和交流。它們不但改變了我們的詩語表達方式，也在改變著我們的詩學思維方式。

新歷史主義重要先驅福柯（Michel Foucault）說，「為了弄清楚什麼是文學，我不會去研究它的內在結構。我更願去瞭解某種被遺忘、被忽視的非文學的話語，是經過怎樣一系列運動和過程進入到文學領域中去的。」[9]這種立場，不僅是歷史和「知識考古」，同時也體現了更寬大的文學眼光。詩歌要恢復對時代歷史講話的能力，有賴於詩人更關心其話語的有效性或持久價值感，而非是文體意義上的「潔癖」。

四

1999 年，詩壇爆發了激烈的「盤峰論戰」。雖然這場論爭在我的心目中更多是一場遲到的詩學理念的交鋒，但它也讓雙方都有了更深入自覺的觸動。從以上論述中我們很明顯就看出，在論爭之前的 90 年代中期，「知識份子詩人」的寫作已明顯加入了對「現實生存」的處理；而「民間詩人」的寫作已明顯有靈魂追問的分量。而且，90 年代中後期雖然他們具體的寫作方式不同，但他們所做的工作同樣都擴大了先鋒詩的個人化歷史想像力，並追尋著更內在的本土精神。所以，二者之間在詩歌精神和功能上，其實存在著許多可以溝通、對話的公共平臺，至於各自的表達策略，則完全可以自由發揮。擺脫掉詩壇「象徵資本」分割上的爭鬥，今天，我以為先鋒詩人已普遍認識到，與其他藝術門類中的想像力不同，詩歌話語固有的具體生存語境壓力，和詞語使用的全部歷史留下的語義積澱，決定了我們在衡估詩歌文本中的想像力的價值時，必須同時將其對「歷史生存的命名」考慮進來。因為，

[9] 福柯：《權力的眼睛》，嚴鋒譯，上海人民出版社，1997 年，第 90 頁。

「沒有一種歷史尺度的私人生活展示，只是一個表像和一個謊言」（哈威爾〔Vaclav Havel〕語）。特別是對先鋒詩歌批評而言，想像力與具體歷史語境的真實性，二者應是互為條件、彼此打開的，離開任何一方，詩歌文本在意味和形式上的有效性都要大打折扣。

因此，我對未來先鋒詩歌走向的描述和展望，也不會離開以上的個人化歷史想像力的向度。

雖然新世紀以來有一些先鋒詩歌出現了「反歷史意識」、「反道德」、「反文化」傾向（對此筆者在第四章中做專門分析、批評，此處不論），但那些有效的先鋒詩歌寫作，卻是既繼承了 90 年代的「個人化歷史想像力」意識，而在具體的寫作方法上又有所變通。更新一代詩人為擺脫「影響的焦慮」，一般會採取有別於前輩的方式來寫作。當一種寫作方式的「能量」被整體開採出來，總是會給後來者投下陰影。這就是我們通常所說的「詩歌寫作風尚在自身的歷史演進中會採取不同的輪換方式」的原始動因。我想，當下及未來一段時期，我國先鋒文學界的強勢話語之一，可能還是「後現代主義」。「後現代」理論本身無所謂好壞，因為它只是個向度紛繁、彼此齟齬的龐大話語場閾。關鍵是針對我們具體的歷史語境，怎樣對之進行有效的選擇或「借用」。按照伊格爾頓（Terry Eagleton）的說法，「後現代性是一種思想風格，它懷疑關於真理、理性、同一性和客觀性的經典概念，懷疑關於普遍進步和解放的概念，懷疑單一體系、大敘事或者解釋的最終根據。」[10]可見，作為一種話語場閾的後現代性，其內部不同的具體含義是廣闊的，含混的，可選擇的。就此而言，在被人為誇大的主體性神話、基礎主義、本質主義、唯理主義、歷史決定論等理念失效後，我們未必就一定要進入廉價的相對主義中。我想，在當下和未來相當一個時期，過早地宣佈歷史意識、歷史批判的終結，放棄先鋒詩歌的人文價值關懷，對中國詩人而言尤其是危險的。我們完全可以具有新的形式的個體選擇的「承擔」意識，在容留歧見，尊重差異，矛盾修辭，多元爭辯，悖論和反諷寫作中，表達出我們對具體歷史語境的個人化理解乃至命名。

---

[10] 伊格爾頓：《後現代主義的幻象》，華明譯，商務印書館，2000 年，第 1 頁。

在我視域裏，從寫者姿態上看，新世紀以來中國先鋒詩歌雖然創造力形態各不相同，但 90 年代詩歌的個人化歷史想像力對其的影響變得更內在化了。表現在詩人們繼續不約而同地淡化甚至放棄了對形形色色的非歷史化的「絕對本質」、「終極家園」、「超驗的神性」的追尋。這種淡化從 90 年代中期已經開始，到新世紀才真正成為詩壇常態。詩人們普遍不再認為自己的心靈和語言，可以真實地反映「終極真理」、「整體」、「絕對本質」、「至高的神性」，詩歌話語不必要、也不可能符合所謂先驗或終極的「真理」、「基礎」。那種先驗設定的超時間、超歷史的終極關懷框架在持續失效，個人置身其中的具體的歷史語境和生存細節，成為真切有效的出發點。

上述提到的 90 年代詩人，包括海外歸來的先鋒詩人，許多人在重新考慮如何使我們的詩能在公共空間和個人生活空間自由地穿逐。過去，我們的詩歌過度強調社會性、歷史性，最後壓垮了個人空間，這肯定不好。但後來又出現了一味自戀於「私人化」敘述的大趨勢，這同樣減縮了詩歌的能量，使詩歌沒有了視野，沒有文化創造力，甚至還影響到它的語言想像力、摩擦力、推進力的強度。而所謂的「個人化歷史想像力」，就是要消解這個二元對立，綜合處理個人和時代生存的關係。我們承認現實不可在語言中「還原」，但這並不等於詩人要自我剝奪詩歌應有的「現實感」。有效的詩歌，應體現在對個體經驗紋理的剖露中，表現出一種在偶然的、細節的、敘述性段落，和某種整體的、有機的、歷史性引申之間構成的雙重視野。所謂舉重若輕，是深思熟慮之輕，不是輕淺、輕佻之輕。

對詩歌而言，所謂「公共空間」絕不應是以前灌輸的遠離我們的大而無當的概念，而是我們個人就在其中。詩人們浸入了個人生活敘述，但這並沒有迴避具體歷史語境。可以這樣說，他們也成功地寫出了歷史的真實，卻是通過個人視野去描敘在「歷史褶皺」中，那些為人們所忽視的細密的瑣事逸聞來實現的。

我看到，除 80、90 年代已經活躍的先鋒詩人依然寫出不凡的作品外，新世紀以來逐漸引人注目的活躍的詩人也在以各自的方式表達著個人化的「歷史想像力」，其中一些人的寫作意識或許與「新歷史主義」的啟發有關。

就我的閱讀視野而言，如青年詩人和批評家姜濤、胡續冬、沈葦、楊鍵、尹麗川、敬文東、侯馬、藍藍、蔣浩、周瓚、冷霜、劉潔岷、徐江、張桃洲、宋曉賢、桑克、唐欣、朱朱、雷平陽、朵漁、森子、譚克修、沈浩波、霍俊明、宇向、呂約……等等，都在從不同角度關注著歷史與人，歷史與現實，歷史與文化，歷史與語言，歷史與權力……之間的複雜關係，對他們而言，詩歌決不只是簡單的嗜美遣興，而是探詢具體生命、生存及歷史語境的特殊方式，他們以更簡捷的話語來磋商、迂回、對話、反諷地體現對當下的世風批判、文化批判和語言批判。從詩歌趣味上說，我或許對這些詩人中的某些人更認同，而對某些人則感到還不太適應，但我同樣看到了他們面對寫作的嚴肅性的一面，以及各自的可信賴的才能。他們依然是有別樣的「承擔」意識的，無論對歷史生存，還是對詩藝本身——儘管他們的承擔方式比其前輩顯得更輕逸、更嬉皮笑臉、更「波瀾不驚」、更具體化——且以尹麗川的《週末的天倫》為例：

父親彎下腰
從報紙堆拔出
一個能嚇住大夥兒的題目
從記憶的銀行
取出這星期以來
攢下的對時局的看法

他轉過身來
母親在沙發前
坐了多久，那部韓劇
就重播了多少遍

哥哥和網友的那盤棋
總是分不出勝負

嫂子教侄女彈琴，像一對姐妹花

「還有我呢，父親」
我嗑著瓜子，迎上他的眼神
這麼多年，您培養我
不就是為了，培養一個知己紅顏

「你怎麼又瘦了？住的地方安空調了麼？」
……

我轉過身去
父親啊，難道我們就不能
像真正的知己一樣
談談伊拉克和該死的天氣
美國和咱國的未來

這首詩，擇取了家庭生活中我們見慣不驚的一個片斷，敘述口吻也是諧謔的，但它表達的意味卻很豐富。詩人先寫了家庭生活的放鬆和溫馨，然後猛然揭示出在溫馨的「褶皺」裏所隱藏著的噬心的性別歧視文化傳統和代溝。這二者相互融合在一起，就像將兩片不同的著色片重疊起來，在對含混的家庭瑣事逸聞的透視中，更內在地體現了詩人的文化批判穿透力。這裏，表達越輕鬆就越有意味，越無可無不可，就越「非如此不可」。詩人的敘述情境是「具體」的，但敘述視野又是寬大的——這就是我近年常強調的「用具體超越具體」。

再讓我們看雷平陽的《殺狗的過程》：

這應該是殺狗的
唯一方式。今天早上 10 點 25 分

在金鼎山農貿市場3單元
靠南的最後一個鋪面前的空地上
一條狗依偎在主人的腳邊，它抬著頭
望著繁忙的交易區。偶爾，伸出
長長的舌頭，舔一下主人的褲管
主人也用手撫摸著它的頭
彷彿在為遠行的孩子理順衣領
可是，這溫暖的場景並沒有持續多久
主人將它的頭攬進懷裏
一張長長的刀葉就送進了
它的脖子。它叫著，脖子上
像繫上了一條紅領巾，迅速地
躥到了店鋪旁的柴堆裏……
主人向它招了招手，它又爬了回來
繼續依偎在主人的腳邊，身體
有些抖。主人又摸了摸它的頭
彷彿為受傷的孩子，清洗疤痕
但是，這也是一瞬而逝的溫情
主人的刀，再一次戳進了它的脖子
力道和位置，與前次毫無區別
它叫著，脖子上像插上了
一杆紅顏色的小旗子，力不從心地
躥到了店鋪旁的柴堆裏
主人向它招了招手，它又爬了回來
——如此重複了5次，它才死在
爬向主人的路上。它的血跡
讓它體味到了消亡的魔力
11點20分，主人開始叫賣

因為等待，許多圍觀的人
還在談論著它一次比一次減少
的抖，和它那痙攣的脊背
說它像一個回家奔喪的遊子

此詩有對本真的日常經驗乃至事態過程的「超級細寫」，有隱忍著的異常起伏的內在情感，同時它還以轉喻方式化若無痕地對人的生存狀況進行了揭示，對「極權主義群眾心理學」展開深度剖析。詩中的潛臺詞似乎毋庸我來說破。詩人在「悲憫」終止處，陡然劃開了另一重更縱深的自審和懺悔層面：在特定的愚昧的時世，有沒有絕對的無辜者？誰能自詡為佔有清潔的受害者的道德制高點？蒙昧者是否配得上不同的命運？詩歌餘音未絕，繼續這個追問，帶著更致命的「電荷」，將傷痕更深地烙進了我們靈魂中自我躲閃著的晦澀的角隅。這就是「用具體超越具體」。詩中的世界，似乎是「本事」建立起來的，但它們不是預設的觀念的推演，而是有個人經驗、情感和想像力的融匯，是言說有根、引申有據的，正是在這種具體與超越的融匯裏，與人的存在密切相關的噬心的語言深淵被緩緩舉起，更深地捺進了時代和人心。

篇幅所限，不能就以上所舉的詩人們的作品多加分析。總之，在我看來，當下甚至未來一段的先鋒詩歌，比起 90 年代先鋒詩歌的沉重和沉滯，已經並將繼續變得更加具體化，更具生活細節的質感，也更俐落、輕快、詼諧。而其中有效的先鋒詩人，在具體、質感和輕快裏，依然將保有著內在的歷史維度。因為對先鋒詩歌來說，「沒有歷史尺度的個人生活的描寫，會不可避免地把歷史和生活變成了一種奇怪的軼聞，一幅風俗畫，一種個人欲望的陳詞濫調」[11]。說到底，先鋒詩歌中的「世俗生活描寫力」和「歷史生存命名力」應是同時到位，合作完成的。它們在優秀的詩人筆下不容偏廢，難以割裂，本是個「二而一」的問題。先鋒詩歌的吟述，不僅是關於當下生命和實

---

[11] 耿占春：《誰在詩歌中說話？》，《鄭州大學學報》，1998 年 1 期。

存，也是關於靈魂和歷史想像世界的，它需要詩人在現象的、經驗的準確性，和批判的、超越的歷史視野中保持有難度的美妙的平衡。

中國先鋒詩歌在我看來已經進入了一個「具體化」的寫作時段。以「時段」名之，首先意味著它不是個別詩人的或局部性的特徵，而是帶有總體意向的遷徙；其次也意味著它很可能要持續一段較長的時間。這也是世界範圍內的先鋒詩歌發展的主導趨勢之一。在 20 世紀，詩歌話語的隱喻、暗示、形而上寫作模式的能量已被充分開採，詩人選擇新的路徑，有其藝術內部運動的必然性。但是，對一個自覺的詩人來說，僅僅意識到「具體」還是不夠的。我也看到許多網上流行的先鋒詩歌，由對抽象的迴避發展為對「具體」、「細節」的過度依賴，這很可能造成瑣屑低伏的「事物」的進一步膨脹或壅塞。未來的先鋒詩歌既需要準確，但也需要精敏的想像力；語言的箭矢在觸及靶心之後，應能有進一步延伸的能力。所謂的詩性，可能就存在於這種想像力的雙重延伸之中。

而「用具體超越具體」，既是我對此問題簡潔的表述，也是我對未來先鋒詩歌的瞻望。詩歌源於個體生命的經驗，經驗具有大量的感性成分，它是具體的。但是，再好的經驗也不會自動等於藝術的詩歌，或者說經驗的表現還不是詩的表現。一旦進入寫作，我們應馬上醒來，審視這經驗，將之置於理智和形式的光照之下。其運思圖式或許是這樣的：

具體——抽象——「新的具體」。

所以，「用具體超越具體」，不是到達抽象，而是保留了「具體」經驗的鮮潤感、直接性，又進入到更有意味的「詩與思」忻合無間的想像力狀態。這裏的「超越」，不再指向空洞的玄思，而是可觸摸的此在生命和歷史生存的感悟。出而不離，入而不合是也。在我看來，無論什麼類型的詩歌，不僅要呈於象、感於目、達於情，最好還能會於靈（境），這可能需要詩人自我提醒，為寫作中自然而然地出現的那些「陌生的投胎者」留出一定的空間。

要知道，生活的力量不能等同於語言的力量，語言的力量也不能等同於生活的力量。詩歌就是要如鹽溶水地發揮二者的力量，缺一不可。

我已經看到並會繼續看到「用具體超越具體」的想像力方式，在先鋒詩歌中的「勝場」。它們將不是單維線性的通向「昇華」，也不是膠滯於具象性，而是錐體的旋轉。它達到的是既具有本真體驗甚至是「目擊感」，又有巨大的精神命名勢能的個人化歷史想像力世界。詩人們會自覺意識到，「具體」很重要，但「具體」的質地更重要。今天，我們不但要有能力迴避空泛無謂的「形而上」，也要有勇氣藐視「還原日常經驗」這種新的權勢話語。

回顧先鋒詩歌想像力向度轉換的激動人心的歷程，我們有理由對未來抱以審慎的信心。在新的世紀，我們的詩歌寫作有理由在獲得自由輕鬆的同時，保持住它揭示歷史生存的分量感。有理由在贏得更多讀者的同時，又不輸掉精神品位。有理由在對個人經驗的關注和表現中，能恰當地容留先鋒藝術更開闊的批判向度、超越精神和審美的高傲。有理由最終實現詩歌話語和精英知識界整體的話語實踐之間，彼此的應和、對話或協同——

「士不可以不弘毅，任重而道遠。」

第二章　先鋒詩的困境和可能前景

一、深入當代

在近年來的先鋒詩歌寫作中，詩人面臨著許多彼此糾葛的情勢。其中最為顯豁的困境是：如何在自覺於詩歌的本體依據、保持個人烏托邦自由幻想的同時，完成詩歌對當代題材的處理，對當代噬心主題的介入和揭示。

敏銳的詩人會感到，近年大量的先鋒詩歌從調性到具體的個人語型，都發生了大規模遷徙。歷史的錯位似乎在一夜間造成巨大缺口，尖銳緊張地揳入當代生存的詩已不多見，代之以成批生產的頌體調性的農耕式慶典。在本體上自覺於形式，在個人方式上靠近沉靜、隱逸、自負的體面人物，是這些詩的基本特徵。這像是一種「正統類型」的現代詩。中國士大夫的逍遙抒情再一次被重新憶起，演繹，仿寫，纂述。詩歌據此成為美文意義上的消費品，或精緻的仿寫工藝。

基於最起碼的人文背景體諒，我理解近兩年這種農耕式慶典詩歌出現的意義。作為對權力話語的隱隱抗議，它體現了詩歌肌質的純粹性，詩歌精神的超越性；作為對集約化拜金時代的不屑，它體現了詩人對淳樸自然、老式義德的追復。但是，體諒永遠不應代替我們發言的邏輯。如果不是把現代詩作為一種逃避生存的快樂行當來談論，那麼，詩歌對當代生存題材的有力處理，對時代噬心主題的介入和揭示，就成為我們目下必須回答不容滑頭的問題。

因此，我想說，當前漢語先鋒詩歌面臨的考驗，主要不是在生存的雙重暴力（權力話語和拜金浪潮）壓迫下，如何逃逸，另鑄唯美烏托邦的問題；而是更自覺地深入它、將近在眼前的異己包容進詩歌，最終完成對它的命名、剝露、批判、拆解的問題。勇敢地刺入當代生存經驗之圈的詩，是具有巨大綜合能力的詩，它不僅可以是純粹自足的，甚至可以把時代的核心命題最大限度地詩化。它不僅指向文學的狹小社區，更進入廣大的知識份子群，成為影響當代人精神的力量。漢語先鋒詩歌存在的最基本模式之首項，我認為應是對當代經驗的命名和理解。這種命名和理解，是在現實生存—個人—語言構成的關係中體現的。要讓語言對前二者的呈現接近和達成某種「真實」，就離不開對話語當代因素的傾心關注。因此，今天我們的詩歌，應當更廣泛地佔有當代鮮活的、「日常」交流的、能開啟此在語境的話語，而不僅僅是為自己劃定一套唯美的、相對穩定的語言「綱領」，諸如月亮、雪花、黃金、霏雨、火焰、光芒、糧食、磨坊、玫瑰等。

這裏必須緊跟著指出：我與目下那些僅從表面的語素重複，來指責先鋒詩歌形式雷同的觀點是絕然不同的。在某個特定時代，一系列核心語象成為詩人反覆涉入的元素或原型，是詩歌內部機制自動性的反應。因此，不存在如何人為抑制它們的問題，而只存在如何通過個人的生命經驗來加深或改寫它們當代內涵的問題；不存在是否符合某一類老式讀者閱讀類型的問題，只存在通過個人對它們的創造性使用，去同時創造出其讀者的問題；不存在我們能否使傳統不朽的問題，只存在傳統是否能新新頓起經由當代開放、擴大和更新闡釋的問題。——在此一基點上，我們考察一項語境的立場，即是其當代性的強弱；考察一個意象的立場，即是看它是否將一個古老的語辭，化為個人「發明」般的「新詞」來使用。不錯，海子的詩大量地突出了「麥子」、「火焰」、「太陽」、「馬匹」等。但深入細辨，我們會發現，他是經由自己的生命心象來重新處理這些語辭的。它們奇妙、刻骨、深展、多向度，成為張力極大的、可變的和間接的功能場。在這裏，隆起的不是這些語辭的字典含義和美文含義，而是對現世生存經驗的更高程度的佔有與綜合。但是，我仍然要說，海子是不可重複的。特別是對生活在今天的我們而言，長久地沉溺於浪漫主義二元對立的話語型式也是值得警惕的。

接著，應該涉及這樣一個問題，即一個詩人的話語要素是從哪裏來的？在一個詩人早期的寫作中，誰都離不開對先代既成詩歌話語的模仿、體悟，特別是對某些原型語象的移用。即使在那些優秀的詩人身上，我們也會發現這一明顯的文本間性特徵。但是，如果我們長期作為有寄主的描紅者出現，而不是從現實生存和生命的原動力出發跡寫詩歌，我們不僅不能獲具被仿寫者的精神深度，甚至即使在形式上也談不到高標準的自覺。所謂借鑒，一定是對健全的審視、離析而言的。離開現實生存／生命話語的歷險，任何真正的借鑒都談不上。據此，我說，一個優秀詩人的話語，既是個人隱語世界的呈現，同時也必以此時代流行習語做伴生物。換言之，是詩人將日益變滑變薄變濫的大眾資訊語言，上升為本質的，根源的詩性話語。艾略特《荒原》中的「對弈」，奧登（Wystan Hugh Auden）的大量詩作，許多純是當時流行「習語」，請評價這「習語」的價值吧！

先鋒詩歌要有勇氣和力量直接地、刻不容緩地指向並深入時代。這樣做是危險的，但不這樣做卻更為危險。先鋒詩歌要創造和發現當代話語的全部複雜性，要擴大而不是縮小母語語型，要更廣泛地佔有語辭的命名權而不是向權力主義者和庸眾退讓妥協。因此，提煉個我靈魂話語與使用並顛覆僵滯的資訊交流話語，不是簡單地對立或互不相關的。而是兩者共時包容的。在現代社會，先鋒詩歌是最難以被某種強暴勢能「利用」的東西。但這並不意味著詩歌就具有不言而喻的重要性。難以「利用」，至少存在兩種情況：一種是無關痛癢的個人迷醉術，權力主義者可以放心而忽略不計；一種是更銳利更廣闊的精神離心歷險，在對生存的衡估和揭示中，持有詩歌獨一無二的「思」的重要地位。它更內在更準確更奮不顧身地嵌於時代之中，乃成為獨立於有限性和國家主義之上的話語創造行為。它的重要性不只是單向的挑釁、叛離所達成，而是整體包容的去創造新的精神話語歷史，並以對人類偉大精神共時體的銜接為標誌的。從形式上說，這也是先鋒詩歌得以以先驅身份出現的緣由。所以，我不理解詩歌對當代題材和歷史個人化的處理和把握為何使許多詩人視為畏途。處理當代主題和現實經驗為什麼一定會使詩歌變得不純呢？只有創造力貧乏的詩人才需要憑藉「已成」的類型化／工具化的美文語辭來保障詩歌的「純粹」。而真正傑出的詩人，則將母語更廣泛地涉入詩歌——先鋒詩歌的純粹是發展中的，不斷向未來打開的「純粹」，對語言現在進行時的抉取、洞徹，正是其自我把握、自我確立的一個關鍵標誌。先鋒詩歌的「純粹」，是當代全新經驗加入並為起點的「純粹」，是自由的想像和生存現象異質混成的複雜整體的生命空間，而不是文化閒人的話語遣興及夢境飄流。

讓我們回到文章的開頭。我說過，當代先鋒詩所有困境中最基本的困境，乃是如何在自覺於詩歌的本體依據、保持個人烏托邦自由幻想的同時，完成詩歌對當代題材的處理，對當代噬心主題的介入和揭示。我對這一困境的提出，並不是基於現在重新提起的「開放」幻覺。詩歌作為求真意志的語言歷險，永遠離不開對現實生存和生命的揭示。它的此在性是與生俱來的，而不是被任何即時性外在情勢的變遷賜予的。因此，在任何時候，它也不能被收回。否則，對外在情勢期望過高，會使我們的詩歌再一次成為被「利用」或被藉口抹掉的東西。說到先鋒詩歌對當代話語的佔有，我不是指那種表面意義上的「時代感」、「主旋律」，而是指存在主義意義上的個人與當代核心問題在語言上發生的衝突、互審、磋商等關係。它是生命和生存的當代，不是技術和物質的當代；它是異質衝動的當代，不是插科打諢的市民的當代。在我們一閃的生命中，最終有誰能夠像米沃什（Czeslaw Milose）那樣肯定地說出：

「如果不是我，會有另一個人來到這裏，試圖理解他的時代。」但願我們在未來的時候，也能這麼說。

二、可能的詩歌寫作

20 世紀 80 年代以降，詩歌的進展可堪嘉許。個體主體性的確立和對詩歌本體的自覺，是這一進展的兩項成果。然而，隨著具體歷史語境的變化和我們對深度寫作的探尋，詩歌又與新的困境相遇：我們的詩是純正美麗的，但面對活生生的時代真實性，歷史的個人化，這些詩的承載力遠遠不夠。詩歌素材上的潔癖和表達方式的單一，是問題的現象層面；而造成這一現象的深層原因，我以為還與我們對詩這一古老文體，在當代新的寫作可能性的探求不夠有關。在我們的觀念中，詩歌是主觀「表現」藝術（抒情性；以及那種以「妙悟」為旨歸的隱蔽抒情）。儘管詩人們「表現」的話語形式及意味有高下之別，但它們卻有同等的根基：表現，作為一種寫作姿勢往往通向主觀和絕對。由此，詩人與讀者達成了默契——「我是在表現，你們是在接納這種表現」——即使有時讀者排斥詩人所表現的內容，但他同意詩人預設的姿勢、發話的「語法」。

我承認，這是這時代「閱讀期待」的一種進步。但問題還有另一面。我們看到，長久以來詩人過分享受了這一默契，流弊所及使寫作成為「孩兒國」的恣情表達。他單一、絕對地歌唱，歎息，自戀，褻瀆，邀寵，斥罵……完全以物而喜，以己而悲，暗中以為自己擁有著對詩的「真實性」的全部解釋權，具體生存的真實和人的情感經驗的複雜性卻被懸置一旁。表現，這一具有無限選擇可能的觀念，在這裏被導向了主觀和絕對的自我抒情，或對抒情的反向寄生（那些出於情緒化二元對立的「反抒情」，乃是一種更大的抒情）。

這樣的詩歌姿勢固然有其合理性，但又有虛弱和不成熟的一面。它降低了寫作的難度，抑制了靈魂求真意志的成長，使詩走向新一輪集約化、標準化生產。它難以有效地處理複雜的深層經驗，和把握具體生存的真實性，喪失了詩的時代活力。更嚴重些說，它在不期然中也以另一種方式加入了「集體遺忘」的行列。或許詩人會說，我的寫作對我而言具有真實性。但在我看來，詩人情感的真實不等於詩的真實。前者指向詩的發生學，後者指向詩的效果史。後者乃是問題的致命所在，它使詩歌擺脫詩人而具有了自我確證自我持存的客觀價值規範。

面對這種主觀和絕對的抒情寫作，我感到詩在變成單向度的即興小箚，消費時代某些文化人的遣興，而不是與時代生存和人的生命經驗彼此呼應或觀照的「特殊知識」。因此，我認為，今天我們有必要擴大詩歌文體的包容力，由抒情性轉入經驗性，由不容分說的主觀宣洩，轉入對生存和生命的命名乃至「研究」。我想將這種寫作稱之為準客觀寫作（不消說，任何類型的寫作都不會沒有一點主觀性），懷疑主義和相對主義立場的寫作。

這種寫作要求詩人抑制單向自我的抒情姿勢，忠實於成人精神世界的複雜性、矛盾性和可變性，在詩中更自覺地涉入追問、沉思和反諷、互否因素。詩人將自我置於與具體生存情境對稱的立足點上，冷靜、細密、求實地進行體驗、分析和命名，探究深層經驗的多重內涵，呈現其豐富的可能性。這裏詩性的沉思不同於人文學科要求的明晰和判然。它是或然的，它不「解答」問題，而是經由詩歌話語的觀照，捍衛住問題的複雜性，使之保持活力，以不被權力話語和「技術時代」所簡化和抹殺。與此相應的修辭法和結構法是互否。它使詩歌中不同意向間發生摩擦、盤詰，結構內部設置不同的「聲部」，在更為複雜的語境裏，呈現經驗世界的整體性，最終實現詩歌更高意義上的自足。

這樣的詩當然是有難度的，但值得一試。它要求詩人不僅要有個人化的修辭想像力，同時也要有個人化「歷史想像力」。這一雙重考驗有助於使詩歌形式本體論趨向與之相應的生命—生存本體論。或許這種實驗將鬆動目下詩歌的文體類型學和限定性，但會為這時代的詩歌寫作注入重要性，並提供持久的價值感。

與主觀和絕對的抒情方式伴隨而來的困境是，目下詩歌的辭彙量在以空前的速率減少。這種減少是一種奇怪的減少——它以表面上的增大為掩飾。稍作考察我們就會發現，目下詩歌中的辭彙大致有兩類。一類是與情感有關的形容詞，另一類是「美麗的」自然物象的名詞。這兩類詞在詩歌中的確日益豐富花樣翻新，但從根本上說它們是可類聚的、量上的補充。或許在詩人們看來，前者直接指代情感，後者天然具有「詩意」。因為它們在整個詞義使用的歷史中已積澱下了其抒情性，具有預先注入的「詩性」優勢，詩人何不利用這一優勢？但我越來越感到，或許正是這種所謂「詩意」，這一套固定的語言綱領，使我們的詩歌缺乏旺盛的時代活力和生命經驗的重量。對這兩類辭彙的倚重，同時也導致了詩歌骨子裏的「不及物」及詩歌語型的貧乏，彷彿大家在寫同一首詩。詩歌作為對生命和語言無限可能性的洞開，其話語領域是無限廣闊的。優秀的詩人對這種廣闊應有自覺承諾。我想，我們能否使一種有待在寫作中揭示和命名的中性詞涉入詩歌？能否吸收和接引俗語、俚語、口語和方言？能否在「構成性」的詩歌語型中糅入敘述和人際對話？這些或許有助於發展詩歌文體的混成力，使之成為時代生活的血肉之軀上割下的活體組織，而不是停留在「妙悟」的水準上。利用「已成詩意」的寫作，是源於詩人對經典文本閱讀的寫作，它直接趨向他人寫的「結果」，而不是通向使我們寫作的力量。成熟的詩人應該能夠在豐富靈活的不同語型中自如遊走，這樣的詩，會使我們感受到它與具體生存的關係。它不僅是可能的，也會是現實的。

考慮到詩歌把握具體歷史語境的真實性要求，我還期待能在詩中看到「敘事性」，那種碎片式的、冷靜的、對「事件」的描述和探詢。這方面艾略特、貝里曼（John Berryman）的敘事技藝對我們會有啟發。艾略特的《普魯弗洛克的情歌》，同樣在處理日常「事件」。但詩人成熟的心智和技藝，使一個事件轉化成了經典性的、對人具體生存情境的分析和研究。它承擔了比事件更沉重的負荷。詩人既是冷靜客觀地敘事，又是戲劇性獨白和深刻地命名。他將克制陳述、戲劇獨自、沉思追問和引文嵌入扭結為一體，寫作者的態度因「事件」本身的複雜性而變得遲疑，構成了詩歌巨大的包容力。這樣，詩的敘事依恃的不再是單維的時間鏈，而成為各種聲部間的爭辯；詩具有了打動人心的生存經驗力量（而不只是情感力量）。詩人是在敘述，但敘述不再是因果關係的交待，他與事件拉開了足夠的距離，一邊敘述，一邊分析自己的敘述，寫作成為朝向求真意志的摸索。「情歌」，在這裏成為被重新陌生化的一個「新詞」。這首詩，對敘事性反諷同樣具有啟示。它的整體運思是在反諷一面，但不像我們在敘事反諷中慣用的那樣，簡單地說反話或揭示事件的乖張面，而是以複雜的立場展現事件內部糾葛中不為人知的方方面面。在詩中滲入一定程度的敘事性，有助於我們擺脫絕對情感和箴言式寫作，維繫住生存情境中固有的含混與多重可能。如何使我們的詩更有生活的鼻息和心音，如何使之具有真切的、有摩擦質感的「當下」性，如何使我們的話語保持硬度和韌度，並使之在生命經驗中深深紮根，我想，模糊一下詩歌文體的界限，在其中自覺加入敘事因素，也是應予考慮的問題之一。

綜上所說，我認為，對詩的反思應兼顧文體和意義這兩個方面。詩歌在今天為什麼衰落？不要一味埋怨「市場霸權」，因為市場經濟並不只是中國詩人獨有的境遇。從世界範圍看，恰好是市場經濟空前膨脹的國家產生了無數傑出的詩人。返身自省，我們從詩歌文體特性的角度應當追問一下，我們的詩歌意識是否出了問題？詩這種文體，以抒情為要。而抒情的「我」，與詩中的「說話人」在我們心目中是同一個人。正是我們的詩缺乏「他」或「戲劇獨白」的聲部，沒有葉芝式的「面具」理念，使得詩人在抒發感情時心懷忐忑。詩人要在詩中極力美化自己，使自己更「正確」、更「體面」。他駭怕暴露自己的矛盾、「不潔」。其實，讀者最鄙薄詩人由自我迷戀製造的道德神話，一些詩人至今還在盲目製造或自覺利用這種道德神話，使詩壇上聖詞滿天飛，聖人遍地走。這是一些心機甚深的「聖人」，骨子裏浸漬著本質主義和精神等級制獨斷論的福爾馬林溶液。讀者從成千上萬的詩篇中讀出的只是一個總語義「我是個好人，你們不是」。他們能不棄詩而去麼？

因此，我想我們應給詩歌增加聲部，將抒情中的「我」由矯飾的既在、統一的道德教條，擴展為更具有生命經驗真實感的矛盾的我，分裂的我，有待爭辯和探詢的我。考慮到人性的弱點，我想這個不夠「體面」的我可由本真的敘事性或自我對象化的「戲劇獨白」人物來承擔。同時，還因為，單純由「我」來抒發內心的不潔與惶惑，也常常會變為另一意義上的道德自戀。這樣，也會使詩喪失經驗的包容性和對他人講話的能力。艾略特筆下的「普魯弗洛克」、貝里曼筆下的「亨利」，既是「他」，又是「我」，矛盾的經驗在此匯合，彼此盤詰、對話，生命的真切體驗於此浮現。作為範式，它們會給我們很大的啟發。

三、另一種火焰或升階書

由實利主義、市場宰制和技術競爭及「後極權」重新構配帶來的商品社會，正在成為我們所面對的最強大的意識形態。在這種權力、技術、拜金三位一體的中國式集約化／工具化時代，文化的進一步荒蕪和新的可能性都共時存在。面對這一突然裂開的空白，對先鋒詩歌的考驗從未像此刻這樣尖銳、集中、不容茫然、無法簡化。詩人的審美求真意志，心力，天賦和經驗，都將在此遭逢無情的存遺。先鋒詩歌的全部個體生命玄想主題，修辭基礎，結構傳達，「詩質」固持……也都無法擄有非歷史化的唯美「不及物」狀態。非此，我們面臨的就不再是文本被焦迫的生存情境稀釋掉之虞，而是更快些：自我稀釋、鬆開。

當今的先鋒詩歌，已經秉持了 1985 年以降先鋒詩歌運動帶來的兩項成果：其一，在意識背景上，加促了權力選本文化的崩潰，個體生命意志取代了集體順役模式；其二，在詩歌的本體依據上，完成了語言目的性的轉換：語言在詩中不再是一種單純的意義容器，而是個體生命與生存交鋒點上唯一存在的事實。

然而，作為跨文化語境中的中國先鋒詩歌（因為，被認為是一種創作思潮的先鋒派 AVANT-GARDE，最初只是一種歐美現象），在其令人鼓舞的短促湧流期之後，近來似乎跌落為一種對個人世俗榮耀的虛榮本能提供服務的趣味，和對「能指」本身的盲目奉祀。前述兩項成果，可歎地由詩學向度的系統轉換衰退為系統因數的微調。的確，對剛剛經歷過「鐵人」（Iron men）權力時代的詩人來說，致力於詩性純化的工作，或由話語嬉戲伸延到間接的反崇高，是必然甚至合理的一步，需要我們嚴肅慎重地對待。但是，另一個更嚴肅的話題是，長久懸止在這兩端上的先鋒詩歌，已遠離求真意志，甚至漸漸形成了先鋒詩歌自身內部對其剛剛培養起來的深人生存／生命能力的毀棄。這和先鋒藝術的原創性是不可通約的，儘管表面看來，它們也具有某種意義上的「棄家」性質。

在我看來，先鋒詩歌語境所具有的棄家性質，不單是指自由幻想的孤懸，和對歷史及「特殊知識」的快意顛覆。它對生存／生命不是簡單的擺脫或以惡抗惡。詩人將自己放逐到社會常軌之外，是為了使個我靈魂的話語更強有力地達成與生存的對稱和對抗，並最終實現精神叛逆和「價值」重構二而一的個體生命對整體生存包容的主體性。這是一種不含有任何機會主義動機的藝術立場，也幾乎是作為永久運動的先鋒詩歌斬釘截鐵的法則／依據。因此，與其說先鋒詩人是快意的精神浪子，我寧引另一論，他們是不妥協的異化生存／生命的敞開、洞察者，是自由詩歌精神共時體和求真意志的發展者，是另一種火焰或升階之書的銘寫人。

一些詩人之所以會對先鋒詩歌揭示生存／生命的功能產生抵觸，我想，一個重要原因是我們曾備嘗有組織、有系統和非人法規的極權主義話語壓制，從而企望在藝術超越中實現自由的幻想。詩人這一緩解的應力模式是如此合理，致使對它的粗暴指斥不遜之言變得面目可憎。基於此點，我願意說，詩人們的這種抵觸不但是值得的，甚至可堪嘉許。但是，當時代的意識形態勢能與一種物質主義宣傳親和結盟時，缺乏生命靈魂疼痛和更高意義上離心衝突的詩歌，正被這種親和引導到消費方面去，並最終被吸附接納成為淘氣的同道。因此，我們要想完成主動意義上的文化批判、語言批判和精神超越，必須對這一勢態有及時迅速的反應或警覺，並通過深度的文本對這種反應或警覺完成顯豁的呈現。

確實，在一種強大的權力話語騙局被揭穿後，任何對「個人化歷史深度」、「特殊知識」的追復、籲求一時間都顯得缺乏吸引力。正是在這個維度上，許多詩人將自己的詩歌寫作平行歸附到後現代、相對主義觀照範疇的。但有一個基本前提不容忽視，有價值的相對主義絕不是貌似辯證實則折衷的東西，與其說它使對價值的指認形成平分秋色的消解，倒不如說它使人與生存的衝突愈演愈烈。如福柯、羅蒂（Richard Rorty）、利奧塔（Jean-Francois Lyotard）等人那樣，在建設性和批判性的立場上，相對主義體現著對生存／生命中具體、複雜、邊緣的內涵之敬意；並由此激揚出與現代神話的崩潰相聯繫的、更自覺充分佔有精神差異性的話語立場。相對性的建立，恰恰需要健全靈魂／智力這一絕對條件，而對「相對」本身的簡單膜拜，恰恰是一種毫無道理的絕對。

因此，我想，談及合格的中國式「後現代主義」詩歌，就既不是語言拋射的轉盤賭興奮，也不是廉價的口語化皮影樂園，更不是供庸眾賴以消閒的速食。它應是現代詩歌懷疑精神和反抗姿態的激進持續發展，是詩人通過更極端的寫作來撕裂權力話語暴力的策略，是生存／生命新的可能性之「分延」、「播撒」。任何簡化某種想當然的西方後現代主義的理論話語，都很難對本土先鋒詩歌作出實在而有力的評估。我認為，某些知識份子詩人，少數非非主義，莽漢主義和「他們」社團的詩人，其感人的信念之一正是此一既拆除整體話語「深度」又「拆除對深度的拆除」。這和一些人津津樂道的插科打諢的媚俗的「後現代」沒有更多共同之處。這裏，我想順便指出，今天我們目睹的所謂現代詩與後現代詩之間的「衝突」，不是什麼精英意識和世俗意識的對壘，而是發生在「精英」內部的必然交鋒。這種交鋒從 1985 年起就次第展開了，而且一刻也沒有輕鬆過。假如我們的詩歌發展史是由幾個剛進口的西方理論語詞來創造，那麼這個發展史也太可有可無了。

與那些慎重「借挪使用」又保持批判精神的詩人不同，另一些詩人卻選擇了「後現代」思潮中的其他路向，即單維度地「消解價值關懷」，「歷史意識的終結」，「拆除深度」，「平面話語的嬉戲」。此類詩人將後現代思潮中的批判精神，降格為無可無不可的話語空轉，和泛審美的大眾話語式的狂歡。或許，在寫作中不同的精神向度都可以也應該存在。但是，正如「格雷欣法則」所指出的那樣，在一個商品社會，一個消費主義大眾文化占支配地位的社會，價值不高的東西反而常常會把價值較高的東西「擠出」流通領域。隨著新一輪的、幾乎是一體化的快樂原則和反智主義的盛行，以及鋪天蓋地的網路詩歌的放縱遊戲，那些本來已屬鳳毛麟角的真正具有較高精神價值和美學價值的先鋒詩歌，在此時代竟變得舉步維艱乃至動輒得咎。我們看到，當下網路那些流行的自詡的「先鋒詩歌」，在消解了「精英獨白」後，變為了小型的「庸人獨白」。這是貧乏中的自我再剝奪，其寫作意識及審美流向，呈現出新一輪的狹隘化、簡單化、蒙昧主義、獨斷論。這些詩人說，自己的詩歌消解歷史意識是為了獲得「即刻生活」的真實。但在我看來，這種詩歌只有單維度的「本事」的真實，而沒有對時代的觀照或精神體驗的真實；它們或許有時貼近了表面的「日常生活的現場」，卻沒有能力抵達具體歷史語境中的「存在的現場」。

在當下，對先鋒詩歌「個人化歷史想像力」造成惡性覆蓋的，還有另外一種寫作時尚，即以「自由幻想」為名，對詩歌想像力的無謂揮霍。這類詩人對所謂「先鋒性」的認識，多數人大抵停留在「神奇的修辭效果」層面。他們認為，先鋒就是想像力的快意飛翔，話語的神奇組合作為奇異的力量，會將我們從沉重刻板的現實中解放出來，遨遊於自由想像的文本世界。這些詩人同樣也引某種「後現代」理論為張本，說自己是在「重構話語策略」，其文本「不是可讀的，而是可寫的」，是「能指鏈的無窮遊走」……如此等等。我們在此看到的只是語詞之境的幻美展示，而沒有任何歷史和生存承載力。或許這些詩人要說「詩歌就要超越現實」，但是，我認為這也是個體面的圈套，至少客觀上如此。很明顯，這種詩歌一點都不「超越現實」，而是更為「現實」所制導：它與目下消費時代一樣，擦去隱痛，迴避質詢，快樂逍遙。你消費高級商品，我「消費」語言，從某種意向上說，二者是不同向度的同心圓，或是異質同構的。與其說它們是關於「純美」的，莫如說它們更像是消費主義文化在進行了表面改裝後，實施的偽先鋒置換。

上述所舉的兩種詩歌樣態之間，固然有不同的寫作意圖、題材畛域、文化立場和話語系譜的差異性，譬如說它們中某些可能是保守的、嗜美化的、正統的、邀寵的，另一些則可能是極端的、私密的、怪癖的、肉身化的。分析它們的差異性，需要另寫一篇文章。我這裏只想從寫作意識本身，揭示出在以上這兩個有差異的寫作格局背後，卻擁有著同等的根莖——它們不約而同地減縮著詩歌創作中的歷史想像力，貶抑了個體主體性對存在的形而上觀照，喪失了先鋒詩歌本應具有的更寬廣和更強大的話語輻射力和穿透力。從而使先鋒詩歌變得無足輕重，將一切納入輕慢的語言漏斗中，阻塞了先鋒詩歌繼續精進的可能性。

我們是否應該反思一下：在新的歷史條件下，我們的詩歌寫作如何在獲得自由輕鬆的同時，保持住它揭示歷史生存的分量感？如何在贏得更多讀者的同時，又不輸掉精神品位？如何既置身於當下世俗的「生活流」中，又不至於瑣屑低伏地「流」下去？如何在對個人經驗的關注和表現中，能恰當地容留先鋒藝術更開闊的批判向度、超越精神和審美的高傲？這些問題本來應是自覺的先鋒詩人寫作的前提，今天卻不得不再度「籲請」、「辯難」、「澄清」了。

值得強調的是，當我們對前述詩歌類型進行過批評之後，我們還要跨過最後一道考驗：即那種把現代詩揭示生存／生命的功能，等同於非此即彼的二元對立判斷，或對某些現成教條的形象演繹，甚至意識形態寫作和道德意義上的修辭糖衣，諸如此類的另一意義上的權力話語後遺症併發狀態。不，這種精神強暴等次關係的工具性役使，有時是會比「趣味」觀和「能指」奉祀狂，更可怕更致命的對先鋒詩歌的威脅。先鋒詩歌是對被遮蔽了的存在的敞開和揭示，它內部的張力構成了生存／生命中矛盾性、差異性、衍生性、邊緣性，與價值關懷、本源、核心的平等對話／盤詰。這一切彼此衝突糾葛，多音爭辯式地運行在詩歌結構深處，唯一不變的是詩人揭示生存／生命這一基本立場，或用昆德拉的話說，是一種首先發生在藝術中的「直面首席法官缺席」的對生存的探究。正是在這個意義上，先鋒詩歌保持了揭示生存／生命這一事實的時代活力，並通過與此的對稱，「發現了只能經由詩歌發現的東西」。它堅實、自足，尖銳地敞開生存／生命，並隨時返回自身而不被稀釋、消解。在此，火焰在燃燒中擁有著自我澄明和敢於自我焚毀的雙重性質；而「升階」的姿勢，之所以有價值，乃是因為它涉及到詩歌結構諸意向間自身內部的對話、摩擦、互否、互動、張力力量的牽引。舍此，火焰的隱喻僅代表濫情主義詩歌的單向度自譽，而升階之書更會成為精神自戀者無關緊要的道德訓箴了。

我想再申說一下前面所述，今日詩人充任的精神叛逆、價值重構二而一的「個體生命對整體生存包容的主體性」，這一形象的現象學的細節含義。「精神叛逆」，是指詩人在統一化的商品及權力社會中，堅持個人化的犀利、離心的語辭歷險，固守種族觸角或見證者的高度，並最終使文本經受住生存／生命天平和形式主義天平的雙重考驗。「價值重構」，是指詩歌話語結構自身、而且也只能經由其自身，完成的對「存在之遺忘」的警示、敞開。此一價值，同時關涉詩歌自身的本體依據、獨特功能，對這種本體依據意義上的「價值」進行「重構」，應更有助於我們的形式自覺，而不是相反。「個體生命對整體生存包容的主體性」，是指詩人自覺地考察個體生命與整體生存境遇之間顯豁或隱匿的必然關係，並最終發而為個人承擔全部後果的詩歌的

「特殊經驗的知識」。或如蒂利希（Paul Tillich）所言，「詩人要有敢於在已失去意義的世界中獨自承擔焦慮的勇氣」，並通過個人對整體生存的包容，「精心培植出詩的花園」。而在求真意志的迸湧中，火焰或升階之書不會是懷疑和批判精神的終止，更不會是對另一意義上權力話語的寄生；它們對自我的無情反思、批判，甚至更加深入，更加令人膽寒……

四、大眾傳媒話語膨脹時代的詩歌寫作

最後，談談大眾傳媒話語膨脹時代，為何更需要用詩歌「發言」。

我們生活的時代被稱為「大眾傳媒占支配地位的時代」，「資訊時代」。這個時代當然有值得讚歎的一面，但它帶來的負面影響同樣值得注意。今天我們已看到，大眾傳媒的高度膨脹已形成了可怕的資訊污染。它們不憚於惡俗地搜奇獵怪，以大量無聊的資訊充塞著人們的頭腦，吞噬著人們本已所剩無多的閱讀時間，使人在資訊的漩渦裏全速墜落，無暇分辨，互相擠撞。這些資訊的氾濫沒有激發出人們沉思默想的潛力和對生存與生命的敏識，反而閉抑了它們。沉溺於讀小報、看電視和上網聊天的人，像是一個古怪的依賴性的雙足肉身的接受機器，一旦接觸到特定的文字和圖像，就發出快意的痙攣。他們需要在可公度的語言符號、圖像符號中呼吸，他們的閱讀活動已完全拱手奉給了「傳媒神祇」，他們的思考、抱怨、渴慕、欣快、逃避，都卑屈地受信息源的支配。大眾傳媒構成了一種匿名的大寫的權威，它的龐大權勢使大量的接受者在認識力和想像力上甘居侏儒的地位。

資訊時代的文化是一種特殊意義上的商業，它不但浸漬了廣大受眾的心靈，而且已深刻地影響了文學藝術。體現在小說方面，就是新聞主義和市民瑣屑生活的奇怪混合，當紅小說家已不懂得（或不耐煩）何為描寫，只是一路敘述下去，像是在為影視提供文學腳本。體現在散文方面，就是大量地傾銷現成的處世方略、情愛奇觀、物欲崇拜、旅遊見聞。體現在詩歌方面，就是追求現世現報的「明白如話」，「幽你一默」，以惡俗和肉麻當有趣。

從「資訊時代」的總詞根上看，當下的文學藝術幾乎成為它的同謀者。詩人作家從半推半就到主動「取經」，與大眾傳媒一道「沒收」著人們已所剩無多的獨立思考與感受，將之傾倒到巨大的文化垃圾站中。閒言碎語，蜚短流長，無意義書寫，經由電腦排版，竟被視為傳播文化。最後，無聊的資訊被等同於精神產品，「博取更多的資訊」不再是人生活的輔助，而成為一種「活著」的終極目的，一種「現代的」世界觀，一種占統治地位的閱讀類型。

索列斯庫（Marin Sorescu）在一首詩中寫道：「電車裏的每一位乘客／和在他之前曾坐在同一座位上的乘客／是一模一樣的／……每人都有一個／被後面閱讀的報紙／磨損了的脖子／我感到脖子後一張報紙／用它的紙邊／擰著切著我的靜脈。」這首詩名為《判決》，標題令人如此震悚：「判決」，本是指法院對審理結束的案件做出的決定。那麼，如此多的平凡而無辜的人憑什麼就被「判決」了呢？是什麼東西擁有這麼大的權勢來判決人們？這個判決者竟是一個柔軟的喚做「報紙」（或曰「電視」、「網路」）的傢夥。它剝奪了無數個體生命的自由和內省，它吸攝了你的視線，使你即使在電車中也心甘情願地履行荒謬的「積累資訊」的「義務」。不錯，你最初的閱讀是自發的，「自由」的，可一旦你被這種「自由」的毒品麻醉後，你就無法知道其他的自由了。你被判給了永無饜足的大眾傳媒流水線，成為以此代替精神生活的自欺者，以此存活的閱讀壯工。你已離不開這種微笑的柔軟的刑罰，失去它，你會感到煩惱無依。這樣，作為被判決者，你完成了與判決者的合作。

在「大眾傳媒資訊共用」的嚶嗡的撫慰下，人失去了個性，語言變得類聚化，木訥而空虛。為什麼說「電車裏的每一位乘客／和在他之前曾坐在同一座位上的乘客／是一模一樣的」呢？一樣低垂的腦袋，面對一樣的佈滿字跡的密密匝匝的十幾、幾十版的紙片，人們將最本己的情感、思慮，完全溶解並消失在一體化的話語場中。傳媒對什麼資訊微笑，我們就共同對什麼資訊微笑；傳媒讚歎什麼成功人士，我們就共同仰慕他；傳媒怎樣掌握時事「導向」，我們就怎麼理解時事；傳媒連載哪些與它構成「親戚」的小說，我們就閱讀什麼小說；傳媒對什麼表示憤慨，我們也共同莫名其糊塗地對之表示憤慨……在這種勞力而省心的閱讀流水線上，我們成為彼此無差異的平均數。我們由一個活人變成了一個乏味的閱讀動物，無數的動物只構成大寫的0。置身於這樣的閱讀環境中，人們自我減縮，並相互減縮。消除歧見、抹平差異是大眾傳媒的拿手戲，用紙邊「磨損人們脖子」，就等於刪除人們獨立思考獨立體驗的腦袋。而這，是真正的詩人所無法忍受的。

在這樣的時代，「為何要用詩的形式發言」，就變得不言自明。本真的詩，源於個體生命對生存的體驗，也就是說它的動力學因素來自一個具體的肉身和心靈。在有效的詩歌寫作中，不存在一個能夠為人們普遍「立法」的精神總背景，詩人天然地反對任何整體話語來幹擾與阻撓個人精神和言說的自由。詩人通過創造自我的言說方式，挽留個體生命對生存的獨特真實體驗，在一個宏大而統一的生存境遇裏，倔強地為活生生的個人心靈「吶喊」。這種吶喊是一種奇異的「吶喊」，它為自己的音高設限，它越是耽於內心的低吟，就越能滋潤於久遠，它存在於總體話語和大眾傳媒權勢鞭長莫及之處；它如此寧靜而固執地獨自吟述著個人靈魂中的奇思異想，不求「共識」，但求磋商與對話。在一個整體主義、本質主義、科技霸權和公共書寫媾合的時代，生命和語言的差異性越來越被粗暴地減縮，最終它們面對著被徹底通約化乃至刪除的危險。詩歌之所以繼續挺身而出，乃是為了捍衛個人心靈的聲譽和權利，發出無法被意識形態話語、傳媒話語、科技話語所稀釋和壓抑的聲音。這種聲音是歡愉的、安慰人心的。在詩人的心中，沒有超個人的權威催促人們「非如此不可」；詩人用不著卑屈地向所謂的市場經濟時代的「廣大的需求」來索取寫作的合法性。詩歌，在今天如果一定要有什麼「功能」的話，我想說，它在不經意中成為了人類話語中最具有「民主自由主義」實踐力量的一支。它的民主和自由不是空洞無謂的集體主義神話，而是回到具體個人，堅持個人話語對生存體驗並表達的永恆權利，「第一原理」。因此，從個體生命出發，筆隨心走，揭示生存，眷念生命，流連光景，閃耀性情，這些基本的內容在古往今來的詩中是凝恆不易的。在詩人心中，迸湧著長眠者的聲音，當下即刻的聲音和未來者的聲音，並以個人的言說直指人心。那麼，是否請那些習慣於大眾傳媒的讀者也來嘗試著聆聽一下詩的聲音？

或許會有自詡為「客觀、辯證」的人士來教導我，這種說法太偏激了，「思想不正確」。對這樣的人，我理應退避三舍，就讓他「正確」去吧！　最後，讓我以希姆博爾斯卡（Wislawa Szymborska）的話作結——

啊真理，不要太注意我
啊莊嚴，對我大度些
容忍吧，存在的神秘
容忍我拆掉你「列車」的路線……

第三章　精神向度：五組「兩難」境遇的整合

在我詩歌藝術探尋的道路上，曾留下許多輕描淡寫的足印。於今想來，閒適的趣味是那麼長久地羈留住我年輕的、恬然自得的心。望著自己在一個時期寫作的詩，它們像幽深岑寂的東方庭院，那麼和諧，又那麼空虛。是的，那時我涉世未深，傳統的隱逸趣味暗中支配我，使我的審美情趣朝著空靈、蕭然淡泊的士大夫氣格打開。我將詩歌視作吟風弄月以調節心理平衡的迷香，即使其中有模仿意義上的嘯傲山林的狂悖，也是基於對現實生存的迴避而發。漸漸地，我的閱歷和生命體驗告訴我，這種所謂「物我合一」的狀態，這種幽寂清遠的語境，並不能給現代詩帶來真正意義上的深度，哪怕僅僅是開啟它有力而持久的形式。難道我們寫作是為了修煉成為一個隱逸者、山林居士或蔑視生存境況展示的佯狂者嗎？我又一次理解了五四新文化運動「文學革命」的先驅們，為什麼不約而同地首先向自身的傳統開戰。他們真的幼稚到不辨良莠的程度了嗎？真的區分不出藝術在形式層面的高下了嗎？不是，他們看到的乃是現代性的強行介入，中西文化衝突加劇，人的視野陡然擴大後，必須使代表民族精神的文學藝術能適應並準確表達時代經驗的變化，成為現代思想、文化、政治、國民性重新建構的重要部分。正像一些有識之士說的：人類文化的不連續性往往是由於被中斷的文化本身的某種欠缺造成的，它更多地表達了被中斷的文化本身的內在變革要求。西方文化的入侵由中國精英知識份子來發動，這一定表明中國文化中欠缺某種東西，表明現代中國人在思索中國的價值形態時，從五千多年的歷史文化中找不到某種確實可靠的東西。

詩歌應表達什麼，並非一個本質性概念。每個時代都應發明對自己有效的表達範疇。關於「現代詩的標準」的討論，是近年詩論的熱點之一。但是，我看到許多文章長久徘徊在「好不好」、「美不美」的問題上，而且是以古典詩歌為圭臬。其實，對現代詩來說，更致命的問題已不僅是這些。衡估它的「標準」時，我以為首先應將寫作的「有效性」和「活力」考慮進來。詩寫得是否「好」，長期以來是我們無需思考只憑習慣就接受的標準；但是，「好」的作品不一定是有活力的和有效的。

在我看來，現代詩寫作的標準，像一條不斷後移的地平線，它不是一個具體的「地址」，也沒有一個技藝上的穩定衡估指標。但是，這並不等於說現代詩寫作可以信筆胡來。當「優美、和諧」不再是現代詩的圭臬後，寫作的活力，介入時代生存和生命的有效性，對母語可能性的挖掘，就成為詩人追尋的基本意向。

現代詩的活力，不僅是一個寫作技藝問題，它涉及到詩人的個體主體性對整體生存的包容，對材料的敏識，對求真意志的堅持，對詩歌語境包容力的自覺。你想寫出一個世界，首先在「精神向度」上要釐定好它的方向。以下是筆者對長期困擾現代詩人和批評家的五組「兩難」境遇的分析與整合。在我看來，它們並不像許多詩人、批評家認為的那樣，真的構成非此即彼的矛盾關係。而可以是互相轉化、互相滲透、互為表裏的整體存在，對它們的動態把握和整合，或許會創造出與我們的現實生存相適應的更豐富、複雜的先鋒詩歌。

一、個體主體性對整體生存的包容

現代詩從內在精神上永遠不會也不能放棄這種標度：它是一種詞語的存在形式對生存／生命存在形式的揭示和對稱。它以個體主體性的自由和承擔意識，和詞語對生存和生命「命名」的力度，顯示了人對文化壓抑和宿命的永恆反抗。批判性，意志性感受，孤獨，內省，死亡，時間，超越，都是其內驅力。但與實證性的文本不同的是，它企圖用詞語對稱和對抗於生存，完成詩歌精神的超越。它不僅是此在的，還是對偉大過去的喚回，也是對未來盤詰的回答。因此，在現代詩中，我們發現了它非常強勁的張力地帶：既是個體的又是整體的，既揭示又拒絕，既自省又救贖。它對生命之終有一死肯定，它對人精神廣義的先死拒絕；它堅持寫作就是坐下來審判自己，它又相信人是可救的，人是唯一能按自己想要寫成的樣子而創造自己的。

尼采在《查拉圖斯特拉如是說》中，以拉倒天庭支柱的力量說過：「你有勇氣嗎，我的兄弟？……不是那眾目睽睽之下的勇氣，而是隱士與鷹隼的勇氣，這是甚至連上帝也見證不到的？……那種知道恐懼但又征服恐懼的人是有魄力的人；他瞥見深淵，然而卻帶著高傲的情懷。那以鷹隼之眼打量深淵的人，——那以鷹隼的利爪把握深淵的人，才是具有勇氣的人。」這裏，對見證者的棄置和俯臨深淵的情懷，並不應導致現代詩變成那種浪漫主義式的自我誇大癖。對於一種成熟的現代主義智性詩歌來說，它的抗議是輓歌式的，隱忍著一種從自我到歷史話語真實的轉換。它在不可還原的詞語事實中，表現的不只是自我，而是比我更高的存在本身。這種無法僅用個體的力量達到的描述深度，詩人調動了人類求真精神共時體的聚合能量。所以，在人們看來「表現個體還是表現整體」的二元對立困境，在真正傑出的詩人那裏是不存在的。他完全可能從個體主體性出發而包容整體生存。「在真理中歌唱是另一種呼吸」（里爾克〔Rainer Maria Rilke〕語），它對生存境遇的描述，常常會體現為「我」的不在場。廣漠、蒼涼、罪孽之上，有一種近乎集體潛意識「原型」的絕對訴說。

此外，如果把詩人們的揭示放到個我生命與廣大生存的關聯域來考察，情形同樣是：現代詩一旦化為詞語事實，就承擔著展開語言歷史化語義積澱的類群性動力系統。它的意圖和進程本身，不會充分由詩人個我的智性所控制和把握，這種語言鏈不斷的繼續滾動，必然會加入到人類精神共同體驗到的生存真相之中。由對個我的不斷「放棄」，到對人類生存的關懷，是一種合乎生命邏輯的結果——當然，其前提是詩人已經培養起來的個體主體性。這與那種漠視個體的人，以集團目標壓抑個我自由精神的工具式詩作，是完全不同的兩種創造力型態。前者否棄個體生命的尊嚴，後者將個體生命包容進人類命運之中。這種化有限精神實體進入更廣闊的人類生存和生命勢能的努力，不但使詩歌具有著更不可被現代即時性欣快症消解的硬度，同時又保持了個人內在精神自由的必然發展。它真實、尖銳、高瞻、緊張，在膚淺的「表現自我」急遽衰落後，代之以一個更為可靠的歷史立腳點——偉大精神共時體中的自我——為揭示人類複雜的情感經驗而詠述。

布羅茨基（Иосиф Бродский）在論述曼捷斯塔姆（Осип Мандельштам）的詩時指出：由於某種奇怪的原因，「詩人之死」這幾個字聽起來總是比「詩人之生」這幾個字更為具體。或許這是因為「生命」和「詩人」這兩個詞，從詞義上來講，從它們原有的模糊意義來講幾乎是同義詞；而「死亡」——即使作為一個詞——則差不多像詩人自己的作品即詩那樣明確。這近乎是一種預結構形態存在的宿命。現代詩是詩人強使自己觀看真實、殘忍、荒誕的一條途徑。但詩人關心的不只是自我生命的死亡，而是詩歌作為人類「個人文明」終端顯示的死亡。現代詩從意味上最主要的特徵是對生存的領悟（apprehend）。正像羅洛・梅（Rollo May）在《愛與意志》中揭示的那樣，按照韋伯斯特詞典，我們發現，apprehend 一詞的細節含義是「覺察，認識其意義，理解和把握」；但緊跟著另一層意思則是「預見到焦慮、煩惱和恐懼」。我以為，這是對「領悟」一詞的整體性解釋。它不僅關涉到詞源學，更指向生命本體論。詩人的本質就是比我們先行一步地領悟存在，詩人要把語言變成提升自己和人類的「精神事實」。因此，「在真理中歌唱是另一種呼吸」的含義是：我們評判一首現代詩的價值時，不僅要看它展示個體生命的深度，還要以它照亮人類生存舞臺的亮度貢獻來衡量之。這種標準，使詩歌的人文價值可能被證明，而不是使之降低到純粹語言逸樂的狹隘水準上。

對詩人的有限生命來說，也只有從個人的具體處境出發，不斷深入到更廣博的對人類生存或命運的關懷，才能從根本上保證個我精神的不被取消。偉大的詩人就是這樣做的，他們不相信表達「個我」與「整體」真的是「對立」的。在整合中，他們從一種個人隱語的範疇，來對被遮蔽的人類實存情境作了有力的命名。艾略特就是這種成功的典範。他的詩從「非個人化」開始，恰恰達成更高標度的「個人文明」；他永遠不撇開類群的生存體驗，最終卻成為統攝幾代詩人審美態度的力量，詩人「自己獨特的話語」的力量。在這種沉穩健碩的知性移動裏，生存也許往往表現為空無的、自我耗盡的、受虐的狀態，但是這種狀態只是問題的起點，或者說是既成歷史的殘存物。在這起點和殘存物之上，高蹈著「煉獄」的火焰，使人類精神歷經著更高意義上的淨化和強化。詩歌在此不再是詩人個人的安慰物、致幻劑，而成為人類中嚴肅負責者之間的廣泛「對話」「交流」。這種存在的勇氣，超越了士大夫式的個人高潔德行，而成為一種更徹底、更激進的對人類求真精神共時體的加入和服從。這樣的詩歌，不是國家主義的變種，卻又帶著民族精神的狂飆加入人類偉大詩陣的合唱。

約翰・赫伊津哈（Huizinga Johan）在他的《中世紀的衰落》一書中指出這樣一個精神事實：舊文化的沒落與新文化的誕生一樣富於教益。一個文明在日薄西山的時候，會在那一時代的生活方式、情感、心智和靈魂——即精神——等方面提供比其早期階段更多的東西。我以為，赫伊津哈的判斷足以給我們啟發。當此特殊時代，在我們的「個人寫作」中，更不應只關心個人生活，而應以獨立的精神姿態和判斷力去處理生存和歷史語境中的問題。

其實，對詩歌而言，所謂「公共空間」絕不應是以前灌輸的遠離我們的想像性概念，而是我們個人就在其中。如何在所謂「個人」和「公共」間找到平衡，使詩飽含具體歷史語境和個體經驗的張力，構築寬大而又具體真切的視野，對現代詩還是一個考驗。如果詩人們腦子一熱又回到「宏大抒情」肯定不是我願意看到的，正像我同樣不願意看到詩人們腦子一熱結夥「私人寫作」。詩人博斯凱（Alain Bosquet）說的特別對我胃口，他說，詩人要追求有分量的「一」，但不要忘了，「成為一，是自知責任重大。」

順便說到的是，我們今天已不可能再對古典詩歌有效仿寫，但這種事實的真實含義並不僅僅導向文化身份焦慮。它也許恰好成為更確實的起點及背景，悲觀和樂觀只能相對我們自己的能力而發。在這個詩歌的巨大王國裏，我們的祖先曾表達了他們對彼時生存的現實感，而不同時代的現實感是無法「繼承」的。我們要基於現代人面臨的更為窘迫的生存處境來尋求恰當的表達。這與那種狂妄的民族虛無主義者的立場是相反對的。當我們再也難以從「遺產」中找到適合我們繼續精進的寫作模式時，不必太過痛苦。因為，詩不是本然就有的，傳統也不可能僅靠「承繼」得來，它只能是無數代「當代」人寫出來的「一些新詞」。只要返觀歷史，同樣也能發現不斷更新和揚棄舊質，恰好也是中國傳統詩歌中曾經顯豁後來中斷的脾性。

二、「不純」中生命的「純粹」

當我寫下「純粹」這兩個字，我意識到自己必須先解釋一下它們不是指什麼。首先，我不是指時下所說的「純詩」。在今天，談論「純詩」顯得太老練了，一種中國式的老練。它一下就把論證推到底了：「圈外人不能進入！」我不相信這些詩人所說的「純詩」有什麼深切的含義，我知道他們僅是指藝術素材的潔癖，或全神貫注的一無功利目的的審美活動。可是，這種全神貫注的審美活動又是指的什麼呢？肯定不是像瓦雷裏（Paul Valéry）所言的詩歌語言的特殊本體性質那麼具體明晰。在瓦雷裏的《純詩》看來，純詩是一種探索，探索詞與詞之間的關係所產生的效果，一言以蔽之，這是指「對語言所支配的整個感覺領域的探索」。很明顯，瓦雷裏是從詩歌語言的特殊性角度談「純粹」的，而不是從詩歌「素材潔癖」的角度來談。而眼下中國詩人所談的「純詩」，只能解釋到我上述詮解的份上。如果是這樣，對一個命題提不出什麼個別性，我們還提它幹什麼？唯美的素材，全神貫注和摒除功利目的，可以寫出漂亮的詩，也可以寫出平庸的詩，我們所指望的一定不只是這種態度。其次，我不是指表層的詩歌話語。我讀到不少談論詩歌語言的文章，它們努力要將詩的語言絕對區別於消息性的，大眾資訊性的語言，而力主「形成性語言」。彷彿詩歌是靠這種絕對的文本而純粹的。這種文章有普及現代詩歌語言的意義，但談過來談過去，也只是到美文為止。我想，詩的其他特徵都不是決定性的，最明確最有效的恐怕不是語言而是結構。詩的結構從內在構成和視覺表像上為我們提供了一個特徵，它不是直接而實用的，而是非指稱性的；所謂「詩無達詁」對現代詩的意義是：在多向的、前後文相糾葛的張力狀態裏，達到整體性語境的自足實現。在這裏，大眾資訊性的語言被迫改變了性質，將它們抽取出來就對藝術沒有意義，而當它置身於一種語境，整個語言就面臨著結構強制的勢能了。因此，在此我所說的「純粹」不想只關涉詩歌語言的具體構成，因為，離開結構談語言，至少對現代詩是講不通的。而「純粹」，在此我想談的主要是詩人精神和生命話語的真實性。

許多詩人認為，詩歌的「純粹」和「不純」是矛盾的。唯美即純，表達生命和生存體驗則必然「不純」。然而我認為，還有另外意義的「純粹」——在「不純」中生命寫作的「純粹」。

在這兒，我不忌諱我強烈的作為一個人文知識份子的精神感受，我對「純粹」的渴望乃是源於靈魂的一種天生需要：深切的交流和磋商，溝通和對話。在今天，作為一個詩人，是指那些內心深處多思、孤獨、焦慮，因而要對眾人說話的人，他不是什麼全新的人種。他一無依傍地敞開自己，這種「說話」最終的不被理解應該是基於語言的宿命，而不是別的什麼。「生命的純粹」，我指的是詩人對扮演的虛假的「風度」及角色感的清除。人與人之間巨大的差異之所以被凝結為一種相對的理解，原因乃在於一部分人最終掌握了自己生命瞬間的狀態並將之化為語言。這部分人我指的是詩人。可以說，詩人意識到的經驗中，最有價值的部分是人類中普遍存在的沉睡著的東西，詩人沒有發明什麼，他只是喚醒了它們。我們完全沒有必要覺得掉價。

或許可以設想，優秀的詩人表現在詩歌上，他的生命方式是不斷深化展開自己，由自己中最有意義的方面折射出人類的大記憶大矚望。政客的個人方式是實現自己，而詩人恰恰相反，詩人是人類的良心，或者說詩人是一時代中最純粹的人，是完全可能的。

我很清楚，這樣講會導致一種誤解，即個體生命和群體命運的混淆。其實，我們在上一節已整合了這個問題。我認同唐曉渡所說的「個體主體性」的命名。「個體主體性」與簡單的「表現自我」深為不同。在此，個體和主體是兩個相互制約的因素，缺乏主體性的個體，只是乏味的自我中心；缺少個體的主體性，則是空洞無謂的集團的「主體性神話」。而個體主體性的提出，既強調了個體獨特的生命經驗和創造才能，又涉及了對人類廣闊的人文精神的承續和包容。在我看來，在這個充滿機會和危險的世界上，人類中頭腦清醒、思維深入的人越來越少，像一首流行歌曲中所說的「我們整天不知在忙活什麼」；而詩，恰恰是在表現人類中最受蔽的、但又是最核心的東西。那是一種否棄，也是一種希望，因此，它不再是唯美的東西。或者說，是詩人個人所發出的人類中存在著但被遮蔽的東西。這麼說，我想，時代精神在這裏——在詩人這裏，不是以權力話語的流向決定的，而是由本體論沉思的價值決定的。就如在科學上愛因斯坦是充分個別性的現象，但這種個別性恰恰是骨子裏的普遍性。詩歌，也像是具體生存與生命的「科學」，一個優秀的詩人的意義，就是揭示生存真相的科學家的意義。他傾向精密，一針見血，那些艱澀盤詰著的言辭也是為了達到知覺的準確，或者說，正常的語義對生命已經無法進入，詩人必須尋找另外的東西：語言的純粹。

那麼，隱私性情感的形式化不是有過許多成功的詩作嗎？這裏，有必要將過程和結果分開來談。作為詩歌過程，那些有意義的骨肉沉痛的經驗細節和技藝部分一定是源於個人的，這屬於寫作動力學的問題。而作為詩歌的接受效果史，那些最有意義的部分，時間、死亡、愛、批判、孤獨，則是永遠屬於人類的，這是功能論的問題。「自白派」詩人洛厄爾（Robert Lowel）的《生活研究》，貝里曼的《他的玩具，他的夢，他的休息》會對我們有所啟示。我不知道在人類已有的文學中，有哪些真正的貨色是只關涉個人的，在出現了艾略特之後，甚至「表現自我」也是值得深思的了——這句話究竟能說明什麼？

作為一個中國詩人，要作到「純粹」首先需要的是勇敢。這真讓我們黯然神傷。「純粹」，指的不僅是徹底敞開的勇敢交流，而首先是這種交流的語言能力。而在今天，我們不得不更多地考慮到前者。要堂堂正正作一回以求真意志為圭臬的詩人是太難太難了。我們不得不生活在一個思想受規訓的社會中是一回事，而我們本真生命話語的不能完整出現是另一回事。「深刻」在我們這裏，是作為一種歷史假說出現的。儘管如此，我仍然要說，許多堪稱是有才能的詩人，也主動放棄了靈魂的真實呈現。他們最初寫作時，還有著某種純粹的素質，而一旦成為詩人，他們中的大多數會為靈魂的呈現而悔愧，為自己的想法被納入揭示人類的基本處境的母題而悔愧。這時，他們寫詩的原初動機，只剩下了較量——不是與語言，而是與同時代的詩人。在這樣的詩裏，我看到的是寫作技術的「超越」，不是靈魂的躍遷，只是語言在修辭細節上的「變化」。純粹，可以理解為明晰，也可以理解為艱深，但這一切只能針對本真生命的話語而言。

我試圖用來解釋「純粹」的東西，是不是指非藝術化的真實、真誠呢？不是這樣。我曾經說過，真實和真誠本身無所謂好壞，主要還是看真實和真誠在藝術中的品質。一個思想和藝術毫無準備的人，也可能基於真誠而敷衍為文，這時，真誠恰恰會導致它相反的方面。而生命體驗的「純粹」，則是包括了創作態度和藝術話語的價值這兩個方面。也可以說，對詩而言，純粹不但不是無拘無礙的「表現」，而恰恰是主動尋求一種限制。詩人要澄明生命的純粹，說明歷史語境中最有意味的東西，他不得不一腔憂懼去尋找那僅有的恰切的言辭。我認為，詩人的根據是謀求對話，不過為了對話的深入而確切，他顧不得向最廣大的讀者奉獻更多的溫情，他只能面對「範式讀者」，並採用唯一的字詞。如果說一些詩像是詩人製造的寓言或幻境，只要這首詩是純粹本真的，那麼，我認為這種所謂「幻境」對詩人的體驗而言就是一種最清晰的現實。一個詩人的超凡出世，不是他表現上的與眾不同，而是他第一個寫出了和那些深刻的人相溝通的部分。在詩裏，世界美好，或是更糟一些，都要具有可驗證性，每個句子都應該是有意義的。誇張和蠱惑、修飾和渲染，是政治家和商人的事，雖然我們曾不想這麼認為。

對於表達生存體驗的「純粹」的詩歌來說，我不僅是指的真、善、美、崇高、永恆一類聲名赫奕的辭彙。直接處理這些二元對立的精神等級優越感的辭彙，已經被證明不能將詩歌有效地從歧路引向坦途。我們已經失敗了，這種失敗拓寬了我們的思路。這些東西雖然具有一種使人迷醉的力量，但這種力量有時是貯存在一個海邊的砂器上的。歷史告訴我們，迄今為止，那些看來是很「宏偉」的設想，往往更遠離於真實的人類。這不只是一種一廂情願的所謂價值論範疇的事情，我們毫無辦法。因此，我這裏的「純粹」，包括那些揭示生存焦慮、尷尬、悖謬、人性黑暗、歷史決定論的虛妄，及現實的荒誕性的創作而言。在中國，最有意義的命題恐怕首先是這些了。我們不必匆匆忙忙去追求什麼輝煌、寧靜之類，先將種族的封建汙血放掉也許更有意義。血液和骨頭決定了你的詩。我十分情願地承認，我們的詩人在聰敏度上絲毫不遜於歐美詩，但在個體主體性的品質上，還有較大差距。而與東歐乃至蘇聯詩人如布羅茨基、米沃什、赫伯特（Zbigniew Herbert）、赫魯伯（Miroslav Holub）相比，作為同樣鐵幕生存下的詩人，我們的詩缺乏他們的歷史「記憶」和「批判」力量。正是這種深切的自覺，使我們不能去耽於素材的潔癖，我們需要的也許是深刻的自我反思和超越，重新釐定歷史想像力的指向與重心。這是另一種意義上的純粹。承認這一點，至少在詩人們內心是不困難的。

一個詩人，你可以詛咒靈魂，但你就是不能蔑視它，你可以活下來的作為一個詩人的理由，只能是在寫作中對具體歷史、生存和生命純粹的最內在實質的展示。能不能這樣說，詩人之於純粹的意義幾乎跟人類之於食物的意義一樣致命？

在「不純」中發展生命的「純粹」，這是有效藝術而非遣興藝術的通則。在一定程度上，這個觀點可以說是對整體意義上的「美文」態度的否定。雖然我至今對某些唯美作品抱有相當的興趣，也曾撰文對其精彩之處進行稱譽。但我現在更願意用的說法是交流靈魂，揭示生存。在這個權力和拜金合作的時代，「美文」恰恰最容易成為體面安全的商品。而那些純粹的呈示深層生命意志，說出人類漸漸遺忘了的存在的詩歌，倒可能成為絕響。我的一位朋友——一位建國初即被一場突然的風暴打入地獄的老詩人——最近給我的一封信裏說了一個比喻：我們需要彩鑲玻璃，但如果我們對屋外一無所知，也渴望屋外的人看到我們的時候，我們渴望的是透明的銳利的玻璃。這是一種需要，也是更深層的審美。

是的，「純粹」和「不純」的爭執，可以整合到另一個更高的標度——生命之「純粹」。

這個平凡的比喻令我驚愕，它出自我尊敬的詩人牛漢先生之口，顯得那麼開闊而明確。

三、讓語言本體與功能同時「到場」

本體，即關於存在的本質、本原、本性。詩歌的本體，就是詩歌存在的本質，包括存在的依據或理由。

本體與功能的確不是一個問題，對世上其他事物而言尤其如此。

但問題還有更促人深思的一面，詩歌的本質，按照海德格爾（Martin Heidegger）在《論人道主義》中的表述，就是語言的本質：存在在思中形成語言。語言是存在之家。思者與詩人是這一家宅的看家人，他們通過自己的言說，使存在敞開，形乎語言，並固置在語言中。可見，在優秀的詩歌中，本體與功能總是要同時到場的。在討論中，我們要兼及二者，它們是火焰的形體和熱能的關係，二者同時出現，相互參照，相互平衡，相互激發。詩人只有對語言的本體和功能的雙重關注，才真正談得上對詩歌的獨特領域和獨特使命的自覺，發現那些只能經由詩的形式所發現的未知的生存。所以，我認為離開功能談論本體，或者相反，都是有偏失的。這是由詩歌區別於其他事物的自身性質——既是語言自身，又是語言的產物——所決定的。

詩歌即發生在人與生存之間真正臨界點的語言。詩，從構字方式上「從言，寺聲。」但這碰巧引發了我非文字學的聯想，更方便我的論述。我將之看做是對一種神聖去蔽的言語方式的祈禱和沉思。「詩」，從言有寺，它既標明言語方式的特殊性，又標明它是與現實生存對稱和對抗的，另一種高於我們生命的存在形式。菲利浦・西德尼（Philip Sidney）在著名的《詩辯》中，將詩歌的概念擴展到一切重要的語言形式中。在他看來，詩歌指向人類已存或可能存在的一切富於想像力和淨化力的文字之中，不論是論述性的散文還是藝術性的韻文，詩歌都滲入其間，成為「最初給愚昧帶來光明的語言」。這樣，詩人從內在精神上就本質地通向先知、承擔者或神祇。它是人類向上力量的推動，把我們的靈魂盡可能地引向更高的完美境界，因為我們墮落的靈魂在黏土般的環境中日益腐化。與那種狹隘的隱遁詩人不同，西德尼認為，詩人與大自然也不是誰保護誰、誰歌頌誰的關係，而是另一種對話和並行不悖的關係。詩人「和自然並肩而行，但並沒有被限制在大自然所賜予的禮物的狹小範圍內，而是自由馳騁在他靈魂的更大領域中」。由此出發，西德尼告訴人們，傑出的詩歌往往能夠以自己的方式集中哲學和歷史學的精義，並且展示出來自我的現實生存之外的更高的美德和絕對神聖，以此避免人類重陷歷史為我們昭示過的生命困境：詩人不僅是告訴人類「什麼是，什麼不是」，他要進一步指出「什麼應當是，什麼應當不是」。

西德尼或許誇大了詩歌對語言和精神的淨化作用。但是，在一個過度貶低詩歌的時代，我更願相信這個古典詩人、詩歌理論家的見解。他談及的既是語言行為，也是語言能力。如果將我們的生存看作一個無限擴大的「文本」，那麼，在這一「文本」之中，必然存在一片「核心域」。它總是比其他語域，與人的存在更密切相關些。沒有核心域的文本是不可思議的。虛無主義者（指膚淺的虛無主義者，而非存在主義哲學中的「虛無」，及相對主義、懷疑主義、多元主義者）認為核心域、本源是不存在的，但我們知道，他們所設定的核心域和本源其實就是虛無本身。因此，作為核心域的逃離項，虛無不是看不見、摸不著的東西，它恰似物質，始終縈環捆縛著我們，並要求著「新理性」的揭示、表達。在這種消解核心域，一切皆「無可無不可」的虛無主義者那裏，堅持著一種柔軟的破壞力。他們自負地認為，自己已經洞徹了生存的無意義真相，並越深陷越能抵達真實。由是，我們可以看出，在這裏「真實」被等同於「表像」了。而在我看來，傑出的詩歌，深入虛無僅僅是其出發點，正像狄蘭・托馬斯（Dylan Thomas）所言：「人死過之後就不會再死」,「明智的人們面臨末日知道黑暗是正理，因為他們的語言已無法擊出閃電，但他們並不馴順地走進那個良夜！」面對黑暗的必然性，詩人並不能拒絕對真實價值信念的堅持。既然人類已經朝可疑的「美麗新世界」邁出更快的腳步，那麼反思來路、堅持預言和澄明更高的語言—精神可能性，就成為詩人在存在依據和詩歌在存在理由上的主要審美特質——本體與功能合為一體,「舞蹈與舞者不能分開」。人類生存的終極景象並不能由已存的荒誕、虛無給出。而那些放棄精神向度，與虛無平面生成的詩歌，從內在精神上幾乎等於在為虛無的合法性進行辯護。

詩人是什麼？他是慎重對待語言「命名」的人，是人類精神「舒心的盤詰」體現中最了然最一般的存在形式。但是，我知道在今天談論這個問題是困難的。首先，它不能用最一般的因果律去解釋。因為，詩人與普通的人在肉體上並沒有什麼差異。否則，我們會同意將詩人歸入神經質、嗜美症、躁動狂一類肉體器質／精神狀態發展畸異的那一部分人中。其次，詩人的確又不是偶然出現在人類中的一個現象。這是一種滑頭的說法。因為是暫時的、必死的、偶然的，一切解釋到此為止。這種自以為是的不可知論，並不能叫智慧而有教養的人買帳。瞧瞧，這兩種情況是這樣互相斥拒著，糾葛著，只要觸及到任何一方，就會有另一方在前面等著你。

但是，我們仍然可以依據我們靈魂中被一再喚起的語言「深度狀態」，和這種狀態常駐並作用於我們生命歷程，來考察詩歌語言及詩人的本質。不僅古典的西德尼說：「當你死去，你會被世人遺忘。因為你缺乏一篇墓誌銘」——詩人，從借喻的意義上說，就是刻寫墓誌銘的人；現代詩人艾略特同樣在《四個四重奏》說，「一首詩，一個墓誌銘」。詩人堅持簡潔而意味深長。生存和生命的結束，或通往「彼岸」的啟程，都是以一種文本為標誌的。在這裏，死亡僅僅作為生命的關鍵節點，向我們展開各種深入語言命名的可能性。據此，我們可以探究生命的意義和為後來者重新設定生命的目的和價值。

墓誌銘不僅以證明死亡的力量為目的。因此，個體人類的死亡在人類精神萬古流長的旅程中是不會徹底地一次性完成的。詩人一腔憂懼而滿懷信心，皆源於對「墓誌銘」所刻寫的言辭的敬畏。他要從精神而不是肉體的角度來衡量死亡，那麼，摧毀肉體的時間力量，在此往往變為贅生物和過剩物。拋開時間的報復，詩人的答案是自由而又被限制的。自由導源於詩性的想像，限制則導源於詩人終其一生對永恆求真的信仰。如果「墓誌銘」一詞太過不祥了，我們可以對等替換為「付帳說」。每個時代的人類都像在赴宴，宴散之後必須要有人付帳，詩人或更廣義的「人文知識份子」就是付賬者。如果詩人不能為時代付帳，他就沒有資格以詩人的身份赴宴，而只能以大眾的身份像大眾一樣吃完抹抹嘴就溜。一個時代的真正結束不是物理時間的結束，而是以一個或幾個文本來結束的。如果沒有一個文本來「付賬」，時代就永遠無法結束。現代漢語詩人如果想成為一個一生的持續的寫作者，他應當思考更重大的問題，即詩人與他所處的時代生存的關係問題，寫作中碰到的語言表達問題。

詩人在這個意義上，意味著人類中那些對作為「存在之家」的深度語言沉思的人。他在沉思功能時，也就是沉思本體。從詩歌特殊的生成因素上看，詩人是「信教者」。但他信奉的宗教乃是語言。與通常意義上的教徒不同，在詩人這裏，並不存在一個絕對的、高高在上的語言上帝。語言的上帝，存在於詩人的精神能力，他自身的語言創造力和現實生命相互打開的關係中。換句話說，在這兒，語言的上帝並不先於詩人存在，而是「受造」的。它被詩人創造出來，沿著通往更多對話者的路程出發，分離出創造者，乃成為比詩人更永恆更有價值也更純粹的話語。通常意義上的宗教，雖然是隸屬精神範疇，但不可否認的是，人類基於尋求享樂和安全感的天性，在結構的終端顯示上，他們傾心的仍然是肉身受難的境遇，逃遁苦海的可能，以及由此而推導出的來世圖景。東方宗教中的「普度苦諦眾生」從語義上毫不含糊地道出了這種本質。但詩人與此不同。他堅信此世，通過個體生命話語深入生存，在普遍的困境和荒誕中，堅持人類自身的精神能夠改變生存。這樣一來，人與「神」的關係幾乎相反。詩人意識到人類本質特徵之一的語言受遮蔽的境遇，澄明及提升的可能，以及通過拯救語言、創造精神發展精神的現實依據。所以，詩人和語言，是相互聆聽和創化的關係。「語言作為存在之家」，從本質（也可以說本體）上，具有規定人類精神型態的功能；改造語言在此被提升到改造生存的高度。在沒有展開言辭的刀鋒之前，生存是沉睡的、粗鄙的、混淆黑白的；而在範式的寫作之後，生存就呈現了首位、本質、本源、核心、正面，與次項、非本質、衍生、負面的相對（不是相對立）關係。一個民族，要保持精神的向上發展，要享受比世俗更高邁的情懷榮譽，就少不了詩人的偉大存在。據此，我們可以說，詩人並不是迷醉本身的怪誕角色，而是將語言的本質力量發揮得更傑出，更有代表資格的，智力和神經健碩的沉思者。

詩—歌，從構詞方式上又告訴我們，詩人是人類的祭司和歌手。我們每天生活在一個全新的、不同的世界。同時，又每天生活在一個陳舊的、衰老的、滯緩的宇宙地理單元。人類感到了那些遙遠又近在，出發又返回的生命的閃光。他們需要儀式，需要歌唱。正像連動物都似乎會發出感恩和憂傷的鳴叫，植物用健康純潔的形體答謝生命之源那樣，詩人，代表了人類歌哭的高度。歌——這是本體還是功能？我們不可能把音程和樂曲表達分開。詩人歌贊生命和使生命成長的一切，他審判那些扼制自由和創造的權力強暴勢能。艾略特的「火焰」玄學，埃利蒂斯（Odysseus Elytis）的太陽玄學，狄蘭・托馬斯的生死轉換，李白的形而上月亮，杜甫的家國通喻個人心象，王維的言無言的山林意象……如此等等，都是一種代表人類精神高度的歌唱。在這種博大壯闊的歌唱共時體中，江河汩汩奔流，地軸默默轉動，生命與更高的可能性凝為一條，成為抵制人類精神和語言能力下滑的巨大力量。

然而，也有一種詩人的歌唱與眾不同。正如維特根斯坦所言：哪裏的人繼續往前走，我就待在那裏的一個地方。這類詩人並不是登臨絕頂而下臨萬象，他們無畏地堅持深入地獄，並為之唱出輓歌。生存巨大的空洞和黑暗，引領他們向下走，但他們並不為空洞和黑暗所困擾。在地獄的核心，他們置放了語言的軍火，成為與地獄對質的靈魂。艾略特，卡夫卡（Franz Kafka），加繆（Albert Camus），波德萊爾（Charles-Pierre Baudelaire），普拉斯（Sylvia Plath），奧登，曼捷斯塔姆……就是這樣的歌者。他們與那些一味哭訴並默許黑暗地獄的詩人不同，他們深入地獄是為了更犀利地澄明生命的真相；他們詛咒黑暗，是攜帶著人類更偉大的救贖精神。因此，向下之路，此時顯得更為艱險。在地獄中我們看到了詩人用語言集結著精神力量，然後上升；而不是僅僅昭示人類萬劫不復的毀滅。這些唱輓歌的詩人，在揭示生存荒誕、空虛的程度上，可以說是比那些虛無主義者更為淋漓盡致，但他們並不將自己的心靈朝著地獄打開。相反，他們的目的是，讓人類重新思考生存和語言的性質。此時，詩歌成為放出人類罪惡汙血的東西。他們也同時完成了另一種歌唱，歌唱人類獨一無二的特性，即用語言體現出的審判罪孽的能力和權利。

這就是詩歌原初的、同時也是不斷發展著的本體－功能的同時「到場」。詩歌置身於美學的王國，卻放射出更恆久、寬闊、超逾美學範疇的精神力量。對詩歌語言的沉思，就是對生命的沉思。當詩歌用自覺而純正的形式確定自身的時候，我們知道它並沒有放棄將存在者導入人文價值關懷的任務。詩歌不僅是美感，同時也是能直接影響人類價值取向的精神力量。所以，對本體和功能，我們是不能「分治」的，越面對優異的詩越是如此。

四、虛無與充實的現代轉換

前面我論述了詩歌寫作向著成熟期逐步展開時，常常發生的情勢：封閉單向個我的隱去，和存在的揭示－承擔者漸漸顯形成共相化；生命作為另一種「純粹」；本體和功能的同時在場。但這並不意味著詩人的作品會衰落成為眾生咸宜的教條。它們的最終呈現，還指望一類深刻合格的讀者的反應。因為這屬於接受美學問題，此處不論。

這一節，我們考察在現代詩學的爭論中另一個「兩難」問題——「虛無」與「充實」——的複雜糾葛，與可行的整合關係。從價值論而非認識論意義上看，虛無，不僅僅指向詩人個人的「虛無」體驗。它不是一般的虛無，而是類群生存體驗到的巨大的虛無。詩人將這巨大的虛無引入自身加以觀照，和僅僅表達自身的虛無，是兩回事。前者是承擔，後者是哭訴。前者是自覺的體驗和分析，後者是自發的宣洩。緣此，我們可以明確優秀的現代詩「變血為墨跡的陣痛」形式：揭示虛無，是為了與虛無對抗。

我們畢生追求的是「充實」，自由和光芒。生命經由母體的原始推動就頑強地開啟了它要求肉體與精神不斷成長的馬達。無疑，對詩人而言，生命的充實、自由和光芒，是需要並且也最好由語言來返觀、審察、顯現的。語言在這裏，不僅僅是指固定下來的文本，它的內涵，還指向一切可以直覺到的方面。傳統的詩人，在其所處的通常條件下，現世生命在詩歌中達到了被把握的「清醒」意識。如果說他們的詩中還有盤詰及追慕的意味，那或許是由對「神」（西方）「天地精神」（東方）的籲嗅，和對現世命運遭際的簡單抗議所致。因此，他們的詩，更多是建立在「充實」與「神聖」這兩個節點構成的美麗拱環上。由於意識到神和天地精神的型模才是最完整和最高潔的，這些詩人精神歷史中最切實的痛苦可以簡化為：人無法成為神，或無法真正「獨與天地精神相往還」——這是「充實」的痛苦。「他禱告，它曾來相助，讓他／從熟透的麥穗很快簸出穀物」。

然而，在現代詩駐足的實存土地上，要繼續這一種「充實」的局面卻愈來愈困難。在這項題為「虛無與充實的現代轉換」的論列裏，我要陳說的是，詩歌的培養基與過去的型態很不同了。要言之，它不再基於「充實」的欣悅或痛苦，而是幾乎相反，它基於「充實」的神話幻滅後，變異生成的「虛無」。這是一種奇特的虛無，它並不是指「無意義」、「把不住重心」而言，它在現代詩中常常還意味著詩歌進入價值意義範疇的不可缺少的核心素材之一。乾脆些說，現代詩的意義之一，乃是對這種「虛無」的特殊命名／敞開。優秀的現代詩由對「虛無」本身的迷惘，到考察（深入其核心進行深度追問），剝離（排除其邊緣的、偶然的因素），這種巨大的進展昭示我們，「虛無」主題並不是無價值的、耗空的，可以簡單懸置起來的狀態，而是對詩人的責任感、思辨力的切實考驗。就是說，在今天，作一個嚴肅詩人始終不得不對抗並對稱於他所展示的生存難題。一廂情願地迴避虛無感，緩和緊張，確實要舒服得多，但一個智者的力量卻體現在他能夠生活和對抗在虛無之中。詩人主體力量的壯大與其對抗物的複雜性增加是同步的。這樣說來，對「虛無」的持久關注，就不再是耗損精神內核的緩慢過程：詩人通過把虛無納入生命的話語而抗拒絕望。沒有這種自覺的意識，現代詩就不可能得到銳利的保存和獨具特性的進展。因為，「超越」和「超脫」不是一回事。

美國存在主義神學家保羅・蒂利希在《存在的勇氣》中表達過這樣的意思：我們必須將生命的虛無、恐慌、焦慮體驗，看作是可被叫做「執勤的自我肯定」的表現。沒有帶預感的恐懼，沒有驅迫性的焦慮，沒有切膚的面對虛無戰慄，任何有限的存在形式都不可能真實地存在。按照蒂利希這個觀點，對抗的勇氣就是這樣一種勇氣：它經由承擔起由虛無體驗所激發出的否定性，以達到更充分的肯定性。譬如，生物學上的自我肯定，就是指對匱乏、辛勞、不安全、痛苦、可能遭致的毀滅等等的感受。沒有這樣的自我肯定，生命就不可能得到保存和發展。一個存在者的生命力愈強，他就愈能不顧由虛無和焦慮發出的危險警告而肯定自身，這種自我肯定，本身已超越了虛無。這裏，「虛無」——「充實」並不是簡單的遞進過程，而是一個問題的兩個方面。而那種非此即彼要麼「充實」要麼「虛無」的說教，往往掩蓋了生存的矛盾性、複雜性，而許諾給讀者一張空頭支票。正像艾略特曾詰問的那樣：那些詩人往往依照他們想體驗的感覺去寫，而不是依照他們實際體驗到的去寫。艾略特的反駁可謂一針見血。

在中國新詩寫作歷史上，時隱時顯也貫穿著這樣的爭執：「積極」浪漫主義餘緒與「消極」現代主義萌芽的較力。撇開詩人的個人語型不談，僅就其經驗指向，我們也可以看出，對「虛無」這一基本母題的處理、理解，前者與象徵派、現代派詩人是有巨大區別的。而在相當長的時期裏，中國詩論界對現代詩與「虛無」的關係的理解，是極為簡單化粗鄙化的。人們認為，集中處理「虛無」題材的現代詩人，就等於是願意活在虛無之中的虛無主義者。這種淺薄的觀念不僅有害而且不符合實際，這也是中國現代文學史貶抑李金髮等詩人的主要原因。一直到朦朧詩論戰，這種觀念依然支配著人們。中外文學史的常識告訴我們，藝術的生命力量和美學價值，並不直接等於它所處理的題材，而是源於詩人對這種題材的洞察，命名和個人隱喻系統的凸現能力。我們不能說朗費羅（Henry Wadsworth Longfellow）詩歌的健康、充實，就優於波德萊爾的「虛無」——毋寧說波德萊爾更為「充實」。當現代詩人承擔起已然存在的虛無狀態，並將之揭示出來時，我們看到的並不是虛無本身，而是覺悟了的受體與虛無的對抗。正如駱一禾對《黑暗》這一永久現在時的「歌贊」，一個白熱而黑暗糾結共生的精神大勢意象：

在黑暗的籠罩中清澈見底是多麼恐怖
在白閃閃的水面上下沉
在自己的光明中下沉
一直到老，至水底

在這裏，敢於置身黑暗與虛無核心的詩人，才可能具有刺穿虛無本質的視力，他不是迴避病態與危險，用人倫或空泛的道德高調去代替生存實在，而是「活動地存在」，「把個人的劇痛變為某種豐富而陌生、普遍而非個人化的東西」（艾略特語），在自己的光明中「下沉」。這種生命意志與虛無境遇構成的共容體的意象，最終穿越了虛無而涉向光明的面額。這時，詩人的吟述便在虛無的生存「場」中分裂出一個高傲而清醒的堅韌的靈魂。這樣的詩人，才真正是追求充實和光明的精靈。奧登正是在這個意義上才認為葉芝不是詛咒型詩人，而是教給人「讚譽」的詩人：

泥土啊，請接納一個貴賓，
威廉・葉芝已永遠安寢；
讓這愛爾蘭的器皿歇下，
既然它的詩已盡傾灑。

……

黑暗的惡夢把一切籠罩，
歐洲所有的惡犬在吠叫，
尚存的國家在等待，
各為自己的恨所隔開；

智能所受的恥辱
從每個人的臉上透露，
而憐憫的海洋已歇，
在每只眼裏鎖住和冰結。

跟去吧，詩人，跟在後面，
直到黑夜之深淵，

用你無拘束的聲音，
仍舊勸我們要歡欣；

靠耕耘一片詩田
把詛咒變為葡萄園，
在苦難的歡騰中
歌唱著人的不成功；

從心靈的一片沙漠中
讓治療的泉水噴射，
在他的歲月的監獄裏
教給自由人如何讚譽。

詩人置身於虛無的生存之中，但他的智慧和意志卻不認同這一片虛無。他是這虛無的離心部分。這種入而不合的態度，使他可能意識到正在發生的事態。他展開和揭示這虛無，從而影響這一趨勢的發展方向。他的角度不是簡單地從「前面」牽動我們，而是從內部推動我們覺悟——這就是問題的關鍵所在。

前面我已談到，現代詩所面對的「虛無」，是由「充實」所造成的「虛無」。這種全新歷史語境中特殊性的「虛無」，體現在現代社會的另一標誌是：人類意識／話語的空前趨同化、工具化和非人化。言辭在反覆追加集約性密度的同時，指向了相反向度的耗盡狀態。個體生命話語的原動力，面臨著統一納入細緻被動分工和被權力話語強姦的危險。有如集裝箱中「充實」的物質，精神也似乎被強行嵌入集裝箱。似乎每個人活得都應該更順役於權力主義者或物欲實現者。在我們身上，實用的知識增加了，而精神向度卻嚴重缺席。科學技術和市場統治的雙刃劍帶來了海德格爾在《詩人何為？》所說的「世界之夜」——「在此夜之夜半，時代的貧乏是巨大的，貧乏的時代甚至更加貧乏，它不再能體驗自己的貧乏。」科層的、分類的「充實」知識，使得技術理性、市場統治特性越來越快，越來越無所顧忌，越來越充滿大地，「人的人性和物的物性，都分化為一個在市場上可計算出來的市場價值。這個市場不僅作為世界市場而遍及整個大地，而且也作為意志的意志在存在的本性中進行交易，並因此將所有存在物帶入一種計算的交易之中。這種計算在最不需要數字的地方，統治得最為頑強。」[1]這種宰制性的「充實」心理，就成為阻止個體生命深入生存實在的東西。因此，這種由充實造成的虛無，也必然成為詩人對抗和揭示的對象。

這種深入虛無並將之揭示出來的詩章，就成為反抗虛無的偉大見證。正如尼采所言，「藝術是對抗所有否定生命之意志的唯一優越的力量。藝術是傑出的反基督教者，反佛教者，反虛無主義者」。可以見出，對「虛無」的處理，從來就是不同的；我當然反對狹隘地理解「虛無」的詩人，他們是將虛無當作自戀的藉口，將「被拋」當作籲求同情的戲劇化情景。恰恰是這些軟弱的詩人，在逃避權力話語這一寫作立場時（這本是現代寫作中的應有之義），卻更深地跌入庸眾空洞的、耗盡的共性型模之中。他們不是置身虛無的陷阱向上拔，而是呈重力加速度地向下旋轉。他們在文本系列運行的軌道上，留下的僅是生命的碎片，可有可無的感傷吟哦，和「自閉症」般的經驗之圈：從虛無到虛無，詩人並沒有說出什麼。而另一類詩人，則採取了「退出」的策略。詩歌的語言幻象性，成為他們逃向安恬自得「家園—牧歌」的幸福門徑。這種詩人，並沒有真正理解價值論主題意義上的「返回家園」的內質。他們對詩性的理解，僅僅到達明亮的農耕意象修辭所造成的瞬間喜悅這一層面。這樣的詩，不會像這些詩人自詡的那樣，將個人提升到「精神家園」的高度，而是收縮和關閉對生存的心靈體驗，造成的滯留在士人遣興階段的形形色色圖畫及即興小箚。因此，「退出」虛無陷阱的詩，並沒有得到自由，反而是得到一種束縛。我說，這些詩人受著制約，他順從，卻要給人一個「反抗」的假面。

---

[1] 海德格爾：《詩・語言・思》，彭富春譯，文化藝術出版社，1991 年，第 82、104 頁。

直面虛無並將之揭示出來的現代詩，就是與虛無對抗的詩，就是真正「充實」的詩。它源於個體生命的原動力，又完成對人類偉大詩歌精神共時體的包容。它在虛無的、混濁的、受控的實存中，不放棄刺入這一核心並向這一核心放置語言軍火的努力。這是更高意義上的充實：它成為廣大虛無的離心部分。在與虛無的對抗中，實現自我和種族精神歷史的再造。這乃是我所認同的現代意義上的虛無與充實的整合。

五、「飄泊與定居」互為表裏

在本章的最後，我們審視現代詩性體驗中兩個貌似糾葛，實則趨達同一的母題：飄泊與定居。它作為古典哲學經院式的二分法的本體論，在現代詩中已嬗變為具體生命／生存的本體論了。優秀詩人的生命體驗，同時朝兩種向度敞開：一種是飄泊精神前傾的預言，使我們超逾現實的喧囂，將批判力伸展於更為開闊的視域；一種則是對「遠方」前景的「忤逆」，向內回溯，堅持自我體驗、自我獲啟的「家園之歌」。這兩種向度很可能是「同時」呈現的，從根本上它們共同昭示出人的整體生存體驗中，自由與宿命、經驗與超驗、存在與虛無、分裂與自明、現實與理想……等的「雜於一」的矛盾纏繞。而且，無論是飄泊還是定居，都表明現代社會已經漸漸惡化了詩人賴以生存的精神根基，詩人們生活在這個世界上，卻像是精神的異鄉人。或像詩人茨維塔耶娃（Марина Ивановна Цветаева）所言：「真正的詩人永遠像『黑人』」。

詩人亨利・沃恩在《人》這首詩裏，曾用反諷又自尊的戲謔調性指出了人類的處境：

……人所有的依然是玩具或是煩惱
沒有根，也沒有繫住的地方
他命途多舛，只有無休止的紛擾
在這個地球上四處奔忙

知道有一個家，卻不知在何處
他說那地方太遠太遠
甚至已忘卻了歸路
敲遍世上的房門，漂泊流浪
唉，他的智力竟然不如石頭
造物主恩賜它們某種潛伏的本能
在漆黑的夜晚，也能指向家
而人是一隻木梭，在織機裏
他的迂迴曲折的通道中
上帝下令活動，卻不曾安排休息

其實，沃恩的詩用來描述精神勞瘁的現代詩人而不是人類的處境，似乎顯得更為至切。一些詩人常常將詩歌視為其精神的定居之地，殊不知優異的詩歌中即使是安然明亮、瀟灑出塵的境界，也必須在深處運行著詩人在自由意志與自我反諷間的深層背景，如同海子所有書寫「家園」「麥子」的詩歌。詩人不該也不屑於像沃恩詩中的「石頭」，它寧靜自守，但它的生命是本然枯竭的，它緊緊附著在大地的袋囊上，隱含著萬劫不復的「自在」的枯寂。人／詩人的生命卻是「自為」的，難道我們要去摹仿這種可怕的「回歸自在」，這種死寂的「寧靜技藝」嗎？我只能說，如果「定居」的含義是指向心靈和意志的絕望放棄，甚至連「懷疑」本身也被視為「懷疑」的對象，那麼，它除了引導我們以放棄靈魂作為慰解外，並不能將我們領向任何意義上的精神超越性。這種詩歌精神性的死滅，決不同於深刻的詩人精神深處至極的幻滅；甚至它也談不上擁有死滅本身，因為它從未曾有過任何在生命意義上的延續感。

現代詩中的飄泊與定居，應是源於生存引發的悲痛。飄泊是詩人向受控的生存的永不停息的批判歷程；而定居，卻是自我心靈「向內轉」的反思，而不是至福的歸家的結論。這裏，人的複雜經驗既相迎承，又相糾葛，正像辛涅科爾在《歐伯曼》中說出的：「人註定是要毀滅的。也許如此，然而，就讓我們在抗拒的行動中毀滅吧，如果等候在我們前面的是『空無』，那麼我們不當簡化它，否則它將成為不可改變的運數！」在抗拒的行動中，飄泊與定居就不會是建立在二元對立基礎上，它在傑出的詩人身上，表現為整體精神二而一的總和，是他自覺而非自發的整體性選擇和承擔。

孤獨、必死、焦慮、荒誕感、與眾人分離，這一情勢不僅僅是現代詩人對存在體驗的本質特徵，因此，據此來判別他們與傳統詩人的不同，是模糊而混亂的。我認為，傳統詩歌重要的特徵之一是它們充斥著對人自審能力的禁忌，它們的背景是人「神」同形。換句話說，如果人有望抵達「絕對精神」，上述體驗就可能得到拯救。甚至文藝復興帶來的人的主體地位高揚，本質上也是一種畸形的濾色鏡後的高揚，它建立在「像天使，天神」的虛幻理想的「人」那裏。早期浪漫主義詩人，就是這一立場最激進的代表。歷史已經證明，當人被剝奪了自身的本質而狂妄地以「現代神話」巨人自居時會發生什麼情勢。而現代詩人則將「神」懸置起來，它不但不再是精神虛構的存在，甚至也不再有可供安置人—神衝突的戰場。人類拋棄了自我聖化，就展開了生命內核的大遷徙，有人將此種情勢描述為「棄家」（飄泊），我倒認為，這是一次根本的「返回」——返回人本身（定居）。因而，現代詩中的孤獨、荒誕感、焦慮等特徵，不再是恐懼神聖的消失，而是、僅僅是恐懼真實的「人」的消失。正是從這一點出發，現代詩中的孤獨、必死、焦慮、荒誕感體驗，與傳統詩體現出不同的意義。有批評家將此極簡化地、二元對立地歸統為理性與感性、社會與個人的對立，不過是證明了他們既無理性又無感性，既無力洞察社會又無法確立個人的盲目狀態。

對飄泊與定居的共時處理，當它確實成為現代詩的原動力和基本結構元素時，恰恰代表著詩人理性畛域的綜合性深度。對它的整合，帶來的不是它的原始展示（或顯現），而是「新理性」的建立。類似的例子就是佛洛伊德及其精神分析。佛洛伊德畢生開拓、命名人的原始欲望的茫茫大海，但恰是他，而不是那些高喊真善美的人，為人類的真相及「昇華」之路指出了可能性。他不但可以稱之為現代積極意義上的「清教徒」的典範，更可以稱之為傑出的更高量級的「新理性」的典範。這種理論在普遍的誤解中，仍然保持了它不可消解的理想氣質和內在的「定居」感。要是我們同意上述類比，我們就可以對現代詩中「飄泊還是定居」這一命題進行整體的而非隔裂的深入探討，從而得出二者彼此激發、相互發現、互為表裏的結論：二者本質上的不可分割性。

定居與飄泊，互為前提與歸宿。對這項二而一的互照／互指論題，不存在分隔後開掘的可能，否則你無法獲得完整的自身。海德格爾在《詩・語言・思》裏說過，惟有這樣的人方可真正「還鄉」，他備嘗飄泊的艱辛，他在異地已領悟到求索之物的本性，因而還鄉時才得以有足夠豐富的閱歷。當詩人「定居」在豐富的生命內核之中時，「飄泊」才可能是有效的，豐富的；當詩人「飄泊」的精神歷程不再是一種盲目和自戀的被動放逐時，「定居」才具有重建靈魂家園的積極性質。「飄泊」與「定居」，在這種共時的關係中，具有絕對的連體性，它們是彼此可逆的、一個命題的兩個方面。由此見出現代詩的意義之一，就是現代相對主義、多元主義和懷疑精神導致的個人精神世界的不斷消解／不斷重構。因此，我以為二者不存在二元對立意義上的審美選擇分野。我們通過詩歌的整體包容力量，在語言的現實中完整地呈現了飄泊／定居的生命。據此，我想說：喪失了飄泊勇氣的現代人，也就是喪失了定居生命狀態的人。因為，人類生存的詩性體驗和詩性的複雜深刻始終是、也只能是這樣：飄泊與定居——勇毅地自我肯定、自我否定、自我否定之否定的無限歷程。

飄泊是什麼？它不過是人類精神的不斷提升與歷險。

定居是什麼？它不過是人類飄泊精神由向外擴張不斷轉為內部糾葛的危險結果。

在這種意義上說，現代詩的這對「兩難困境」應能完成整合。現代詩不應是我們的幻美之夢，而是經由語言顯示的生命複雜經驗的聚合。人在審美的世界裏，自由意志是絕對的一。生命詩學與自由合一：

> 歷史也許是奴役，
>
> 歷史也許是自由。

看，那一張張臉一處處地方
隨著盡其所能愛過它們的自身，
現在它們一起消失了，
它們在另一種型式下更新，變化。

——艾略特《四個四重奏・小吉丁》

以上所論，就是我心目中現代詩的整體精神向度：對五組「兩難」境遇的整合。它們可能有論述上的粗笨和不夠完備之處，但自忖決非「中庸之道」。我期待著同行的辯難和校正。我承認我們置身在矛盾的分裂和衝突中，但就在這種分裂和衝突中，我們才得以創造出與我們的現實生存相對應的開闊而真實的表達。而對矛盾的動態把握和整體包容，正是一個現代詩人的使命和宿命。

最後，有必要說明的是，就此文而言，可能會有人認為筆者這裏所論的「詩歌」概念，是否太莊嚴、太深刻了，不是詩歌的常態。我承認這一點，因為我認同海德格爾在《荷爾德林詩的闡釋》中表現的「詩歌」眼光——

「詩歌可以意指：一般而言的詩歌，適合於世界文學中全部詩歌的概念。但是，**『詩歌』也可以意味著：那種別具一格的詩歌，其標誌是，只有它才命運性地與我們相關涉。因為它詩意地表達出我們本身，詩意地表達出我們處身於其中的命運**——無論我們是否知曉這種命運，無論我們是否作好了準備去順應這種命運。」[2]

[2] 海德格爾：《荷爾德林詩的闡釋》，孫周興譯，商務印書館，2000 年，第 228 頁。

第四章　貧乏中的自我再剝奪
——先鋒「流行詩」的反文化、反道德問題

近幾年來，由於網路成為詩歌的另一個主要的發表「現場」，詩壇似乎比 90 年代熱鬧。但是，我不同意將熱鬧直接等同於「繁榮」，我以為，詩界存在的問題不少，有些甚至是致命的寫作意識上的偏狹和迷誤。詩歌的繁榮，只有一個可靠標準，就是看它出現了多少有價值的作品，而不是發出了多少可稱之為詩的東西。舉一個極端的例子：我們不能說舉國鋪天蓋地的「大躍進」民歌就是詩的繁榮吧？這麼說，也不意味著我蔑視「網路詩歌」，詩的好壞，與發表的方式無關。我只是感到，當下先鋒詩歌就其頗有代表性的寫作意識及流向之一而言，呈現出新一輪的狹隘化、蒙昧主義、獨斷論。考慮到它已經造成巨大影響和輿論，且在進一步惡性發展，有必要及時提出批評。

就文學藝術的一般規律而言，「先鋒」本來是不「流行」的。先鋒就是意識和技藝上超前的先驅的探索。然而，近些年蹊蹺頻生，我們也見慣不奇了，在詩歌界（大量網路詩壇和紙刊）流行的正是「日常主義先鋒詩」浪潮。它們構成了新世紀初的「流行詩」。我命名的「先鋒流行詩」，其基本模樣是這樣的：反道德，反文化，青春躁動期的怪癖和力比多的本能宣洩，公共化的閒言碎語、蜚短流長，統一化的「口語」語型，俏皮話式的自戀和自虐的奇特混合，瑣屑而紛亂的低匍的「記實性」。它們似乎只有一個時間——現在，只有一種情境——乖戾，只有一種體驗方式——人的自然之軀，只有一種發生學圖式——即興，只有一個主題意向——反 XX。

我本不是「高雅而嚴肅」的作者和讀者，有我大量的詩文為證。就詩歌閱讀而言，我有著不比別人少的世俗趣味。因此，即使是對上述模樣的「流行詩」，我也並不是完全持批判態度的；相反，從職業考慮我還讀了不少——這是我能夠發言的基礎——有些詩解構了僵硬的體制話語及偽道學，和素材潔癖意義上所謂的「純詩」，詼諧、尖利、簡捷、不裝孫子，讓人輕鬆。所以，我認為這種流行詩仍應屬於「廣義」的先鋒詩，而不是被高雅人士斥責的「偽詩」，它們的出現有一定程度的必然性和合理性。而且，這裏我要批評的先鋒「流行詩」，比之主流意識形態文化所扶植的「流行詩」，要有份量和趣味得多。但是由於後者壓根兒就不在我的閱讀和批評視域之內，因此，這裏的批評潛在的前提或起點是，我局部認同我所批評的對象（它有趣味有價值的方面），而對它的蒙昧之處也不想繼續沉默。考慮到行文的簡捷，我將不再談這個人所共知的前提、起點，專指出它們的致命誤區。

就這種先鋒「流行詩」的寫作意識和文本觀感而言，我越來越覺得，詩人們在不少大的意向上，其認識力和寫作能力日漸變得狹隘，或是自我減縮、自我剝奪；它們不但給初涉詩歌的文學青年（以網蟲為甚）造成了誤導，而且帶來了先鋒詩寫作中的新的阻塞。像往常一樣，我這裏的批評不涉及道德評判，僅將論述限制在「寫作」問題內部，就其可能進一步發展膨脹的態勢，選擇兩個問題加以辨析或討論。

一

比如詩歌寫作中的「非道德化」與「反道德」這二者的差異性問題，就成為流行詩的巨大盲點。「非道德化」與「反道德」是不同的。對這個前提的不明確，導致了一系列不明確。狹隘與教條自然就產生了。

對文學藝術特別是先鋒詩歌而言，我一直持一種「非道德化」立場。詩是個體生命的本真展開，它的動力和意味，目標和興趣是自由的、變動不居的，它應有能力包容個人化的經驗，奇思異想乃至自由的性情。將世俗意義上的「道德正確」，作為衡估詩品的準繩，會扼殺掉詩歌的活力、經驗承載力、求真意志、原創精神。如果只按是否合乎或是否推助了「道德」來要求詩歌，很明顯，古今中外（特別是 19 世紀末以降的現代詩）許多傑出的詩作就要重新評價了。其實，「非道德化」也可以說是現代藝術的一個共識，現代主義文學藝術家們普遍認為，道德不應是文學藝術的內在價值尺度，更不是構成審美的決定性因素，藝術在本體和功能上有自身的尺度。所以，用道德的高低來評判藝術是偏狹的，藝術不是道德的工具；同理，藝術也不是「反道德」的工具。

在過去相當長的時期裏，我國主流新詩發生滯塞的原因之一就是「惟道德」傾向。這種傾向，在 40 年代以降的幾個非常時期又為文化中的腐朽蒙昧部分、專製成分所利用，上升為意識形態「改造」機制，「脫胎換骨作新人」的道德獻祭儀式，和殘酷的政治「昇華」神話。因此，「白洋淀詩群」、後期的朦朧詩和新生代詩歌，都有不同程度的「非道德化」傾向。詩人們真實地寫出了對生命和生存的體驗，使詩與思呈現出豐富的面目，並由此帶來詩歌經驗的複雜深度，話語的巨大包容力。——這是人們都看到的簡單的事實，但是如何釐定這個事實的準確含義？我一直以為無須多說，而目睹當下詩壇的情勢，我日益感到有必要將此含義再澄清一下。

如上所言，我之「非道德化」的意思是，在詩歌寫作中，詩人不拘囿於道德問題，無論它是形而下的實用道德，還是形而上的道德／理想主義，詩人既不去考慮是否合乎它，也不去刻意地反對、顛覆它。非道德化，就是要擺脫以「道德／反道德」來評判詩歌，回到審美判斷。詩歌寫作是生命和語言的相互打開，是更為開闊也更為有趣的事，詩人在自己真切的生命體驗中自由地遊走，將個人的經驗和話語才智凝結為豐富奇異的文本，享受自由寫作帶來的身心激蕩和歡愉敞亮感。諸如那些優秀的先鋒詩人，他們各自的年齡「代際」或寫作「出道」的時間不同，但都是這樣自由而開闊的寫作者。作為有魅力的「文學性個人」，他們的生命經驗、書寫的活力，均在話語裏真正紮下了根，形成了非道德化寫作的連續文脈。道德，在他們的詩中，既非依恃，也非對立面，詩人的視域遠遠超越了它。

由此，我們可以比照出當前日常主義「先鋒流行詩」在寫作意識及文本顯示上的孱弱和單薄。本來可以作為珍貴的經驗積累的「非道德化」傾向，到 90 年代後，似乎被一些自詡為「後現代」的流行詩人畸變發展為新一輪的教條——「反道德」。在許多刊物特別是網路上，我看到那些風雲人物及大量盲目的隨從者，像是一門心思要與「道德」對著幹。其題材範疇，主題運思，話語方式，個人趣味等等，均刻意瞄準了戲弄和顛覆「道德」。

我理解在當下的歷史語境裏「道德」問題的複雜性，我們確實需要追問「什麼是道德？」「誰的道德？」需要對它的細節含義，在歷史中的變異，乃至道德譜系學有自覺的思考和辨認。而新潮詩歌和詩論寫作中的「非道德化」傾向，就與這種自覺的辨析有關。它會帶來寫作的真實性，人性的魅力與自由。但是，「反道德」寫作卻是狹隘和蒙昧的，這是一種寄生性的寫作，缺乏獨立自足的品質，它寄生在其「對立面」——道德身上，如果對立面不在場，作為詩歌它很可能不能自立。我個人認為，這些自詡的「後現代」，並未理解何謂反對「二元對立」思維。恰恰相反，他們按照某種貧乏的二元對立的想像力原型，客觀上似乎在詩中大量製造並輸出了一種獨斷論信念：凡是道德的，就是我們要反對的；消解人文價值，就會自動帶來不言而喻的「後現代」精神；人，除了欲望制導的幸福或壓抑，不會有其他的幸福或壓抑；敢於嘲弄和褻瀆常態的道德倫理感，才是先鋒詩人寫作「真實性」的尺規。——也許我這麼總結會讓某些詩人跳將起來，但讀他們大量的文本使我只能得出如上結論。

而拋開這些流行詩特別的「意趣」不談，僅從寫作本身來看，它們也是談不上真正的自由的。它是一種以「新」面目出現的功利主義藝術觀，因為它們需要以「反向」的姿態，「看道德的眼色行事」。在此類詩人那裏，詩仍然是工具，過去是宣諭「道德」的工具，現在則是宣揚「反道德」的工具。詩依然需要「主題先行」，只不過這主題由道德變為「反道德」。讀這樣的詩我常常會感到，某些詩人在「強己所難」，他們彷彿得神經質地折磨自己，力求折磨出「反道德」的感受來。怎麼將「惡」玩大，怎麼將「性」（和性別歧視）寫得亢進、古怪，怎麼在詩中發洩個人恩怨詆毀他人……等等，似乎是許多詩人主要的寫作「發生學」。這是一種公式化、概念化的作品，它們其實不指向「日常」(不像詩人所言)，倒指向「反常」，其經驗更多是虛擬的極端鄙俗的「反生活」、「反道德」表演，詩人扮演的是一個戴三角帽的小惡人的角色，通過褻瀆和自戕，達到滿足「道德」自戀的目的(諸如「俺敢說俺下作，所以人啊，俺比你們都誠實」)。

我完全反對那種一元論者、絕對主義、本質主義者的「崇高」表演，但對這種表演角色的否定，並不能成為對另一種表演角色的認同。當下，「小惡人」和「聖徒秀」彼此之間的對抗性，卻乏味地同一於表演性，兩者都在吃力地扮演假我，同樣的做作，同樣的自詡「真誠」，這是問題喜劇性的一面。因此，我要說的是，詩歌可以、也應該「非道德化」，但是犯不著死認準了「反道德」為寫作的圭臬。詩歌沒有禁區，故不要將道德視為新的禁區。如果一個詩人始終持「反道德」立場，那他就擺脫不了對道德的寄生或倚賴，往好裏說這是劃地自牢和嘩眾取寵，往壞裏說就是愚昧和欺騙。

或許會有人說，「下半身詩人」、「崇低派詩人」、「垃圾詩人」及其皮影化的後現代前輩詩人……如此等等的「反道德」詩歌讀者很多。我的回答是，這說明不了它的價值——如果一個人在光天化日下露陰，或有侵害攻擊行為，其圍觀者也一定極多。可見，讀者多說明不了什麼。我們都知道，網路詩歌既是「自由」的，同時也會受到另外的「控制」——贏得最高的點擊率。而這，當然會制導一些詩人的題材選擇，使他們對庸眾的趣味統治俯首貼耳。這就是網路詩歌之「自由」與控制所形成的「結構性自相衝突」。我之所以在這裏不點名、不引詩，只是考慮到應針對這一廣泛的不良現象而不針對具體的詩人，它的確不是個別人的問題。我批評的目的是要提醒在詩歌寫作中，不要在粉碎舊的教條主義、獨斷論之後，代之以新的教條主義、獨斷論。

二

與上述問題相應，在先鋒「流行詩」中，對「超文化」與「反文化」的明顯差異，也基本是懵懂無察，時常混為一談的。這同樣給我們的寫作帶來了巨大盲點和新的阻塞。

何謂「文化」？按照文化人類學者愛德華・泰勒（Edward Burnett Tylor）為之下的著名定義是：人類全部的知識、信仰、藝術、道德、法律、風俗，以及作為社會成員的人所掌握的和所接受的任何才能和教育的複合體。而在《現代漢語詞典》中，文化的詞義是「人類在社會歷史發展過程中所創造的物質財富和精神財富的總和。時常特指精神財富，如文學、藝術、教育、科學等。」

以這些廣闊的定義來看，詩歌無疑是文化中的精髓部分之一。但是，回到詩歌寫作特別是先鋒詩寫作內部的特殊性來看，它顯然又不簡單地等同於一般的「文化知識」。先鋒詩，它更屬於時常對「主流文化」構成挑戰的「亞文化」（即文化人類學所說的「副文化」），它決不是簡單的「反文化」問題，而是「超文化」的——表面上看是文化在歷史演進中所採取的不同的輪換方式，而實際上是進一步挖掘被主流文化所壓抑的更為開闊、豐富的生命體驗。它不是反向寄生，而是縱深發掘，這就是區別所在。因此，我們可以說，有效的先鋒詩寫作，既不指望得到主流文化的理解和撐持，也不會靠僅僅與此對抗來獲具單薄的寄生性「意義」，它的話語場和魅力來源要廣泛得多。

其實，新生代詩歌以來的中國先鋒詩，因其將「生命體驗」作為寫作的基本材料和動力，所以它們不是惟文化的，而常常是「超文化」的——那些詩人不會考慮甚至有意迴避詩歌文本表面上的「文化感」，「詩有別材，非關書也；詩有別趣，非關理也」，它遠遠超越了既成文化的畛域。詩人自由地處理各自的生命經驗，只要忠實於心靈，在技藝上成色飽滿就是好詩。恰好是這些超越文化的生命之詩，給詩壇帶來了某種新異而深刻的「亞文化」成果。我以為，他們並非簡單化地為「反」而「反」，而是有著較為自覺的意識。比如，以對僵化的主流「文化」生產配置者們的譏誚，去否定主流意識形態「選本文化」的清規戒律，和由此制導的集體順役的價值觀念；其對理性的挑戰，意在反對傳統的「唯理性至上」；其對「科技」的質疑，意在反對「科學萬能」、「工具理性崇拜」等觀念……如此等等。他們更像是波西米亞生活方式的藝術家，而不是貌似激烈反文化，實則與傳統文化中的蒙昧主義苟且的市井潑皮。重讀八、九十年代的新生代詩歌，我們會感到題材開闊，話語型式多樣，日常生活、形而上奇思異想、大自然及人性的隱密紋理，乃至某種向度的語言批判、文化批判，都恰當地貫注其間。

然而奇怪的是，這種開闊的「超文化」意識，在近年卻被畸變為一種蒙昧主義式的「反文化」浪潮。我看到許多在網刊和紙刊上飛來跑去的「驍將」，似乎一門心思在展覽自己刁惡小市民的「渾不吝」嘴臉。他們自詡為「第三代口語詩」的徒弟，卻完全誤讀或篡改了第三代詩的「超文化」傾向，將其大大方方的精神解放和狂歡，做了卑瑣化、庸俗化處理，「超文化」被減縮為「反文化」。其家常做法似乎是，專找「文化」的事兒，似乎是有較強文化意味的理念、遺產、文學文本、習俗——乃至那些文明的、建構性的東西，悉屬他們要「反掉」之列。但他們又不具備強大的生命體驗動力，和經久錘煉的、貨真價實的語言才能，在很多情況下，更像是嘩眾取寵地在找出名的捷徑。由於所寄生的對象的龐大，「反」才最容易引人注目。作為一種臨時的世俗功利的成名「策略」，我本不想予以干涉；但事實是長期以來，許多人硬是將「策略」變成了固定的寫作品性和準則，並向詩界、批評界廣泛要脅、推銷，形成一種誰不「反」，誰就不「現代」；誰不支持「反」，誰就不「尊重多元化」的可笑復可悲理論。反文化，在目下已成為捷徑，成為獲取巨大的先鋒「象徵資本」的策略，難怪我們看到那些詩人幾乎要將幾百首詩寫成一類模樣，一種姿態，一個意味，乃至於一種構思，一個語型，一種效果。這是否是流水線作業上可憐的異化勞動？這種統統要「反」的寫作姿態，無論從發生學還是到文本的形成看，其寫作的真實性又何在呢？

因此，「惟文化馬首是瞻」拯救不了詩歌，早有所謂「文化尋根的現代大賦體」的迅速失效為證；「反文化」同樣帶不來詩歌的解放，與前者一樣，它是相反向度的「惟文化馬首是瞻」。二者骨子裏是異質同構的獨斷論，或不同向度的同心圓，其內在依據都是寄生在非詩的「文化觀念」之上，離開正／反的「文化」的角度，他們似乎完全不知如何進行自由的創造性寫作。可見，無論是惟文化，還是反文化，表面不同而其實骨子裏一樣——都指望著以「文化」獲利。而我要說，文化過去不是，現在更不是詩歌的救命稻草。這種二元對立的寄生性的思維方式，以其狹隘，蠱惑了許多在精神和寫作技藝上缺乏充分準備的詩歌愛好者——又不需要真正的才能，又能當一把「先鋒」，何樂而不為？於是我們看到，現在詩歌界很少有不以「先鋒」自居的。

而在有些詩人那裏，由於自己本來就沒什麼文化意識，於是就順便把自己算到「反文化」的先鋒裏了。大概在他們看來，詩歌「先鋒」所需的才智成本十分低微。並且他們需要不斷強努，以確保自己永遠蒙昧。其實，要知道，當下庸眾對反文化、惡俗性的追求十分普遍，這些詩人骨子裏恰恰是對庸眾的卑屈承歡。這就是所謂的「庸人引導的社會」。

這樣的詩，貌似前衛，實則退縮，貌似強勁，實則軟弱，貌似介入生存，實則從更大的方面喪失了生存體驗的真實性。這種貧乏中的自我再剝奪，像是要從一條假牛身上剝下兩張皮。順便一說的是，明眼人都會看到，許多網路先鋒流行詩人有著極度世故、犬儒的小精明，從表面姿態上看，似乎他們大有懷疑、消解一切權威偶像、卡裏斯瑪的氣勢，但其實這也是假象而已。他們更多只是憎恨並敢於嘲罵無權無勢的人文知識份子，特別是其同行前輩詩人，而未必會去觸擊現實中的敏感、焦迫問題，並小心規避著真正的權力與壓迫力量。在他們對朦朧詩、新生代詩的價值系統進行批判、嘲弄的同時，也樹立了自己崇拜的匿名的大寫的權威——病態的侵犯慾和性慾極強的「另類詩人」。這樣的詩，所以我在上面才說它貌似前衛，實則退縮，貌似強勁，實則軟弱，貌似介入生存，實則從更大的方面喪失了生存體驗的真實性。這種貧乏中的自我再剝奪，像是要從一條假牛身上剝下兩張皮。在他們對傳統文化的「反叛」上，我恰恰看到了另一向度的傳統蒙昧主義文化和「國民性」在他們身上的積澱與操控，這可能是這些詩人未曾料及的。以造反開始，在不期然中卻維護著「賴活學」的腐朽、僵化文化的超穩定運轉，這難道不是以先鋒派姿態出現的新面目的守舊者嗎？

這裏的批判或許言辭太過激烈了？但這恰是筆者試圖在種種二元對立框架之外思考問題，並儘量將之表述清晰、簡捷的結果。可惜，即使在詩歌批評界，此文的接受語境也是被強制性扭曲的。在「中國新詩一百年國際研討會」上，對我這個發言，有批評家強扮義角諄諄告誡說「不要建立在道德和反道德上，而應回到審美判斷」。其實，我的文章不正是反覆在談論這個問題嗎？可見，這裏不只是批評家聽得不仔細，更深層的集體無意識原因是，在當下流行的語境中，只要你質疑「反道德、反文化」，人們無須細辨只憑思維慣性就會立馬置你於衛道士、惟文化一邊。連批評界都會深受這一慣性的制導，何況其他人。這從另一方面，更提醒我們釐清此問題的重要性和急迫感。此章的「腹稿」，在我這裏已有數年了。對詩歌寫作中出現的「反道德」、「反文化」這些新的蒙昧主義或曰「迷信」，我一直沒有直接的批評，我在等待。因為許多與我同代的詩人批評家朋友不斷對我說，「一代人有一代人的事做，讓他們同代的詩人、批評家去做吧。」此言有理，因為從根本上說只有同代人才能真正互相對話、理解。這也是近年來我的閱讀範圍雖較為廣泛，但批評視域只限於同代詩人的原因。但是，我的等待似乎太過漫長了，我期待中的有一定份量的辨析、商榷、批評文章似乎一直沒有出現。新一代批評家是否比我等「穩重」？還是不願「開罪」於各位流行詩先鋒？尚不得而知。而更讓我失望的是，連「先鋒流行詩人」自己寫的有份量的理論辯護也同樣沒有出現，只有一些把詩歌作為名利來經營的小機靈小算計的調侃、謾罵、彼此作踐。我不知再等下去會有什麼結果，我已經失去耐心。因此，這裏對我本人認為的「先鋒流行詩」寫作中存在的誤區提出批評，等待年輕的同行和詩友校正。

第五章　「正典」與創造生成的「理解」
——現代詩人與傳統的能動關係

1989 年，我發表了一篇談現代詩與傳統之關係的文章《不留餘地》，這是一篇反詰性的文章。當時，我的想法是，站在純理論的角度，論述傳統與創新之間的互動關係。我已作好準備，回答來自各方面的疑問或駁難。但是出乎我的意料，這篇「不留餘地」的文章被許多同行認為是穩重而求實的。這的確符合我的想法。不留餘地，應該是指在論證上毫不騎牆，不耍滑頭，而不是指立論上簡單化的走極端。而我沒想到的是，現在批評界許多人對中國現代詩的存在的「合法性」，掀起了新一輪的質疑，認為它背離了傳統詩質，因而「沒有根」。我感到對這個問題大有進一步論說的必要，在本章，我想從一個詩人具體的寫作態度上，來談談現代詩人與傳統的能動關係，也就是怎樣理解詩人「繼承傳統與創新」問題。

一

現代詩的「繼承與創新」，是一個非常複雜的問題。嚴肅的詩人在這個問題上都不可能沒有自己的認識。「繼承」，作為一個理論語彙，除了「文藝政策」意義上的引導外，對具體的詩歌寫作而言，其語義是含混的、可選擇的。在這裏，我首先想指出，流行於世面上的對「繼承」的理解，是得到了主流意識形態、正統文化圈的支持的。它是指對中國古老詩歌傳統的回歸和摹仿。這種民族主義的「繼承觀」，含有相當成分的不容分說因素。因此，它的地位總是被認為優於及先於創新，它彷彿總是首位的、本質的、正面和核心的。如果一個詩人從表面的語言效果或詩歌體式上表現了向傳統的摹擬，那麼，他的詩就被先在地給了意義。他的平庸和懶怠，他的守舊和遲鈍，也彷彿可以得到這種先在給定的包庇。這樣的例子不在少數。因此，要想匡正這種膚淺的「繼承觀」（如果它的確稱得上是一「觀」的話），的確是非常麻煩的事。因為建立在一正一反二元對立基礎上的理論背景和創作模式，已使人們習慣於非此即彼的思維軌程。你要站出來反詰這種詩，立刻就被置於「反傳統，反繼承」一邊。這種得到正統文化強權支援的勢力，可以超出文學討論之外借助於意識形態的力量，來居「高」臨下地結束這種討論的平等性質。由是，我們看到了這樣的事實：詩歌理論界彷彿真的營壘分明，空手入白刃，一方是「遺產派」，另一方是「西崽」。雙方都由捍衛自己的觀點，發展到賭氣，圍攻。這種由顯示、演示發展到「指示」的「論爭」，擴大了人們的盲目，遮蔽了問題的本源。因此，它給了我們熱鬧，但沒有多少啟發。

當我們排除了對「繼承」這一問題的表面理解後，我們才能真正觸及它的內質。廣義的傳統，並不僅僅是我們見到的文化「遺產」，具體到文學來說就不僅僅是可見的文本。傳統既是實體存在，同時也是一種功能。因此，在我們置身其中的今天的生活中，最尋常、最微小的東西，都含有一定意義上的傳統因素。大到人文地理，國家民族，母語淵源，精神文化，人的生存，歷史事件，民風民俗……等；小到一個詞素，一句話，一種表情，一個姿勢語或一組動作……如此等等。而在現代詩人的寫作中，傳統體現為詩人與民族氣質、與文化、與語言、與族群的能動關係。沒有傳統氣脈的詩將無法在民族中真正存活，所以，我不認為只背棄了古典詩歌藝術形式和審美素材，而得到今天廣大讀者認同或熱愛的現代詩，就真的完全背棄了什麼「傳統」。傳統作為一個無限擴大的「文本」，它從來就沒有也不可能離開我們。有的只是那種不願正視和承認傳統無所不在的幼稚的理論態度。

但是，問題的癥結或許不在這裏。在一個優秀詩人的寫作中，「繼承」傳統首先是指非常複雜化的、自覺化的對母語及民族氣質更深度的理解和發現。因此，我們不可能置身傳統之外是一回事，而對它的深入理解、自覺創造，及重新生成的「視界融合」則是另一回事。在這裏，我可以說，從理論上完全否棄傳統的人，和那些皮相地摹擬傳統格式的人，是同一個戰壕裏發生內訌的戰友。他們從客觀上達成合謀：拒絕深入理解「傳統」。

那麼，接下來的問題是，我們的詩歌傳統是什麼呢？在討論中，任何問題都必須有一個核心，正是這個核心，防止著討論的自由遊離。樹立並加深這個核心，不但是一個理論家必備的素質，更是他的天職。既然我們討論的問題是如何深入傳統（而不是誰在傳統之「外」），我們就必須涉及到詩歌傳統較為明確的細節含義，特別是過去詩歌模式所遺留下來的價值、原則、規範、經驗和知識的總和。於是，我看到了對傳統特質的眾說紛紜的理解（我將之分為兩組關鍵詞）：

▲質實入世
人民性
憂患意識
現實主義
浪漫主義
言志，詠懷
緣情說
以史為詠
……

▲沖和淡遠
天人合一
言無言
自然泛我化
賦比興

遊仙精神

空靈，神韻，性靈

樂感

佯狂

意境說

……

前八項其實也可以說是任何民族的詩歌，發展到特定階段的共性特徵，後十項則基本顯示了傳統詩歌（又豈只是詩歌）的個性特徵。即使如此，我仍然看出了後十項與前八項內部諸多因素彼此的糾葛、互否、運動和更新。錢鍾書先生在《中國詩與中國畫》中，也談及了在不同的讀者眼中，中國詩的正宗分別是王維式的「神韻」系譜，和杜甫式的「現實」系譜。——面對這種複雜微妙的情勢，我們如何確立自己藝術創作的，而不僅是發表「宣言」的立腳點呢？如何在這種種的相對性、複雜性面前得到一種自明意識的支持呢？或者，我們深入傳統僅僅是為了重溫舊夢嗎？如果不是，我們又怎樣區分什麼是創作而什麼是描紅呢？迷信和教條難道就是那麼容易從我們的意識深處排除嗎？因此，當我們聲稱要回歸或是「繼承」傳統時，傳統首先站出來說：——「我的特質在哪兒？請先指明」。

我認為，這種其實無法有公認權威的「茫然局面」，只能由真正嚴肅而優秀的詩人個人出來主持。在詩歌藝術創造中，他們與傳統的關係，就成為「正典」與眾多創造性生成的「理解」的關係。優秀的現代詩人應有能力找到通向傳統的「個人暗道」。

二

所以，我堅持我一貫的立場：對詩人個人的寫作而言，「繼承」傳統不會是一種輕而易舉的被動的行為。這裏，永遠包含著對其積極能動的選擇、變構、剝離和重新「發現」。傳統與現代，是互相打開的。因而，傳統只能是「當代」重新理解中的傳統，它首要的因素不是自在的、固定不變的，它永遠包含著創造的因素在內。對傳統的「繼承」，從最高價值上說，只能是傳統意義的重新「生成」過程。傳統對我們現代詩人來說，它既不會是可以包打天下的利器，也不只是需要加以克服的消極滯塞因素。它僅是一種無限廣大的可能，真正的價值只能相對於我們的智力深度及語言能力的實踐而確定。傳統是需要也只能由無數個「當代」反覆發現和給定；詩人對傳統的意義，是他的寫作實踐及實績所賦予的。「繼承」活動在本質屬性上是與「創造性理解」同時到來的。正由於我們帶著某些異質的衝動加入了傳統，傳統才得以存在和發展。所謂「繼承」傳統，實際上當然就首先包括了發展、揳入新的因素，使舊有的傳統格局發生變動，包括改變秩序和重新「陌生」化等運動在內。

理論家要做的一種工作也許是「整理傳統」，使之類型化、標準化、整體化和穩定化；而詩人，則永遠帶著合理的主觀性、相對性、創化自豪感，去重新加入、解析、生成「傳統」中的某一種或幾種可能性因素。在後者這裏，「繼承」永遠不是一種複製的過程，不是去「媚」文化意義上的「俗」。在民族傑出詩歌的偉大共時體中，由於其自身內部的複雜性，呈現在詩人面前的傳統，無所謂什麼本來、整體面目。不是理論宣言或低能的詩評家自以為是的「全面判斷」，而是詩人的天才、創造活力和成見構成了他與傳統那種能動的關係。他使傳統中某一局部因素的價值隆起，而捨棄了另一些，甚至是更極端地排除了它們。這難道真的是反傳統嗎？如果硬要說，我願意說這些詩人是在「返」傳統，返回他心目中傳統最優秀的根子之一。讓我們看看上面我列出的十八項傳統概念，我們會得出一個認識：變革，建設，改造，發現，是每代自覺的詩人對傳統的基本態度，同時也是傳統本身題中的要義。因此，只強調被動摹仿，只寄生於僵化的對傳統的認識的人，他們恰恰是「繼承」到了反繼承的程度。這難道不正是一種盲目守舊（他們卻說真正的詩人在「盲目創新」）的態度嗎？守舊而盲目，還不如自覺的守舊。我們樹立了對傳統中諸多因素的取捨、改造和發現這樣的能動立場，就決定了傳統（至少對我們這種立場的現代詩人而言）不再是一成不變的、前在的、僵固的東西，而始終是可供選擇的、偏離的、流變的雙向過程或多向過程。

在本章的開頭，我強調了我的立場的基點是一個詩人「具體的寫作」。現在，我可以進一步說：繼承與創新，在這個特定的基點上，不再是兩個詞，而是二者構成的一個「新詞」。由此衍生出的另一個極而言之的說法是，不只是傳統決定或造就了傑出的詩人，有時幾乎相反，是傑出的詩人「生下」了傳統。作為傑出的詩人，他的某部分意識背景和隱語世界必須是獨一無二的。它（詩人或詩歌文本）存在於傳統之內，同時又制約和改造了傳統；它（詩人或詩歌文本）逃避了傳統的控制，反而從更高的層次加入並豐富了傳統。這裏不存在擬古不擬古的問題，只存在通過詞語建立另一個生存—文化—個體生命話語世界的問題；不存在是否符合某一類老式讀者閱讀類型的問題，只存在通過新的創造去同時創造出新的讀者的問題；不存在我們能否讓「遺產」不朽的問題，只存在傳統是否能使今天之詩秘響旁通、內力遠出的問題——我們是為揭示具體歷史語境中的生存／生命而寫作的，我們又不是鸚鵡。因此，真正傑出的詩歌（詩人），它同傳統的關係，就一定是一種奇妙而模糊不清的，張力極大的，可變的和間接的功能場；這種既增補又超越，既深入又剝離，既是共時體的一部分又是隆起的個別性價值……的能動關係，我們在歷代詩歌大師身上不是一再地看到嗎？文學史已有的經驗和知識，已給我們提供了理解這一現象的可能範圍。難道我們還用得著調動更複雜的個人的智力因素嗎？

但是，我這裏也許不用談什麼大師。就談談我們，這些普通的正在寫作的詩人。既然對傳統不存在絕對客觀的、唯一全面的理解，那麼，你依據什麼說「我繼承了傳統」？即使如此，又如何肯定你的「繼承」是合理的、正極的，而不是負面的、甚至偽裝的呢？如果傳統中那些已被它自身的運動淘汰了的劣質因素，以及那些阻礙歷史進程、沉迷小農經濟、甚至對現代人的生存狀況起惡化作用的因素，也被你和對詩歌審美性格的沿襲一道「繼承」下來呢？因此，對那種只提「繼承」，而不能進一步闡明或是有意的縮小、減少、低估傳統中矛盾性和劣根性的詩人及理論家，我們在今天尤其應當進行必須的鑒別、評斷和駁斥。傳統的力量在現代的體現結果是，一部分傳統在我們的母語、靈魂和情感經驗的內核中，成為血素而不是假髮或真髮的「辮子軍」。另一部分傳統「正典」用文本固定下來，成為隨時可能被各種「當代」向度打開光芒的，絕對「共時性」中創造和激發的，自由闡釋的多元性存在。而具體到一個詩人的寫作，最終可靠的東西，就一定主要不是什麼理念上是否要「繼承」傳統的形模，而主要是你以什麼方式，什麼高度，什麼天賦去重新對待和闡釋、啟發傳統的。因此，你的話語能力，自覺程度，理性，意志，天賦，直覺，情感表現力等，並不能先在和天然地得到擬古性「繼承」這一立足點的保證。只有被當代「成見」所理解的文學史，才是有價值的有作用的文學史，否則，一切創造都談不上。

文化藝術的價值從來都是寓於不斷的評價或解析之中的，而且只能在無數個「今天」的評價和解析中得到體現。所謂「解釋學的循環」理論，給我們以重要啟示。而對傳統的價值的理解方式尤其如此。這種創造性的整理、加工和重新變構能力，我們可以在「文藝復興」時期大師們，對古希臘、羅馬藝術的重新發現、洞開和「生還」中見到。近的說，我們也可以在現代主義詩人艾略特、葉芝、埃利蒂斯、帕斯（Octavio Paz）、布羅茨基等人的寫作中見出。在新時期中國大陸的詩壇上，我們更直接地從楊煉，江河，海子，駱一禾，張棗，柏樺，于堅，呂德安，以及《現代漢詩》某些詩人的創作中，見到了這種能動而深刻的對傳統新的認識觀。恰恰是在他們身上（而不是在整天高喊「繼承」的擬古主義者身上），我感到了東方的博大和幽深，平靜與流連光景，語言的疼痛和火光。所謂傳統的真實和活力，離開今天的詩人充滿個性色彩的巨大變構能力和縱深加入能力，我們能從哪裏找到呢？傳統與現代的雙向互動關係，就這樣活在自覺的詩人精神歷史的深處，成為一種無所不在的啟示和氣脈、文脈及血脈。用自己原創性的話語的血液，去黏和幾個世紀的椎骨，優秀的詩人就是這樣帶著天才而勤謹的能動精神，創造性擴展並加深了傳統的語境，強化了它被詩人意識到的某些本質因素，並最終使之成為活生生的今天的一部分。所謂民族特色，所謂東方感的現代詩歌，只有在這種自覺的創造意識高度下，才具有真實、結實、落實的廣闊可能。

第六章　文學的「求真意志」
——對現代性寫作的價值基點的思考

一

「我要聽。我必須聽——如其所是」。

這是俄狄浦斯對可能知曉其殘酷命運的老牧人說的話。他預感到了可怕的生存真相，知道自己已是瀕臨話語的懸岩。但人的求真意志在此迸湧，使他臨淵不懼，並在最後履行了自己的信義承諾：刺瞎雙目，讓使命和宿命同時展開。自毀雙目有如一個噬心的隱喻，它穿透了重重遮蔽的表像，一道尖厲的光芒已深入內心。

每當我讀到他這句話，就會產生深深的心理痛楚和眩暈。不要以為俄狄浦斯洞曉的只是他個人或城邦的命運，在我看來，他的遭際實際上預示了求真意志這一人類精神大勢的無限期的酷厲發展。儘管我們會為這種永劫回歸所主宰，儘管形形色色的斯芬克斯在墜身懸崖後又往往以新的形象面對困境中的人類，但這並不說明我們可以和能夠放棄作為一個醒悟了的個人所必須承擔的責任：堅持探詢生存和生命的真相，始於問題，繼續更高的追問。這也是我理解的所有嚴肅文學的前提。

文學無疑建立在其本體依據內部的一整套複雜關係中，但這並不意味著它是封閉的自足裝置，亦非高雅人士的話語嬉戲或敘事遣興。詩歌和小說是對人的生存境況和生命體驗的揭示與命名，一切貨真價實的文學，都產生於詩人作家面對生存／生命的遮蔽時，所激發起的深刻的盤詰之情。在他們的巔峰體驗中，並不只存在純審美的迷醉，同時更繚繞著一個固執、沉鬱而催促的誡命：「我要聽。我必須聽——如其所是。」不過，這裏的傾聽，並不會經由某個深諳生存之謎的「老牧人」告知（對老牧人的期待，實際上透射出人類對絕對主義、基礎主義、本質主義一元論的依戀）。嚴肅的詩人作家的命運甚至更殘酷些。他們所企圖抵達的生存和生命真相，常常是含混未明的。因此，文學的追問永遠不指望有終結的、具體的、了然的「地址」，求真意志正是在這種不計代價的語言歷險中，發出它奮勇不息的輝光。我要說的是，一代代真誠的詩人作家，如果說他們中真的有「成功者」的話，那也決非指世俗意義上的榮耀，而是他們對生存和生命保持了更尖銳的開掘和追問。他們沒有「解決」問題，而是使問題加深、擴大、焦迫化；而非是使問題鈍化乃至虛假地消失。正是在此意義上，弗蘭茨·卡夫卡才說：真正的道路是在一根繩索上，它不是繃緊在高處，而是糾葛地貼著地面。與其說它是供人行走的，毋寧說是用來絆人的。在眾人視為通衢的地方，作家看到了「繩索」；在眾人自詡世事洞明的時候，作家提示人們「事情不是你看得那麼簡單」。真正的文學——特別是詩歌和小說——就伴隨著這種求真意志和自覺延宕真實指認的「極限悖謬」。每一個偉大的詩人和作家都是書寫族類中的「黑人」，他們不憚於忍受悲慨的遭際，他們知道任何有效的寫作，都會帶來龐大的生存及權力禁忌對敢於探究其底裏者的懲戒；與恆久的集體謊言較力，註定是不祥的。然而，優秀文學的光照，恰好就是不祥命運的賜禮。當我們返觀人類的精神歷史，我們會看到一些夙夜匪懈的心靈守護者，他們心力交瘁又生氣勃勃。我想，他們首先是古今中外的那些嚴肅的文學家，而不是其他人。

二

如所周知，「求真意志」在當下是一個極為敏感的詞語。從尼采到福柯，都曾將所謂「求真意志」視為整體話語的壓抑和排斥機制加以質疑。在他們看來，真理是歷史地形成的，帶有人為建構性質，因而是可以變更的。當「求真意志」成為維持整體權力秩序的基礎的時候，我們應當質疑它的合法化。然而，弔詭的是，我們也可以說，福柯大量的著述工作，也就是尋求生存和話語真相的工作，「求真」在他那裏體現為對本質主義、基礎主義、獨斷論「真理」及「歷史決定論」的反抗。正因如此，當代英國著名哲學家阿蘭・謝里登（Alan Sheridan）才將他研究福柯思想的一部重要著作，別具意味地命名為《求真意志》。

當我將文學的維度定義為「求真意志」的時候，我很擔心人們將此詞語誤讀。在我的論域的辭彙表中，「求真」，只是一種「意志」。所謂的真實，在真正的文學家眼裏，決非是既在、了然、自明的，它不可能依憑表面的還原主義書寫與我們照面；也同樣是在這裏，文學話語與哲學、社會學話語區分開來了。為了陳述的方便，我且將文學話語之外的其他表述話語統稱為「人文科學話語」（實用指稱性的日常交流話語不在論列之內）。在我看來，人文科學話語是邏輯的、整體的、類聚化的，它的合法性是通過刪除岐見，並否認個體經驗的差異和無意識的生命沖湧所得的。質言之，它祈求的是「頭腦」而非「心靈」。這樣的話語，僭妄地企圖為人類提供某種絕對性和必然性，企圖命名在時間和具體生存語境的流動中那個不變的「基礎」、「本質」。在此，個體生命的痛苦、煩憂、欣悅，以及對世界的奇思異想，都被冷酷而「宏大統一」的整體敘述所抹殺。但是，即使在人文科學和科技話語最為蠻横之際，人類內心深處也總有一種聲音在脫離個體生命的自由尊嚴而片面追求整體順役所造成的靈魂失落中，倔強地為「心靈」的自由吶喊。這種吶喊的音量不夠高亢，20 世紀以降的現代文學甚至是低沉的，但我們知道真正的強音正是低音。雖然嚴肅的詩人和作家其材料畛域、措辭格局、命名形式不盡相同，但就其精神大勢而言，又具有「求真意志」的家族相似性。如果說在米蘭・昆德拉筆下，「塞萬提斯的遺產」是現代紀元的標識的話，那麼也可以說，20 世紀的現代主義文學，才真正有效地提供了生命體驗中的懷疑精神、多元精神，拯救了卑微的個體生命的尊嚴，讓差異、弱勢、局部、偶然發聲，它培養了人們對不可公度的事物的容忍力。因此，詩歌和小說中的求真意志是永無終結的。何時「求真」不再作為「意志」，而成為作者自詡的對真實的壟斷性「定論」，那麼他們就可能成為被動認同先驗「真理」的屈服者。

我依然相信，文學是「至深者呼喚至深者」的話語，是人類中部分個體內心巨大焦慮和懷疑的呈現。然而，這裏的「至深」，是指生命的體驗之深刻，而非單純的「思辯」之深刻。在哲學思辯領域仰之彌高俯之彌深的黑格爾（G.W.F. Hegel）嘗言：「絕對精神的駿馬在奔馳的過程中，是不吝惜踐踏許多小花小草的。」對此，我不以為然。我的疑問和信心正是在這裏同步展開：文學存在的理由之一，就是對那個喚做「終極真理」、「絕對基礎」、「鐵的歷史必然性」的龐然大物的不屈從。如果世上沒有了偉大的文學家，即「珍愛懷疑的個人」（希姆博爾斯卡語），那麼人們很可能一次次週期性地強迫重臨集體烏托邦或歷史決定論的陷阱。嚴肅的文學家，不接受任何權力話語的制導，不相信世上有一個絕對的「第一原理」來為人的生存和生命體驗規定其永恆的圖式。他永遠在追問、揭示著生存和生命中的困境，他擴大了我們未知的境域，使人的精神地平線不斷後移，使自以為是的獨斷論者遭逢挑戰。

一切嚴肅文學所面臨的問題，首先就是捍衛人性的迷宮之魅力或曰魔力。我想將這稱為現代世界中彌足珍貴的「特殊知識」。在一個「知識」稱王稱霸的世界上，我甘冒誤讀的風險，提出文學是「特殊知識」，意在「從內部攻破堡壘」。我用「特殊」來限制和修正知識，是要陳明文學中的求真意志提供給人類的「知識」，是一種與生命深層（乃至詭異）體驗，矛盾修辭，多音爭辨，互否，悖論，反諷，歷史的個人化等有關的「靈魂知識」、「經驗知識」。在一個思想與科技，意識形態順役和物質放縱主義同步的集約化、標準化的乾涸的歷史語境中，文學提供的「特殊知識」，就不期然中構成了對絕對主義知識、二元對立知識及唯理主義崇拜的顛覆。後者簡化乃至抹殺了世界和個體人生的問題，前者捍衛了世界和人生以探詢問題的形式存在。在此，「特殊知識」以其特有的細節含義，重新釐定了何為「真知」的維度。文學中出現的「新感性」，就天然地成為否定精神、批判精神、自由探詢、生命想像力的接引者。正是在這種變血為墨跡的陣痛中，生存／生命得到強有力的去蔽，語言的深淵被舉起，人類被權力話語的高強度刺激所剝奪的心靈活力重新奔湧而出。

三

求真意志或追問生存／生命的姿勢，是現代文學最動人的姿勢。然而，我看到目下評論界恰好是在這一點上聚訟紛紜。我認為，許多評論家在指斥先鋒文學時，對其「求真意志」存在著盲視。他們有一條現成的鞭子——「歷史感」——快意而省事地揮舞在劬勞功烈的先鋒詩人作家頭上。他們說，先鋒文學最大的缺失是「沒有歷史感」。我至今沒有看到任何優秀的先鋒詩人和作家聲言自己的作品是反對歷史感的，那麼，問題的核心就不是「詩歌與小說是否應有歷史感」，而應是「如何看待文學中的歷史感」了。除去我在前面對文學中求真意志的申說外，這裏就「歷史感」與求真意志的關係，再補充如下言說。（考慮到人們對先鋒詩歌有限的閱讀量和解讀能力，且以小說為例。況且，小說中作為集體無意識存在的「敘述模式」，也有助於我們理解一個時代的文學的整體敘述類型。）

我們所接受的文學教育，可以恰當地稱之為「教育小說」。教育小說發軔於歐洲，但在中國五四特別是40年代以降的接受語境中，被漸漸扭曲了。與典型的教育小說（如《威廉・邁斯特》、《約翰・克里斯朵夫》等）的理念深為不同，中國的「教育小說」有一個降格以求的想像力原型：相信個人若探索真知、發現自我，必須依賴於某種集體主義的神話。也就是說，歐洲的教育小說書寫的是個體靈魂的成長，而中國的教育小說書寫的卻是對個體靈魂的放棄。這種放棄的程度被奇怪地指認為是作品中「歷史感」的深度。在此，人的歷史感的獲具，不再是基於個體生命的艱辛探求、自我獲啟，而是對一種既定的「歷史風雲」、意識形態價值系統的卑屈認同。這樣的「歷史感」難道是我們需要的麼？這樣的「求真意志」難道不正是對求真意志的譏嘲麼？整個當代文學史前半期，「歷史真實」是統攝人心的口號。然而，我們在這裏看到的歷史真實是怎樣的呢？無非是對歷史決定論的急切歸附，是作家對自身本已所剩無多的求真意志的再剝奪。如果放棄個體生命對真實的體驗，那麼文學只能成為對「歷史權力虛構」的邀寵書。正像大家看到的那樣，在這些作品中眾多的複雜的個人，變為「一個共名的人」，並美其名曰「典型化」。「典」的什麼「型」呢？農民的典型模式是「原過／改過」，知識份子的典型模式是「負罪／贖罪」，底層人的典型模式是「贖身／感恩」，先進人物的典型模式是「昇華／引領」，敵人的典型模式是「有產者／殘暴」，如此等等。文革期間的作品，在某種意義上說也是追蹤所謂「歷史風雲」的類型，發展到極端惡性形態的產物。這種意義上的「歷史感」，直到 20 世紀 80 年代中期先鋒文學的崛起方才得到真正有效的扼制。因此我說，與其他文類不同，文學中的「歷史感」，是在活生生的具體的個人處境中產生的。在許多時候，恰好是個人與整體歷史或時代精神的對質與錯位，才更深刻地帶來了文學中的歷史感。當我們談論文學中的「歷史真實」時，我們要擺脫那種超個人的、大寫的匿名權威——權力話語和時代風雲史——的脅迫，回到「歷史的個人化」，回到具體歷史語境中個人的心靈體驗的源始。

文學中的求真意志就是一種永遠「在路上」的意志。說到底，生存和生命的問題是永遠朝未來打開的，永遠不會完成或終結。寫出個體生命體驗中的歷史語境的真實，是所有嚴肅的詩人作家的共同願望。只不過在如何理解「真實」的含義時，是言人人殊的。在許多作家、批評家看來，文學中的求真意志和歷史意識，有賴於「宏大敘事」。他們追索處理的是那些具有社會幅度感、體積感的可類聚的事件。在此，個人的晦澀經驗，個人的本真命運就遭到了刪除。這種文學作品的聲音總是「嘹亮」的，它們曾經體現為體制化的高音喇叭，後來又出現了自封為啟蒙「吹號天使」的喇叭，現在則是物欲放縱主義微笑的柔軟暴力的喇叭。這三種喇叭雖內質不同，但或有相似的功能：基於一種「元敘述」，一種歷史決定論，去遺忘或抹掉個體生命的記憶，簡化或嘲弄個人心靈的困苦。

與此相反，經由個體生命求真意志濯洗的文學，是將歷史的沉痛化為內在的個體生命經歷，在個體生命存在最幽微最糾結的角落，折射了更為真切的歷史症候。他們將個體生命的遭際，總結成特殊的、限量的「歷史」，在限量中突現詩人作家個體主體性的內在深度。在此求真意志中，「越少即越多」，它不是材料體積的宏大，而是體驗力的宏大，命名力的博大。同理，當我聽到一些論者言及先鋒詩人作家「反崇高」時，我想試著反問：難道求真意志本身不正是一種崇高嗎？所謂「崇高的消解」，在我看來不過是那種被片面解釋的「崇高」的消解。正如阿道斯・赫胥黎（Aldous Huxley）在其反烏托邦小說《美麗新世界》中描述過的那個人們耳熟能詳的情境：一間寬闊明亮的大廳佈滿了接通電源的鮮花，一群孩子進入大廳，他們欣喜地撲向鮮花。此時，一雙巨手拉下了電閘。這種情形屢次發生後，在孩子心中，「鮮花」與「電擊」就具有了奇詭的等式關係。我想，對求真意志貫注的先鋒詩人作家而言，所謂「歷史真實」這朵鮮花，也由於長期被匿名的巨手通向電閘而變得可怕。他們已漸漸培養出一種警惕的敏識力。他們知道，對「鮮花」的真實領悟，只能經由個人的骨肉沉痛來完成。我曾在一篇文章中將此表述為「求真的個人化」，「歷史意識的個人化」。它的出現不是「非歷史」的，而是有著更為真切的歷史籲求。

四

作為人類「求真意志」體現者的文學，是「混聲的獨唱」的文學。在這樣的文學中，「真實」是一個主權未明的語言領地。文學家不再扮演全知的「聖人」（或代聖人立言者），而是與讀者溝通、磋商、周旋、對話的角色。「求真意志」從不誇耀自己，從不封住不同的「我」（個體靈魂內部的分裂和爭辯）的嘴，它的價值信念是：心靈的懷疑、追問，遠勝於任何既成的理念教條。正如傑出的詩人帕斯所言：「我們每個人同時就是好幾個人。我們傾向於消除這種多樣性，以獲得一種所謂的統一……充滿活力的作家，哪怕只寫五行字，也依舊保持自我的多樣性，保持我與其他的我之間的對話。取消多樣性就是自相摧殘……總有另一個我在與我合作，而且一般來說他是與我唱反調的。當我們封住他的口時，我們的文學就變成了枯燥乏味的道德說教，變成了講演，訓話。……假如一個作家標榜理性、正義、歷史都在他一邊，那是不道德的」[1]。對「真實」的解釋，也永遠不會依賴於一個超個人的絕對權威來保障實施。那個「明晰的世界」，「已成的本質」，從未真的存在過；如果詩歌和小說成為對這些杜撰的神話的流水線作業說明書，那麼文學也就成為可有可無的語言遊戲了。在這個體制化權力，資訊和聲像暴力媾和的時代，文學之所以繼續挺身而出，是因為人類需要一種方式來挽留「人的心靈」的聲譽。

讓我們回到本章開頭有關俄狄浦斯的命運的喻象上。在博爾赫斯（Jorge Luis Borges）的詩歌《迷宮》中，另一個俄狄浦斯展開了為自己的「音高」設限的追問。「我繼續走著／單調的牆壁之間可厭的路／這是我的命運。無數歲月／使得筆直的走廊彎曲／成了不知不覺的圓周……／灰白的塵土上，我辨認出／我疑懼的臉容……／我知道陰影裏還有一個，他的命運／是使長期的孤獨厭煩於／這座結成了又拆掉的地獄／……我們兩個在互相尋找。」在這裏，詩人揭示了真實的在路上的追問者都會遭逢的命運。在求真的孤旅中，沒有一個高不可及的外力來幫助俄狄浦斯（「人」）洞徹生存的真相。要解開彼此纏繞的迷宮，只能指望不計代價的個人靈魂和話語的永無終結的歷險。所謂「我知道陰影裏還有一個」，不過是自我意識的對象化，另一個「我」。「我們兩個在互相尋找」，正是求真意志中「極限悖謬」的最好詮釋。

人尋找什麼？尋找自己。俄狄浦斯由此變成了內省的新斯芬克斯，在求真意志的激勵下，一次次驚愕又犀利地重新打量著自己。

---

[1] 帕斯：《批評的激情》，趙振江譯，雲南人民出版社，1995 年，第 165、166 頁。

下篇

先鋒詩歷時性線索中的「範型」

第七章　「X小組」和「太陽縱隊」：三位前驅詩人

——郭世英、張鶴慈、張郎郎詩歌論

中國當代先鋒詩歌走過了自己坎坷而堅忍不拔的道路。新時期以來，隨著有關「朦朧詩」的激烈論爭，詩歌寫作中的現代主義傾向最終站穩了腳跟。正如本書第一章論述的，文學批評界乃至整個文化界已基本取得共識，將先鋒詩歌中個體主體性的覺醒和現代詩本體依據的確立，視為追尋「現代性」總體話語的主要構成部分。

這無疑是歷史的進步。然而，「朦朧詩潮」巨大的社會影響力和詩學理論界不竭的詮釋熱情，使人們將之視為一個全新的詩歌斷代，一脈突兀和垂直「崛起的山脊」，而忽視或遺忘了在造山運動的早期，地下岩漿暗啞而灼熱的掙扎，微弱而不屈的震波的傳遞。長期以來，由於社會和著者在材料掌握上的原因，當代文學史就像一張借助於遺忘而勾勒成的「地貌圖」或「地形圖」，而不是更縱深的「地層和地質圖」，它只去關注那些已成的顯赫的地面「現實」，而使這一「現實」最終得以形成的複雜過程，地面之下連續的岩層，則被有意無意地遮蔽了。

作為思想史家的福柯所提出的「知識考古學」，正是針對人類思想史研究中的「遺忘」機制而發。他不僅探究了思想史中的深層的「知識型構」，而且還進一步探尋了被傳統史學所忽略不計的一些邊緣化的思想文化印跡，挖掘出思想史得以建立的可能性前提條件。因此，「考古學」在此只是作為一個有效的借喻來使用的，它在更縱深的一層層的歷史廢墟上進行，考察它的深層始因——它不再是對已成的宏大「思想史」的表層複述，而是對「前思想史」的洞開——前者是在後者結束之處才開始的。在整體的「思想史」發揮作用之前，「前思想史」提供的構成雛型和基本信碼已經在起作用了。

近年來，中國先鋒詩論界也敏識到這一點，開始回溯和發掘被忽略或遺忘的中國當代先鋒詩歌的源始。隨著批評界的持續努力，一條逆時針的線索日益清晰地浮出歷史地表。比如，在對上世紀 60 年代末至 70 年代中期的「白洋淀詩群」的完整挖掘、命名之後，人們嚴肅而好奇的視線繼續向前（向下）延伸，60 年代中期的民間先鋒詩社團「太陽縱隊」，乃至 50 年代末至 60 年代初的民間先鋒思想、文學交流寫作小團體「X 小組」，也得到了足夠重視。從 60 年代初的「X 小組」，60 年代中期的「太陽縱隊」，到「白洋淀詩群」，「《今天》派」及朦朧詩，有一條連續文脈可循。然而，由於當時主流意識形態的壓制和剪除，「太陽縱隊」及「X 小組」的詩歌作品已很難全面找到。人們只能是將之作為一種曾存在過的先鋒思想藝術團體，來揣測其詩歌作品的大致樣貌。楊健的長篇紀實報告《文化大革命中的地下文學》[1]，特別是廖亦武主編的親歷者的多人回憶文集《沉淪的聖殿》[2]和周國平的自傳《歲月與性情》[3]，包括筆者的《打開詩的漂流瓶》[4]從史實的角度為我們展示了「X 小組」和「太陽縱隊」作為先鋒詩歌團體的發生、活動和橫遭的厄運。將幾種著述參照閱讀，我們得以對他們的思想基礎和藝術趣味能有一個較清晰的認識，著者和編者功在不沒。但遺憾和焦灼卻也在同時加深，他們當時的詩歌作品依然難以找到，就連當事人也因命途劇烈顛躓而手中不存，只有一些斷簡殘篇。所以，這些著述依然無奈地成為沒有一首完整的作品的對「事件的鉤沉」。

---

1 楊健：《文化大革命中的地下文學》，朝華出版社，1993 年。
2 廖亦武編：《沉淪的聖殿》，新疆青少年出版社，1999 年。
3 周國平：《歲月與性情》，長江文藝出版社，2004 年。
4 陳超：《打開詩的漂流瓶》，河北教育出版社，2003 年。

然而，「天若有情天亦老」，被遮蔽的寬大的歷史地層，在新世紀開始後終於進一步出現了一道裂縫，雖然它細小，卻格外鋒利而令人震悚——2003 年，先是《新詩界》發表了由周國平提供的「X 小組」詩人張鶴慈數首詩的親筆件，及張鶴慈之兄張飴慈的回憶文字[5]；繼而，2006 年，《詩歌月刊》（下半月）1-2 期，在「記憶」欄目中連續發表了如下的作品——由「X 小組」重要詩人郭世英的妹妹郭平英從亡兄的日記中找到的十餘首詩作；從他人當時的手抄本中輾轉找到，並被作者確認的「太陽縱隊」核心人物張郎郎的重要代表性作品四首；以及當時圍繞在這些文學社團邊緣的其他一些詩人的作品[6]。這些彌足珍貴的歷史資料，既是沉埋於地下近半個世紀的「化石」，有著歷史蒙塵的滄桑和悽楚，又是依然活著的先鋒詩歌的精靈，有著持之以恆的堅固的思想質地，情感熱度和成色較好的話語技藝魅力。

這一章讓我們以「史」、「論」和「細讀」相結合的方法，考察三位前驅詩人的創作。

一、郭世英：向生存向藝術擲出的「X」

（一）

這一節，筆者重點細讀分析當代最早的先鋒詩歌社團「X 小組」的代表性詩人郭世英的詩作。而考慮到「X 小組」尚未為人們瞭解，筆者在個案研究之前，將同時結合上述幾種相關史料，特別是其北大同學、好友周國平先生的回憶錄和詩人張鶴慈之兄張飴慈的回憶文字，約略評介「X 小組」的形成及命運，詩人生平，他們的文化資源、總體精神向度。

5　《新詩界》第三卷，新世界出版社，2003 年。
6　《詩歌月刊》，由安徽省文學藝術聯合會主辦。

郭世英（1941・12・16-1968・4・22）生於重慶，是郭沫若、于立群夫婦之次子。中學就讀於高幹子弟學校北京 101 中學。中學期間，他一直是品學兼優、名滿校園的三好學生、模範共青團員。從高三年級開始，郭世英對哲學發生了濃鬱的興趣，觸發了他最初的獨立思考。在北京 101 中學，與郭世英同年級不同班，有兩個學生也稱得上名滿校園，不過是「思想反動」意義上的。一個叫張鶴慈（哲學家張東蓀之孫、北大生物學教授張宗炳之子），一個叫孫經武（其父是解放軍衛生部部長孫儀之，少將軍銜的長征幹部）。當時，這兩個十七八歲的孩子，正因所謂「思想反動」、「追求資產階級價值觀」、「欣賞蘇聯修正主義」等等，而受到全校範圍的批判，而郭世英扮演的則是批判會主將的角色。然而，臨近畢業時，郭世英的思想發生了變化，他說「一種理論是不是真理，必須通過自己的獨立思考來檢驗」[7]。他感覺到在張鶴慈和孫經武身上，有著更多的獨立思考的自由精神，和人性魅力，遂與他們結為朋友。高中畢業後，張鶴慈考入北京師範學院數學系，不久被學校開除。孫經武參軍，不久即被部隊退回。郭世英先是考入北京外交學院，因為「思想問題」不能在這所政治性很強的學校繼續就讀，休學一段時間後，轉入北京大學哲學系。

在北大就讀期間，這個三人的思想藝術交流小團體往來更為密切。根據周國平、張飴慈、牟敦白等人的互補性回憶，我列出如下文學、哲學、社科人文讀物，以此可以約略瞭解他們的閱讀視野及思想資源——

文學讀物有：俄羅斯批判現實主義經典作家的大量作品（郭世英尤愛陀斯妥也夫斯基，用鋼筆描畫了陀氏肖像貼在自己的床邊）；歐美批判現實主義經典作家的大量作品。以及海明威（Ernest Hemingway）《永別了，武器》、《老人與海》，雷馬克（Erich Maria Remarque）《西線無戰事》、《凱旋門》，波德萊爾《惡之花》，戴望舒譯《洛爾伽詩抄》，愛倫堡（Илья Григорьевич Эреибург）《人，歲月，生活》、《暴風雨》、《解凍》，安德萊耶夫《消失在暗

[7] 周國平：《歲月與性情》，第 69 頁。

淡的夜霧中》。50 年代末至 60 年代初翻譯出版，供批判使用的「內部讀物」（所謂「黃皮書、灰皮書」），薩特（Jean-Paul Sartre）《厭惡及其他》，加繆《局外人》，塞林格（Jerome David Salinger）《麥田守望者》，貝克特（Samuel Beckett）《等待戈多》、《椅子》，克茹亞克（Jack Kerouac）《在路上》，奧斯本（John James Osborne）《憤怒的回顧》，索爾仁尼琴（Александр Исаевич Солженицын）《伊凡傑尼索維奇的一天》，葉甫圖申科（Евгений Евтушенко）等著《「娘子谷」及其他》，以及一些現代主義詩作……

哲學、社科人文讀物有：尼采《查拉斯圖拉如是說》，佛洛伊德《精神分析引論》，托洛斯基（Leon Trotsky）《被背叛了的革命》，德熱拉斯（Djilas）《新階級：對共產主義制度的分析》、《斯大林評傳》，古納瓦達納《赫魯雪夫主義》，馬迪厄《法國大革命史》，湯因比（Arnold Toyubee）《歷史研究》，加羅蒂《人的遠景：存在主義，天主教思想，馬克思主義》，哈耶克（Friedrich A. Von Hayek）《通向奴役之路》，杜威（John Dewey）《人的問題》，羅素（Bertrand Russell）《自由之路》，華爾《存在主義簡史》，以及《現代資產階級哲學批判》（《哲學研究》編輯部編）……

通過這一份遠不夠完備的書單，我們對他們的精神「完形」可有一個大致瞭解。他們生在「此地」，卻呼吸著「彼地」的精神空氣。這些資產階級和「修正主義」作家、思想家筆下對人的生存困境和生命體驗的揭示，與他們對反右、「大躍進」後「中國問題」的痛苦思考至切相關。筆者綜合了上述相關的回憶材料顯示，他們曾爭議過如下問題：社會主義的基本矛盾是不是階級鬥爭？「大躍進」是成功了還是失敗了？毛澤東思想能不能「一分為二」？什麼是「絕對權威」？有沒有不可再發展的「頂峰」？我們說他們是修正主義，他們說我們是教條主義，誰對誰錯？以及「高層特權」問題……這些危險的問題，悉屬禁區。郭世英說，「如果你是一個有良知良心，講真話的人，生來便是不幸的。沒有自我，沒有愛，沒有個性，人與人之間不能溝通和交流，自相矛盾，互相折磨，這是痛苦的。……我不再欺騙自己，我應該獨立思考，我開始記錄自己的思想，我不是學哲學的嗎？我應該獨立思考」。[8]

1963 年 2 月 12 日，以郭世英、張鶴慈、孫經武、葉蓉青（女，北京第二醫學院學生）四人為成員的「X 小組」誕生（邊緣人物有牟敦白、金捷等）。同時也出現了當代先鋒文學史上第一份民間手抄刊物《X》。此刊共出過三期，以活頁紙的形式在朋友間流傳。《X》發表的是四人寫作的詩歌、小說、劇本、哲學隨筆、思想劄記等。郭世英的《獻給 X》，可視為《X》的發刊詞——「你在等待什麼？X，X，還有 X……得到 X，我就充實；失去 X，我就空虛……」。張鶴慈說，「X 表示未知數、十字架、十字街頭……它的涵義太多了，無窮無盡」[9]。很明顯，「X」成員是一群有較寬大的閱讀視野和較強的獨立思考、獨立判斷之精神和能力的文藝青年，他們對人的主體性，人的出路、自由、尊嚴和權利，對現代藝術所探尋的人的異化境況，和全新的文學修辭基礎有較深的會心。在求真意志的沖湧下，他們對令他們極為困惑的生存現實，擲出了一系列大問號。正如周國平說，「他們當時都是 20 剛出頭的青年，屬於精神上十分敏感的類型，對西方的傳統文化和現代文化又有相當的接觸，因而格外感覺到生活在文化專制下的壓抑和痛苦，表現出了強烈的離經叛道傾向」。

1963 年 5 月 17 日，「X 小組」作為「反革命」案件被公安部偵破，郭世英、張鶴慈、孫經武被拘捕，主要罪名是「1、組織反革命集團；2、出版非法手抄本刊物。」張鶴慈、孫經武先是被判勞動教養兩年，但因「文化大革命」開始，二人被整整關押了 15 年，直至 1978 年「X 小組案」平反後才出獄。因周恩來總理的親自過問，對郭世英的處理較為「寬大」，他先是到河南華西黃泛區一個農場勞改一年[10]，出農場後，他表示「徹底脫離意識形態紛爭，做一個地道的農民」，進入北京農業大學農學系就讀。文革開始後，郭世英因「X 小組」事件，被農大造反派屢次批鬥、非法拘押。1968 年 4

8 牟敦白：《X 詩社與郭世英之死》，見《沉淪的聖殿》，第 7 頁。
9 同 8，第 25 頁。
10 據張飴慈回憶文字，刊於《新詩界》第三卷，第 528-529 頁。

月22日凌晨6時，在被拘押殘酷虐待多日後，在雙臂被繩索反綁深深勒進皮肉的情況下，郭世英於農大某樓四層「窗口墜落死亡」，屍首遍體鱗傷，皮開肉綻，終年26歲（郭世英之慘死，至今仍為疑案。究竟係跳樓自殺還是他殺？說法不一。據當時拘審他的學生說乃是「自殺」，但張郎郎和周國平先生的敘述和分析還是有更強的說服力，「跳樓，這是一個近乎不可能的高難度動作，因為當時紗窗關著，插銷位置相當高，要用捆綁在背後多日的麻痺了的手夠著插銷決非易事，更不用說在短時間裏把它拔開了」)。

1980年6月，北京農業大學專案組為郭世英平反昭雪，說明郭世英是受迫害含冤而死，所謂「現行反革命」等誣陷不實之詞一律改正。

(二)

「人的尊嚴、權利、民主」，特別是「人的個性自由」，一直是郭世英關注的中心問題。在入北大不久寫的一篇哲學隨筆《論衝動與不安》中，他表達了大致如下的內容：「每個人都有其內在目的，表現為衝動；遭到外部壓制，被掩蓋起來，表現為外在目的，造成虛偽，引起不安」。「個人與社會是必然會發生衝突的，這使得每個人不可避免地都是二重人格；應該傾聽自己的內在聲音，讓個性得到自由的表達」[11]。在這裏，我們既可以看到出自尼采、柏格森、佛洛伊德及存在主義哲學的影響，同時又聽到了五四新文化運動中追求個性獨立、個性解放，呼喚「人的文學」的遙遠回聲。這種混合著現代人本主義的啟蒙主義立場，在中國現代史上一直是一個屢屢受挫，甚至至今依然未竟的事業。它也是「X小組」之後的「太陽縱隊」、「白洋淀詩群」、「今天派」、「朦朧詩潮」不斷重臨的起點或意識台基。可以見出，中國當代先鋒詩歌從肇始到湧流，其意識背景是有根本一致點的。

今天，我們所見的郭世英的十餘首詩作，其核心母題就是具有獨立精神的個人，與當時壓抑的社會歷史語境的對抗，以及由此帶來的心靈的分裂、痛楚、絕望和荒誕體驗。《一星期三天一天，兩天，三天》（作於1963年3

[11] 周國平：《歲月與性情》，第84-85頁。

月 20 日 11：40），以隱喻、暗示和對一周日常生活「本事」細節的融合，表達了如上所述的噬心的情感經驗：

一星期過完
7 天？7 天！
3 天？3 天！
7 天等於 3 天

柵欄
木頭
　一根根
綠的漆
長隊
人
　一個個
藍的布
背著書包
莫名其妙
　挎著書包心發慌
挾著書
　一絲乾笑
頹傷地
　空著手
沙漠的
眼睛

還有他們
　嘰嘰喳喳……

兩道光

　又是兩道光

一趟

　又是一趟

他吃了頓好飯

他看了個電影

他聽了音樂

他買了東西

……

忘了，忘了

　只有隱隱的心跳

絲絲的乾笑

搖搖晃晃

　熙熙攘攘

兩道光

　又是兩道光

一趟

　又是一趟

條件反射

　實驗室

鈴聲

　盤

鈴聲

　口水

鈴聲

口水

鈴聲

口水

鈴聲

　……

條件反射

　實驗品

不準確？

改造！

一架機器

　怕壞一個螺絲釘

不準確

　不能！

那種聲音？

　——那種聲音

那種絲條？

　那種絲條

到這兒去

　到那兒來

到這兒去

　到那兒來

向左

　向右

白花花的

　空間

紅彤彤的

　空間

黑黝黝的

　空間

黃蠟蠟的

　空間
機器熱了
　第三天
灰的臉
　灰的臉

輕快的笑
　心間
林蔭道
樹
　一棵棵
風中搖擺
長隊
人
　一個個
嘴邊微笑
兩道光
　又是兩道光
一趟
　又是一趟
他要吃頓好飯
他要看個電影
他要聽音樂
他要買東西
……
灰的臉
　紅的笑
灰的臉

紅的笑……

一天，兩天，三天
一星期過完
一星期一星期永遠
7 天？7 天！
3 天？3 天！
7 天等於 3 天

此詩的標題具有尖銳的「佯謬」色彩，一星期到底多少天？詩人對這個不是問題的問題感到困惑不已。這裏，物理意義上的時間段，和個人心理體驗的時間段，呈現出巨大的錯位。有如心靈被強大的壓力重擊後，發出的既驚懼又木訥，既語無倫次又格外敏感的吶語聲。一開頭，詩人就以時間長度的荒誕的不確定，將人的精神的扭曲和恍惚表現出來了，「一星期過完／7 天？7 天！／3 天？3 天！／7 天等於 3 天」。7 天，無疑是物理時間，而 3 天，則是對人被限制精神自由時所感到的生命價值的被減縮，被統一類聚化的表述。因為在這裏，人已缺乏精神活性，「人／一個個／藍的布」，又像是「柵欄木頭／一根根」。藍布，不只是那個時代人們的統一的著裝，它更作為一個準確的「轉喻」，暗示了人的思想個性的泯失。

獨斷論和思想「改造機制」，要求人統一意志、統一思想、統一行動，人被作為有待「脫胎換骨」，進行現代迷信和道德獻祭儀式的試驗品對待，「條件反射／實驗品／不準確？／改造！／一架機器／怕壞一個螺絲釘／不準確？／不能！」猶如置身於一張現代的「普洛克路斯特斯鐵床」，詩人感到了巨大的錯亂和迷惘。「白花花的／空間／紅彤彤的／空間／黑黝黝的／空間／黃蠟蠟的／空間／機器熱了／第三天／灰的臉／灰的臉……」，而由此走出的人群是「挾著書／一絲乾笑／頹傷地／空著手／沙漠的眼睛……」。詩人深刻地反諷、批判了這種受控境況，當「實驗」催促的鈴聲陣陣響起時，他內心決絕的應對是「鈴聲／口水／鈴聲／口水／鈴聲／口水／鈴聲……」

最後，他籲求那些機械空虛的一隊隊「柵欄木」般的人，能變為「林蔭道／樹／一棵棵／風中搖擺／長隊／人／一個個／嘴邊的微笑／兩道光……他要吃頓好飯／他要看個電影／他要聽音樂／他要買東西……」要過上寧靜、自由，有個人空間的日常生活，在「灰的臉」之後，看到「紅的笑」。此詩結尾處 5 行，與開頭 4 行基本相同，形成結構上的迴旋效果。但值得注意的是被增加的 1 行（「一星期一星期永遠」）更透出詩人內心的絕望、無告之感——「一星期過完／一星期一星期永遠／7 天？7 天！／3 天？3 天！／7 天等於 3 天」——永遠有多遠？詩人擲出的「X」不僅具有真切的生存骨肉沉痛感和對異化現實的批判，而且也具有深刻的現代人本主義哲思貫注其間。

細讀郭世英留下的這些詩作，我們會發現一個特徵——「自我意識的對象化」。即詩人不僅僅是在表現自我，他同時還將自我「準客體化」，以構成被我的意識所觀照的對象。在此，我成為與「我的意識」對話，盤詰的另一方。這種模式的形成，可能與知覺現象學和存在主義哲學對詩人的啟迪有關。在《金杯》（作於 1963 年 3 月 6 日 8：45）中，詩人寫道——「你醉啦？／醉得這樣的安靜／不，我沒有醉——我只是醒著醉／醉著醒」，「我苦笑地望著／手中的金杯／苦笑變成了一幅／石塑的傻像／我坐著／淚杯中的我／呆望著我眼睛中的淚杯」。在《浮影》中，「我」與「我的幾個影子」展開對話，「來了。來了／它靠近了我／張大眼睛／——朦朧的霧氣……眼睛合上／漆黑　漆黑／神秘？空無！心在跳／緊張／害怕／張開眼睛／它在笑／它也在笑／我也苦笑地／看著它和它」。再如在《侶伴》中，「我／立著／腳下死的灰色／影子／瘦長／死的黑色／瘦長的／一根木頭／有過的／沒有了／我／立著／影子伴著我／瘦長的一根木頭……」。這裏的「浮影」、「影子」，既是現實中的個我，也是「自我意識」變動不居的超越性和矛盾性，有著覺醒者的高傲和覺醒者的憂懼、遲疑、分裂。而在《望著他》（1963 年 4 月 2 日）中，人稱更為複雜和「混亂」——「望著他，默默地望著他／默默的　默默的／手裏摯著煙　他的眸子也望著我／看著烏鴉，殘屍的眼睛／／我懂，你正在想她……／失去了的我懂了　失去了　失去的／／時間像一盤磨心的磨／時間，不住的磨／／我舉起杯子飲了最後一口，他去了／我唯一的酒伴去了，杯落在地上成了碎片／碎片，我踏著刺腳的碎片一步　一步走去／手中的煙伴著我　煙匆匆地散著／散著匆匆的……」人稱的多元化，使文本有著自我分析、自我觀照的多重視點，透射出了詩人靈魂深處更為糾葛的消息。

現代主義詩歌與浪漫主義詩歌主要的不同點之一在於，後者是單維地表達自我「情感」和情緒，而前者則將自我對象化，主要表達生存和生命「經驗」（當然包括情感，但把情感變為「情感命題」），帶有較濃重的自我對話的反思、分析乃至「命名」色彩。這些詩與前面提到的《一星期三天一天，兩天，三天》一樣，詩人將自我置身於一種「生存境況」中，經由對特定「境況」的書寫，使文本獲具了一定的超出個人性、具有生存概括力和揭示力的智性品質。孤獨、內省、矛盾、分裂，乃至荒誕體驗……如此等等現代主義詩歌的核心調性，在郭世英的詩歌中均得到了一定程度的體現。考慮到它們出現於上世紀 60 年代初的文化封鎖和精神壓制的時代，我們更會掂量出這種個體主體性覺醒的不可替代的價值。

在詩歌話語及結構形式上，郭世英也不同於當時的主流詩歌。他的詩作在整體的修辭基礎上，大致體現為象徵主義（波德萊爾、魏爾倫（Paul Verlaine））——意象主義（龐德（Ezra Pound））——未來主義（早期馬雅可夫斯基（B.B. Маяковский）作品）的扭結。象徵主義為人的情感經驗尋找「客觀對應物」的隱喻暗示手法，意象主義所執迷的「呈現情感和智性在瞬間的凝結體」，未來主義「動力學」式的短促詩行的立體視覺衝擊，疾跳的個人心理和情緒節奏……如此等等，都在郭世英的詩中有明顯體現——

有過的……沒有了
永遠……永遠
大的　小的
斑斑　點點
灰黃的牆
坐著　坐著

屋頂上掛著的蛛網
坐著
　蛛網待著
風中輕蕩
坐著……
坐著……
眼睛
　兩片秋天的落葉
眼裏　燭火在風中搖曳
搖曳的燭火
　我的心嗎？
……

——《送給香山之行》

在郭世英的詩中，我們都可以看到對意象的交融，意象的疊加，和迅速的切割轉換技巧的較為熟練的運用。詩人往往是將單純意象轉換成雙重視野的隱喻，這些隱喻繼續呈現和變奏，終於發展成整體象徵。筆者將郭世英這十餘首詩歌的關鍵語詞做一個「辭彙表」，我們會發現，它們幾乎等同於法國象徵派所偏好的詩歌情境和原型語象——

如**「頹傷」、「捉弄」、「心痛」、「迷」、「醉」、「血」、「神秘」、「空無」、「病」、「寒冷」、「寂寞」、「後悔」、「枯葉」、「影子」、「酒」、「淚」、「朦朧的眼睛」、「霧」、「月光」、「蛇」、「黑髮」、「灰色」、「蛛網」、「煙」、「烏鴉」……**

但從詩歌內在意蘊看，郭世英的詩又有著鮮明的本土生存體驗現實感。在聲音模式上，詩人以心靈痙攣般的短句（有些甚至是獨詞句），造成句群的細碎摩擦效果。這麼做，不僅僅是考慮到詩歌表面上的「耳感」（音樂性），而是尋求對詩歌聲音和意義的一種複合性表達。在這樣音義協調的詩中，我們可以清晰地體味到，聲音竟然也成為意義的重要成分，而意義也是聲音的重要成分——它們共同對應於詩人的心智和情緒。在此，理解一首詩，首先是要「聽見它」，詩人不僅要求我們跟上他的心情，還呼籲我們跟上他的呼吸——個體生命的節奏。

這位詩人離開這個世界已有 40 餘年了。他的生命永遠定格在 26 歲。在中國當代先鋒詩人肖像簿的首頁，年輕的郭世英向我們走來，「眼前這個人……其特徵是對於思想的認真和誠實，既不願盲從，也不願自欺欺人……。他的外表非常帥，身高一米七八的個兒，體格勻稱結實，一張輪廓分明極具個性的臉，很像一張照片中的青年馬雅可夫斯基，經常穿一件中式對襟布褂，風度既樸素又與眾不同。除了思想上的真誠外，他又是一個極善良的人，對朋友一片赤忱，熱情奔放，並且富有幽默感……」[12]。在四十三年前的一個夜晚（1963 年 3 月 22 日夜），詩人寫下了這樣的詩句：

來了，來了
　海
給你兩滴水
　小小的
兩滴
去了，去了
　海
煙霧一樣
　留下了我的禮物

——《我要海》

儘管經歷了漫長的被遮蔽的歲月，詩人苦苦堅持向人們饋贈「禮物」的心意終於沒有落空。詩人眼中流出的「兩滴海水」，已由歲月孕育成為詩歌

---

[12] 周國平：《歲月與性情》，第 69、71 頁。

的水晶，它面向後來者，閃射出犀利而溫潤的人性和藝術光澤。而在陽光的折射下，這些詩歌的水晶，又交叉地發出「X」型的光線，垂懸於上方，提醒和追問著今天的詩人們……

二、張鶴慈：「掙斷了蛛網般的血管……」

（一）

上一節，筆者在介紹詩人郭世英的生平時，已約略評介了「X 小組」的產生及悲慘命運，他們的精神資源和審美取向。由一股青春反叛的激流，彙聚為一個小小的先鋒思想藝術社團，它必然有著最初的萌發籽粒。根據相關材料，我們可以說張鶴慈和孫經武就是這最初的籽粒。而一直作為中學時代的「優秀學生表率」的郭世英，是在高三即將畢業時，才在「批判會」上結識了他們，不久，「他開始反省自己，進而否定了自己的過去，從此與這兩人有了密切來往」[13]。張鶴慈之兄張飴慈在一篇完整介紹張鶴慈其人其事的文字中，也證實了這一點[14]。

張鶴慈（1943．8-）其人其事深富意味，這是在一個集體主義時代尋求個人精神獨立而遭到戕害的寓言。張鶴慈出身於學者世家，祖父是著名哲學家、社會活動家張東蓀，父親是北大生物系教授張宗炳，二叔和姑姑都是中科院院士。家學淵源，藏書豐富，這給他提供了良好的精神成長和文化積累的條件。據張飴慈介紹，張鶴慈小學就讀於北京大學附屬小學，有一天，作家冰心去該校參觀時，無意中讀到了他的作文，頗為讚賞，對他是很大的激勵。張鶴慈從小就具有叛逆氣質，脾氣峻急，性情孤傲，但一直是學校的學習尖子。在清華附中讀初三時，因一次「早戀」而受到學校的嚴厲批評，這

---

13 周國平：《歲月與性情》，第 70 頁。

14 張飴慈：《詩海鉤沉：致邵燕祥的信》，《新詩界》第三卷，新世界出版社，2003 年，第 526 頁。

大概是他與「集體」產生隔閡的開始。1958 年他考入「紅色貴族學校」北京 101 中學高中部，由於同學大多來自原來的初中，使他一開始就受人側目，造成他更不合群，自視清高而憤世嫉俗。101 中學的住校集體生活、校規校訓，加上「吃不飽飯的 60 年」，都使他受不了，經常私自跑回家，享受食品和精神的自由。於是為了他的屢次曠課、遲到、早退，特別是迷戀於西方資本主義和蘇聯「修正主義」文學及電影，又在學校受到通報批評和「批判會」的幫教。與他同時挨批的還有將軍孫儀之之子孫經武，兩人因在「思想上談得來」和各自的孤獨，遂結為好友。

高中臨近畢業時，郭世英加入了這個「一半是對現實的反叛，一半是對西方藝術家言行方式的模仿」的小圈子。高中畢業後，張鶴慈考入北京師院數學系（他的「反動家庭」出身，使他不可能被更好的高校錄取），他心意難平，但也無可奈何。入學不久，卻因「思想問題」和完全專注於課外人文社科及文學著作的閱讀，故意延誤所學專業，而被學校開除。此時，孫經武也因「思想問題」被部隊退回。在這期間，被正常的社會軌道拋出而「閒居」的兩人，和就讀於北大哲學系的郭世英幾乎天天見面，交流「危險的思想」（比如，為胡風鳴冤，討論《論聯合政府》前後兩個版本的不同，贊同赫魯曉夫的改革道路，討論中國社會的「自由」問題），人生問題，討論閱讀過的「黃皮書」「灰皮書」（書單參閱第一節），並切磋先鋒文學寫作的內容和技藝。

1963 年 2 月 12 日，他們幾人在張鶴慈家後面的小樹林裏，「聊天似的」商定了成立 X，並同時創辦手抄本刊物《X》。《X》共出過三期，以活頁紙裝訂的形式，在朋友間流傳。沒想到「朋友中」卻有「線人」。1963 年 5 月 17 日，「X 小組」事發，張鶴慈、孫經武被判勞教二年，郭世英被判勞教一年。張鶴慈先是到北京德勝門外功德林監獄的襪子廠勞改，後因「表現不好」，而被轉押至延慶磚瓦廠和刑事犯一起「強勞」，並加判一年。刑滿時，正值「文革」開始，他只得繼續勞改，先後被轉押於茶店、邢臺等地。1978 年「落實政策，給予平反」，共勞改了 15 年。

出獄後，張鶴慈曾在北京某公司工作。新時期後，詩人感慨地說，「我比那些共產黨員更擁護鄧小平的改革開放」[15]，「X 只是四個年輕人辦的一個文藝手抄刊物，根本談不上什麼組織，是受愛倫堡《人，歲月，生活》描寫的一群反叛的青年藝術家聚會在巴黎洛東達酒館的影響。一個年輕藝術愛好者的聚會，一個溫和的 X，變成了一個極端的『地下政治組織』。我們辦 X 並不認為是犯法，甚至沒有考慮過保密措施，所以才有那麼多外人知道 X 的事」[16]。90 年代詩人出國經商並寫作，現定居於澳大利亞墨爾本。

（二）

周國平先生說：「他（張鶴慈）留著長髮，臉蛋小而精巧，臉色蒼白，臉部的肌肉總在痙攣著，眼中閃出異樣的光，像陀斯妥也夫斯基筆下的神經質人物。張鶴慈主要寫詩，藝術上精雕細刻，寫得精緻、唯美而朦朧。我相信，他不愧是北島、顧城這一代詩人的先驅，中國當代朦朧詩的歷史應該從他算起。……他們的寫作——主要是郭的作品和張的詩——對於我是一種巨大的啟示，令我耳目一新。他們使我看到，寫作還有另一種可能性，完全不必遵循時行的政治模式，而可以是一種真正的藝術創造和思想探索，一種個人的精神活動。」[17]

遺憾的是，今天，我們已無法看到張鶴慈更多完整的詩作。但就周國平先生保存的張鶴慈親筆手抄的四首詩來看，的確稱得上是具有思想穿透力和精美的形式感。它們分別是祕密寫於勞改監獄農場的《我在慢慢地成長》（1965・7・9-10），《生日》（1965・8・25），《夜的素描》（1966・10・25-26），以及平反出獄後為紀念「X 小組」和友人郭世英而作的《X，K》（1981・3・18）。

---

15 張飴慈：《致邵燕祥的信》，《新詩界》第三卷。

16 張鶴慈：《曹天予到底走了多遠》，華人經典文化社區，http://www.cc611. com/index.asp

17 周國平：《歲月與性情》，第 86-89 頁。

讓我們來細讀《我在慢慢地成長》：

坐標上的紙宇宙
條條線線和……
我

凸多邊形的玻璃殘片
滴淚的浮雕
影的遺忘

霜和鋁屑的鏡的屍體
珠水的鑲嵌
影的送葬

不要，那笑的迷惘
不要，那笑的肅冷
不要，那永遠望著我的眼睛

瘋狂轉旋的地球儀
凝凍的星空
冰月

搖籃外的一隻小手
向媽媽要著花的顏色
玫瑰的血，枝的刺

散亂的紙牌和
照片的碎片在

路上堆積

不知邊際的路
脚印
踏過紙的樓閣、城堡、墳墓

掙斷了蛛網般的血管
從我的心裏
我！站了起來

宇宙
伸展著的視線的
點的凝聚

無盡的無盡，點點上
鏡中的我？
我

標題「我在慢慢地成長」，這裏的「我」，無疑首先是一個「個我」，但這又不是一個狹隘的個體生命。在詩歌整體語境的托舉下，「我」成為自我獲啟的現代人本主義精神在成長的象徵。「慢慢地」，則富於質感地暗示出了這一精神成長過程中的艱礪摩擦，靈與肉的曠日持久的痛苦，和思想收穫的紮實感。

「坐標上的紙宇宙／條條線線和……我」，宇宙被置放於「紙」坐標，是詩人遼闊精神視域和受困現實處境的複義式表達。在這個「宇宙」上，伸展著的只是被抹平差異、刪除個性、連成一氣、可以類聚的「條條線線」，但「我」卻是另一個無法被消滅的「點」。我是大一統的思想戒律的除法所除不盡的，「無盡的無盡」的那個餘數。就因為這種人格獨立的求真意志，使「我」付出了自由的代價，成為「凸多邊形的玻璃殘片／滴淚的浮雕」。玻璃殘片這個意象，具體、尖新、精確而強烈，既隱喻著被摧折而坼裂的青春，又隱喻著這青春的明澈和犀利。那是淚滴慢慢變硬後凝固而成的浮雕，質地堅實而純粹。它是水，但拒絕妥協和流動，它是只剩下骨骼的潑不掉的「水」，「不要，那笑的迷惘／不要，那笑的肅冷」，它在零度以下冷峻地自我確立，自我持存。

詩人清醒地覺悟到時代的偏執、寒冽和癲狂，「瘋狂旋轉的地球儀／凝凍的星空／冰月」。緊接著，又在這廣袤而劇烈顛蕩的語境中，楔入了一個極為明晰、靜謐而細小的情境——「搖籃外的一隻小手／向媽媽要著花的顏色」。在此，龐大與弱小，喧囂與寧靜，混濁與天真……構成刺目的反差。這些喜歡玫瑰花的孩子（當時不過是二十歲剛出頭的熱愛文學藝術的青年），沒想到得到的卻只是「玫瑰的血，枝的刺」。以及「散亂的紙牌」——被飛來橫禍蹂躪亂了的命運，「照片的碎片」——永遠令人傷心的往事和提早被埋葬了的青春。

「坐標上的紙宇宙」，讓詩人的「腳印踏過了紙的樓閣、城堡、墳墓」。那麼，在靈與肉都領受了巨大傷害後，「我」會加入那些放棄個體主體性的「條條線線」的方陣麼？不會。「我」依然是那個無法被消除的「點」，「我慢慢地成長」，我所走過的道路只能是「伸展著的視線的／點的凝聚」。為了對生存的真切認識，為了人的尊嚴和自由，詩人「掙斷了蛛網般的血管／從我的心裏／我！站了起來／／無盡的無盡，點點上／鏡中的我？／我」。獨詞句「我」，作為最後一行意味深長。它是對上一句「鏡中的我？」——其變奏意象為「霜和鋁屑的鏡的屍體」——的反詰，是對個體主體性的肯定。

作為一個詩人和批評家，對詩歌的評價，我始終堅持著生存道義和藝術自律的雙重標準。詩就是詩，一個真正優秀的詩人，在任何時候任何情況下都不能放棄對精純的藝術本身的信義承諾。經由以上細讀，我們看到，張鶴慈的詩歌，從未為了激烈的生存道義的表達，而降低自己的藝術品位。這首詩，有嚴謹的象徵結構，又有足夠的語境張力，有複雜的意象細節變奏，和化若無痕的精審承接。如果說後來的「朦朧詩人」對先鋒詩歌的重要貢獻，就是「個體主體性的覺醒和藝術本體意識的自覺」的話，那麼，它早在其先驅詩人張鶴慈的詩歌中得到了強有力的表達。

寫於 1965 年 8 月 25 日詩人 22 歲生日的《生日》，和 1966 年 10 月的《夜的素描》，同樣是出色的意象—象徵派作品。從中我們可以看到現代雕塑般的堅實簡潔，印象派油畫式的構圖，和光、色的新奇組合，以及印象派音樂旋律的迷蒙惝恍。詩人自少年時代起就一直癡迷於現代藝術，對它們所表現的情調和細部技藝環節有較深的體會，這些有益養分也自如地浸漬到他的詩歌寫作中。如印象主義式的《夜的素描》，對夜晚都市色彩的準確靈動的捕捉，「酒的嫩紅與手的玉」，「幾條拋物線的倦的霓虹／灰黃的光的羞怯／虛線的黯藍」，「淺草色的窗簾／豐盈的文竹的枝」，「墨綠的牆／樹幹的柵欄／灰白的路的菱格的影」，「黯黑的底上／黑的樓的輪廓／長方的塊光」，「路燈後晃晃的夜」，「燈光的漫步的／溫柔」，「含著淚的細細的睫毛」……真是做到了波德萊爾所說的「讓光線、色澤、氣味、音響同時開放」。這是真正具有都市意味的現代詩，寫出了真正的都市感覺，在此前的現代詩史上也是不多見的。令人難過的是，寫出如此神奇美好的詩歌的，竟是一個正身陷囹圄的青年人。

再看《生日》：

……前天，昨天，今天，明天……
……明天，今天，昨天，前天……

日曆的雪，歪扭的數字
雪的雕塑和一束雪花

……昨天、昨天、昨天、昨天……
……明天、明天、明天、明天……

頓點的一滴淚
刪節號……的嗚咽

杯裏，四五塊閃閃的月
同讀著，無字的書

……昨天，昨天，昨天，前天……
……明天，明天，明天，後天……

死葉的血地和小花的白
髮的曲線和一顆淚

路的滯呆
電線杆和小樹的徘徊

……明天，今天，昨天，前天……
……前天，昨天，今天

詩句的開頭突兀地使用了刪節號，此處無聲勝有聲，詩人高傲的緘默和滿腔悽楚都同時表達出來了。在獄中度過自己的 22 歲生日，什麼都沒有，只有慘烈的回憶，和愀然的前瞻。而且，在炎夏八月，詩人心中卻壘滿著冰雪。內冷和外熱交鋒，數倍其寒。「……前天，昨天，今天，明天……／……明天，今天，昨天，前天……／／日曆的雪，歪扭的數字／雪的雕塑和一束雪花／／……昨天、昨天、昨天、昨天、……／／……明天、明天、明天、明天……／／頓點的一滴淚／刪節號……的嗚咽」。詩句中時間序列在正／反向地彼此流蕩撞擊，從聲音和隱喻上都暗示了被壓抑著的起伏心潮。詩人寫的極為節制簡勁，主要用了有關雪的語象。「雪的雕塑」，寫出他冷峻而成熟的獨立精神；而「一束雪花」，則有純潔纖柔的藝術之美。如果說生存之冬天給了我寒冷，那麼就讓我在寒冷中保持一顆冰雪一樣純淨的詩心（正如同樣苦難命運的蘇聯詩人曼捷斯塔姆的詩句：「我凍得直哆嗦／我想緘口無言／但黃金在天空舞蹈／命令我歌唱」）。詩人不但要讓每個字都發揮出最大的能量，甚至每個標點符號都在極為特殊的使用下，獲得了超負荷的承載力。

接下來的部分，出現了時序多方向的、拉奧孔式的扭結和撞擊，從「……昨天，昨天，昨天，前天……／／……明天，明天，明天，後天……／／……明天，今天，昨天，前天……」，直至發展到最後格外令人震悚的一行——「前天、昨天、今天」，詩歌至此戛然而止，沒有了「明天」，甚至刪節號都沒有了！而在這痛苦的「時間」漩渦中，穿插隱現著詩人點染的怵目語象：「杯裏四五塊閃閃的月」，「無字的書」，「死葉的血地」，「小花的白」，「發的曲線和一顆淚」，「路的滯呆」和「電線杆和小樹的徘徊」。這些語像是孤獨，無告，苦難的，但又有著先覺者的孤高。結合歷史語境和詩人生涯來看，它們的暗示含義會激發出我們更多的聯想。而如果說此詩中的「時間」，是詩人用右手彈出的旋律的漩流，那麼這一個個暗示性語象，則像是詩人左手用力敲擊鍵盤發出的大力度音型。詩人即使在極為痛苦的環境裏，也沒有放棄對詩歌藝術本身的信義承諾，的確應該令今天的寫作者深思。

《X，K》，作於1981年3月18日，是詩人紀念「X小組」及《X》刊物和亡友郭世英的力作——

十字路口
——自棄者的墓地

徘徊
永遠懺悔
和永遠不懺悔
的一個
瘦瘦的幽靈

漆黑的虛無
馬蹄聲中
的漠漠的夜空

窗外
重心移出的
剎那
也許
影片可以倒映？

無數的巧合
和無數的不朽

偶然加上必然
等於——
死

徒勞的伸出的手
的
捕捉和要
推開的校舍
家
避開的人群

不容於世的
徘徊的幽靈
也不容於公墓

十字路口
自殺者的
孤零零的墓

永遠遊蕩的
幽靈
瘦瘦的
在黑與白的
兩個王國間
的徘徊

遊蕩的鬼魂
的十字路口
無家可歸的選擇

寫此詩時，詩人已平反出獄。經過15年的冤獄生涯，回首往事，「影片倒映」，詩人的心沒有變。「X」，依然是「探索未知」，依然是「十字路口」，依然是「十字架」。十字路口加十字架，等於「自棄者的墓地」，那個「徘徊於永遠懺悔和永遠不懺悔」的精靈，穿越了歲月，以自由的離心力，保持了他們「移出」的「重心」。聽，在漆黑的路上，心跳和馬蹄聲同時馳來，至今還敲打著歷史的夜空。

詩人高傲地說，「不容於世的／徘徊的幽靈／也不容於公墓」，他們曾是為堅持自己的良知而寫作，而盡一個醒悟了的詩人的本分，而不是為了日後「公墓」上追悼的鮮花和淚水。他們沒有罪——詩人的洞透力極為犀利，他用一個自己極為熟悉的世界現代主義文學中的著名原型「K」，為這一情境做了總結或命名。

「K」，是卡夫卡許多重要小說中的主人公的名字或代號。如在小說《訴訟》中，K一天早晨醒來，忽然無緣無故地被逮捕了。一旦啟動訴訟程式，

K 就必然會被認定有罪，不得赦免。因為在這個法庭中，根本不存在有罪無罪的區別，區別只在於：已經找上你和暫時沒有找到你。K 回想不出自己犯過什麼過失，有誰可能控告他。他力陳自己「無罪」，而這一言行反倒成了他「有罪」的事實。這是一個荒誕而令人悚懼的寓言。而在卡夫卡的《城堡》中，主人公 K 陷身於一個完全陌生、混亂、冷漠的制度迷宮裏，這個迷宮般的「城堡」，既沒有入口也沒有出路，既迫在眼前又似乎遠在天邊，K 在此經歷了夢魘般可怕的痛苦和荒誕。在《美國》中，誠實天真的 K，同樣被驅譴到一個遙遠的龐大的荒誕迷途之中，他感到一切都不可理解，沒人對他的一切負責，又不許他掌握自己的命運，K 的無助和無告，令人怵然心驚……所謂「偶然加上必然／等於／死」。詩人張鶴慈，深深會心於卡夫卡式的「悲喜荒誕劇」——「辦公桌都是普洛克路斯特斯之床。可我們不是古典英雄，因此，儘管受苦，我們只是悲喜劇人物」[18]。詩人沒有只宣洩個人的苦難，他還以深刻的反思，發現了形形色色權力制度的共性。而這個理念，也是詩中「不容於世的／徘徊的幽靈／也不容於公墓」的又一層寓意。

詩人將「X」和「K」並置，使不同歷史語境中的兩個別具深意的符號，疊印並撞擊出了更為複雜、深廣的涵義。這樣，「無數的巧合／和無數的不朽」，「十字路口／無家可歸的選擇」，就具有了對人的求真意志將永遠「在路上」的昭示。

今天，捧讀張鶴慈、郭世英的詩，會使我們產生深深的敬意，及心理的痛楚和眩暈。他們極為超前的對生存困境和生命體驗的尖銳開掘和追問，他們對詩藝的大膽探索和一腔虔誠，都是中國當代先鋒詩歌最初留給我們的珍貴遺產。

這其實也最先勾勒出了中國先鋒詩歌的基本精神表情：人的覺醒，現代形式的探詢，獨立的藝術人格，「地下寫作」及交流的方式。這個精神遺產雖處境危艱，但它未曾間斷地得到了忠誠的「地下」承繼。即使我們不用過多地考慮到各先鋒社團、圈子之間的詩人們前後交叉的事實（如「太陽縱隊」

[18] 葉廷芳主編：《卡夫卡全集》第 5 卷，河北教育出版社，1997 年，第 395-396 頁。

的張郎郎，中學時已是郭世英的小詩友；「X 小組」的牟敦白，被釋放後很快又加入了「太陽縱隊」；「太陽縱隊」中的郭路生（食指），又接觸和影響了「白洋淀詩群」某些詩人；而「白洋淀詩群」的主要詩人們，又成為「《今天》派——朦朧詩」的組織基礎……這是一條詩人歷時交叉的脈絡），僅從當代先鋒詩歌發展史連續著的基本精神表情，核心母題和修辭基礎上看，也可以看出有一條明顯而深刻地連續著的文脈。而「X」，對當代先鋒詩歌發展史而言，是「源頭」，是「詩藝與詩思」的雙重奠基。

三、張郎郎：「太陽縱隊」的大頑童騎士

（一）

上述「X 小組」和這一節裏將要論及的「太陽縱隊」詩人的命運，從話語分析角度看，我認為它是一個總體話語規訓個人話語，個人話語起而捍衛自己尊嚴和獨立的故事，而不是單維的意識形態對抗。福柯在《規訓與懲罰》中表達過這樣的觀點：在現代社會，規訓成為無所不在的、非人格化的監禁和校正機制，並對個體心理的管理愈來愈甚。與古代和近代相比，此時懲罰和監視的機制被更加內在化了，甚至每一個人都變成了針對自己的自覺自願的監視者，權力對人的制約得到了最為廣泛的實施。這種從肉體懲罰到更主要是靈魂改造、控制的演化，才真正有效地確保了對人的精神的真正拘留和永久的監視[19]。

在我看來，福柯的深刻之處不在於以「系譜學」的方式考察了不同歷史語境中規訓與懲罰的演化，而更在於他發現了內在化的泛化的微觀的「自我規訓」——「個人變成了針對自己的自覺自願的監視者」。這是更容易被人們忽視的順役的蒙昧主義產生的基礎，權力主義的「群眾心理學」。

---

[19] 參閱福柯：《規訓與懲罰》，劉兆成、楊遠嬰譯，三聯書店，1999 年，第 343-354 頁。

這裏，先讓我們簡單比較一下中國古典文學中兩個著名的典型，將有助於我們理解這一節所論述的對象——先鋒詩歌社團「太陽縱隊」及主要詩人張郎郎其人其詩。

《西遊記》中的孫悟空，就是一個經過規訓而變成的馴服的個體。他最初是精神自由的既存秩序的反叛者，但他遭到了監禁和懲罰，被壓在象徵權力的五行山下。在嚴酷的懲罰後，又開始了持續不斷的規訓。跟隨師父唐僧的「取經之路」，乃是流動的監視與規訓。他頭戴的「緊箍咒」，緊箍，是暴力制裁，而咒語則是「苦口婆心的思想工作」。他漸漸地「無悔」地忍受了這一切。到達西天後，他要求取掉緊箍咒，佛祖和師父均慈愛地笑曰：「悟空，它已消失了」。因為這時的孫悟空已自覺成為既有權力秩序的一部分，不無諷刺地名曰「鬥戰勝佛」，他的內心已有了「自我監督機制」，緊箍咒已是無形的——它完全內在化了。

相比之下，《紅樓夢》中的賈寶玉，則是一個始終對抗著規訓機制的大頑童形象。這個大孩子忠實於自由心靈的本真狀態，所謂「童心」、「赤子之心」是也。他也無時不受到嚴厲的監視（乃至賈政的毒打），和隨時出現的以薛寶釵為核心的「和風細雨」般的「同志式批評和幫教」。但這塊自棄於「補天」的五色石，如此堅硬冥頑不化，他拒絕封建社會的人生模式和價值系統，不去融入主流秩序，而是不停息地對抗著「規訓，規則」。他最後的出家，也顯現出與孫悟空不同的性質：在他是堅持個人選擇和性情的高傲，「不跟你們玩了」；而孫悟空則是由頑童成為既有秩序守護者的「空心人」。如果考慮到頑童賈寶玉還是個頗為出色的詩人的話，那麼這顆「赤子」童心，與當時作為頑童的青年詩人張郎郎的心靈狀態，就有了饒有興味的「家族相似性／可比性」。

張郎郎（1943・11・7- ）出生於延安。其父著名畫家張仃，其母作家陳布文，均是延安時期的藝術家。他們對張郎郎有極大的影響。張郎郎 1958 年由北京四中轉入育才中學後，與同學張久興、甘露林結成了寫詩的小圈子，模仿俄蘇詩人馬雅可夫斯基的未來派語言寫作。他在回憶文章中說，「我又正好看了當時的蘇聯電影《詩人》，覺得詩人必然是反叛的，再看馬雅可夫斯基的自傳和別人寫的傳記，覺得詩人必然是受苦的。我就認為自己是反對官僚和小市民的詩人，和同道者張久興、甘露林，駭世驚俗地剃成光頭，學老馬的樣子，穿件俄式軍棉衣，腰裏勒一根電線。每天早晨在育才圖書館前的小松林裏，狂背老馬的詩，成為育才中學的一大怪人。因此在學校的校會上我多次被批評」。1959 年，張郎郎轉入北京 101 中學讀書，在學校話劇團結識郭世英（張郎郎是魯迅作品改編的《祝福》的導演，郭世英主演魯迅作品《過客》），兩人在一起交流詩歌寫作的體會，「我很佩服他，我覺得找到了同道」。1960 年，張郎郎和張久興就讀於北京外國語學院附中，依舊「玩祕密寫詩的遊戲」，並與其他同學張新華、於植信、張振州、董沙貝、張潤峰、戴詠絮、張明明，形成了詩歌小沙龍，「當時這些人多半是出身於幹部家庭或藝術家庭，對社會上的殘酷和嚴峻，不甚瞭解，至少覺得與我們無關」。這個沙龍在張郎郎家定期活動，張郎郎的母親陳布文（時在中央工藝美術學院任文學教師），和剛被打成「右傾機會主義分子」的作家海默（當時因《洞簫橫吹》等作品罹難）也是沙龍的參與者及文學方面的指導。

除交流詩作、繪畫外，沙龍有著濃鬱的讀書討論氛圍，主要閱讀當時的「內部參考書」（參見第一節開列的「內參」黃皮書、灰皮書）。當時，這些青年人感到最受震動的是《麥田守望者》和《在路上》，有人將《麥田守望者》全書抄下，有人能大段大段地背誦，「因為他們的精神境界和我們最相近」，「在困難時期，人們餓瘦了軀體，養壯了靈魂」。「我們很清楚，自己寫的東西，不但不合潮流，甚至相左，根本沒有發表的可能性……母親常常告訴我，藝術家就是叫花子，問我是否甘心如此，那時候，我已經看過《梵古傳》、《米開朗琪羅傳》等等，心裏有了一個價值標準，恨不得自己再窮困潦倒些才好」。1962 年，陳布文任教的中央工藝美術學院組織一場大型詩歌朗誦會，這個沙龍中的中學生受邀悉數參加。張郎郎朗誦了自己的長詩《燃燒的心》，大獲成功。這首詩的結尾是：「我們——太陽縱隊！」散會後，這些激動的青年決定馬上成立先鋒詩社團，就叫「太陽縱隊」。

1962 年底或 1963 年初（筆者做過多次「田野調查」，但具體日期已無可考），「太陽縱隊」在北京師範大學筱莊樓一間教室，宣告正式成立。由張郎郎起草的《章程》說：「這個時代根本沒有可以稱道的文學作品，我們要給文壇注入新的生氣，要振興中華民族文化……」此階段，張郎郎寫下了長詩《燃燒的心》和一本受艾呂雅（Paul Eluard）、洛爾迦影響的短詩集（其中自己比較滿意的是《鴿子》等），電影劇本《孔雀石》，話劇《對話》等，另有油畫《丹柯》、《隨夢錄》。1963 年秋，張郎郎考入中央美術學院美術史美術理論系，「太陽縱隊」及沙龍人員又有所擴大，加入了美院同學巫鴻、蔣定粵、袁運生、丁紹光、張士彥、吳爾鹿，以及校外中學生牟敦白、郭路生（即詩人食指）、甘恢理、王東白、張寥寥、鄔楓、陳喬喬、耿軍、張大偉等等。

「太陽縱隊」的刊物出版方式是，大家都用 16 開稿紙或圖畫紙，分別寫作和繪畫，留下裝訂線，由主編最後裝訂成冊，然後彼此傳閱互相「指正」，並擴散至沙龍外的愛好文藝的青年群中。張郎郎為刊物設計的「封面是鐵柵，用紅色透出兩個大字：自由」。1966 年文革爆發，張郎郎因「非法組織『太陽縱隊』及刊物」、祕密集會、偷出被批判的袁運生的油畫《水鄉的回憶》，被公安部通緝。於逃跑前夜，他在友人王東白筆記本的扉頁上匆匆留言四個大字——「相信未來」（1968 年友人食指正是以此為題，寫下了名滿天下的代表作）。張郎郎逃到南方，不久即被逮捕，「反動組織『太陽縱隊』被破獲」，參加者均受到不同程度的傷害。最慘的是張郎郎，先是被判死刑緩期執行，與遇羅克關押一室，在死刑牢戴重鐐重銬三個月，後改判為有期徒刑 10 年[20]。

1978 年平反後，張郎郎返回中央美術學院，任美術史系教員，院刊《美術研究》、《世界美術》編輯。1980 年後，先後擔任《中國國際貿易》雜誌經理，《國際新技術》雜誌總經理，《中國美術報》副董事長等職。1989 年後，應邀赴美國普林斯頓大學東亞系做訪問學者，後擔任德國海德堡大學漢語教師。新時期以來，張郎郎的文學創作主要以小說和散文為主，發表了《大雅寶的故事》、《老清的故事》、《我是北京人》、《半空兒》、《烤肉周》、《瑪麗

[20] 以上簡述均據張郎郎：《「太陽縱隊」的傳說》，《今天》雜誌 1990・2 期，牛津大學出版社。以及此文增補版《「太陽縱隊」傳說及其他》，《沉淪的聖殿》，第 30 頁。

雅娜》、《王莊》等，以及對中國當代早期先鋒藝術的系列回憶文章及文集《從故鄉到天涯》。詩歌《狼皮褥子》、《七月流火》、《我來自其他星球》、《黑與白》等。

張郎郎說，「我們那一圈人，頭腦中的社會和外在世界都是從文學中演化出來的幻象……必須說明，那時候我們『太陽縱隊』不是一個政治組織。祕密寫詩，只是怕別人破壞我們的遊戲。但我們也沒想用詩來反對『現政』」[21]。信哉斯言，閱讀他們當時的詩歌，我們今天看得更清楚，這段話既是對「太陽縱隊」，也是對此前的「X 小組」，此後的「白洋淀詩群」、「今天派」等先鋒詩歌社團為何採取「地下」民刊形式的解釋。他們追求的是精神自由和藝術的美，這是所有真正的詩人的共同氣質。

由張郎郎等人的憶述我們可以得出如下認識：這是一群處於青春萌發和躁動期的生命力旺盛的青年，因為具有較高的藝術天賦，出於「獨抒性靈」，伸展性情的內在需要，結社吟詩作畫。與大觀園中的「菊花社」、「海棠社」有某種相似之處。大頑童式的詩人的自由天性，決定了他們與當時統一的主流意識形態及文學藝術主調的不和諧，這些對抗規訓的「淘氣的藝術頑童」，不期然中就被強行置於前者「天敵」的一方。在一個集體順役的年代，如果你不願在內心置入「自我監視」機制，那麼，你將受到外部嚴厲的懲罰。問題是如此簡單又如此「複雜」，對此，筆者似乎無需再多加「深入的分析」，那樣做只會使問題明晰的核心變得含混甚至受到遮蔽——哪怕你是善良地從「政治正確」上為這些大孩子申辯。思考生存，眷念生命，熱愛藝術，展示性情……這些本是古今中外詩人生涯的「通則」，而在特殊的年代卻使他們付出了自由的代價。

（二）

張郎郎當時的詩作，及「太陽縱隊」手抄刊物（《太陽縱隊》、《曼陀羅》、《格瓦拉》等），均被查抄而散失。經有心人多方查找（最早展開搜找工作

---

[21] 《「太陽縱隊」傳說及其他》，《沉淪的聖殿》，第 39、47 頁。

的是詩人萬夏、瀟瀟），才在當時友人的舊抄件中找到四首。令張郎郎略感欣慰的是，「自己比較滿意的《鴿子》」一詩亦在其中。其餘三首是《早晨》、《恍惚》和《風景》。讓我們以《鴿子》（1962 年）為主，兼及其它短詩，約略來看張郎郎詩作的意味和形式特徵。

我對它說過的，是的，我說過。
在那乳白的晨霧籠罩時
我對它說過
我的聲音透過這柔和的紗帳，
我自己聽得見
它變得像霧一樣神秘
它像夢裏的喃喃的歌聲，
在晨光裏嫋嫋升騰，
發著紅紅的微光
如同那遠方模糊的太陽。
是的，我對它說過：
飛去吧，這不是你的家。
大概是沒聽見，
它困呢，
它把雪白的羽毛緊貼著我，
它把頭輕輕地垂下，
彷彿它是一顆純潔的心，
一顆只會愛的，純白的心，
它靠著我鮮紅的年輕的心，
像兩顆情人的心一樣。
可是，我知道，這不是它的家，
我對它說過
在那乳白的晨光裏

是的，我說過，
我真誠的說過，在蔚藍的天空下，
我悲哀的說過，在秋葉的金雨下，
我不止一次地說過，
飛去吧，
這不是你的家。
我說過，
當白雪在空中交織著無聲的圖案，
我對它輕輕地說：
像寧靜的火爐低語，
像煙斗裏的餘煙，
我對它說著。
可是
它彷彿沒聽見，
它累呢，
它呢喃著睡在我懷裏，
那樣的信任，那樣的依靠
我好像變成了強有力的
保護弱者的英雄。

它沉靜的酣睡著，
像是窗外的白雪
可這是團溫暖的雪……
我對它說過，
是的，是在那火爐旁的冬日，
那漫長與安靜的冬日。
我說過，這不是你的家
在瑰麗的陽光下，

在濃綠的草地上，
空氣是透明的，
像酒一樣濃鬱的花香，
是一縷有顏色的芬芳的液流，
在空氣中浸潤著、漫延著。
於是，它蘇醒了，
站在我伸向未來的手心，
站在燦爛的自然的光芒中。
扇動了一下翅膀，
開始了飛翔。
這次，
我什麼也沒說，
它也什麼沒回答，
緩緩地一高一低地飛著，
投入了藍天的巨大懷抱，
像一朵迅速消逝的白雲。
它永遠飛去了
彷彿我的心，也隨它飛去了，
永遠地，
我早就知道，這是它的家，
我告訴過它，
在我失去的希望裏，
在我含淚的微笑中。

這不是它的家。
「小鴿子啊，它弄錯了」

「鴿子」，在這裏有雙重含義。首先，它是一個原型意義上的「公共象徵」物；其次，它與阿根廷詩人阿爾貝爾蒂的《小鴿子錯了》命意相關[22]。搞清楚這兩點，這首詩的意蘊和藝術手法就容易理解了。

文學藝術中的「原型」（archetype），是指詩人使用的原始意象（primordial image）。這類意象是人類久遠的集體記憶的象徵物，積澱著巨大而穩定的情感經驗和文化含義。由於它們的形成年代久遠且富含神話、宗教意味，遂成為「公眾象徵」，普通讀者一望即知其含義。如十字架象徵苦難和救贖，太陽象徵光明和希望，玫瑰象徵愛情和羅曼蒂克的想像力，竹子、梅花象徵高潔的氣節，鴿子象徵和平、寧靜、溫柔、美麗純潔的精神……如此等等。張郎郎詩中的「鴿子」，就使用了此種原型象徵，並加以個人注入的時代內含。

再看阿爾貝爾蒂的《小鴿子錯了》（章珍芳譯），全詩如下：「小鴿子啊，它弄錯了，它弄錯了／它要到北方卻往南飛／它把麥田當作海洋，小鴿子錯了／它把大海當作天空／它把夜晚當作早晨／小鴿子錯了，它弄錯了！／／它把星星當作露珠／它把炎熱當作冰雪／小鴿子錯了，它弄錯了／把你的裙子當作上衣／把你的心兒當作它的家／小鴿子錯了，它弄錯了／它睡在小河旁邊／你卻在樹枝上安息／小鴿子啊，它弄錯了……」。如果說阿爾貝爾蒂筆下的小鴿子是發生了「錯位」的愛情的象徵，在悵惘中尚伴有一絲諧謔並自尋寬慰的話；那麼張郎郎筆下的鴿子，除去這個公共原型固有的隱喻內含外，還是受挫受困的青春，及理想的藝術創造精神的雙重象徵。

這首詩的奇妙之處是，「鴿子」既代表「我」的心靈，又是藝術（詩歌）——「我」的一個對話者（它）。就像象徵派詩人波德萊爾的名作《信天翁》，這只歷盡創傷的信天翁，既是詩人自況，也是他與詩歌（作為「它」者）被踐踏的遭際對話一樣。詩人深深體驗到，在一個要求一切規訓化的年代，籲求自由飛翔的純潔的青春和詩歌是危險的，他反覆吟述著：「飛去吧，這不是你的家」。而鴿子卻依偎著沒有飛走，「它把雪白的羽毛緊貼著我／它把頭

[22] 此詩副題原為「和尼古拉・紀廉的『小鴿子錯了』」，筆者認為應是當時張郎郎筆誤所致。《小鴿子錯了》作者應是阿根廷詩人阿爾貝爾蒂。此詩經左阿斯塔維諾譜曲後，在世界廣泛傳唱。

輕輕地垂下／彷彿它是一顆純潔的心／一顆只會愛的，純白的心／它靠著我鮮紅的年輕的心／像兩顆情人的心一樣／／……它呢喃著睡在我懷裏／那樣的信任，那樣的依靠／我好像變成了強有力的／保護弱者的英雄」，「它沉靜的酣睡著／像是窗外的白雪／可這是團溫暖的雪……」。雖然鴿子（詩歌）本是「我」心靈的產物，它如此高潔、天真、纖弱，但「我」已無力保護它，使它飛翔，自由地歌唱。詩人既愛鴿子，卻又勸慰鴿子飛走，至切地表達了詩人那種混合著傷感、痛惜、高傲而又無畏地抗議的複雜心緒。最終，鴿子還是飛去了，「像一朵迅速消逝的白雲／ 它永遠飛去了／彷彿我的心，也隨它飛去了／永遠地／我早就知道，這是它的家／我告訴過它／在我失去的希望裏／在我含淚的微笑中……」——鴿子是「我」伸向未來的心，它不見容於現實，不得不不計代價地飛離，但詩人相信它會在未來找到自己的家。「小鴿子啊，它弄錯了」，在此陡然就成為一句沉痛的反詰，究竟「弄錯的」是鴿子，還是虐殺鴿子的人們？

這首詩在結構上頗有特色，它借用了音樂中的賦格曲（Fugue）形式。賦格是對位化音樂結構之一種，它由幾個獨立聲部組合而成。先由一聲部奏出主題，其他各聲部先後作通篇的變奏模仿。入題用主調，繼起用屬調，第三個進入的聲部又回到主調，如是反覆變化，直到曲終。賦格曲中，各聲部此起彼伏，猶如反覆敘說和應答，在纏繞或回環中，更強烈地表達主題樂思。這首詩借鑒賦格結構，達到了內容與形式的完美合作。詩裏，十餘次出現的「我對它說過……」（包括變奏式表達「是的，我說過」，「我不止一次地說過」，「我對它輕輕地說」，「我對它說著」，「我告訴過它」……），「飛去吧，這不是你的家」，是主題樂句，其中又間以宣敘性的意象細節描述，深深地浸透了我們的心。這首詩在措辭、構圖、光和色的個性化處理上，也自然而考究，體現了作為美術家的詩人的「別趣」，這是詩人較為自覺的藝術形式感的體現。另外，這首詩「怨而不怒，哀而不傷」，即使表達痛惜和抗議之情，也須臾未曾毀壞了詩歌語言和結構的精純質地。今天讀之，仍有很大的藝術魅力。同時，這類無辜而純正，甚至含有幾分天真的詩，在當時竟然遭到無情剪除，更令今天的我們心靈的滋味複雜難辨。

張郎郎的詩歌，基本屬於意象—象徵主義系譜，再加上某種程度的洛爾迦現代謠曲風和艾呂雅式的精美短詩的清麗與神奇的影響（詩人自述：「我的這些作品的風格顯然受洛爾迦、艾呂雅的詩影響較大。喜歡用比喻、象徵，也喜歡用顏色來裝飾」），而現代詩所追求的異質經驗的相互包容構成的張力和承載力，也在這些詩中得到了自覺的體現。比如《早晨》（作於1962-1963年）：

我睜開眼睛
一切都還在黑暗中
我只能聽見早晨的來臨
我合上眼睛
一切都在光明裏

我聽見雞叫
我就看見
一隻金羽毛的雞
站在青色大海的上空
把紅蛋黃似的朝陽
從水底叫醒
雞在叫
（我忘記了它本來是一隻滿身
灰黑的白雞，住在一破簍子裏）
我聽見胡同裏下夜班的腳步
和開玩笑的熱鬧
於是
我眼前出現了他們
高大，威武
穿著硬片機布的工作服

咧開大嘴一笑
露出健康的白牙齒

他們寬闊的雙肩
隨著腳步的遠去而消失了
接著我眼前出現了幻境
出現了未來的景象
出現了盛開的無數花朵
蜻蜓、蝴蝶們像小豬娃子一樣
高興的竄來竄去

於是，我睜開了眼睛
第一線陽光在對面斑駁的牆上胡鬧
把光折入水中
嚇唬著膽小的玻璃杯

此詩一開始就呈現了「矛盾修辭」:「我睜開眼睛／一切都還在黑暗中／我只能聽見早晨的來臨／我合上眼睛／一切都在光明裏」，詩人沒有摹寫早晨，而是迅速進入主觀心理活動。接下來寫道，「我聽見雞叫／我就看見／一隻金羽毛的雞／站在青色大海的上空／把紅蛋黃似的朝陽／從水底叫醒」。這同樣是主觀幻境，所以詩人緊跟著提醒自己，「我忘記了它本來是一隻／滿身灰黑的白雞／站在一破簍子裏」。現實與幻境在此構成異質衝突，暗示出詩人複雜糾葛著的情感經驗。理想與現實的矛盾，甚至已經進入人的潛意識裏。

詩人寫到了下夜班的工人，儘管一夜的勞頓，但「穿著硬片機布的工作服／咧開大嘴一笑／露出健康的白牙齒」，這些一夜未眠的平凡的勞動者，才是黑夜的醒著的心臟。接著，詩歌又進入「幻境，未來的景象」，花朵、蝴蝶、蜻蜓，都在自由歡樂地「像小豬娃子一樣竄來竄去」……然而，最後筆鋒一轉，「我睜開了眼睛。第一線陽光在對面班駁的牆上胡鬧／把光折入水中／嚇唬著膽小的玻璃杯」。這個頑童式的奇想，卻透露出詩人內心更為深邃的消息。雖然對「杯弓蛇影」這個疑神疑鬼自相驚擾的關於庸人的寓言，詩人採取了某種程度的反諷態度，但它同時也表達了某種程度的真切的不安。詩歌就在這種異質衝突中拉開了較大的張力，帶給我們更豐富的感受。

《風景》（作於 1962-1963 年）採用了整體象徵手法，寫無邊的沙漠中生長著不屈的仙人掌，它們「扭曲著，翻轉著／把光芒般四射著的刺／插入青天」。詩人特別提到了「還有棵小的」，似乎是在自況。面對如此倔強的生命，「天都驚訝得張開了牙床／使勁瞪著」。在一聲「格拉拉的巨雷／從空曠的沙漠掠過」之後，這些大大小小的仙人掌，「在剎那間／都噴出了一朵猩紅的花／像是團團乾燥的火焰」。這真是一幅既孤傲又慘烈的畫面，「猩紅」之花通向鮮血的顏色，也通向自由地展示情懷之途；「乾燥的火焰」既表達了生存的焦渴，又表達了將根深深紮入土地，尋找格外慳吝的「水源」的意志。詩歌就在這一雙重意蘊中結穴，準確有力地昭示了先覺者的心跡。而如果考慮到這首詩的寫作時間，是在「反右派」運動之後，詩人流沙河剛因其著名的組詩《草木篇》，特別是其中的一首《仙人掌》被打成大右派[23]，我們或許應從張郎郎的《風景》中讀出強烈的「互文性」關係——或是自覺的，或是不期然中的。而無論是哪一種，都不影響《風景》的價值。

這一章，評介了「X小組」、「太陽縱隊」青年文學社團「遊戲」般的由來，並將張郎郎及其「太陽縱隊」的青年詩人稱作「大頑童騎士」。我認為這個定位是比較符合歷史真實的。我自覺未曾因為他們後來的苦難遭遇，而人為地拔高這些詩作的「深刻的反抗」意義。如前所述，他們只不過是在一個「非正常」的年代，籲求爭取著一個人正常的藝術表達的權利。於是，正常反而成為異常。歷史語境的巨大壓力扭曲了這些純粹的詩歌話語。他們只是一群要「獨抒性靈，伸展性情」的藝術青年，並且為著這些不惜付出高昂的代價。他們年輕的心奔跑在「身體之外」，是向著可能美好而自由的「未

23　流沙河：《仙人掌》：「她不想用鮮花向主人獻媚，遍身披上刺刀。主人把她逐出花園，也不給水喝。在野地裏，在沙漠中，她活著，繁殖著兒女……」

第八章　冰雪之路上巨大的獨輪車
——食指詩歌論

凜冽的暴風雪中凍僵的手指扳動著
車輪的輻條，移動著歷史的輪胎
大汗淋漓，耗盡青春的年華
前進的距離卻是寸寸相挨

抬頭風雪漫漫，腳下白雪皚皚
小風吹過，哆嗦得叫你說不出話來
可要生存就在苦寒中繼續抗爭
這就是孕育著精神的冰和雪的年代

人生就是場冷酷的暴風雪
我從冰天雪地中走來

這是食指《暴風雪》中的詩句。每當讀到它，我的心總是「咣」的一聲，出現一輛風雪中的獨輪車的形象，它如此準確地命名了詩人的命運和詩路的轍跡。而且，在我心裏它還時常會與法國詩人勒內・夏爾（René Char）的《詩人》中的句子發生疊印：「詩人孤獨地生活／沼澤地裏巨大的獨輪車」。

而無論是天寒地凍還是淫雨泥濘，推車人的命運都是慘烈的，但他留下的彎曲轍跡，卻更深地捺進了時代和人心。

一

正如上章所述，中國當代先鋒詩歌由於特殊的社會歷史原因，而決非藝術方式的原因——試想戴望舒、卞之琳、何其芳、穆旦、馮至等現代主義詩人的「難懂」的現代詩，已在上世紀三四十年代贏得了有教養的讀者的認同乃至激賞——不得不以「民間」（地下刊物）的方式，在極為有限的小圈子內傳播。郭世英、張鶴慈及其「X 小組」，張郎郎等人及其「太陽縱隊」，包括詩人黃翔、啞默及其「野鴨塘沙龍」，當時其作品從意蘊到藝術成色，儘管都達到了相當的水準，但由於乍起便遭劫難的命運，它們對詩壇和讀者群的影響畢竟是極為有限的。而真正使這種忠實於心靈，忠實於藝術本身，獨抒情志，追尋現代詩本體依據的作品，在比較廣闊的範圍內傳播並發生很大影響，乃至更新一代文學青年情感的詩人，還應該說是後期「太陽縱隊」的邊緣人物——詩人食指。「從某種意義上說，他是真正、也是唯一帶著作品從 60 年代進入 70 年代的詩人」[1]。

張郎郎在《「太陽縱隊」傳說》一文中說：「郭路生（食指）來找我參加『倖存者詩歌藝術節』，用食指點著我說：『別客氣了，我那首《相信未來》，題目得自於你。』那首名作，我在大獄裏聽說過。70 年代，在地下隆隆地轟鳴過一段。白洋淀的好漢們，都讀過。有人說，那是一種火種的傳遞。那四個字，就算是我先說的，又算得了什麼？真正的力量在於他的詩本身，他的誠摯，他的敏感，他的激情。那時我聽他念了那首關於魚的詩，關於在浮冰上的那條魚（即《魚兒三部曲》，寫一條堅冰下游動的魚兒，為尋找陽光

---

1 《沉淪的聖殿》，第 53 頁。

而躍出冰排後慘死的寓言。——引者注）。至今，他還是當年那樣，他是那個時期的一條魚。我們是某種魚出現的前奏」[2]。

張郎郎的表述儘管簡略，但非常中肯而準確。「火種的傳遞」，道出了食指詩歌與此前地下詩歌休戚相關的精神血緣；「浮冰上的魚」，道出了食指詩歌已躍出高寒慘烈而遮蔽的冰面，向更多的人顯赫呈現（「隆隆地轟鳴過一段」）；而「我們是某種魚出現的前奏」，則形象地昭示「我們」（「X 小組」、「太陽縱隊」）尚未躍出冰面就橫死於堅冰下的水流中，堅冰下的「前奏」，引出了堅冰上的「正曲」。

多年來受英美「新批評」觀念的影響，筆者的詩人研究始終堅持著「文本中心」的立場，很少將「傳記因素」帶入批評文章。但是，面對像「X 小組」、「太陽縱隊」以及食指、北島這樣的詩人，因時代的特殊性使他們位於特殊的文學史坐標點，離開當時歷史語境中的「傳記因素」，雖然無損於他們的作品本身的價值，但將無法對其理解透徹。另外，考慮到即使是不少詩壇「專業人士」，也對他們中許多人的成長經歷所知甚少，是故本著適當加入「傳記批評」成分。

食指，本名郭路生（1948・11・21-　），出生於革命幹部家庭。因其是冬季分娩於父母行軍的路上，母子被送到冀魯豫軍區的一所小流動醫院才剪斷臍帶，故取名「路生」。食指 1961 年入北京 56 中，是個品學兼優的好學生，並開始了最初的文學練習。1964 年經牟敦白介紹，開始與先鋒詩歌社團「太陽縱隊」的青年詩人往來，在思想藝術上有諸多共鳴之處[3]。1965 年食指讀高中時，「因思想活躍和文學追求而受到學校批評教育，並令其退團」。1966 年文革開始，父母受到審查、揪鬥，同時「幾個班的學生開他的鬥爭會，說他那時寫的有浪漫主義情調的詩是資產階級的」。雖然食指依然加入了紅衛兵組織，被稱為「老兵四秀才」之一，但主要參與詩歌、合唱團、話劇團等文藝工作。

2　張郎郎《「太陽縱隊」傳說》，《今天》1990 第 2 期。

3　林莽編：《食指生平年表》，《食指卷》，作家出版社，1998 年，第 151 頁。以下生平內容，凡未特別注明出處者，均出自該「年表」。

1967 年至 1968 年，詩人寫出了早期代表作《魚兒三部曲》、《相信未來》、《這是四點零八分的北京》、《命運》等，以精美的藝術形式，準確反映出一代青年的嚮往、失落與彷徨，在傳抄中引起許多人的共鳴。此間通過何其芳之女何京頡，得以結識「走資派、黑幫分子」、詩人何其芳，多次得到何其芳的指點，對準確純正的詩歌語言，和「新格律體」形式，開始了深入自覺的思考和身體力行。

1968 年夏，因上述詩作在社會上廣為流傳，食指受到有關部門監視審查。是年 5 月，被抓到中央戲劇學院受審，要求交代和「太陽縱隊」張郎郎的關係，以及他作為何京頡家所謂的「裴多菲俱樂部」黑組織頭目的罪行。1968 年冬，食指赴山西汾陽縣杏花村插隊，繼續寫詩，此時，他的詩傳到了全國有知青插隊的地方，特別是在山西、河北、內蒙、黑龍江、雲南的知青點、兵團中，得到更廣泛的傳抄。其間，食指也嘗試過寫另一種能為主流意識形態接受但又不太「左」的詩作（這些作品在立意上極為平庸），但因骨子裏仍側重藝術品位而非赤裸裸的口號，沒有成功。1971 年，食指參軍。兩年後出現了高度的精神抑鬱，最後發展為「精神分裂症」。患病原因是多方面集中構成的：極左政治對熱愛純詩歌藝術的青年不斷的壓抑與威嚇，內心的理想與現實持久的衝突，人們對他的嘲弄指責，再加上戀愛受挫……總之，詩人敏感的精神在來自四面八方的壓力下終致分裂。

退伍後，食指曾在北京光電技術研究所短期工作過。他的病情時好時壞，最後住進北京精神病醫院接受治療，但一直在可能的情況下堅持寫作。1978 年，民刊《今天》創刊，至停刊前連續出版的 12 期刊物中，發表了食指長短共 8 首詩作。1980 年 1 月，食指早期詩作《這是四點零八分的北京》，在歷經 12 年後，於《詩刊》正式發表。

1988 年，食指詩集《相信未來》於灕江出版社出版。1990 年，詩人轉入北京第三福利院接受長期治療，住院期間其詩歌創作進入了又一個噴發期。詩人後期代表作《向青春告別》、《在精神病院》、《歸宿》、《人生舞臺》（系列組詩）、《詩人命苦》、《當你老了》、《生涯的午後》、《冬日的陽光》、《暴風雪》、《我的夢》、《啊，尼采》、《給北島》等，均寫於 90 年代至新世紀初之間。其後期作品，較前更顯得沉鬱頓挫，意象清晰而堅實，明顯融入了「細節化抒情」。由個人命運引發的對時代命運的感悟，生存中的義／利之辨，詩人的使命意識，詩歌寫作在拯救和挽留人文精神上的功能，以及對往事的回憶，對孤獨、衰老的哲思……是其後期作品的題材和主題的明顯特點。1993年，成都科大出版社出版《食指黑大春現代抒情詩合集》。1998年作家出版社出版《食指卷》。2000年人民文學出版社出版《食指的詩》。2004年人民文學出版社出版《中國當代名詩人選集・食指》。2001年，食指獲「第三屆人民文學獎」。2002年食指出福利院，至今居家寫作。

一些讀者肯定會有疑問：食指的早期詩歌產生於極左意識形態空前嚴酷的文革期間（上世紀60年代末至70年代中期），這些詩為何沒有像「魚的前奏」那樣被立即扼殺，而能夠在較廣泛的「民間」範圍傳播？這個問題不容迴避，必須提前在此釐清，否則無法進行下面的論述。我認為，它的原因是複雜的。概而論之，有這樣兩個因素不能忽視——

其一，當時他影響廣泛的作品，如《相信未來》（1968），《魚兒三部曲》（1967），《這是四點零八分的北京》（1968），《煙》（1968），《命運》（1967），《黃昏》（1968），《靈魂之一》（1968）等，均不自覺地帶有「雙聲話語」性質。即詩人既表達了對「理想」對「未來」的急切渴望，又表達了對現實困境或挫敗感的憂傷體驗，兩個聲部在此得到平行的遊走。就一個聲部而言，詩中的「未來」和「理想」，在整個語境中，只是一個精神向度，而沒有明確的「所指」。這使得當時的主流意識形態不那麼敏感而急欲剪除（因為向「未來」、「理想」進軍，同樣也是它的基本維度）；另外，這個精神向度也基本能吻合受紅色教育（當然已開始出現懷疑主義的裂縫）長大的一代人激昂前進的心態。

就另一個聲部而言，詩中表達的現實困境或挫敗感，是籠罩在憂傷慨歎的抒情調性中的，而非決絕的幻滅、抗爭。這使當時的主流意識形態將此看做「不過一個小小的灰色詩人而已」[4]，從而「輕蔑地」暫時放過。另外，

4　江青語，《沉淪的聖殿》，第68頁。

這種對現實困境或挫敗感的憂傷表述，也正與一代青年經過文革初期的狂熱後，漸趨走向遲疑、憂傷、反思的心境合拍。對此，食指本人的表述極為誠實而動人：「那是 1967 年末 1968 年初的冰封雪凍之際，有一回我去農大附中途經一片農田，旁邊有一條溝不叫溝、河不像河的水流，兩岸已凍了冰，只有中間一條瘦瘦的流水，一下子觸動了我的心靈。因當時紅衛兵運動受挫，大家心情都十分不好，這一景象使我聯想到在見不到陽光的冰層之下，魚兒（即我們）是怎樣地生活。於是有了《魚兒三部曲》的第一部⋯⋯第三部是寫『解凍』，『解凍』一詞來自赫魯曉夫時代初期。『文化大革命』中提『解凍』是非常危險的，況且當時我就被定為『右派學生』，準備後期處理的。的確我曾有過考慮，但是我認為第三部構思發自我的內心，我是熱愛黨、熱愛祖國、熱愛毛主席的（即陽光的形象）。再加上詩一發已至不可收了，這就是第三部的背景。」[5]既有「解凍」，又有「熱愛××」，這就是雙聲話語的由來。食指詩歌的雙聲話語不是巴赫金（M. Вахтин）意義上的自覺的藝術「話語複調」，而是不自覺的真實地源於糾葛著的整體心境。但今天有人「事後諸葛亮」地據此而否定食指詩歌，則是貌似深刻實則淺薄的——因為在那個極左政治單聲道高音喇叭強姦民意、肆虐呼嘯的年代，食指的「雙聲話語」具有的彌足珍貴價值，理應得到足夠的歷史評價。

其二，當時食指的作品得以廣泛傳播，還與它們較為精純的藝術語言，及本土化的結構形式密切相關。從上世紀 50 年代開始，中國新詩逐漸進入了加速度粗鄙化、工具化的進程。如果說 50 年代的「頌歌」和 60 年代的「階級鬥爭戰歌」還多少含有一些藝術性的話，到了「文革」，詩歌則充斥著赤裸裸的標語口號，完全成為意識形態的僵硬工具。而食指當時的詩，從基本語象乃至局部的個人情調上，卻暗暗與 30 年代的現代詩（如何其芳、戴望舒等的格調）相關，於清新俊逸中含有剛勁兒。不管負載怎樣的思想，它們首先是真正的藝術品，且帶有人性體驗。這對於當時被「炸彈」、「號角」、「鐵拳」震聾耳朵的一代青年而言，具有撫慰人心的功效，讓他們依稀憶起了

---

[5] 食指：《〈四點零八分的北京〉和〈魚兒三部曲〉寫作點滴》，《詩探索》1994．2 期。

「詩歌」本應具有的魅力。在詩歌結構和聲音模式上，食指採用得多是聞一多、何其芳等詩人曾嘗試過的「新格律體」。對當時很少接觸現代詩中的純粹「自由體」的廣大青年人而言，「詩歌」的概念是由古典詩詞給定的，它最直觀也最「重要」的特徵就是和諧的「耳感」——韻腳和節奏。食指的詩，在形式上符合他們的「閱讀期待」。這樣的詩，節律動人，易誦易記，在傳播上自然獨佔勝場。

總之，熟悉又有些陌生的「雙聲話語」，以及對本土化「新格律體的小傳統」的認同，是食指詩歌贏得較為廣泛共鳴的兩大原因。我這麼評說，絲毫不意味著對食指詩歌價值的某種「保留」，他在當時歷史語境可能的條件下，為我們留下了真正稱得上翹楚的篇什。無論是就其詩作的廣大影響，盡可能純正的質地，還是它們在當代詩史上承上啟下薪盡火傳的歷史意義，將食指稱為「文革中新詩歌的第一人，為現代主義詩歌開拓了道路」[6]，這個評價並不算過分。

二

食指曾這樣概括自己詩歌創作道路的三個階段：「年輕的時候比較憂鬱和優美；後來瘋了，寫的是世態炎涼、人情冷暖，比較憤怒、比較火；到後來進福利院，這之後比較沉靜……比較平靜，帶有哲理性。」[7]這個概括是誠樸而清晰的，與筆者對他創作道路的分期基本一致。批評家唐曉渡是如此指出詩人食指的創作軌跡和意義：「他在一個似乎不可能有詩的年代開始寫詩；他運用嚴謹的傳統形式寫具有現代靈魂的詩；他以精神崩潰的方式猛烈擴展了他詩歌創作的內涵與外延，從而宣告了一個詩歌時代的結束，同時昭示了另一個時代的開啟；最後，他在一種常人看來已不可能寫作的狀態下依

[6] 楊健：《文化大革命中的地下文學》，第 87 頁。
[7] 崔衛平：《詩神眷顧受苦的人——郭路生訪談錄》，《帶傷的黎明》，青島出版社，1998 年，第 212 頁。

然傾心於詩，他 1983 年以來斷斷續續寫下的那些詩像凌空勒出的一道虛線，顯示了生命和詩不可泯滅的蹤跡。」[8]這個概括精審而有力。

的確，食指是「在一個似乎不可能有詩的年代開始寫詩」的。他的青春生涯也是詩歌覺醒的生涯。詩人早期生涯是在文革極左意識形態垂直支配的歷史語境中度過，作為一顆「紅旗下的蛋」，但他自我孵化、自我獲啟的卻是開始偏離「既定航線」的雛鳥。這只冒險的不合時宜的鳥兒，在嚴寒的天氣裏試探著心靈的早春。

當蜘蛛網無情地查封了我的爐臺
當灰燼的餘煙歎息著貧困的悲哀
我依然固執地鋪平失望的灰燼
用美麗的雪花寫下：相信未來

當我的紫葡萄化為深秋的露水
當我的鮮花依偎在別人的情懷
我依然固執地用凝霜的枯藤
在淒涼的大地上寫下：相信未來

我要用手指那湧向天邊的排浪
我要用手掌那托起太陽的大海
搖曳著曙光那枝溫暖漂亮的筆桿
用孩子的筆體寫下：相信未來

我之所以堅定地相信未來
是我相信未來人們的眼睛

[8] 唐曉渡：《跨越精神死亡的峽谷》，《唐曉渡詩學論集》，中國社會科學出版社，2001 年，第 161 頁。

她有撥開歷史風塵的睫毛
她有看透歲月篇章的瞳孔

不管人們對於我們腐爛的皮肉
那些迷途的惆悵、失敗的苦痛
是寄予感動的熱淚、深切的同情
還是給以輕蔑的微笑、辛辣的嘲諷

我堅信人們對於我們的脊骨
那無數次的探索、迷途、失敗和成功
一定會給予客觀、公正的評定
是的，我焦急地等待著他們的評定

朋友，堅定地相信未來吧
相信不屈不撓的努力
相信戰勝死亡的年輕
相信未來，熱愛生命

這首《相信未來》，是食指最廣為人知的早期代表作。關於在它「雙聲話語」中的一個聲部的性質，上節已然論及，這裏不再贅述。而真正值得我們重視的，是它的另一個平行聲部，即理想主義中出現的裂縫，人性和個體主體性的初步覺醒。此詩從情調到結構上，都有一種緩緩拉開的張力，體現出它開始告別一個集體暴力的詩歌時代，而啟發了對個人真實心靈中矛盾紋理的凝神與吟述。此詩細密但噬心的張力體現在，詩人先用隱喻的方式寫出當時具體歷史語境的壓迫，「蜘蛛網無情地查封了我的爐臺」，「灰燼的餘煙歎息著貧困的悲哀」，「紫葡萄化為深秋的露水」，「凝霜的枯藤」如此等等，那是悲傷、無告、貧寒、迷惘的一代青年精神處境的寫照。但是，如何理解和面對這一精神處境，詩人有獨標孤愫的回答：「我依然固執地鋪平失望的灰燼，／用美麗的雪花寫下：相信未來」;「搖曳著曙光那支溫暖漂亮的筆桿，／用孩子的筆體寫下：相信未來」。這種雙向拉開的張力，準確恰當地傳達了一代人的初步覺醒：以人的尊嚴、權利、自由和對未來文明事物的矚望為其內核；以略略壓抑的激情，不帶摧折性的工穩語感，單純明淨的物象為其形體。在這裏，那個自覺或不自覺的「國家」「階級」代言人和「值勤官」開始消解了，而獨立的個體生命和藝術人格緩緩站立起來。與此詩寫作時間前後相應的《魚兒三部曲》、《這是四點零八分的北京》、《煙》、《命運》、《黃昏》、《寒風》、《靈魂之一》等，也具有類似的張力性質，這些詩沒有暴烈的吶喊與哭訴，而像是自撫傷痛後的反思、對話、溝通，最後將視線投向人性和審美的「未來」。食指的可貴在於，他不採取以惡抗惡的宣洩，他或許已理解到任何形式的話語暴力，都有違人性、美與文明；以惡抗惡的方式發展到極致，不期然中就會成為與專制話語的戲劇性對偶／對稱，甚或異質同構。因此，我在早年的一篇文章中說它們「調整了一代人的情感」，就是指這種純潔、柔韌、自尊、高傲的人性立場和較為純正的藝術語言。

食指早期代表性詩作，可視為當代文學史某一特定階段的經典之作，它們已經歷了藝術本身的考驗，今天讀來依然動人。而且，當時它們還是一些能產生無限新生命的卵子，孕育、激發和影響了不少青年人的詩歌寫作。這些作品的光芒，既是美學的，也是人格品德的。詩人食指的魅力在我看來，他像是一個人性的、寬和的普羅米修斯，他不像是在盜火，他更習慣於以自身為火種，明亮又不失優雅地燃燒。天黑透的時候，你才會看見這孤獨的人性之光。他不是（也不敢）在大白天展開與惡鷹的搏鬥，他的受難與光芒都是自然而然到來的。在非人性的暴力時代，幾絲表達人性的詩歌光芒，恰是在溫和優雅中顯示出了自己高傲的力量，這就是那個時代最終沒有放過詩人的原因。這一切，正如「白洋淀詩群」詩人宋海泉所說：「是他使詩歌開始了一個回歸：一個以階級性、黨性為主體的詩歌開始轉變為一個以個體性為主體的詩歌，恢復了個體的人的尊嚴，恢復了詩的尊嚴……人性在現實中喪失了合法的生存權利，但在詩歌王國裏，它卻悄然誕生。郭路生的詩歌所反映的，就是這種復甦和覺醒。這種復甦和覺醒是初步的、膚淺的。雖然幻滅的痛苦已經擊倒他們，但還固守著舊日的精神家園，編織著已然破碎的夢。大有『雖九死而猶未悔』的氣概，這種矛盾或者這種張力，使這種覺醒的感覺更加敏感」[9]。

確實，與其他話語方式不同，詩歌中的「感覺」，如果稱得上是「敏感」的話，主要不在於其認識上有多麼「深刻」，更在於心靈表述和措辭的細膩、真實、準確。就理性認識而言，食指早期的作品算不上多麼深刻，「復甦和覺醒是初步的」；但正是這種初步，使我們看到了一顆毫不做作、毫不自欺欺人的單純的詩心。誠實，總是最撼動人心的，特別是在一個體制化的「瞞和騙」肆意施虐的年代。即使詩人筆下的「本事詩」——一個知識青年對自己將離別的母親城市的依戀之情，也同樣具有敏感而持久的情感震撼力：

……
北京車站高大的建築
突然一陣劇烈地抖動
我吃驚地望著窗外
不知發生了什麼事情

我的心驟然一陣疼痛，一定是
媽媽綴扣子的針線穿透了心胸
這時，我的心變成了一隻風箏
風箏的線繩就在媽媽的手中

線繩繃得太緊了，就要扯斷了
我不得不把頭探出車廂的窗櫺
直到這時，直到這個時候
我才明白發生了什麼事情

9　宋海泉：《白洋淀瑣憶》，《詩探索》1994．4期。

……

我再次向北京揮動手臂
想一把抓住她的衣領
然後對她親熱地叫喊：
永遠記著我，媽媽啊北京

終於抓住了什麼東西
管他是誰的手，不能松
因為這是我的北京
這是我的最後的北京

這首《這是四點零八分的北京》，以高度準確的時間、地點、場景和情態，工筆描畫了一代漂泊的「知青」的心靈表情。對於虛構的「山在歡呼海在笑，紅旗如海歌如潮」的知青插隊送別情景，食指用心靈疼痛的一根針線予以戳破。他不但準確地吟述了對親人和城市的辛酸依戀，還表達出對未來盲目命運極為忐忑的一代人，共有的憂傷和恍惚。它真正稱得上是當時同類題材中最重要的「見證性的孤本」。

以上是對食指第一階段詩作所具有的特殊價值的釐定。他在恢復人的尊嚴的同時，也恢復了詩的尊嚴，其作品因此而具有了不可替代的特定的歷史見證及詩史意義。

三

詩人精神分裂（病情時好時壞）之後的作品，可視為其詩歌創作的第二階段，大約是從 1973 年至 90 年代中期。

古今中外許多詩人為何會發生「精神分裂」？我想，我們既可以從精神病病理學角度考慮，也可以從致使精神分裂的「社會症候學」角度理解。就後者而言，法國哲學家吉爾斯・德留茲（Gilles Deleuze）在《反俄狄浦斯》一書中的理論，或許對我們理解食指能有一些啟發。他認為，現代的大一統體制社會，是依賴其自身的矛盾發展的。自我美化的體制話語和社會現實的嚴重相悖，會向那些特別單純的個人施加無法容忍的和互相矛盾的壓力。而這類人的精神分裂症，就是對這一社會環境的真實而「行之有效」（作為個人防衛機制）的反應。毫無疑問，這類精神分裂症患者承受著心靈的巨痛和理智的創傷，但這種巨痛和創傷的根源並不是單純病理的；相反，勿寧說這種疾病的癥結也是社會的。從這個特定角度出發，德留茲甚至把這類精神分裂作為解放的力量，「精神分裂者拒絕社會認可的正常的意義，因此社會也拒絕了他。……精神分裂的這種狀態比正常狀態更接近於『真正』的意義。（這樣的）精神分裂者（不是一般意義上的）病人，他們不是正常社會中的瘋人，而是瘋狂社會中的正常人」[10]。

同樣，詩人劉翔認為，「食指的心是多麼坦誠又多麼敏感。儘管命運對他是不公正的，命運帶給了他太多的不幸、太多的痛苦、太深的打擊，但真正使他倒下的是他性格中的坦誠和敏感，是他對理想和愛過於深摯的情感，是他靈魂的純粹和『潔癖』」[11]。批評家張清華從時代角度表達了對食指精神分裂的看法：「因為他堅持生命與詩的合一，不肯使自己的人格陷於分裂，所以只有使精神不堪重負而被撕裂……一個矛盾的荒唐和分裂的時代撕裂了他，這個時代被暴力扭曲並被幻象誘惑導致瘋狂的語言與思維方式撕裂了他，這個時代瘋了，而和時代一起瘋掉的狂歡者們由於發洩而卸掉了自己的精神包袱，而食指卻由於堅守了自己的內心而被無情的颶風摧折。」[12]

---

[10] 參見德留茲：《哲學與權力的批判》，商務印書館，2000 年。以及趙敦華：《現代西方哲學新編》，北京大學出版社，2001 年，第 276-277 頁。

[11] 劉翔：《那些日子的顏色》，學林出版社，2003 年，第 24 頁。

[12] 張清華：《從精神分裂的方向看》，《當代作家評論》，2001・4。

與早期相比，這一階段食指詩歌從情感經驗狀態上呈現出更多的悽楚、蒼涼、憤怒、決絕、自省、自勵等複雜成分的拉奧孔式的緊張扭結。從語象和語型的構成上，雖然仍有早期詩溪流般的清澈和規整，但深入細辨，我們會發現，它們更多出現了內凝的漩渦和堅硬鋒利的礫石。他說，「瘋了倒好了。瘋了就可以面對命運。要不面對命運就壞了……只有這樣，有波折，感情上有起伏，有撞擊，才能寫詩。像波德萊爾說的：痛苦產生詩。別的不成為詩，只有痛苦才產生詩。詩人就是化苦難的生命為藝術的神奇。……人啊詩啊，得『有血有肉』，什麼叫『有血有肉』？就是『有血有淚』。」[13]——瘋了就可以面對命運，這句殘酷的斷語是沒有經受過類似靈肉疼痛的人難以真正理解的。這裏的命運，不再是為一代人共同的「命運」代言，而是一個被拋出社會軌道、而自己也主動拋棄這一切的詩人，獨自承擔的個人命運：

受夠無情的戲弄之後，
我不再把自己當成人看，
彷彿我成了一條瘋狗，
漫無目的地遊蕩人間。

我還不是一條瘋狗，
不必為饑寒去冒風險，
為此我希望成條瘋狗，
更深刻地體驗生存的艱難。

我還不如一條瘋狗！
狗急它能跳出牆院，
而我只能默默地忍受，
我比瘋狗有更多的辛酸。

[13] 《沉淪的聖殿》，第 85-87 頁。

假如我真的成條瘋狗
就能掙脫這無形的鎖鏈，
那麼我將毫不遲疑地
放棄所謂神聖的人權。

——《瘋狗》

詩人柏樺曾說，「這是一首絕對燃燒後遍體鱗傷的悲歌，一個時代發生在一個詩人身上的壯烈的墓誌銘。」在食指這裏，遍體鱗傷的悲歌中也含有徹骨的冷傲，而且，這種冷傲不是癲狂者的亢奮吶喊，而是在極境中至為清醒的自我獲啟。「瘋狗」，是在「受夠無情的戲弄之後」變成的。而他（它）遊蕩「人間」，則說出他同時也是「人間」之外的一個除不盡的單數，是與複數的你們（「我們」）劃開來的一個「他」。被正常社會拋棄的「我」，獲得了一個真正殘酷的觀照人生命運的角度，內心有了前所未有的清醒。作為一個個我象徵體的「瘋狗」，既有控訴，也有決絕的「自戕」和反諷，詩人為它內部注入了多層次的複雜命意和盤詰。詩中一個個駭人地層層推進著的有如煉獄火焰的漩渦，在痛苦地嚙咬著，但火焰的核心卻是一派白熱的靜止式的清醒：「我還不如一條瘋狗／狗急它能跳出牆院／而我只能默默地忍受／我比瘋狗有更多的辛酸／／假如我真的成條瘋狗／就能掙脫這無情的鎖鏈／那麼我將毫不遲疑地／放棄所謂神聖的人權」。在人的基本權利被剝奪殆盡後，於最孤寂又最緊張扭動的神經裏，詩人既看穿了那些藉「人權」之名所犯下的體制化罪孽，同時也質詢或提醒了那些帶有「精英」等級觀念的人們，對人權的天真漢式的歡呼。

詩人「瘋了」，但是，還有比這種「瘋」更為清醒的意識麼？「瘋狗」，比魯迅《狂人日記》中的狂人更瘋狂。因為狂人的言行不只是不被人們所接受，因為他「瘋」了；而且也不被狂人自己所接受，他也把這言行當作了在自己患病瘋狂時所為，所以他「然以早愈，赴某地候補」官職去了。我認為，對這部作品，魯迅先生更深的憂憤其實一直並未被人們解讀出來。食指的瘋狗卻是沒有也不屑於「早愈」、「候補」的形象，他所體現的決絕更為撼動人心。福柯說：「應該撰寫這另一種瘋狂的歷史——由於這種瘋狂，人們在監禁他們鄰人的至高理性的活動中，通過非瘋狂的無情的語言相互交流、相互確認；應該重新經歷這種陰謀在真理王國中被最終確立以及被反抗的激情喚醒之前的時刻。」[14]在此，癲狂成為所謂「正常」的一面鏡子，它折射出後者隨濁流而揚波的庸人本質——「瘋了就可以面對命運」，詩人這句話是以高昂的代價做背景的。

很自然地人們會產生習慣性聯想，將詩人食指的精神分裂症與人類精神史、藝術史上的尼采、荷爾德林（Friedrich Hölderlin）、凡高、陀斯妥也夫斯基、普拉斯……等整合到一條系譜中。但是面對食指文本，用不著深入細辨，我們會發現它們有極大的差異。這差異體現在，食指詩歌，從表意到抒情，從語象到結構，都呈現出極為清晰甚至極為理智的特徵。此期間的代表性作品《歸宿》、《熱愛生命》、《靈魂之二》、《憤怒》、《我的心》、《向青春告別》、《受傷的心靈》、《在精神病院》、《人生舞臺》（組詩）如此等等，大多甚至堪稱是更有著對世態炎涼，人情冷暖洞透的敏識力，和「化苦難的生命為藝術的神奇」的心智自明。

由於創作生命的短促
詩人的命運凶吉難卜
為迎接靈感危機的挑戰
我不怕有更高的代價付出

優雅的舉止和貧寒的窘迫
曾給了我不少難言的痛楚
但終於我詩行方陣的大軍
跨越了精神死亡的峽谷

14 《福柯集》，上海遠東出版社，2003 年，第 1 頁。

埋葬弱者靈魂的墳墓
絕對不是我的歸宿

一片雜草叢生的荒墳
墳頭僅僅是幾抔黃土
這就是我祖輩的陵園
長年也無人看管守護

活著的時候備嘗艱辛
就連死後也如此淒苦
我激動地熱淚奪眶而出
一陣風帶來了奶奶的叮囑

「人生一世，草木一秋
孩子，這是你最後的歸宿」

——《歸宿》

寫這首詩時，詩人已 43 歲。我們會感到，這裏的情感較其青年時代，變得更為滄桑、深致、明澈了。此詩的情感有一種複調特徵：靈魂的清醒、堅韌、高傲，與扼腕低徊緊緊糾葛在一起，它是生命的歌吟，是對詩人使命和人生宿命的雙重呈現。

此詩前三節境界沉鬱而慷慨，詩人在付出了精神和肉體的高代價後，得以在詩的峰巔高傲地坦然相陳：「終於我詩行方陣的大軍／跨越了精神死亡的峽谷／／埋葬弱者靈魂的墳墓／絕對不是我的歸宿」。而後三節，境界蒼涼蕭瑟，詩人要處理的是與「精神死亡」相應的肉體生命主題。換句話說，在這裏，樸素的「人生一世，草木一秋」第一次警醒和震動了我們，滿含著對肉體生命之輕的綿長浩歎。這兩種彼此相應又盤詰的意向，使此詩的語境變得又悽楚又堅韌，它們相互滲入，難以剝離，共時鳴響。那麼，此詩命名為「歸宿」，就顯得更為發人深省了。從結構上看，這首詩是可以旋轉的、倒置的。肉體終有一死──→精神跨越死亡，是一種讀法；精神跨越死亡──→肉體終有一死，是另一種讀法。但我認為，這兩種讀法都減弱了此詩更豐富的含義。我傾向於認為，「複調」的詩歌不是單維直線的，而是均衡地雙向拓展，永不休歇的自我對話。我們應保留住兩個聲部，不放棄任何一個。詩人是要保持生命與精神以「問題」的形式存在，而不是以一個強力的聲部壓抑或彌合另一個聲部。你可以在這首詩中找到你心儀的一個答案，但那些有閱歷的誠樸的人們，寧願和食指一樣長久地探詢這些彼此纏繞的「問題」。這是更高量級的體悟。食指就是這樣一個罕見的誠實痛苦的詩人。

上世紀 90 年代末至今，可視為食指詩歌創作的第三個階段。世紀初，食指走出精神病福利院，並較多地參加了一些詩歌社會活動。從精神和身體狀態上看，歷經痛苦磨難的詩人，終於接近甚至抵達了較為平靜明亮的港灣。「行到水窮出，坐看雲起時」，他的詩歌創作境界更為開曠，意象更為簡勁清明，語調在一如既往的沉鬱頓挫中，顯得更為自如了。

這個階段，詩人處理的題材集中在由個人命運引發的對時代命運的感悟，對新的歷史語境下的義／利之辨，詩人的使命意識，詩歌寫作在拯救和挽留人文精神上的功能，以及對往事的回憶，對孤獨、衰老的哲思。其中，這些詩作更能引起我們深切的共鳴：《生涯的午後》、《解凍的心潮》、《冬日的陽光》、《相聚》、《詩人命苦》、《我的夢》、《啊，尼采》、《我的祖國》、《雨夜》、《暴風雪》、《世紀末的中國詩人》、《青春逝去不復返》、《當你老了》、《給北島》。這些詩作，保持了清凌凌的個人心靈「詞源」，有如飛機躍出亂雲飛渡後上升至澄明無蔽的第二層高空，在沉思默吟和情懷寥廓之間達成了更可人的平衡。但詩人對當下生存狀態的敏感性並未因此降低，升高使詩人有機會重新觀照「大地」的狀貌。如果說食指早期詩歌是對同代人傾訴，中期詩作是痛苦的對命運的追問的話，那麼近期詩作則是自言自語和對為數不多的心氣相投的友人吟述衷腸。

在他的後期詩中，固執地旋繞著的這類質詢，尤其令人沉思：我們曾信仰過虛妄的理想，結果得到的是幻滅。但幻滅本身卻成為我們持久的基本「信仰」了，這同樣是很可怕的事。在無法自由寫作的年代，我們曾冒險捍衛著小小的「自由」，可在很大程度上能夠自由言說的時代，我們卻又輕薄甚至是滑稽地揮霍著自由，自由在此經歷了悲劇和喜劇的兩次嘲弄。「七分的聰明被用於圓滑的處世／終於導致名利姦汙了童貞／掙到了舒適不覺得缺少點什麼／是因為喪失了靈魂。別了，青春」(《向青春告別》)。大起大落的危難度過了，但真正嚴峻又「柔和」的精神考驗也許才剛剛開始。當拜金和權力媾和，欣快症和麻木不仁混而難辨的時代來臨時，詩歌應當繼續挺身而出，盡到它「立體地冒煙燃燒的良心」的本分。

生就了一副建安風骨
是吃苦耐勞的靈氣書生
腳踏黃土，學貫中西
幾千年血緣渾然天成

年輕時付出十分慘重的代價
到中年做出難以想像的犧牲
誰知又遇上一場前所未有的
私欲和利己大作的暴雨狂風

那就讓該熄滅的成為灰燼
該被吹散的不必留蹤影——
而我卻在貧寒中苦苦地
精心守護著藝術的火種

添加些我們無用的屍骨做乾柴
經寒冬的狂風一吹便大火熊熊

在物欲漫天的冬夜火焰被吹得
像民族精神的旗幟迎風抖動

化苦難的生活為藝術的神奇
淨化被金錢異化的魂靈
如此，我便沒有虛度
自幼追求藝術的一生

——《世紀末的中國詩人》

食指骨子裏本是謙抑柔和的詩人，「經過人世時／我腳步放得很輕」(《靈魂之二》)，他從不自詡為佔據道德優勢而對人們進行訓誡指斥，更不會什麼「引路」。因此，這首詩（包括其他類似作品）雖取名為「世紀末的中國詩人」，但其實並非是對世紀末中國詩人的命名，毋寧說詩中緘默或省略掉的部分，令詩人們感到慚愧。食指所吟述的是詩人「應然」的狀態，而非「已然」的事實。同時，他更多是在自勉。我認為，這類作品之引起詩壇關注，主要原因可能不在於它們本身的思想深度和藝術質地，而是食指作為中國詩壇的特殊的超級符號，所引發的深廣含義：我們無法不從詩人「傳記」視角，個人寫作史連續文脈視角，特別是他真正做到的「知行合一」的道義承擔視角，來解讀這些作品。這輛從天寒地凍的年代跋涉過來的巨大的獨輪車，已清醒地意識到自己又面對欲望膨脹、精神委頓的時代沼澤地，看到國人「真是萬幸，終於逃脫了／獵槍鳥銃的槍口和準星／寒風裡不由得一陣抖擻／因飢餓又本能地去尋找血腥。」(《我的祖國》）但詩人的心還是那顆心，仍有著持之以恆的深度和韌度，因此他能夠驕傲地說：「孤獨地跋涉人生旅途／看透紅塵才略有所悟／詩人命苦，當夜深人靜／地下天上才辟條大路／／一陣恍惚如青雲平步／有流星劃過似走筆不俗／不虛度此生，有白紙黑字——／驚人之作，我一筆呼出！」(《詩人命苦》)。

四

毋庸諱言，從整體的中國新詩發展史上看，食指的詩在具體藝術形式和話語構成上，沒有更多開創之處。特別是在出現了象徵派、新月派、現代派、七月派和九葉詩群，及不屬於某流派的大詩人如艾青、馮至等人之後，中國新詩的各類基本形式已被本土讀者所接受，要想在這種既成格局中別開生面地創造出個人形式的陌生感，是很困難的。早在 1935 年，朱自清就敏感地說過：「若要強立名目，這十年來的詩壇就不妨分為三派：自由詩派、格律詩派，象徵詩派。」[15]這種劃分乍一看有明顯不妥，它混淆了詩歌體式和詩歌情調、修辭基礎等不同的指認範疇。比如，象徵派同樣可採用自由體或新格律體形式，反之亦然。但這種「不妥」，卻反映了朱自清先生過人的敏感和理論勇氣，他意在強調後二者作為「異軍」，在詩壇上突起的意義。從這三條線索上考察，食指當屬於其中的「新格律」一脈，兼以某種程度的後期浪漫主義和早期象徵派措辭方式。因此，食指的詩在藝術表現方式上，確乎沒有更多「陌生」「奇崛」之處。

然而，形式的奇崛並不是衡估詩歌價值的主要標準，更不是唯一標準。關鍵是詩人在熟稔的體式中是否獨特地表達了個人的情感經驗？這種表達是否完整和完美？是削足適履還是恰倒好處？尤為重要的是，在新格律體的運用中詩人是否有獨特的語象構成方式？正是在這些意義上，我們依然會被食指詩歌所打動，他的確找到了適切於自己的表達形式，達成了很高程度的音義協合；並在嚴飭的聲音模式中，經營著自己獨特的措辭技藝環節。

食指的老師是何其芳。何其芳的詩既有現代詩揭示生命經驗的勁道，又不乏中華古典詩歌的內在韻致。何其芳當年在輔導食指時說，「詩是『窗含西嶺千秋雪』，得有個窗子，有個形式，從窗子裏看過去。」[16]這個極為形象化的寫作理念，對食指有重大影響。「窗子」，是意味深長的，它不僅涉及

---

[15] 朱自清：《中國新文學大系・詩集導言》，《中國現代文論選》，貴州人民出版社，1982 年，第 158 頁。

[16] 轉引自崔衛平：《郭路生》，《積極生活》，中國人民大學出版社，2003 年，第 54 頁。

到詩歌的聲韻與視覺「建築型式」，還涉及到詩歌在提煉語象、構造境界時的藝術自律或自覺。前一問題容後討論，先讓我們看看食指詩歌的語象和境界。

「窗子」，像是詩歌的取景框，它使詩人表達的情感經驗更具體更明快更強烈。它刪除了平面羅列的散逸，使詩歌之魂凝聚於情感、智性、物象融合為一體的意象中。前面我們已引述過食指幾首詩，它們均具有這樣的優長。無庸刻意尋找，再請讀我信筆摘下的食指詩句：

為什麼懸垂的星斗眼淚一樣晶瑩？
難道黑夜之中也有真摯的友情？
但為什麼還沒有等到魚兒得到暗示
黎明的手指就摘落滿天慌亂的寒星？

——《魚兒三部曲》

燃起的香煙中飄出過未來的幻夢
藍色的雲霧裏掙扎過希望的黎明
而如今這煙縷卻成了我心頭的愁緒
匯出了低沉的含雨未落的雲層

——《煙》

假如深夜是我的滿頭黑髮
那麼月色便是我一臉倦容
沙沙低響的樹叢是我的腳步
晚風便是我漂泊不定的行蹤

——《靈魂之二》

不得已，我敞開自己的心胸
讓你們看看這受傷的心靈——

上面到處是磕開的酒瓶蓋
和戳滅煙頭時留下的疤痕

——《受傷的心靈》

眼前漆黑，只聞大雨瓢潑
偶有閃電劃過照亮山河
才見地上的一切都鍍層水銀——
想像得出是幅極精彩的水墨

那如低音背景的一片茫茫
那咫尺之前房檐下清脆的聲響
那夜幕，那靜，那冷冷清清，無疑
是一首最易帶人入境的樂章

——《雨夜》

你是否感受到了冬日的陽光
我可早已嗅到了她的芬芳
在經烘烤變暖的新鮮空氣裏
在吸足了陽光後略帶糊味兒的衣被上

——《冬日的陽光》

我們看到，無論是早期還是晚近，食指詩歌都極為重視意象的營造。從上面信手摘下的詩人不同時期的詩句看，它們像是一個小小的窗口，但卻能鮮活而集中地暗示著詩人內心的全息圖景。它們鋒利而具體，有著強烈的質感和溫度，成為既有瞬間感受又有綿長的本真身世感，和獨特內涵的個人「心象」。食指的主要心思之一，就是對個人心象的苦苦尋求、提煉，以使它們在瞬間突入內在生命，而不被共性的陳述性語言所稀釋。他說，「存在心裏的東西，需要你找到一個形式把它們透露出來。給它找到一個形象，為感覺尋找一個形象。形象能說明好多感情，能深刻地表現自己的感覺。」[17]詩人不求險怪，但依然成功地在素樸的言辭中，呈現出個人化的心靈紋理。食指詩歌將後期浪漫主義的深度抒情和早期意象－象徵主義的暗示性，化若無痕地融為一體，並能植根於中國現實的土壤和民族詩歌追求完整「意境」的趣味。在情與理、形與神、明朗與含蓄、限制與自由、單純感與包容力之間，達成了很好的平衡。這使得他當時的作品，在調整與普通讀者接受的距離上，佔取了最恰當的節點。當然，也同時帶來了這些作品更尖新的藝術原創感和激發力的不足。對此，洪子誠先生的評說是中肯的：「他的寫作的貢獻，主要是在個體經驗發現的基礎上，對當時詩歌語言系統的某種程度的背離。這一點，對後來革新者有重要的啟示。」[18]

上文已談到，食指詩歌屬於新詩發展史上的「新格律體」系譜，從開始寫作一直到今天，可以說他從未曾離開這一系譜。批評家崔衛平在談到食指詩歌的形式特徵時，將它與詩人的人生態度、藝術態度聯繫起來評價：「在一個是非曲直顛倒的年代裏，郭路生表現了一種罕見的忠直——對詩歌的忠直。在任何情況下，他從來不敢忘懷詩歌形式的要求，始終不逾出詩歌作為一門藝術所允許的限度。換句話說，即使生活本身是混亂的、分裂的，詩歌也要創造出和諧的形式，將那些原來是刺耳的、兇猛的東西制服；即使生活本身是扭曲的、晦澀的，詩歌也要提供堅固優美的秩序，使人們苦悶壓抑的精神得到支撐和依託；即使生活本身是醜惡的、痛苦的，詩歌最終仍將是美的，給人以美感和向上的力量的。」[19]這的確是很有說服力的角度之一。而張清華則從另一角度談到食指的新格律體在閱讀時激發歷史記憶的特殊功效：「看起來是用某種『陳舊』的形式創造了一個奇蹟……，不可能有第二個食指，也就是說，不可能會再有一個用食指那樣的詩體寫作、並與食指獲得同樣的成功的詩人，因為食指屬於『唯一』，是『一次性生存（或寫作）』的詩人。他的抒情方式的統一性與根源性立足於逝去年代的背景。也就是

---

17 《沉淪的聖殿》，第 90 頁。

18 洪子誠、劉登翰：《中國當代新詩史》，北京大學出版社，2005 年，第 183 頁。

19 崔衛平：《積極生活》，中國人民大學出版社，2003 年，第 52 頁。

說，今天詩體的變化是必然的，但食指卻可以寫作在這個『今天的詩體』之外，因為他整個地屬於昨天，他是昨天延伸至今天的一個講述者，而忠於昨天的詩體就是忠於他對昨天的記憶和思考。」[20]論者在對食指新格律詩的評價中，注意限定了特殊的論域或語境，是準確求實的。

對聞一多、何其芳、林庚、卞之琳等前輩詩人的「新格律」理論及創作實踐，我們已很熟悉，這裏似乎用不著對食指詩歌的新格律形式再多加分析。食指的大量詩作，基本是四行一節，各行「音尺」或「頓」數均齊，韻腳大多依循 AABA 式一韻到底。這樣舒放有致的聲音模式，的確與他所表述的深致沉鬱的心靈體驗達成了忻合無間。其早期詩作我們已耳熟能詳，請看詩人新世紀初年寫出的《生涯的午後》一詩，依然流貫著自創作之初就充滿個性的那口「長氣」——

冬日的太陽已緩緩西沉
但溫暖如舊，更加宜人
有生涯午後成就的輝煌
誰去想半生的勤奮和鬱悶

冬日的斜陽還那麼斯斯文文
天邊已漸漸湧上厚厚的陰雲
註定又有一場冷酷的暴風雪
在我命運不遠的前方降臨

別了，灑滿陽光的童年
別了，陰暗的暴風雨的青春
如今已到了在燈紅酒綠中
死死地堅守住清貧的年份

[20] 張清華：《從精神分裂的方向看》，《當代作家評論》2001．4

自甘淡泊，耐得住寂寞
苦苦不懈地紙筆耕耘
收穫了豐富的精神食糧後
荒野上留下個詩人的孤墳

但現在這顆心還沒有死
也不是我的最後的呻吟
這不就是生涯的午後嗎？
還遠遠不到日落的時辰！

這樣的詩句，不僅作用於我們的聽覺，也作用於我們的生命律動。他說，「我的音步比較整齊，也比較長。對生命起伏的體驗只有在節拍比較長、起伏比較大時才能表達。比較長、比較複雜，老是那麼高，誰受得了？沒有低沉下來的東西，沒有痛苦、沉思，也不真實。詩要寫得像宗白華說的『新詩要像古典詩那麼美』，這才叫中國詩。」[21]可見，新格律體在食指這裏，不僅僅是手段，還有運載特定情感，與古典詩歌秘響旁通，以及借聲韻以激發聯想的功能。正如林莽先生所言：「他以嚴謹的形式、真實的情感、朗朗上口的音韻、鮮明而準確的意象與象徵，完成了一首首自由的新格律體詩作。食指的作品基本上遵從了四行一節，在輕重音不斷變化中求得感人效果的傳統方式，以語言的時間藝術，與中國畫式的空間藝術相結合，實現了他所反覆講述的『我的詩是一面窗戶，是窗含西嶺千秋雪』的藝術追求。」[22]

詩人食指，這輛穿越冰雪和沼澤地的巨大獨輪車，至今仍跋涉不輟。它的好木材已逾越了季節的轉換，它粗大的鐵車釘仍攜帶著鐵砧和火焰的呼叫。他寫詩是為了認識心靈，為了使冰雪和泥土發出回聲……

---

21 《沉淪的聖殿》，第 93 頁。
22 林莽：《食指論》，《食指卷》，作家出版社，1998 年，第 10 頁。

第九章　讓詩與真互贈沉重的尊嚴
——北島詩歌論

一

1992 年，我在《〈今天〉詩人概說》一文中，曾這樣談及北島：「北島是朦朧詩的首席人物。80 年代初他的一些作品被廣泛爭議。對其詩歌的細讀和闡釋，每每使敏感的社會歷史問題一觸即發。北島的詩以其冷峻的懷疑主義和不妥協的批判精神，深刻的悲劇風格與荒誕感的扭結，精審的措辭和獨立的要點，既使思想上比較開明的知識份子又使庸眾和權力主義者震驚。雖然作者著力在詩歌形式上向『純粹的詩』銳意進取，但他巨大的人格形象給讀者造成的閱讀期待，還是在社會批判方面。北島成為被不同時期的詩學家作為參照物的存在。眼下複雜的社會壓力，迫使人們難以將他還原成一位純粹的詩人來論述。這是歷史壓迫造成的遺憾」[1]。

十多年匆匆而過，關於北島詩歌的普遍接受狀況實際上並未得到明顯改變。無論是激賞北島者還是怨懟北島者，他們的關注點卻有極大的一致之處即「政治」視點。當然，北島早期（上世紀 60 至 70 年代）的某幾首詩不可能沒有「政治」，但它們決不是平均理解力中的簡單的「對抗」。在文革那樣

[1] 此文先後收入拙作《生命詩學論稿》、《打開詩的漂流瓶》，第 253 頁，287 頁，河北教育出版社，1994 年，2003 年。二書相距十年，而言說無須改動，可作為北島詩歌接受狀況被「標籤」化的有力旁證。

一個高度政治化的社會中，詩人堅持人道的立場，以真實的心靈感受去言說，他就自然地站到了戳穿極權政治謊言的一邊。這不是狹隘的「政治詩」，與此前的「X 小組」、「太陽縱隊」詩人一樣，北島作品也恰好因為要表達人性和藝術的自由，而與當時的體制正相反對，它們是被閱讀「逼」成狹隘的政治詩的。其實北島早在 1978 年秋就明確持有純藝術立場：「所謂純，就是不直接涉及政治，當然不涉及是不可能的……政治畢竟是過眼雲煙，只有藝術才是永恆的。……應該扎扎實實多做些提高人民鑒賞力和加深對自由精神理解的工作」[2]。所謂「不可能」，即道出了對強制性語境扭曲的無奈。但「永恆」的畢竟是藝術本身，重要的畢竟是「提高鑒賞力」，和捍衛人的「自由精神」。這才是一個詩人主要的真實想法。

北島，原名趙振開（1949・8-），生於北京，文革初期畢業於北京男四中，1969 年入北京第六建築公司做建築工人，其間閱讀了大量「黃皮書」、「灰皮書」。1972 年開始現代詩寫作（此前曾迷戀於舊體詩創作），並與芒克、多多、彭剛、馬佳等詩人交流詩藝。1978 年上半年，北島、芒克各列印出一本個人詩集（北島《陌生的海灘》，芒克《心事》），在北京先鋒詩人圈子交流。1978 年秋，開始與芒克、黃銳一起醞釀創辦一份民間文學刊物，1978 年 12 月 23 日《今天》雜誌創刊，北島任主編。《今天》存在了整整兩年，1980 年 12 月被「勒令停刊」，它一共出版了九期正刊，另有三期文學資料。此後，北島曾在幾家雜誌社做過編輯工作，80 年代末移居國外後恢復《今天》雜誌，任主編。詩人 1993 年之後正式於美國定居，後被選為美國藝術文學院終身榮譽院士。寫作與翻譯工作之餘，北島還在威斯康辛州的 Beloit College 當駐校詩人並教授詩歌寫作課。現任香港中文大學教授。北島在海內外出版詩集、隨筆集數十種。北島曾先後獲得過瑞典筆會文學獎，美國西部筆會中心自由寫作獎，阿格那國際詩歌獎，古根海姆獎學金等。

北島、芒克等對中國當代文學的重要貢獻不僅在他們的詩歌，還有 1978 年民刊《今天》的創辦。這份民間刊物，具有重大的歷史意義。當時正是主

---

[2] 轉引自李潤霞：《文革後民刊與新時期詩歌運動》，載《新詩評論》2006・1，第 109 頁。

流意識形態勉力修復斷裂鏈條的年代，「傷痕文學」、「歸來者」文學就是它的「修復」的順手言說。但對那些敏感的青年讀者來說，二者均缺乏基本的說服力。內「傷」何在？「歸來」到哪？對這些問題，它們言殊緘默、也無力回答。「及時趕到」的《今天》則提供了另一種言說及其方式，它不但更新了一代人的情感，而且更重要的是激發了那些感到生存困境，而沒有與之相應或對稱的表述語言來恰當言述的敏感青年，使他們學會了怎樣為具體歷史語境中產生的「自我意識」命名。《今天》是從對奧威爾意義上的「新話詞典」的反思、背叛開始的，從改變語言的角度改善生存，使被集約性體制所僵硬化、減縮化、粗鄙化、非人性化的現代漢語，恢復其與人性文明，與心靈，與自然的真實接觸，同時使漢語審美語言恢復其「混茫不封」的鮮潤元氣。

批評家一平認為，「在中國特殊的背景下，其顛覆了權力對語言的操縱，恢復了漢語的人文情態和詩歌語言。……如果說中國曾一度中斷了人文精神傳統，北島和《今天》則是其一個文學上的連接和復生，當然很微弱，但事實上他們起到了這個作用。」[3]。這裏，批評家對《今天》價值的指認，是從改變「語言」──「語言是和生存一起到來的」，「語言是存在之家」意義上的語言（海德格爾語）──入手的，而不是著眼於「政治」，因此他觸及到了問題的根本。同樣，詩人楊小濱也說：「『今天派』曾經標誌著文學的官方模式失控和自律的文學意識萌動的開端。無論如何，這個被俗稱為朦朧詩派的鬆散團體對主流意識形態的叛離從來就不是直接對抗的。對抗的訊息只有融合在挑戰的美學形式裏才構成了早期『今天』的面貌」[4]。

儘管時至今日關於北島詩歌的公眾接受狀況，實際上並未得到明顯改變，但這絕不意味著我們就應該屈從於這種狀況。屈從於非藝術的「強誤讀」，不僅對詩人北島是不公正的，特別是對詩歌這一古老而常新的藝術形式更是一種輕慢。我們誰都沒有這種權力。因此，從北島詩歌作為對人的自由精神和困境的展示，作為對漢語言內在奧秘的探詢，作為對詩歌藝術形式

---

[3] 一平：《孤立之境》，載《詩探索》2003 年 3-4 輯。

[4] 楊小濱：《今天的「今天派」詩歌》，《從最小的可能性開始》，第 348 頁，人民文學出版社，2000 年。

的探索……如此等等的角度來論述，恰如其分地將北島「還原」為一個詩人，是今天應做的儘管已是嚴重「遲到」的工作。偏見和遮蔽的程度如此之深重，是與「正名」的困難程度成正比的。北島是詩人，他試圖經由對話語魔力的摸索，讓「詩與真」互贈沉重的尊嚴——對這個樸素而真實的前提的不明確，會導致一系列不明確。

二

北島的詩作，從總體風格到話語構成的技藝環節，甚至是意蘊旨趣上，都呈現出扎實的漸變特點，而非鮮明的大面積轉型。他一直是一個「有方向寫作」的詩人。概括地說，其話語修辭型式屬於象徵主義—意象主義—超現實主義系譜；其詩歌意蘊，則始終圍繞著人的存在，人的自由，人的現實、歷史和文化境遇，人的宿命，人對有限生命的超越，以及詩人與語言藝術的複雜關係……等方面展開。他的詩中持續表現出的孤獨感、焦慮感、荒誕感、悲劇感，他的懷疑和批判精神，都應在對「人」和「語言」的關注這個層面上得到解釋。而且，北島詩中的「人」，首先是具體歷史語境中個體存在的人。由於詩人將個體存在的歷史語境揭示得如此真切，他同時也就引發了我們對「類群的人」的思考。只有看到個體主體性這一出發點與歸宿，我們才能將北島詩歌中的個體自由實踐精神，與那些作為某個融合集團、誓願集團、章程集團、制度集團的「代言人」的詩歌區分開來。因此，即使是在讚美的意義上，以往詩歌理論界僅將北島定義為啟蒙主義「總體話語」發佈者式的詩人，也是不準確的。

關於北島詩歌的分期，批評界一般將之分為兩期：國內部分和 80 年代末至今去國後的作品。這樣的劃分並非單純是出於方便，而是由北島詩歌在題材上的一些變化決定的。但是，我們還應注意兩點：其一是變中的不變因素（穩定性）；其二是由批評家一平所提示的，北島前期詩歌又應以 1980 年為界，可分為「地下」和「獲得文壇承認」兩個階段。

對具體歷史語境中個體主體性的關注，是北島早期詩歌的基點。「個體主體性」不是簡單的「表現自我」。這裏，個體和主體是兩個相互打開的因素，缺乏主體性的個體只是某種微不足道的自我中心；而缺少個體的主體性，則是空洞無謂的主體性。這個概念，既強調了詩人個體獨特的生命經驗和創造才能，又涉及了對「人是世界主體」這一廣義的人文精神的承續和包容。北島那首著名的《回答》，初稿寫於 1973 年 3 月 15 日，其手稿被友人保留至今，它原題為《告訴你吧，世界》:「卑鄙是卑鄙者的護心鏡／高尚是高尚人的墓誌銘／在這瘋狂瘋狂的世界裏／這就是聖經／／冰川紀過去了／為什麼到處都是冰凌／好望角已經發現／為什麼死海裏千帆相競／／哼，告訴你吧，世界／我——不——相——信！／／也許你腳下有一千個挑戰者／那就把我算作第一千零一名！／／我不相信天是藍的／我不相信雷的回聲／我不相信夢是假的／我不相信影子無形／／我憎惡卑鄙，也不稀罕高尚／瘋狂既然不容沉靜／我會說：我不想殺人／請記住：但我有刀柄」[5]。我們可以看出，詩人對瘋狂時代的懷疑、反抗，是從個體存在出發的。而且詩中的「我」，是一個回到內心並維護個人尊嚴的人，「我憎惡卑鄙，也不稀罕高尚」，這是普通人的聲音，既要保持內心的清醒，又不願去做高尚的「獻身」者。1976 年 4 月發生「天安門事件」，詩人在內心的哀慟和義憤中，修改了此詩，即為我們後來見到的《回答》定稿。這首詩於 1979 年《詩刊》3 月號發出，引起巨大的關注和激賞。詩人所做的改動，明顯增強了詩的社會批判色彩而淡化了個人色彩。這個「定稿」(「卑鄙是卑鄙者的通行證／高尚是高尚者的墓誌銘／看吧，在那鍍金的天空中／飄滿了死者彎曲的倒影……」)，人們都熟悉，這裏不再引述。從震撼力和藝術的完整上看，它超過了初稿。然而多年後，北島如此評說這個定稿：「現在如果有人向我提起《回答》，我會覺得慚愧，我對那類的詩基本持否定態度。在某種意義上，它是官方話語的一種回聲。多是高音調的，用很大的詞，帶有語言的暴力傾向」[6]。筆者認為，初稿和發表稿都各有價值，各有打動人心的角度。但使

5　齊簡：《詩的往事》，載《今天》1994・2 期，第 197 頁，牛津大學出版社，1994 年。
6　北島：《熱愛自由與平靜》，載《中國詩人》2003・2。

詩人無奈的是，恰好後者才最廣為人知，為詩人贏得了巨大的名聲，同時讀者也將詩人僅僅定格為社會性的「道義戰士」。這種因「成名作」而「廢掉」整體詩作的現象，也是詩歌史在接受方面的「宿疾」了。其實，北島一直在警惕著單一的「承擔者」視點，在同樣廣為人知的《結局或開始》（寫於 1975 年）中，詩人寫道：「必須承認／在死亡白色的寒光中／我，戰慄了……／我是人／我需要愛／我渴望在情人的眼睛裏／度過每個寧靜的黃昏／在搖籃的晃動中／等待兒子第一聲呼喚／在草地和落葉上／在每一道真摯的目光上／我寫下生活的詩／這普普通通的願望／如今成了做人的全部代價／／一生中／我曾多次撒謊／卻始終誠實地遵守著／一個兒時的諾言／因此，那與孩子的心／不能相容的世界／再也沒有饒恕過我」。詩人反覆申說的是做一個有尊嚴的普通人的願望，這種最基本的正常的願望，在一個非正常的年代，卻會使人付出很高代價。

是的，「所謂純，就是不直接涉及政治，當然不涉及是不可能的……政治畢竟是過眼雲煙，只有藝術才是永恆的。」詩歌之「純」，應是指其特殊的話語方式，而決非指詩歌素材上的潔癖。詩歌作為對生存／生命和語言奧秘的探詢，在素材上天然地應具有更大的包容性和吸收轉化功能。筆者認為，像其他素材一樣，「政治」也是與我們的生存和話語世界（甚至深入到包括口語、俗語、流行語）密切相關的「現實」，是詩人寫作中歷史想像力及語言批判的重要義項，「不涉及是不可能的」。關鍵是在具體處理上，應削平話語等級制度，將其視為日常材料之一，而不是被它垂直或反向支配。詩歌永遠只是詩歌，即使它涉及到政治，也不是意識形態「站隊」，它的視點只是藝術視點，人性的視點。通過對以上兩首詩的簡單分析，我們也能看出，北島早期詩歌即使是涉及到政治性的個別篇什，其言說基點也是個體主體性的人道、人性內涵。然而，更值得指出的是，個別作品的政治性代表不了北島早期作品的基本狀貌。我認為，就詩歌本身而言，更能體現北島前期作品特性的是大量的有關個體生命生存經驗的詩，以及歷史生存記憶的詩。它們寫於上世紀 70 年代初至 80 年代末期，比如《日子》、《一切》、《迷途》、《履歷》、《船票》、《同謀》、《彗星》、《觸電》、《走向冬天》、《自昨天起》、《青年詩人的肖像》、《白日夢》、《古寺》……等等。

在這些詩中，我們看到的是更為本真的詩人北島。這些作品是對孤獨、異化、絕望、荒誕、自審、自由等「人」的存在命題的訴說。在我眼裏，詩人不是天真的理想主義者，而主要是耽於自我體驗、自我分析的存在主義者。這與他早年對薩特的閱讀關係很大。按照存在主義代表海德格爾和薩特的說法，純然的「個人」是不存在的，「此在」總是置於某種社會境況中。由於個體的存在不可避免地同時是與「他人」、「社會」的「共在」，這些表達個體經驗的詩，自然也指向了對異化現實和個我的雙重的懷疑、反思和批判。北島這類詩中最令我們震動的就是這種「雙重的」懷疑、反思和批判——

我曾和一個無形的人
握手，一聲慘叫
我的手被燙傷
留下了烙印
當我和那些有形的人
握手，一聲慘叫
他們的手被燙傷
留下了烙印
我不敢再和別人握手
總是把手藏在背後
可當我祈禱
上蒼，雙手合十
一聲慘叫
在我的內心深處
留下了烙印

——《觸電》

這首詩寫於上世紀 80 年代初，文革剛剛結束，詩人以「觸電」作為整體隱喻和象徵，尖銳而準確地反思和命名了一個異化的時代。在生存中，人與人之間是相互「電擊」的猜忌與仇恨關係，所謂「無形的人」既是意識形態的指令，又是極言當時接受這種瘋狂的人們的滿布無邊，是當時一切「人們／共在」的境遇，這個層面無須筆者細加分析。但詩人馬上將此導入自審和懺悔層面，「當我和那些有形的人／握手，一聲慘叫／他們的手被燙傷／留下了烙印」。曾受到多次「電擊」的自己，是否就是無辜的呢？詩人認為完全不是。「我」也曾燙傷過別人。所謂「有形的人」，意謂「我」傷害過的具體的人，「我」能記得，「我」向上蒼懺悔、祈禱。「我」既怕傷害別人，又怕被人所傷，遂回到獨善其身，「把手藏在背後」，但是，受虐和施虐的記憶，恆久的懺悔、反思，已牢牢地烙入「我」心，「當我祈禱上蒼／雙手合十／一聲慘叫／在我的內心深處／留下了烙印」。詩人成為煉獄中的詩歌的西西弗，一生都在推動著這塊雙重反思、批判的苦難的巨石。這裏加入的自審的聲部，是北島與當時流行的「傷痕文學」根本的不同之處，後者只是自詡為佔有清潔無辜的道義制高點，來對文革歲月進行控訴，而北島則進一步反思：「那群剛出世的餓狼／它們從生死線上一個個逃離／山峰聳動著，也傳遞了我的嚎叫／我們一起圍困農場」（《輓歌》）。

同樣寫於上世紀 80 年代初的《履歷》，也是對文革時代雙重反思的產物。詩人表達的是單數第一人稱的「我」，人生開始之路和思想的發生，以及變化的「履歷」，同時也引發了我們對一代人中的覺悟者之「履歷」的認識：「我曾正步走過廣場／剃光腦袋／為了更好地尋找太陽／卻在瘋狂的季節／轉了向，隔著柵欄／會見那些表情冷漠的山羊／直到從鹽鹼地似的／白紙上看見理想／我弓起了脊背／自以為找到表達真理的／唯一方式，如同／烘烤著的魚夢見海洋／萬歲，我只他媽喊了一聲／鬍子就長出來／糾纏著，像無數個世紀」……

詩中的「我」，曾是一個蒙昧的人。「正步」暗示著思想的僵硬、單一、機械，「剃光腦袋」，以幫夥式的「剃頭宣誓」儀式，喻指製造恐怖的「嚴肅性」。而「我」的蒙昧卻是「為了更好地尋找太陽」，為了追求光明和理想。但「我」不久發現，「我」見到的不是「太陽」，而只是「隔著柵欄會見那些表情冷漠的山羊」；我找到的更不是光明和理想，而是「從鹽鹼地似的白紙上看見理想」。此外，「我」表面上正步昂首的身姿，實際上卻是「弓起脊背」卑屈地山呼「萬歲」。總之，是「在瘋狂的季節轉了向」。詩人在「萬歲」聲中漸漸覺悟，這種生存狀態與已逝的「無數個世紀」的人們沒什麼區別，「我」長出的「鬍子」與無數世紀的衰朽的鬍子出於同一根柢！像魯迅所言，「我翻開歷史一查，這歷史沒有年代……」。

以上是此詩的第一層面，簡捷而有力地書寫了「我」在蒙昧中的履歷。從思想深度上說，這個層面與當時的精英階層的反思沒什麼區別。對文革骨子裏的封建專制性質的揭示，是 80 年代初人們的共識。然而，詩人的反思並未就此止步，他以犀利之筆寫出了更令人震悚的縱深自審的層面：

我不得不和歷史作戰
並用刀子與偶像們
結成親眷，倒不是為了應付
那從蠅眼中分裂的世界
在爭吵不休的書堆裏
我們安然平分了
倒賣每一顆星星的小錢
一夜之間，我賭輸了
腰帶，又赤條條地回到世上
點著無聲的煙捲
給這午夜致命的一槍
當天地翻轉過來
我被倒掛在
一棵墩布似的老樹上
眺望

詩人沒有遵奉當時精英知識界所敘述的「受騙但純潔無辜」的自我精神美化模式，在他這裏，受過欺騙的蒙昧的人並不能天然地獲得道義上的優勢，及自我批判的豁免權。雖然覺悟了的個體「不得不和歷史作戰／並用刀子與偶像們／結成親眷」，這兩句含有一定的精神背叛意味，但它同時更凝聚了高度複雜糾葛著的經驗認知——所謂的「作戰」、「刀子」，依然是對施暴者的反向模仿，不期然中成為它的戲劇性的對偶或對稱，「親眷」一詞更令我們痛心地感到了這一點。詩人在《失敗之書》中說過，「回首往事，大可不必美化青春。我們那時一個個像孤狼，痛苦、茫然、自私，好勇鬥狠」。詩人堅持深入具體歷史語境中人的真相，精神構型上的「親眷」關係，暗示出這是受仇恨教育長大的一代，文革徹底的非理性和非人性本質已深深植入了他們的意識深處，社會總體的暴力結構對他們而言就是日常生活的基本狀態。文革作為一種殘暴的社會化普及，是對人與人、人與社會之間正常的善意情感的徹底中斷，它已內化於一代人的心理結構，哪怕是那些覺悟者也無法根本擺脫。用「作戰」來對付「作戰」，「用刀子與偶像結成親眷」，這是必然的對暴力社會的小型複製。如果看不到這種「複製性」的危害，就等於從暴力結構的不可再分的小小「原子」單位上，為暴力辯護。正如詩人同期的《同謀》所言：「我們不是無辜的／早已和鏡子中的歷史成為／同謀」。因此，北島決不認同當時「苦難鬥爭而崇高」的主流敘述，他要說的是，如果連覺悟者都只知「刀子」、「作戰」，成為對手的異質同構的「親眷」，那麼整個社會和人心究竟發生了什麼駭人的災變？在此，「蠅眼中分裂的世界」，竟是作戰的雙方都習慣而無須「應付」的，而且「我們安然平分了／倒賣每一顆星星的小錢」。在廣義的覺悟中，詩人又完成了另一層個人化的覺悟——格鬥式的賭博從沒有真正的勝者。而「赤條條回到世上」的個人的反思，才真正給了雙重意義上的「午夜」致命的批判與拒絕。

讀北島的深度反思的一些詩，人們在深刻的認同中也同時會常常感到某種「不適」，他的反思深邃犀利，有時近乎於「自虐」。但我深知，這才是北島的徹底之處，過人之處。這首詩最後給出了一個荒誕的「倒掛」式定格：

「當天地翻轉過來／我被倒掛在／一棵墩布似的老樹上／眺望」。這裏同樣呈現了複義性，與其說「被倒掛」，莫如說也是主動「倒掛」，詩人以不留餘地、不計代價的真實，寫出了自己與歷史曾經的「必然的」同構性以及後來的決絕。這類深度反思的詩，還有《同謀》、《白日夢》、《青年詩人的肖像》、《一切》、《彗星》……等等。

可見，即使是在那些歷史意識較強的詩裏，我們也很難（同時也不必要）區分北島早期詩歌中的個人性與時代性。它們是同時到來，並無法不是同時到來的。面對「我」的個體經驗為何總是強烈地包容著「我們的」歷史意識的詰問，福柯是這樣說的：「我想，與我同時代的少男少女，都是通過這些歷史事件（指納粹的出現和第二次世界大戰，以及古拉格群島。——引者注）奠定了其青少年的基礎。迫近的戰爭威脅，就是我們的人生舞臺的背景，是我們生活的框架。戰爭終於降臨了，與和家人共同生活的諸多事情相比，同這個世界相關的事件才是我們記憶的中心部分。我用了『我們的』這個詞，這是因為我幾乎可以確信，那個時候的法國年輕男女的大部分是有著相同的體驗的。那就是對我們的個人生命的威脅之體驗。我之所以對歷史和與我們糾纏在一起的事件及個人體驗之間的關係著迷，恐怕原因就在於此」[7]。在福柯看來，「我是誰？」的問題應有著極為複雜糾結的廣大社會歷史關聯域。純粹的「個人」是不存在的。而北島詩中所體現的懷疑主義、生存反思和社會批判、語言批判意義上的「個體主體性」，也正可於此得以解釋。

這種個人立場的懷疑和批判精神，強烈地貫穿在北島詩作的始終。他是向內探詢「人的存在」的詩人，而非向外順從或寄生性地反叛權力意識形態的詩人。北島詩歌中經常出現的孤獨、沉哀、無望、荒誕感……如此等等，更多地體現為對「人的處境」和「人的遠景」的關注，而非對政治意義上局部是非本質的評判。限於篇幅，對此問題不再多加論列。讓我們讀讀這樣的詩句——

[7] 轉引自（日）櫻井哲夫：《福柯：知識與權力》，第 25 頁，河北教育出版社，2001 年。

「其實難以想像的／並不是黑暗，而是早晨／燈光將怎樣延續下去」（《彗星》），「自由／不過是獵人和獵物之間的距離」（《同謀》），「你們並非倖存者／你們永無歸宿」（《白日夢》），「走吧／眼睛望著同一塊天空／心敲擊暮色的鼓」（《走吧》），「一切都是命運／一切都是煙雲／……一切語言都是重複／一切交往都是初逢」（《一切》），「誰校對時間／誰就會突然衰老」（《無題》），「明天不在夜的那邊／誰期待，誰就是罪人」（《明天，不》），「在大地上畫出果實的人／註定要忍受饑餓」（《雨中紀事》），「我要到對岸去／對岸的樹叢中／掠過一隻孤獨的野鴿／向我飛來」（《界限》），「風向標各行其是／當他們蜷縮在／各自空心塑像的腳下／才知道絕望的容量」（《另一種傳說》），「對於世界／我永遠是個陌生人／我不懂它的語言／它不懂我的沉默／……對於自己／我永遠是個陌生人／我畏懼黑暗／卻用身體擋住了／那盞唯一的燈」（《無題》），「倖存到明天／而連接明天的／一線陽光，來自／隱藏在你胸中的鑽石／罪惡的鑽石／你走不出這峽谷，因為／被送葬的是你」（《回聲》）……如此等等，都是對「人的存在境況」的呈現、探詢與命名，它們同時也是「超時代」的。

北島早期作品常被人責為「難懂」，其實北島並不是一個刻意追求艱澀的詩人，他的句子大都有準確而精敏的含義。「難懂」的不是這些措辭，而是北島複雜盤詰著的個人經驗，他細緻的自我分析成分，他的個人化詩藝追求。這些，前文已有論述。這裏，我再簡單談及構成北島詩歌經驗認知和價值體系的主要來源之一，即北島在意識背景上基本屬於存在主義系譜。從他的詩中可以看出：詩人關心的是人的存在處境；「自由」既作為人的尊嚴又作為人的荒謬義務的雙重性質；人對存在的主觀體驗，孤獨、厭煩、憂慮、自省——「存在乃是自我反思著的意識」；此在在世的迷失和沉淪；反對「自欺」。當然，從另一角度上說，這也可以看作是對五四「人的文學」的進一步延伸。對於總體的社會歷史而言，北島無疑有著一定的悲觀主義色彩。但他的悲觀主義不是在意識形態的對抗中簡單「站隊」，而是在他看來任何形式的整體主義、獨斷論、歷史決定論（必然性），都無法最終解決人的出路問題、自由問題。他說，「我相信宿命，而不太相信必然性。……宿命像詩歌本身，必然性會讓人想到所謂客觀的歷史。宿命是暗淡而撲朔迷離的，必然性是明亮而立場堅定的」[8]。

即使這樣，在北島看來，作為個體的人，還是可能選擇自己的存在（即對生存的個人感知），實現某種程度的「自為」性。這種自為或自主性，體現在詩人身上就是寫作，以寫作介入靈魂，以寫作揭示生存，以寫作發現乃至「發明」美。在絕望中開出語言之花，用語言之花反抗必然性。因此，北島的詩歌又具有一種更本質的靈魂「淨化」效果。理解人的困境會加深我們的痛苦，則我們更認識了人的價值。如果否定人正常應有的價值，我們又如何知道何為「異化」？如果詩人沒有對自由靈魂的嚮往，又何來對荒誕和孤獨的噬心體驗？可惜人們看不到這些，而詩人「當時根本沒有發言權，就像缺席審判一樣，原告和辯護律師說什麼都與我無關」，更令人尷尬的是，甚至連「榮譽都是所有誤解的總和」[9]。

三

然而，似乎在國內對北島的詩「妖魔化審判及榮譽化誤解」得還不夠，它甚至還被「國際化」了。上世紀 80 年代末，北島移居國外，他「宿命」地同樣被大量國際讀者判定為「流亡的政治詩人」。對此問題，詩人歐陽江河的認識頗為清醒：「一些西方讀者主要是從世俗政治的角度去理解北島詩作的，這或許有助於政治上的劃界行為，但卻無助於人們理解什麼是詩。我想，也許西方讀者將他們對『詩』的傾聽和細讀留給了西方詩歌史上的經典詩人，這種性質的閱讀意味著一種文化闡釋特權，西方人的詩學準則和主流文化身份在很大程度上正是依賴這一特權得以確立的。」前面說過，北島的早期詩中當然有一定成分的政治內容，比如人權的訴求與當時漠視人權的體制必然構成衝突；再比如，權力要操縱和簡化語言，詩人要恢復語言的自由

8　北島訪談錄《我一直在寫作中尋找方向》，載《詩探索》2003 年 3-4 輯。

9　《訪問北島》，載《中國詩人》2004‧3。

和豐富就必然會「出格」……如此等等。過去我們生活在高度政治化的語境中，要揭示生存，詩人就不可能不觸及它。因此，這裏的政治只是詩人感到的生存和語言現實中的成分之一，而不是簡單的反向「站隊」。歐陽江河還說，「我不是說北島的詩作中沒有政治——在同時代的中國詩人中，北島向來是以深具現實感而著稱的——我只是想指出，用現實政治的立場去剝奪北島作為一個詩人的立場是不公正的。我認為，西方讀者閱讀北島帶有顯而易見的消費成分，他們需要通過對北島詩作的政治性閱讀將他們心目中的那個『中國幻象』消費掉……因此，眾多西方讀者在北島的作品中讀出了大致相同的『中國幻象』就顯得不足為奇了，因為他們用以描述一個中國詩人與西方世界之聯繫的個人話語，實際上是受到了文化上的優越感、權力和時尚共同塑造的集體話語。這是專門為西方讀者閱讀非西方國家的作家和詩人所準備的一種『準政治話語』，其基本定義是：如果一個文本中沒有西方所理解的政治的話，那就什麼都沒有」[10]。

而從另一角度說，「第三世界」詩人也可以「利用」西方讀者的誤讀興奮點，來強化自己詩中的「政治」，以獲取國際影響力的「象徵資本」。在此，「道義」和「投機」會時常顯得含混難辨。然而，在我看來，北島是較為清醒的，他出國後的詩作，不但極力淡化政治性，而且繼續朝向了對「純粹的詩」的努力。純詩，在北島這裏不是指向風花雪月的素材潔癖，而是指向對語言奧秘的探詢。經由不可為散文語言所轉述的詩歌肌質，更內在地揭示生存，追憶往昔，更深入地挖掘人性，吟述心靈。正如上文所言，這些其實也是北島 80 年代以來就確立的寫作向度。一次訪談中，北島在回答「你出國前後的詩有什麼不同？」這一問題時說：「我沒有覺得有什麼斷裂，語言經驗上是一致的。如果說變化，可能現在的詩更往裏走，更想探討自己內心歷程，更複雜，更難懂」[11]。細讀過北島出國後的作品，我認為，詩人的說法是誠實準確的。

---

[10] 歐陽江河：《站在虛構這邊》，第 188-190 頁，三聯書店，2001 年。

[11] 北島：《熱愛自由與平靜》，載《新詩界》第四卷，新世界出版社，2003 年。又見《中國詩人》2003・2。

「語言經驗」的一致，並不影響具體的寫作素材或母題的擴展變化。由於生存環境的改變，相應地北島後期作品增加了三個新的母題：帶有靈魂和本事雙重身世感的懷鄉－還鄉；人的宿命及反抗；語言（寫作）的困境及新的可能性。這三大母題，在不同的詩中各有側重，但也有不少作品是綜合處理的。

俄羅斯流亡詩人布羅茨斯說過：「流亡者的頭總是往後瞧，眼淚總是滴落在肩胛骨上」。北島詩中帶有靈魂和本事雙重身世感的懷鄉－還鄉母題，也有著被壓抑住或試圖用反諷沖淡一些的哀傷：

我對著鏡子說中文
一個公園有自己的冬天
我放上音樂
冬天沒有蒼蠅
我悠閒地煮著咖啡
蒼蠅不懂什麼是祖國
我加了點兒糖
祖國是一種鄉音
我在電話線的另一端
聽見了我的恐懼

——《鄉音》

北島說，「詞的流亡開始了」（《無題》）。在對「鄉音」的懷戀裏，有著孤身異域的哀傷、寒冷和岑寂。在異域，沒有心領神會的對話者。「對著鏡子說中文」，一方面，詩人只能自我對話，另一方面，也意味著對「鄉音」母語（作為存在之家的語言）的深情眷戀與堅守。在一篇文章中，北島極為認同策蘭（Paul Celan）的說法：「只有用母語一個人才能說出自己的真理。住在外語領地，意味著我比以前更有意識地跟母語打交道」[12]。這裏，孤獨

[12] 北島：《策蘭：是石頭要開花的時候了》，載《收穫》2004・4。

攬鏡，對影成二人的濃重的懷鄉之情，是和對「中文」的眷戀與堅守同時到來的。「公園」受詩歌整體語境的限制，意謂艾呂雅意義上的「詞語的花園」，它在經歷著寒冷岑寂的「冬天」。詩人想沖淡或轉移自己的憂傷而「放上音樂煮著咖啡」，但無濟於事。他的憂傷日益深重，他自嘲道「蒼蠅不懂什麼是祖國」，這低等的昆蟲當然讓人輕視，可它卻也沒有人眷念家鄉及母語的痛苦。詩人為什麼沒有選用「中性」的昆蟲，而選擇了「蒼蠅」這一令人不堪的意象，是耐人尋味的。其必要性在於，它更深切地道出了自己的痛苦與焦灼——自己甚至不如一隻「蒼蠅」般渾然自在。這一自嘲式表述，既令人解頤更令人辛酸。詩人甚至說過，「回家／當妄想收回一縷青煙／我的道路平行於／老鼠的隱私」(《回家》)。詩人說自己與故國的聯繫只是一條電話線中的鄉音，但在那端聽到的只是令人神駭俱銷的「恐懼」——不但沒有緩解鄉愁，反而更加重了它。從第五行的「悠閒」到第九行的「恐懼」，其間並沒有變化的過程，悠閒就是恐懼，只不過是更細密更孤寂的浸透到遊子骨髓裏的恐懼罷了，「在母語的防線上／奇異的鄉愁／垂死的玫瑰」(《無題》)。北島說，「在外面漂泊久了，是否和母語疏遠了？其實恰恰相反，我和母語的關係更近了，或更準確地說，是我和母語的關係改變了。對於一個在他鄉用漢語寫作的人來說，母語是唯一的現實……我想在布羅茨基的三個比喻外(「流亡者的母語是一個人的劍、盾和宇宙艙」)，再加上『傷口』」[13]。

北島出國後的許多重要詩作，綜合處理了對生存—生命和審美血緣—文化記憶—語言的多重的深切體認。既不乏歷史記憶的惶惑、孤獨，又有持之以恆的文化歸屬感的溫熱(其實類似的情感經驗，也遍佈在他最近的詩中)。限於篇幅，筆者只能簡單摘引一些詩句，採用中國古代「詩話」的方式，略做點評——

「夜半飲酒時／真理的火焰發瘋／回首處／誰沒有家／窗戶為何高懸」(《明鏡》)，有家難歸的體驗使真理癲狂，窗戶成為一個誘惑和隔絕。

---

[13] 唐曉渡：《我一直在寫作中尋找方向——北島訪談錄》，《光芒湧入》，第 539 頁，新世界出版社，2004 年。又見《詩探索》2003 年，3-4 輯。

「一個變化著的字／在舞蹈中／尋找它的根」(《閱讀》)，對離開母語環境後詞語流亡的憂慮和不適，如此齧咬著詩人的心，使其尋找根的方向。

「此刻我從窗口／看見我年輕時的落日……／飲過詞語之杯／更讓人乾渴／與河水一起援引大地／我在空山傾聽／吹笛人內心的嗚咽」(《舊地》)，在異邦眼望著家鄉，那西沉的是同一個太陽，回溯生命歷程，母語越飲越渴，傾聽「不在」之音，幽雅也是嗚咽。

「只退了一步／不，整整十年／我的時代在背後／突然敲響大鼓」(《崗位》)，故國發生的動盪，會像震波一樣啟動詩人早年的記憶。

「我從事故出發／剛抵達另一個國家／顛倒字母／使每餐必有意義……／我小心翼翼／每個字都是深淵」(《據我所知》)，「道路追問天空／一隻輪子／尋找另一隻輪子作證」(《藍牆》)。被一場事故放逐的人，在艱辛地尋找命名的詞語，「事故」的莫須有，竟需要受懲罰者顛倒「發明」自己的「罪過」，並荒誕地為對方作證。

「我問路問天／問一位死去詩人／所癡迷的句法／答曰：我僅受雇於一陣悲風」(《剪接》)，幾代詩人的悲苦宿命在受傷的語言中重疊了。

「在無端旅途的終點／夜轉動所有的金鑰匙／沒有門開向你……／你展開的歷史摺扇／合上是孤獨的歌……／我徑直走向你／帶領所有他鄉之路／當火焰封存帝國／大地之書翻到此刻」(《路歌》)，歸途被隔斷，心緒孤獨愀然，但心靈卻固執地攜帶他鄉之路朝向被「鎖」住的故土。

「當筆劃出地平線／你被東方之鑼驚醒／回聲中開放的是／時間的玫瑰」(《時間的玫瑰》)，回聲經久不息，玫瑰開在時間的後面，那是東方，是回首聆聽。

「醒來是自由／那星辰之間的矛盾／／門在抵抗歲月／絲綢捲走了叫喊／我是被你否認的身份／從心裏關掉的燈」(《無題》)，被迫的「自由」，矛盾如星空一樣廣袤。因真實的身份被歪曲被熄滅，自由也會成為一個「偽名」。

「我的手翻飛在／含義不明的信上／讓我在黑暗裏／多坐一會兒，好像／坐在朋友的心中／／這城市如冰海上／燃燒的甲板／得救？是的，得救／

水龍頭一滴一滴／哀悼著源泉」(《中秋節》)，只有黑暗喑啞之地才有些安靜，你永無被贖救之日。中秋思鄉，巨大猛烈的火災與點滴的水源，構成了現代漢詩中「失樂園」式的奇佳詩句。

「向日葵受傷／指點路徑／盲人們站在／不可理解之光上／抓住憤怒／刺客與月亮／一起走向他鄉」(《重影》)，向日葵背叛了森嚴的向度，庸眾是不理解的。回到自身就等於回到「刺客」，就等於自我放逐，就等於自毀雙目的東方式俄狄浦斯。

「泉水暴露了／風景以下的睡眠／我們輪流伏在／長明的窗下哭泣／／李白擊鼓而歌／從容不迫」(《無題》)，一場靜夜痛思，李白般的低頭思故鄉，故鄉卻成為風景以下的傷心之地。

「自由那黃金的棺蓋／高懸在監獄上方／在巨石後面排隊的人們／等待進入帝王的／記憶／／詞的流亡開始了」(《無題》)，自由被剝奪之日，同時是詞語流亡的開始，無論你是身在本土或異鄉，都是共同語境下的「排隊者」。

「邊境上沒有希望／一本書／吞下一個翅膀／還有語言的堅冰中／贖罪的兄弟／你為此而鬥爭」(《邊境》)，詩人只贖語言缺席之「罪」，這是他主動認領要去命名的使命和宿命。

「必須修改背景／你才能夠重返故鄉」(《背景》)，「泉水乾涸，大火連綿／回去的路更遠」(《悼亡》)，北島在一次訪談中說，這是個悖論，已改變的背景不可能「復原」，回家之路是沒有的，這甚至說不上是失望，而是在人生荒誕前的困惑與迷失。因此「郵筒醒來／信已改變含義／道路通向歷史以外」(《下一棵樹》)。

「來自東西方相向的暖流／構成了拱門」，在放逐和遊蕩異鄉中，一切都被溫吞吞的東西消解了。沒有「地獄」，也同時取消了它的對稱物，拱門之後還是無盡的拱門，因此也可以說沒有門。於是，薩特《禁閉》中的加爾森遇到了新的困惑，新的幽深，新的可疑的舒適和創造：「電梯下降，卻沒有地獄／一個被國家辭退的人／穿過昏熱的午睡／來到海灘，潛入海底」(《創造》)。然而，心靈的孤旅，在被剝奪掉終點之後仍固執地行進著，從火車到自行車：「某人在等火車時入睡／他開始了終點以後的旅行／／我沿著陌生人的意志攀登／那自行車賽手表情變形／他無法停下來，退出急流」（《東方旅行者》），因為在每個「僅僅一瞬間／一把北京的鑰匙／打開了北歐之夜的門」（《僅僅一瞬間》）。

儘管詩人有時也會自我寬慰，「我調整時差／於是我穿過我的一生」（《在路上》），「失敗之書博大精深／每一刻都是捷徑／我得以穿過東方的意義／回家，關上死亡之門」（《新手》），但他更清楚的是，「餘下的僅是永別／永別的雪／在夜空閃爍」（《此刻》），是「充了電的大海／船隊滿載著持燈的使者／逼近黑暗的細節」（《晚景》）。《持燈的使者》是一本著名的紀念、記錄中國「地下先鋒文學」發生發展的多人回憶文集，2001 年於牛津大學出版社出版，北島意識到自己動盪的命運正是從書中記錄的事件中開始，甚至直到「晚景」都將永無歸程，哪怕在「本事」意義上他確曾「歸來」過——「寒鴉終於拼湊成／夜：黑色地圖／我回來了——歸程／總是比迷途長／長於一生……／／北京，讓我／跟你所有燈光乾杯／讓我的白髮領路／穿過黑色地圖／如風暴領你起飛／／我排隊排到那小窗／關上，哦明月／我回來了——重逢／總是比告別少／只少一次」。（《黑色地圖》）地圖，居然是「黑色」的，詩中充滿了類似的難言的數種悖謬滋味。此詩劇烈摩擦的靈魂、骨肉沉痛，和詞語的清曠乍立構成反差，像逆光質詢正光，帶來細碎孤寂而又高傲自明的複雜感受。

北島後期詩歌還貫穿著人的宿命及其反抗的母題。作為「捍衛記憶」的詩人，北島寫於世紀之交的《零度以上的風景》（或許詩人很看重此詩，他的一部重要詩集即以此詩命名）帶有很強的精神自傳性質，對它的細讀會使我們體味北島始終是沿著「捍衛記憶」的路線，不斷縱深挖掘，也可以瞭解多年後詩人是如何認識一代人所走過的詩歌道路。

是鷂鷹教會歌聲游泳

是歌聲追逐那最初的風

我們交換歡樂的碎片
從不同的方向進入家庭

是父親確認了黑暗
是黑暗通向經典的閃電

哭泣之門砰然關閉
回聲在追趕它的叫喊

是筆在絕望中開花
是花反抗著必然的旅程

是愛的光線醒來
照亮零度以上的風景

如所周知，「零度寫作」是一個非常著名的文論概念，由法國後結構主義理論家羅蘭・巴爾特提出。「零度」，本來是語音學的一個概念，指的是沒有特定所指的能指。巴爾特借用這一概念來說明一種中性的、非價值評判的、非感情化的後現代先鋒派寫作境界：「思想似乎在一片虛空中愉快地升起於裝飾性字詞之上，於是寫作從這片虛空出發，越過了整個逐漸凝固的狀態……它達到了其最後的變體——『不在』，我們於本書中稱作『寫作的零度』的中性寫作」[14]。

對某一類寫作方式而言，巴爾特的理念確有敏識之處，但它決不能以全稱指認來囊括所有的先鋒文學寫作。北島迎向「零度」這個敏感的語詞，將自己的寫作稱為「零度以上的風景」，意味著他的寫作是要觸及生存和語言的困境，歷史記憶與人性關懷，文化批判與個人反思的。在這裏我們看到，

[14] 羅蘭・巴爾特：《符號學原理》，第 66 頁，李幼蒸譯，三聯書店，1988 年。

不是「夜鶯」之類纖柔甜美的鳥兒引發了他詩歌最初的聲音，而是在動盪而壓抑的年代，「鷂鷹」（猛禽的一種，像鷹而比鷹小，羽毛灰褐色）教會了「歌聲游泳」。而作為養育與訓導象徵的「父親」，也沒有給他們這一代帶來明亮穩定寬闊的前程，反而是讓他們「確認了黑暗」。但又恰好是在黑暗中裂骨爆發出來的詩歌「閃電」，通向並構成了特定年代的「經典」。「哭泣之門砰然關閉」，喻指一代青年詩人很快結束了淚眼模糊傾訴「傷痕」的寫作階段，但他們沒有陷入對歷史的遺忘，而是在批判和深度反思，「回聲在追趕它的叫喊」。

但接下來，詩歌發生了更曲折的轉捩。「是筆在絕望中開花」，暗示著其寫作有著痛苦絕望的歷史真實的培養基或發生學，但寫出的詩歌卻並非粗鄙的反抗工具，而是語言神奇而精純的花朵。「是花反抗著必然的旅程」，詩就是詩，在任何時候任何情況下，詩人都應捍衛住他對藝術本身的信義承諾，聽命於發掘語言奧秘這一「藝術創造的倫理」。詩人的筆下無疑應有生存和歷史的骨肉沉痛感，但開出的卻必須是詩之花朵，它反抗任何非藝術的寫作「慣性」，反對用語言來以暴易暴的「必然的旅程」，詩人要瓦解中國現當代文學宿命般的「工具論」。最後，詩人希望自己的詩中應有「愛的光線醒來／照亮零度以上的風景」。這首詩也可視為北島的「個體詩學」，表明詩人試圖完成對嚴肅的生存真實性和嚴肅的藝術自律性的雙重承擔。

北島在多處談到，他最喜歡的詩人有保羅・策蘭、曼捷斯塔姆、狄蘭・托馬斯、特拉克爾（George Trakl）、洛爾伽、瓦列霍（Cesar Vallejo）、帕斯捷爾納克（Б.Л. Пастернак）、艾基（Gennady Aygi）、特朗斯特羅姆（Tomas Transtromer）。這些詩人都具有如此的「雙重承擔」性質。他的一篇論保羅・策蘭的文章，即取名為《是石頭要開花的時候了》，可與上面「是筆在絕望中開花」形成文本間性。在文中，他解讀了策蘭詩作《用一把可變的鑰匙》：「這首詩有兩組意象：詞和雪。第二段的第一句『你改變鑰匙，你改變詞語』，已經點明鑰匙就是詞。而第一段第三句提到無言的雪，即雪代表不可言說。詞與雪，有著可言說與不可言說的區別。而詩歌寫作的困境，正是要用可言說的詞，表達不可言說的雪：『用一把可變的鑰匙／打開那房子／無言的雪在其中飄動』。鑰匙是可變的，你是否能找到打開不可言說的房子的鑰匙，取決於詩人的經歷：『你選擇什麼鑰匙／往往取決於從你的眼睛／或嘴或耳朵噴出的血』。第二段可以理解為寫作狀態：『你改變鑰匙，你改變詞語／和雪花一起自由漂流』，在這裏詞與雪花匯合，是對不可言說的言說的可能。『什麼雪球會聚攏詞語／取決於回絕你的風』，在這裏，風代表著苦難與創傷，也就是說，只有與命運處於抗拒狀態的寫作，才是可能的」[15]。我想，北島其實也是在借策蘭的詩歌，申說自己的詩學向度。

「是筆在絕望中開花，是花反抗著必然的旅程」。北島對這個命題，有著「職業詩人」的高度清醒，在《關鍵詞》中，他寫出了自己在精神資源、語言、生存、詩歌的「無用之用」、寫作者的自嘲和寬懷諸方面，所面臨的困境和新的思考。詩歌的情緒似乎是「低調」的，甚至還有宿命感，但是，其誠實和「過來人」的悵惘洞見，更為感人至深：

我的影子很危險
這受雇於太陽的藝人
帶來的最後的知識
是空的

那是蛀蟲工作的
黑暗屬性
暴力的最小的孩子
空中的足音

關鍵詞，我的影子
錘打著夢中之鐵
踏著那節奏
一隻孤狼走進

---

[15] 北島：《策蘭：是石頭要開花的時候了》，載《收穫》2004．4。

無人失敗的黃昏
鷺鷥在水上書寫
一生一天一個句子
結束

詩人對「受顧」於太陽的黑影表達了質疑，因為它寄生於自己的對手，不期然中發生的「次生效應」，也時常會使之變形為暴力的異質同構體，「暴力的最小的孩子」，缺乏個體詩歌靈魂自立和自由的能力。曾經有效幫助過我們寫作的「關鍵詞」，在今天也需要被反思，具體歷史語境中的生命和話語，需要既勇敢又審慎地重構。以往支撐著寫作的形形色色的抗辯結構已經發生轉換，長久依賴於這種結構，會使詩歌缺乏緊張摩擦的歷史視野和真切有效的語言推進力。在形形色色「成功人士」快意肆虐的「無人失敗的黃昏」，或許只有清醒的詩人們才有能力堅持對「失敗」的體驗。正像歷史維度的「風月寶鑒」一樣，「成功之書」和「失敗之書」的另一面，都會透射出更曲折深遠的消息。雖然一切皆流，無物常住，「鷺鷥在水上書寫」的一切都會消失，但詩人在寫作過程的意義上，應能收穫對個人生存和生命真正有所觸及的「一個句子」，正是它的現身才使得生命的「結束」令人心安。

我們看到，北島去國後的作品，綜合處理了三重母題：帶有靈魂和本事雙重意義上身世感的懷鄉—還鄉，人的宿命及反抗，語言（寫作）的困境及新的可能性。這是他後期作品與前期作品的差異之處，它們帶來了新的寫作活力。令人讚許的是，這些沉痛的情感經驗，都是經由對細小而神奇的「語象」紋理的雕刻，從而顯豁地呈現出來的，而非被動地依賴於「本事」細節。這樣做的好處是，使北島的詩既有寫作發生學或動力源意義上的真實，又有「元詩」意義上的精密感和高度的專業精神；既能有效地表達個人心靈，又為讀者提供了某種超驗性引申的機會。是呵，說到底，我們關心的還是「詩本身」，如果一個詩人把自己的憂傷和痛苦僅僅變成一場非詩的反攻，他就得準備承受註定失敗於藝術的後果，即使歷史或命運的翻轉也救不了他的「命」，因為，無論是光芒還是陰影，都不等於詩本身。個人或整體命運在任何性質上的「成功」，都不會自動帶來藝術本身的「勝利」，藝術只能自己拯救自己。葉芝說得多有趣，「愛爾蘭將贏得它的自由／而你仍將砸你的石頭」。而詩人就是要有能力使語言的「石頭開花」的人，他只能終生如此勞役，永遠沒有也不應有捷徑可走。

語言（寫作）的困境及新的可能性，是北島後期詩歌探詢的主題之一。語言（寫作）的困境，前文有所論列，而「新的可能性」，除指向面對生存的「表意的焦慮」外，還指向更極端的對審美話語的自足性的探索。緣此，在一部分詩中，詩人顯豁地逾出了象徵主義畛域，走向超現實主義。我之所以提出北島話語的「超現實」空間，是因為在我看來，在諸多作品裏，詩人已基本抵達了由「我說」到「語言言說」的境界。在此，語言和感覺是同步發生、彼此照亮的，而不是用一個理念、情感去尋找語象。海德格爾在《詩・語言・思》中嘗言：「語言言說。人言說在於他回答語言。這種回答是一種傾聽。其言說在它被言說中為我們言說。」北島後期有諸多作品，比如《午夜歌手》、《夜巡》、《晨歌》、《過冬》、《逆光時刻》、《磨刀》《完整》、《陽臺》、《剪接》、《青燈》、《拉姆安拉》……等等，以及大量被命名為「無題」的詩，不是他所習慣的「主體的注意力」寫作，而是更明顯地呈現了「主體隱身」（或分離化處理）而讓「語言言說」的魔力。詩人筆下的語言，不單是為其負荷著的豐盈語義而存在，它不再是一種「載體」，而是一種自我持存、「橫著出來」的能指遊走甚至是「音粒漂流」。在北島這類詩中，話語本身就構成了自洽的「意味」和「事件」，而無須向讀者表明它暗示什麼東西。也就是說，詩的語境產生後，脫離詩人的另一個生命形式出現了。詩人在事先無法把握它，待它自動呈現後，一些孤立、偶然的意味開始說話。在這種實驗性寫作中，不存在預設的詩歌內涵，詩人循著某種神秘的預感前進，詞與物擺脫了在「所指」意義上的親昵關係，詩歌漸漸被言語在白紙上顯形，一行一行被字詞的偶然性垂直豎立起來。這時，說話的主角，主要是結構和言語自身，詩歌意蘊遂成為不確定的、具有更多的秘響旁通暗道的審美空間。

需要說明的是，作為詩人，就我的趣味說，我更讚歎北島後期詩作中的「主體的注意力」寫作，而對其明顯呈現了「主體隱身」（或分離化處理）

的上述詩歌，我並不太喜歡。但是，作為批評家，我似乎有義務暫時懸置個人偏好，而先從詩學「原理」上向讀者交代我的如上釐定。如果在詩歌的「歷史化還是幻美化」之間必須選擇，我寧可選擇前者。是的，我更認同他後期寫作中那些與前期一以貫之的、「詩與真」同步到場的有心音和體溫的作品。除上面已經談到的作品外，《六月》、《不》、《給父親》、《致敬》《不對稱》、《缺席》等都給我留下過心靈震悚的閱讀喜悅。我看到，與 80 年代中後期的作品比，它們在題材和心境上有所變化，但從藝術旨趣上看，並沒有明顯的「斷裂」，而是同一向度的持續縱深掘進。在意象構成上，他後來更突出了曲折、神秘、潛意識和大跨度（有時是驟然轉向）的暗示性（「深度意象」），但詩的情理線索還是連貫的。在語態上更類乎「自言自語和對詩本身說」，而非「對眾人說」和「對形而上（或邏格斯）說」。從音調上，在和諧簡短的節奏中卻有著自如感（相對於早期詩行的簡短而迫促而雄辯）。詩人遵循著「少就是多」的原則，詩歌語象之「少」，並不意味著它語境包容力的減縮。北島詩歌之「少」，是指一種話語的「壓合」（或熔合），他削去一切虛飾，將複雜經驗凝為意味的「和絃」，人與存在在「和絃」中猝然相遇，壓力面積越小，壓強越大，限量的音符卻發出了更恆久的震盪和回聲。但這也使他某幾首後期作品顯得過度雕琢，像個較勁兒的先鋒文學青年，而缺乏成年藝術家的果斷、放鬆、自信。他說，「中文沒有拼音文字的『語法膠』（grammatical glue），故靈活多變，左右逢源……中文是一種天生的詩歌語言，它遊刃有餘，舉重若輕」[16]，作為一個詩人，北島始終在以自己的努力希望配得上偉大的母語。

讓詩與真互贈沉重的尊嚴。那麼，就讓我們在一個早晨重新打開北島詩歌吧，從「一個早晨觸及／核桃隱密的思想／水的激情之上／是雲初醒時的孤獨」（《無題》），一直讀到——

行船至急轉彎處
你用詞語壓艙。

[16] 北島：《策蘭：是石頭要開花的時候了》，載《收穫》2004．4。

第十章　大地哀歌和精神重力
——海子詩歌論

在《觀點》一文中，筆者曾從宏觀上論述了 20 世紀 80 年代先鋒詩歌與 90 年代先鋒詩歌相比，在寫作狀態和接受期待方面所體現出的差異性：

> 「80 年代詩歌側重於生命衝動的表達，詩人不斷為詞語注入新感性，是一種抒情和體驗寫作。近年（90 年代以降）的詩則致力於對具體生存處境的顯現，詞語負荷著較多具體歷史語境和文化內涵，是一種敘述和反諷型寫作。80 年代詩人的『懷疑主義』建立在一般認識論背景上，他們不堪忍受這噬心狀態，企望找到最終可靠的價值安慰。因此，輓歌和咒語背後隱藏著『光明』。而近年詩中之『懷疑主義』，更多建立在本體論背景上。詩人不但願意忍受相對主義和懷疑主義，將之視為詩歌的基本成分、存在依據，而且還在努力捍衛『懷疑主義』，時刻警惕它被技術時代微笑的暴力和物質放縱主義許諾的『進步』幻覺所消解。80 年代大多數詩人看重詞語間偶然衝撞所產生的超驗效果，其文本呈迸射狀態。他們對閱讀中的『過度闡釋』期待放高。近年的詩，更喜歡按照清醒的意向選擇恰當的詞語，其內涵準確、穩定、內斂、完整，詩人籲求『合法闡釋』，而不大信任讀者『超量再創造』的僭妄價值……」[1]

---

[1] 拙文收入《打開詩的漂流瓶》，第 201 頁，河北教育出版社，2003 年。

這裏，宏觀的差異對比中的前一項，如「新感性、抒情和體驗」，「企望找到最終可靠的價值安慰，輓歌和咒語背後隱藏著『光明』」，「超驗效果和『過度闡釋』」等特性，也可用來約略概括 80 年代重要詩人海子[2]詩歌所類屬的創造力型態。然而，對一個優秀的詩人而言，重要的不是他能歸於何種宏觀的類屬，而是他在這一類屬中鮮明隆起的個人性價值何在。海子詩歌獨特的抒情向度和基本材料，「價值安慰」的維度，「輓歌」發生的淵源，「光明」的超驗所指……如此等等個人性價值，均使其成為同類詩歌中真正的翹楚。本章對於海子的論述，將略去此類詩人的共性方面（或者說將「共性」作為不出場的背景），而側重於海子鮮明的個人性。

需要特別注意的是，與日常的詩歌批評工作狀態不同，討論甚至僅僅是閱讀海子詩歌，我們會遇到一個巨大的「磁場」——換一個說法，也可稱為「干擾源」——由詩人自殺所帶來的強勁後制作用力的吸攝，它會強使海子紛雜豐富的詩作迅速排列好規則的磁力線，似乎海子短暫一生的詩歌生涯，就是一場不斷的死亡演習和最終的「實戰」。關於海子的自殺，其密友詩人西川在《死亡後記》中已談得很全面和中肯[3]，這篇文章對於扼制那些借詩人之死的事件，來言說自己那點莫名其糊塗的「形而上渴望」；簡化海子詩歌的意蘊，用海子詩歌對當下詩壇進行道德指控；或是拿海子當石頭，去砸其他創造力型態的寫作……的諸多論說，起到了很大作用。我很認同西川的看法，詩人赴死的原因是多方面的，既有精神或靈魂的，同時也有日常的具體的個人事件觸發，更有心理、病理等綜合因素，它們的分量是同等的。

所以，下面的論述將不從海子之死去逆推他的詩歌，將詩人簡化為一個「殉詩烈士」，而是直接面對詩人提供的文本世界，看看那裏發生了什麼？即使涉及到「死亡」，那也主要是就詩歌文本所提供的語境來談，而不直接

---

[2] 海子，原名查海生，1964 年 5 月生於安徽懷寧縣高河查灣。在農村長大。1979 年 15 歲時考入北京大學法律系，大學期間開始詩歌創作。1983 年秋天自北大畢業後分配至北京中國政法大學哲學教研室工作。1989 年 3 月 26 日在河北山海關臥軌自殺。著有《海子的詩》、《海子詩全編》等。

[3] 可參見《海子詩全編》，第 919 頁，上海三聯書店，1997 年。

通向詩人現實性的自殺事件。我認為這不僅是對詩人文本的尊重，也是對詩人個人祕密的尊重。一相情願的、無端的對詩人「本事」的猜測，無助於我們更好地理解他的詩歌，甚至它也無助於我們理解作為個人的海子本身。詩人歐陽江河在《冷血的秋天》中說得好，談詩就是談詩，「把喊叫變成安靜的言辭，何必驚動那世世代代的亡魂／它們死了多年，還得重新去死」。

一

海子詩歌大致可分為兩類。其一，是大量抒情短詩，以農耕文化的衰亡，來隱喻「精神家園」的喪失，並寫出一個大地之子對千百年來生存真正根基的感念和緬懷。但是，語境中的明澈與幽暗，稱頌與哀傷，「神恩普照」與「天地不仁」，充實與陡然襲來的空虛……如此等等，彼此糾葛的意向扭結一體，使它們截然區別於那些造假的「農耕慶典詩歌」，獲具了更縱深的背景。其二，是「現代史詩」類型，即詩歌長卷《太陽・七部書》（簡稱《太陽》）。《太陽》與詩人抒情短詩的不同不僅僅在於體制宏大，還在於它更多體現了詩人對終極價值的渴慕，以及與它的缺席相伴而生的不安和絕望。從語境上看，《太陽》也不是抒情短詩那樣由「即目即靈」帶出聯想的「歌唱」，而是自覺地置身於人類詩歌共時體，進行有方向的「建築」工作。

當然，海子的兩類詩歌，肯定也有著意向上的連接點和遞進性。為論述方便，我仍將分別論及。考慮到「海子生涯」早已為人們所熟悉，這裏基本不從「傳記」批評的角度進入，而主要是「就詩論詩」[4]。

1979 年，15 歲的海子考入北京大學法律系。這個自小生長於安徽農村的孩子第一次置身於大都市時，正值中國社會歷史、思想史和藝術史上「追求現代性」的激變的年代。80 年代初期，海子開始詩歌創作。從年齡上看，他屬於 60 年代出生詩人群，這一代詩人大多受到朦朧詩浪潮之後「第三代

4　關於海子生平已有三種著作。在筆者看來，詩論家燎原先生所著《海子評傳》（其修訂本由時代文藝出版社 2006 年出版），最為深入、可靠，讀者可參閱。

詩歌」的吸引，走上了以口語方式書寫日常生命經驗之路。而海子或許由於鄉村文明背景，由於選擇讀物的趣向等，使其對這種泛都市化的「現代性」體驗的寫作感到隔膜。按照哈貝馬斯（Jürgen Habermas）對「現代性」的說法，現代性這一概念表達了「未來已經開始了」的信念：這是一個為未來而生存的時代，一個向未來的「新」敞開的時代。在這個歷史形象中，現在就是一個持續的更新過程。革命、進步、解放、發展、危機和時代等，至今仍然是流行的關鍵字。現代性一方面以這種歷史意識為合法性基礎，另一方面又使得現代性不再能從別的時代獲得標準，而只能自己為自己制定規範[5]。它同時表明，現代人類生活的時空，開始具有了由上／下維度的信仰階段，到前／後向度的世俗階段轉型的整體性和廣延性。

比照之下，海子詩歌「開啟」的向度卻不是「未來」，勿寧說是「過去」；其「標準」和「規範」也不是由「時代進步」的幻覺所透支的，而是朝向但丁、歌德、荷爾德林、莎士比亞以及浪漫主義經典詩歌的努力；而從精神維度上，海子也試圖再造新時代的上／下維度的信仰，指向精神空間而非世俗「時間」。——那麼海子的詩歌是沒有現代性的嗎？我認為，海子充滿創造活力的詩歌依然具有現代性。只不過我們必須對這一概念有所限定：這是一種「反思現代性的現代性」（吉登斯〔Anthony Giddens〕語），和對這一反思的不斷反思。這種精神姿態與美國學者艾愷的憂慮相似：「現代化在物質生活中所起的成效顯而易見、立竿見影，而對整個社會的衝擊造成的隱患，則難以察覺，現代化真正的影響是深刻而長遠的，就拿個人的社會生活方面為例，它造成了社會的群體向個體的轉變，功利概念的加強以及個人私利的計算，這一傾向在現代化的社會中有增無減，發展趨勢難以預測」[6]。因此，應該明確筆者論述海子詩歌的框架，仍需借助於「現代性」這個大背景。

5　參見哈馬貝斯：《論現代性》，載王嶽川編：《後現代主義文化與美學》，第 9 頁，北京大學出版社，1992 年；以及汪暉對哈貝馬斯觀念的引申，《韋伯與中國的現代性的問題》，載《學人》第六輯；汪暉：《死火重溫》，第 4 頁，人民文學出版社，2000 年。

6　艾愷：《世界範圍內的反現代化思潮》，第 3 頁，貴州人民出版社，1991 年。

對朦朧詩之後出現的現代詩寫作潮流，詩論界將之命名為「第三代詩」。這一命名太過狹隘，抹殺了其中面目迥異的創造力型態。筆者於 1987 年在撰寫文本細讀著作《中國探索詩鑒賞辭典》時，排除了這一命名，而使用「新生代詩群」這一概念，雖然仍顯籠統，但這個從地質學借用的概念，卻充分考慮到了日常經驗口語詩寫作潮流之外的其他寫作路向的價值。的確，海子的詩歌不但不同於日常經驗口語詩寫作，也與朦朧詩人社會批判的寫作向度不同。雖然曾自稱早期受過江河、楊煉的啟發，但他們的詩也只是在尋求「文化感」和「歷史意識」的向度上啟發過海子，二者之間的差異性是極為明顯的。海子既懷疑「走向未來」意義上的「時間神話」，又不願意像日常經驗口語詩人那般只強調「當下」即時欣快式的「小敘述」，於是，在三種時間中，他選擇了回溯「過去」。在《思念前生》等初期作品中，他試圖找到可供自己加入和服從的「過去」的寫作資源或文化系譜：

莊子在水中洗手
洗完了手，手掌上一片寂靜
莊子在水中洗身
身子是一匹布
那布上沾滿了
水面上漂來漂去的聲音

莊子想混入
凝望月亮的野獸
骨頭一寸一寸
在肚臍上下
像樹枝一樣長著

也許莊子是我
摸一摸樹皮
開始對自己的身子

親切
親切又苦惱
月亮觸到我

彷彿我是光著身子
光著身子
進出

母親如門，對我輕輕開著

然而，「母親如門，對我輕輕開著」，「我」卻漸漸感到了遲疑。因為他發現即使走進這扇「門」，也難以真正找到足以安頓自己心靈和當下生命存在體驗的東西，「我恨東方詩人的文人氣質。他們蒼白孱弱，自以為是。他們隱藏和陶醉於自己的趣味之中。他們把一切都變成趣味，這是最令我難以忍受的。比如說，陶淵明和梭羅（Henry David Thoreau）同時歸隱山水，但陶重趣味，梭羅卻要對自己的生命和存在本身表示極大的珍惜和關注。這就是我的詩歌理想，應拋棄文人趣味，直接關注生命存在本身。這是中國詩歌的自新之路」[7]。雖說海子的認識不無偏激之處，但的確擊中了傳統詩歌與現代詩的重要歧異點：前者是流連光景、即景詠述的，主要關涉人與自然和人與生活的關係；而後者則更顯豁地增補了「人與自我的關係」（我的生命和生存，是寫作中的「我」所觀照、勘探的準客體）。前者是對既成境況的提煉、點染，後者則更多是凝聚著「意志性體驗」的文本，詩人表達的是生命的意志和「對自我的意識」，有獨立個體的「思」的開闊背景貫注其間。就此而言，我們可以說，傳統詩歌寫作方式在現代的中斷，在某種意義上也是由其本身的這種欠缺造成的。在中西文化衝突中打開更寬大視野的青年詩人，在他們思索和表達現代生存經驗和生命體驗及「對自我的意識」時，從

[7] 《海子詩全編》，第 897 頁，上海三聯書店，1997 年。

傳統詩歌的價值形態中找不到某種根本性的確實可以依靠的東西（簡單講，古典詩歌很好，但對現代詩人而言，它的方式「不夠用」了）。

因此，海子的回溯「過去」，不再是通向傳統的價值形態和審美性格，而是返回粗糲的大地、河流、村莊、農耕……等永恆的人類生存和生命之龐大根塊。很顯然，這個彼此勾連的根塊，是被置於現代社會的參照背景下推出的，它既有實體性更有文化意向的象徵性，是一種形而上的「文化鄉愁」，尋找「靈魂棲居地」的衝動。象徵主義詩人里爾克說：「大自然以及我們的環境和習慣對象都只是脆弱、短暫的事物……因此，我們應當不僅不要去污染和削弱那『實在』，而且，正因為它與我們共用短暫性，我們應當以最熱情的理解來抓住這些事物和表像並使它們變形。使它們變形？不錯，因為這是我們的任務：以如此痛苦、如此熱情的方式把這個脆弱而短暫的大地銘刻在我們心中，使得它的本質再次不可見地在我們身上升起。我們是那不可見物的蜜蜂。我們任性地收集不可見物的蜂蜜，把它貯藏在那不可見物的金色大蜂巢裏」[8]。這裏的關鍵字，「實在」與「變形」，「本質」與「表像」，「不可見」與「銘刻」，似乎是構成了矛盾，但在現代詩人的意識中，它們並不矛盾，因為，他們所關心的不僅是大自然的景色，更是它與主體心靈互相的感應契合，是內／外世界相互打開，是由「客觀對應物」所激發出的對「未知」的體驗和表達。這也就是海子所說的應「熱愛的是景色中的靈魂」。

海子詩歌中的大自然，特別是大地、村莊、作物、河流乃至蒙古、西藏、青海……如此等等，都同時飽蘊著巨大的心理本質暗示性，他像蜜蜂一樣「收集」它們，構成了他個人獨特的心理和情感場域。批評家崔衛平說，「海子詩歌的抒情性質來源於他的鄉村生活經驗，他作品中經常出現鄉村生活的某些意象……但是海子從來不是一位田園詩人，不是一位牧歌詩人，他來自農村，但並不是一位鄉土詩人……在海子那裏，土地變遷的命運，是通過詩人本身的主體性來呈現的，主體性即某種精神性，也就是說，海子是通過某種精神性的眼光來看待土地的。在海子那裏，『土地』同時意味著一個巨大

[8] 里爾克：《說明》，《里爾克詩選》，第3-4頁，河北教育出版社，2002年。

的隱喻，一種精神性的存在：遠去的、被遺棄的土地，意味著現代社會中人們精神上的被放逐、漂泊不定；土地的『饑餓』，也是人們精神上的饑渴、焦慮、流離失所；土地的悲劇，折射出現代社會中的人們痛失『精神家園』、無可依傍的悲慘處境」[9]。這個結論大膽而準確，令我會心。這對於那些至今仍將海子定位於「鄉土詩人」的論者，應該說是整體方向性的糾正。讓我們來看看海子的關鍵詞「村莊」、「麥地」——

村莊，在五穀豐盛的村莊，我安頓下來
我順手摸到的東西越少越好！
珍惜黃昏的村莊，珍惜雨水的村莊
萬里無雲如同我永恆的悲傷

——《村莊》

在青麥地上跑著
雪和太陽的光芒

詩人，你無力償還
麥地和光芒的情義

一種願望
一種善良
你無力償還

你無力償還
一顆發射光芒的星辰
在你頭頂寂寞燃燒

——《麥地與詩人·詢問》

---

9 崔衛平：《海子、王小波與現代性》，載《當代作家評論》2006 年 2 期。

麥地
別人看見你
覺得你溫暖，美麗
我則站在你痛苦質問的中心
　　　被你灼傷
我站在太陽　痛苦的芒上

麥地
神秘的質問者啊

當我痛苦地站在你的面前
你不能說我一無所有
你不能說我兩手空空

麥地啊，人類的痛苦
是他放射的詩歌和光芒！

——《麥地與詩人・答覆》

無疑，這裏有大地之子對地母的感恩、歌贊，但又不僅於此。這裏的田野、村莊呈現著光明後的淒涼。對「別人看見你覺得你溫暖，美麗」的「村莊」和「麥地」，詩人看到的勿寧還有更多不同的東西，它們是一個有如剩日般悲傷的，清潔而岑寂，寒冽而閃耀的「心理場」。與其說它們是溫暖的家園，不如說其是一個已經無法回去也無法挽留的「它在」，一個「它者」——迫使詩人自省、慚愧、痛苦的「神秘的質問者」。不難感到，急促排比句型的「你不能說我⋯⋯」，卻有著骨子裏的虛弱、懇求、祈使色彩，其意味中已基本「認同」了麥地的質問。就在這些詩寫作不久前，詩人還對「重建家園」有所信心：「生存無須洞察／大地自己呈現／用幸福也用痛苦／來重建家鄉的屋頂／／放棄沉思和智慧／如果不能帶來麥粒／請對誠實的大地／保持緘默　和你那幽暗的本性／／風吹炊煙／果園就在我身旁靜靜叫喊／『雙手勞動　慰藉心靈』」(《重建家園》)。然而，此時在對「誠實的大地」的誠實中，詩人不得不承認，這個意味著勞動、義德、信實和清寒的「家園」，正在無可挽回地消逝而去。家園、大地作為「拯救」的力量已不可能，面對麥地的「質問」，詩人已雙重性地從「時代」和「內心深處」挖掘出了痛苦的答覆。依循著本然的生存境況，歷史宿命和個人心靈的體驗進程，「大地」(包括與其相關的語詞系譜)已日益難以作為詩人的精神依恃了。

我們看到，在海子詩中，「大地」及與此相關的詞語系列，其含義又是漸漸地變化的。如果說上述「大地」主要是指代「精神鄉愁」的話，稍後詩人筆下的「大地」又被增補上了「土地」本身的實體性(甚至包括生態危機)。在後來的長詩《土地》中，海子寫出了現代社會中「欲望」對土地的替代，與其說詩人是在「批判」，不如說同時更是在無奈、無告的宿命性敘說，「在這一首詩(《土地》)裏，我要說的是，由於喪失了土地，這些現代的漂泊無依的靈魂必須尋找一種代替品——那就是欲望，膚淺的欲望。大地本身恢弘的生命力只能用欲望來代替和指稱，可見我們已經喪失了多少東西」[10]。這樣，海子詩中「大地」的喪失，就等同於「此在」之基被連根拔起的「黑夜」——

黑夜從大地上升起
遮住了光明的天空
豐收後荒涼的大地
黑夜從你內部上升

你從遠方來，我到遠方去
遙遠的路程經過這裏
天空一無所有

---

[10] 海子：《詩學：一份提綱》，《海子詩全編》，第889頁。

為何給我安慰

豐收之後荒涼的大地
人們取走了一年的收成
取走了糧食騎走了馬
留在地裏的人，埋得很深

草叉閃閃發亮，稻草堆在火上
稻穀堆在黑暗的穀倉
穀倉中太黑暗，太寂靜，太豐收
也太荒涼，我在豐收中看到了閻王的眼睛

黑雨滴一樣的鳥群
從黃昏飛入黑夜
黑夜一無所有
為何給我安慰

走在路上
放聲歌唱
大風刮過山岡
上面是無邊的天空

——《黑夜的獻詩》

作為一個真正的「地之子」，海子短暫的一生始終深深依戀著鄉土中國。但與那些廉價的土地歌者不同，海子不是空洞地歌唱土地，盛讚農夫，寫下一些陳舊的農耕慶典；而是將大地作為生命的輪迴、靈魂的指稱，和「巨大元素對我的召喚」。這首《黑夜的獻詩——獻給黑夜的女兒》就是一首抵達元素的詩篇。這首詩，以幾組彼此糾葛的意向，表達了詩人對「大地」命運的複雜感情:「黑夜——光明」;「大地——天空」;「豐收——荒涼」;「遠方——這裏」;「一無所有——給我安慰」。這些意向使詩章充滿了張力,我們讀著它,感受到一種複雜難辨的滋味,它是沉穩寬闊的,但又有內在的傾斜和速度;它是果實累累的,但又蘊含著羸弱清寒的遲暮秋風;領受了地母的神恩,但心靈陡然襲來一陣空洞之感……我們究竟在讀一首「獻詩」,還是在讀一闕「輓歌」?它究竟是在寫土地,還是在寫具體歷史境遇中的心靈?海子詩歌的豐富意蘊和魅力正體現在這裏,它包容了如上雜陳的各義項,攪得我們的心智深深不安。那種和諧的土地頌歌時代結束了,「可怕的美已經誕生」(葉芝語),「獻詩」與「輓歌」已邊界模糊。

「大地的本質」在這個欲望和利潤統治一切的時代被深深遮蔽了,它不再是令人敬畏的地母。人類除了自相傾軋,還將自己巨大的努力和智慧傾瀉到對大地的瘋狂掠奪上。為了無盡的獲取利潤的欲望,人類不惜使大地超量地破碎、流血、耗盡,他們喪失了對土地對自然的慈護、恭謹、明智的感情,代之以貪婪、愚昧和殘忍。這一切乃是詩中「黑夜」、「荒涼」的隱喻基礎。遼闊大地像慈母溫暖的袋囊呵護和哺育了我們,但我們只知無恥地掏空它,殊不知我們是在自設世界的暗夜。「黑夜從大地上升起／遮住了光明的天空／豐收後荒涼的大地／黑夜從你內部上升」。空空的大地袋囊無言,它甚至不能發出歎息的悲音。在這萬劫不復的所謂「向現代化進軍」中,詩人首先預感到了前程的危險,他要說出「欲望的陷阱」,唱出輓歌。如果說大地是「母親」的話,人類就是它的「孩子」。但這些孩子如此不肖、如此貪婪、如此具有男性式的進攻和掠奪性格,因此,海子說此詩是「獻給黑夜的女兒」(副題)的。人類在海子的心目中,應是大地的「女兒」,她是懂得羞愧、懂得慈愛、懂得敬畏,有一顆純淨敏感的心靈的大地之精華。她應有能力仰望天空,同時又諦聽大地「巨大元素」的召喚,將精神清澈與沉思默禱凝而為一。

雖然大化流行,無物常駐,一代代人類只不過是「遙遠的路程經過這裏」,最終都是「留在地裏的人,埋得很深」,但人作為萬物的靈長,在短短的一生中應有能力「詩意地棲居在大地之上」,人固然充滿勞績,可人之為人，卻應秉有精神和靈性，在勞作中「仰望天空」，「此仰望穿越向上直抵天空，但是它仍然在下居於大地之上。此仰望跨於天空和大地之間」[11]。海德格爾所言的「天空」，基於天地人神的四重整體性關係，仰望天空是指對神性的渴望。在一個沒有宗教感的種族，海子對「天空」的仰望不是基於神性，而是指一種精神和情懷維度，人性的高邁、純潔，對靈魂與道義的護持、追慕。因此，詩人既堅定又遲疑地說出：「天空一無所有／為何給我安慰？」「天空」作為一種精神維度，有這個維度存在，我們才得以澡雪精神，抑制無休止的粗鄙欲望，使「黑暗的穀倉」變得澄明朗照，在豐收中看到人性的光芒，而不是「太黑暗，太寂靜，……也太荒涼」的「閻王的眼睛」。

此詩就建立在彼此糾葛、滲透、互動的語義關係中，顯現了詩人精神世界的矛盾。「天空一無所有／為何給我安慰」，「黑夜一無所有／為何給我安慰」，這些追問是高貴而傷感的。「走在路上／放聲歌唱／大風刮過山岡／上面是無邊的天空」——詩人為何要走在路上？又據何歌唱呢？

就這樣，海子的精神在回溯「土地」但未找到可靠皈依時，變為伸向「遠方」——儘管他已約略感到並反覆詠述過「遠方除了遙遠一無所有」，「更遠的地方　更加孤獨　遠方啊　除了遙遠一無所有」，「這些不能觸摸的　遠方的幸福／／遠方的幸福　是多少痛苦」（《遠方》）。如果說在當年，象徵主義詩人蘭波（A. Rimbaud）宣告「生活在別處」時尚有一腔豪邁的話，那麼海子卻有著更為痛苦的內心糾結，知其不可為而為之，「我要做遠方忠誠的兒子／和物質的短暫情人」（《祖國，或以夢為馬》），他舉念要觸摸那些不能觸摸的東西，荒涼的村莊，更其荒涼的內蒙、青海、西藏大野，甚至更其遼闊無邊的太平洋，都成為詩人情感的投射對象。而在這些不同的景色中，我們看到的卻是同一的靈魂內質。正如西川先生說：「海子有一種高強的文化轉化能力，他能夠隨時將自己推向或者存在或者不存在的遠方，與此同時他又能夠將這或者存在或者不存在的遠方內化為他生命本質的一部分」[12]。所謂「生命本質」的一部分，依然是指海子對建立「靈魂家園」可能性的執意探

[11] 海德格爾：《詩・語言・思》，第 192 頁，文化藝術出版社，1991 年。
[12] 西川：《水漬》，第 201 頁，百花文藝出版社，2001 年。

尋。這時海子的「大地之歌」進入了最後一個高音區，他曾清醒地命名為「最後一夜或第一日的獻詩」，這是設置在陷落與拯救、黑暗和澄明臨界點上的最後一問。然而，失望的答案已在內心深處寫出：「黑夜比我更早睡去／黑夜是神的傷口／你是我的傷口／羊群和花朵也是岩石的傷口……今夜　九十九座雪山高出天堂／使我徹夜難眠」（《最後一夜或第一日的獻詩》）。再如：「這是絕望的麥子：永遠是這樣／風後面是風／天空上面是天空／道路前面還是道路」（《四姐妹》）。

試圖依託「大地」的人發現了「黑夜從大地上升起」，欲向「遠方」的人預感到的是「一無所有」，歌吟「麥田」的人最終看到的是「絕望的麥子」，這幾乎是那些敏感的理想主義詩人們在現代的宿命。這裏，我想到喬治・特拉科爾同樣一首詠述「麥田」的名詩中的句子：「……風低聲叩擊著門／門打開，發出清朗的響聲／／而門外有一畝嘩啦作響的麥田／太陽燒得劈劈啪啪，在天帳裏面／／灌木和樹林垂滿累累的碩果／空曠中亂舞著鳥和飛蛾／／農夫們在田間忙於收割／正午的空白，一片沉默／／我將十字架扔到死者身上／讓我的足音無語地消失於青野之鄉」（《地獄》）。與其說這是一首寧謐的田園牧歌，不如說這是一首「反牧歌」。詩人認領了為「父親守靈」的身份，而守靈總應是有時間的，所謂的「地獄」說，也包含著詩人「扔掉」這一身份，由此逃離的決定。同樣，海子也在很大程度上意識到了這種充實／空無的一體性，正是在這個「二而一」的境況裏，進入 1988 年後，海子將自身的分裂表達得格外驚心動魄：

我把天空和大地打掃乾乾淨淨
歸還給一個陌不相識的人
我寂寞的等，我陰沉的等
二月的雪，二月的雨

泉水白白流淌
花朵為誰開放

永遠是這樣美麗負傷的麥子
吐著芳香，站在山岡上

荒涼大地承受著荒涼天空的雷霆
聖書上卷是我的翅膀，無比明亮
有時像一個陰沉沉的今天
聖書下卷骯髒而快樂
當然也是我受傷的翅膀
荒涼大地承受著更加荒涼的天空

我空蕩蕩的大地和天空
是上卷和下卷合成一本
的聖書，是我重又劈開的肢體
流著雨雪、淚水在二月

——《黎明》

這裏，「聖書」上卷和「聖書」下卷的分裂，被恰當地隱喻為「我」內心的分裂，「我」曾試圖將「上卷和下卷合成一本」，但結果不過是被「重又劈開」。「沉浸於夜晚，傾心死亡」的海子無法真正「扔掉」他的命運，雖然他說「這種絕境，這種邊緣。在我的身上在我的詩中我被多次撕裂」，但客觀的命運的叩門聲也變成主觀的心聲，詩人越是勸慰自己認同世俗生活而「不關心人類（命運）」，就越顯得更為關心它們。其內心爭辯以「複調」的方式悽楚而清晰地鳴響著：

姐姐，今夜我在德令哈，夜色籠罩
姐姐，今夜我只有戈壁

草原盡頭我兩手空空

悲痛時握不住一顆淚滴
姐姐，今夜我在德令哈
這是雨水中一座荒涼的城

除了那些路過的和居住的
德令哈……今夜
這是唯一的，最後的，抒情。
這是唯一的，最後的，草原。

我把石頭還給石頭
讓勝利的勝利
今夜青稞只屬於她自己
一切都在生長
今夜我只有美麗的戈壁　空空
姐姐，今夜我不關心人類，我只想你

——《日記》

1989 年初，海子在那首廣為人知又廣為人誤讀的《面朝大海，春暖花開》中，既道出了自己勉力說服自己去認同基本世俗生活，做個「幸福的人」（不過有些像是「餵馬劈柴」的梭羅精神的中國版），但又在更鮮明地將「我」與「你們」（即複數的「陌生人」）嚴格區分開。詩人願後者「在塵世獲得幸福」，而「我只願……」。如果說這依然是與複數的「你們」隔絕開來的單數的「我」的話，那麼在海子生前寫的最後一首詩《春天，十個海子》中，「我」不但與「你們」分開，「我」甚至與「我」生命中渴望基本生存幸福，渴望基本價值安慰的成分也要自我「分開」了——

春天，十個海子全部復活
在光明的景色中

嘲笑這一個野蠻而悲傷的海子
你這麼長久的沉睡究竟為了什麼？

春天，十個海子低低的怒吼
圍著你和我跳舞，唱歌
扯亂你的黑頭發，騎上你飛奔而去，塵土飛揚
你被劈開的疼痛在大地瀰漫

在春天，野蠻而悲傷的海子
就剩下這一個，最後一個
這是一個黑夜的孩子，沉浸於冬天，傾心死亡
不能自拔，熱愛著空虛而寒冷的鄉村

那裏的穀物高高堆起，遮住了窗戶
他們把一半用於一家六口人的嘴，吃和胃
一半用於農業，他們自己的繁殖
大風從東刮到西，從北刮向南，無視黑夜和黎明
你所說的曙光究竟是什麼意思

——《春天，十個海子》

這首詩寫於 1989 年 3 月 14 日，凌晨 3 點到 4 點，距詩人棄世只有 12 天。海子經歷著怎樣的內心掙扎，永遠成為他個人的祕密了。但就文本本身而言，我們看到的是詩人死志已定，高度清醒（當然也可以從另一角度說是偏執）。「十個海子全部復活」，不排除其喻指對自己身後留下的詩極其自信的成分，但更主要是指詩人在內心曾經發生過的多重自我爭辯／分裂。「嘲笑……」，「被劈開……」，是對自己生存處境甚至死後被包圍的「話語處境」的指認（這個情境有現在時，也有預敘，與普拉斯的名詩《拉紮勒斯女士》以雙重時間處理「死亡」類似）；而說「就剩下這一個，最後一個／這是一

個黑夜的孩子」，在這裏，海子是要將自己與那些單純的「田園牧歌詩人」嚴格區分開來，他「不能自拔」，也不屑於自拔，他要忠實於自己所見、所感、所思，他已經清楚自己的時代、歷史、生存境況的性質，他熱愛的「鄉村」，不再是烏托邦，它承受不起人精神的託付，而是冬天、死亡、空虛和寒冷的所在。在最後的時刻，詩人靈魂最深的角隅被掀起，他最後懷著痛斷肝腸的愧疚想到了親人們艱辛的生活……但幾乎是同時，更巨大的悲風沖捲而至，它不但要帶走海子，甚至也將捲刮詩人剛才預想到的可能的「全部復活」和「光明景色」——「你所說的曙光究竟是什麼意思」？你——是追問「這一個野蠻而悲傷的海子」之外的十個海子，也是在追問所有空洞地言說「曙光」的人們。正如荷蘭漢學家柯雷（Maghiel Van Crevel）所說：「《春天，十個海子》立即打動我，甚至打擊我……海子在這裏不再向讀者喊著可預告的陳詞濫調，文本卻發散一種獨自的絕望而且暗示詩中的海子根本不在乎讀者的反應如何。『真實』是虛構而狡猾的概念，但我讀《春天，十個海子》比《祖國，或以夢為馬》要真實得多。《春天，十個海子》的詩歌自我已蛻掉了主流風格的皮，不再尋求社會承認，換上個人化的東西——既是更具體，又是更荒謬、更異常、更瘋狂的東西。十個海子這意象尤其如此，就是因為作品的平靜的、悲哀的、懷疑的語調，才避免《祖國，或以夢為馬》那種妄自尊大」[13]。

在筆者看來，海子的許多抒情短詩無論是從發生學的真實性，文本質地，還是接受效果史上看，都是極為出色的，可以代表現代漢詩抒情向度的極高成就。上面的論列中，我主要圍繞海子抒情詩中的主要線索之一——「回不去的家園」展開討論，它們具有明晰的心智和情感演進線索，甚至建立了心理完形意義上的個人話語場（個人的心靈詞源，意蘊，措辭基礎），這是貨真價實的「有方向的寫作」。與其像諸多評論所說的海子建立了「大地烏托邦」，我寧願說從海子這裏，大地烏托邦在詩中才開始以問題的形式存在。對大地家園的持續探尋，雖然並沒能解決海子的情之所鍾、魂之所繫的靈魂

[13] 柯雷：《實驗的範圍：海子、于堅的詩及其它》，載《現代漢詩：反思與求索》第402頁，作家出版社，1998年。

歸宿問題，但在曠日持久的專注的體驗和寫作中，卻累積了他的「精神重力」。1987 年後，他帶著這種精神重力開始了抒情史詩寫作，向「太陽」衝刺。下面，我們集中分析海子抒情史詩《太陽・七部書》中「太陽」的複雜內涵。

二

從海子的構想看，現有的《太陽・七部書》是一部未完成的作品。海子辭世後，其友人駱一禾、西川整理出了已成部分，並補充了詩人已列出的寫作提綱，稱之為「七部書」。海子這部長詩不同於習見的「史詩」模式，而是以意志性感受貫穿起來的，故各章之間具有相對的獨立性。所以在關注連貫的意志性感受和中心語象的前提下，它並不太影響我們以相應的「心理完形」來閱讀、考察。

「太陽」，從精神維度上是「向上」的，這使之自動帶有「絕對訴說」的神性意味——但是，對一個沒有穩定的宗教皈依的詩人而言，這種「絕對訴說」，其對象是不明確的（當然這並非是什麼缺失）。因此，海子這部詩中「神性」的出場，不是基於其「先在之因」，而是一種「借用因」。這部詩中神性音型的強弱，是與詩人對當下「無告」和「酷烈」的心靈遭際成正比的。我們只能說，海子一面「發明」出了自己的「神性」，繼而或同時又自我盤詰這一「發明」。這是兩面拉開的力量，海子本人的生命過程受害於這種噬心而綿長的分裂體驗，但他的這部長詩卻恰恰因此獲具了某種真切的張力和心靈的可信感，而非向上一味昇華、蒸發而「不知所終」。就此而言，在海子辭世後，無論是將之視為單純的「昇華者」而讚美的人，還是基於同樣的理由而貶低他的人，都是只看到了詩人某一方向（方面）的特徵而將其簡化。在這種簡化中談海子，讚美和貶低都是令我們不踏實的，因為雙方的矛盾性在此都「統一」乃至「同一」於認識力的盲視。

上文使用的「精神重力」一詞，借用了法國基督教思想家薇依（Simone Weil）的表述。她認為與物理世界和世俗此在的萬有引力的向度相悖，「精神重力」具有上升性質，「人通過強力行為釋放自身的能量，而強力使能量有減無增，人只有高高在上才有可能從這個惡性循環中解脫出來，……精神重力就是上升，精神重力使我們跌到高處」[14]。海子本人並無固定、自明的某一種宗教信仰，但有著類宗教情懷。所以與那些教徒不同，他沒有上升而「跌入」到神恩的懷抱，卻穿行於赤道跌入了「太陽」。「跌入」不是簡單的「飛入」，比之後者，有著更多的艱辛、無告和勇氣。

在寫作大量抒情短詩稍後，1987 年以降，海子已日漸感到對抒情短詩的不滿足。它們可以即時處理自己的情緒和情感，但始終無法承載在他看來是完整自足的靈魂歸宿問題：「抒情，質言之，就是一種自發的舉動。它是人的消極能力：你隨時準備歌唱，也就是說，像一枚金幣，一面是人，另一面是詩人」，而這種不滿足是導致海子轉向抒情史詩的原因之一，他說：「我寫長詩總是迫不得已。出於某種巨大的元素對我的召喚，也是因為我有太多的話要說，這些元素和偉大材料的東西總會漲破我的詩歌外殼」，「偉大的詩歌，不是感性的詩歌，也不是抒情的詩歌，不是原始材料的片斷流動，而是主體人類在某一瞬間突入自身的宏偉——是主體人類在原始力量中的一次性詩歌行動……這一世紀和下一世紀的交替，在中國，必有一次偉大的詩歌行動和一首偉大的詩篇。這是我，一個中國當代詩人的夢想和願望」[15]。由以上申說可以見出，在海子心中，即時的抒情是自發的，而嚴整的「大詩」（海子對抒情史詩的另一種說法）建構則是自覺的；抒情是對物象實體的感興，大詩則是對巨大元素和偉大材料的穿透；抒情是「你（詩人)歌唱」，「大詩」則是主體人類的「一次性詩歌行動」……海子最親密的朋友、詩人駱一禾如此評價《太陽・七部書》：

> 《七部書》的意象空間十分浩大，可以概括為東至太平洋沿岸，西至兩河流域，分別以敦煌和金字塔為兩極中心；北至蒙古大草原，南至印度次大陸，其中是以神話線索「鯤（南）鵬（北）之變」貫穿的。

---

[14] 薇依：《重負與神思》，第 35、36 頁，（香港）漢語基督教研究所出版，1998 年。

[15] 《海子詩全編・文論》，第 879、889、898 頁。

> 這個史詩圖景的提煉程度相當有魅力，令人感到數學之美的簡賅。海子在這個圖景上建立了支撐想像力和素材範圍的原型譜。……他必須承受眾多原始史詩的較量。從希臘和希伯來傳統看，產生了結構最嚴整的體系性神話和史詩，其特點是光明、日神傳統的原始力量戰勝了更為野蠻、莽撞的黑暗、酒神傳統的原始力量。這就是海子擇定「太陽」和「太陽王」主神形象的原因：他不是沿襲古代太陽神崇拜，更主要的是，他要以「太陽王」這個火辣辣的形象來籠罩光明與黑暗的力量，使它們同等地呈現，他要建設的史詩結構因此有神魔合一的實質[16]。

這是就《太陽》長卷的遼闊語境與核心象徵體內部的緊張關係而言，而就詩人個體生命體驗而言，「他在這個廣大的自然地貌上建立和整理了他自己的象徵和原型譜，用以熔貫他想像的空間，承載他的詩句，下抵生命的自然力根基，又將他真切的痛苦和孤獨，自身的能量和內心焚燒的『火』元素瀰漫其間」[17]。將這兩種意向互補來認識海子的抒情史詩《太陽・七部書》，才會完整。前一種意向涉及了海子詩歌的史詩材料及建構載力，後一種意向則表明，海子的「史詩」不是常規的「史詩」類型（絕對非個人化的歷史敘述性），而只是「現代抒情史詩」，其中不乏浪漫主義詩歌的主體的濃烈抒情性，飽漲的意志力，以及隱喻化了的個體生命的身世感。這從海子心目中共時崇仰的來自不同系譜的詩歌「人格神」中也可看出：但丁、歌德、莎士比亞；雪萊、荷爾德林、蘭波、凡高。批評界普遍認為，海子寫作長詩的悲劇在於「史詩（構架）抱負」與「浪漫衝刺方式」之間的矛盾，這種說法是有道理的。不過，如果我們不將「史詩」這一概念「本質化」或先驗體制化，而是從海子以個人方式寫出的詩歌文本看，詩人的《太陽・七部書》還是為詩界提供了個人化的新異的詩歌類型。考慮到《太陽》是詩人未能最終完成的詩章，這裏，筆者不採用語境有機自足的讀法處理「七部書」，而是兼用

16 駱一禾：《海子生涯》，《不死的海子》，第 4 頁，中國文聯出版社，1999 年。
17 駱一禾：《「我考慮真正的史詩」》，同上，第 9 頁。

原型讀法和系譜讀法，談談「太陽」這一主幹語象的複雜糾結內涵，並糾正海子研究中將「太陽」視為單向度「昇華」的傾向。

前面已經談到，海子所趨赴的「太陽」，不是一個具體的精神「位址」，甚至其內在意蘊也非單純自明，而是涵蓋了諸多彼此糾葛的力量，「籠罩光明和黑暗」，「神魔合一」，詩人以此來熔貫起痛苦和不甘，自身的意志力和內心焚燒的「火」元素。作為一個極度敏感的詩人，海子對具體歷史語境和生存壓抑的既定事實有足夠的體驗（有他的短詩為證），但在他看來，「既定的事實」並不等於應該接受的事實，個體靈魂的超越向度很可能比它的對立面（認同既定事實）更符合人的性質。他是把自己的靈魂作為一個有待於不斷「形成」的、而非認同既存世俗生存條件的超越因素，來縱深想像和塑造的。在他的長詩中，人的「整體存在」依然是詩歌所要處理的主題。而既然是整體的存在，就不僅僅是意味著「當下自在的存在」，它更主要指向人的靈魂自由的「自為」存在——按照存在主義的理念，意識的超越性就是人對自身存在特性的主要表達之一。因此，「太陽」為海子提供的不是一條由此及彼的直線昇華，而是一個龐大糾結的話語場域，一種大致的精神方向。「它並不意味著是一種柏拉圖式的『理念』，一種懸在的、規範的人的定義或『本質』，毋寧說它是一種規範性、理想性，它的作用不在於提供具體標準，而是給生存提供一種自我超越、自我完善、自我確認的意識，它使自我在使自身向之努力的關係中，進入生存」[18]。而用海德格爾的形象表述就是——「此仰望穿越向上直抵天空，但是它仍然在下居於大地之上。此仰望跨於天空與大地之間」[19]。這裏，兩者之間形成的張力而非單向的昇華，才是海子《太陽・七部書》的真正維度和重量所在。

「太陽・七部書」包括：《太陽》（詩劇），《太陽・斷頭篇》（詩劇），《太陽・但是水，水》（詩劇），《太陽・土地篇》（長詩），《太陽・彌賽亞》（第一合唱劇），《太陽・弒》（儀式和祭祀劇），《太陽・你是父親的好女兒》（詩

---

[18] 李鈞：《存在主義文論》，第 56 頁，山東教育出版社，2000 年。
[19] 海德格爾：《詩・語言・思》，第 192 頁，文化藝術出版社，1991 年。

體小說）。在這些詩章間，「太陽」構成了複雜的互文關係。七部書的第一部《太陽》（詩劇）的開篇是意味深長的：

> 我走到了人類的盡頭
> 也有人類的氣味——
> 在幽暗的日子中閃現
> 也染上了這只猿的氣味
> 和嘴臉。我走到了人類的盡頭
> 不像但丁。這時候沒有閃耀的
> 星星。更談不上光明……

在我看來，開頭這重重糾結的話語，為海子整個的「太陽之旅」定下了基調。「我走到了人類的盡頭／也有人類的氣味」，是喻指精神在加速度超越，但「我」的肉身還不得不深陷於「人」中。「我」的精神行旅是格外艱辛的，甚至不乏荒誕感——「我」跌入太陽的行程決非明確堅定的信仰舉念，毋寧說「我」也不確知為何走上這條不知終點的赤道。「我不像但丁」，但丁的神曲之旅是由「地獄——煉獄——天堂」這一明確向度構成，甚至在《地獄篇》的結尾，但丁已有把握地寫出：「直到透過一個／圓形的洞口，我看見了一些在天上／才會有的美麗的事物。我們從／那裹出來，再次見到那些閃耀著光明的星星」。然而，海子說自己的精神行旅，「沒有閃耀的星星。更談不上光明」。與但丁不同，他沒有終極神聖之光的歸所，甚至沒有維吉爾式導師的指引，和貝亞特麗齊式永恆之女性的陪伴，海子跌向太陽的道路更多的是苦難、無告和試圖自我獲啟的艱辛。所以，與但丁的最終指向昇華的線條結構不同，海子的《太陽》是一團拉奧孔式的扭結的自我爭辯的話語矩陣。他走上的是一條疼痛的「單足人」般的天路歷程，是瞽者般返諸內心的黑暗與光明含混難辨的道路。

在「人類的盡頭」，詩人接著說「我還愛著」，但與但丁所言的「是愛在推動太陽和星群」中的愛不同，並非教徒的海子還「有著人類的氣味」，這愛是對世界的「愛情」。所以他看到（毋寧說是他「願意看到」），「在人類盡頭的懸崖上那第一句話是：『一切都源於愛情』。／一看見這美好的詩句／我的潮濕的火焰湧出了我的眼眶」。海子其實深知，與其說「一切都源於愛情」，莫如說一切都源於欲望。但他不忍心這麼說，他寧願在「盡頭」回望世界時，投給世界一道赤子的眼光，他流出了傷感的眼淚，因著眷戀的回頭，這眼淚總是滴在肩胛骨上。然而，海子的內心繼續在劇烈地自我盤詰，生存的真相迫使他「又匆匆地鐫刻第二行詩：愛情使生活死亡。真理使生活死亡」。第二行箴言詩與第一行構成了無法迴避的衝突，這衝突造成的張力或分裂力量，始終折磨著詩人。海子不願也無法懸置這個短兵相接空手入白刃的辯難關係，所以才說「在空無一人的太陽上／我怎樣忍受著烈火／也忍受著人類灰燼……我已被時間鋸開」。接著，詩人將「光輝的第三句在我的頭蓋骨上鐫刻」——「與其死去！不如活著！」這句語義肯定，節奏斬釘截鐵的箴言，卻透露出更深遠的憂傷、失望和奮力自勉。人僅靠本能就在實施的「活著」的狀態，詩人海子卻需要拼命全力喊出。的確如他所說，「我是在我自己的時刻說出這句話」，自己的時刻不同於「你們的時刻」。因為「一根骷髏在我的內心發出微笑……／那時候我已經來到赤道／那時候我已被時間鋸開。兩端流著血　鋸成了碎片」，我的內心在格鬥，在互否，「翅膀踩碎了我的尾巴和爪鱗／四肢踩碎了我的翅膀和天空」。向上的路和向下的路是同一條路，「我像火焰一樣升騰　進入太陽／這時候也是我進入黑暗的時候」——

> 赤道，全身披滿了大火，流淌於我的內部。

在談到海子有些長詩為何以詩劇方式寫成時，駱一禾的話可謂一語中的：「這裏就有著多種聲音，多重化身的因素」。「太陽」（火焰和熱血是其變體）在海子詩中，既是「它者」，又是眾多的「我」形成的「眾聲話語」說話人，具有複雜經驗纏繞的含義：它是在黑暗和冷漠中發掘或挽留光明的要素；是甘願擔荷生存之悲哀乃至罪孽的詩人情懷（滌罪和熔煉）；是趨赴由人類偉大詩歌共時體匯聚而成的神聖光照；是詩人個體生命熔爐的烘烤的顯現；也是生命能量的熵化過程，破碎、耗盡、熱寂、失敗、灰燼、死亡……總之，「太陽－火焰」作為海子詩歌的首要元素，並非僅是單向度的自我陶醉的「比德」，而是包容了探索生存，發現自我，甘冒危險，勇於獻身的生命和藝術激情。正如巴什拉（Bachelard）在談到火—太陽在藝術中的地位時說的，「在形象的各種因素中，火是最具有辨證性的。只有火才是主體和客體。在泛靈論的深處，總可以發現熱能——富有生命的東西，直接富有生命的東西就是熱的東西」[20]。對於「太陽—火」這一元素的縱深挖掘，海子始終是清醒自覺的。早在 1987 年，他開始寫作《太陽》時的一篇日記就明確談到這一點：「我彷彿種種現象，懷抱各自本質的火焰，在黑暗中衝殺與砍伐。……我要把糧食和水、大地和愛情這彙集一切的青春統統投入太陽和火，讓它們衝突、戰鬥、燃燒、混沌、盲目、殘忍，甚至黑暗。我和群龍一起在曠荒的大野閃動著亮如白晝的明亮眼睛，在飛翔，在黑暗中舞蹈、扭動和撕殺。我要首先成為群龍之首，然後我要殺死這群龍之首，讓它進入更高的生命形式。……但黑暗總是永恆，總是充斥我騷亂的內心。它比日子本身更加美麗，是日子的詩歌。創造太陽的人不得不永與黑暗為兄弟，為自己」[21]。我們只有意識到詩人是在「主動尋求的困境（或悖論）中表達」，才不至於將《太陽・彌賽亞》中的復活意志，與《太陽・弒》中人類之間彼此瘋狂屠戮的境況對立起來。它們本是一場永劫輪迴的人類命運圖式，既是噩夢和絕望，又是新新頓起不斷重臨的強力意志甦生。

詩人西川曾指出海子詩歌意向和情調的變化：「1987 年以後，海子放棄了其詩歌中母性、水質的愛，而轉向一種父性、烈火般的復仇。他特別讚賞魯迅對待社會、世人『一個也不原諒』的態度。他的復仇之斧、道之斧揮舞起來，真像天上那嚴厲的『老爺子』。但海子畢竟是海子，他沒有把這利斧揮向別人，而是揮向了自己，也就是說他首先向自己復仇。他蔑視那『自我

20　巴什拉：《火的精神分析》，轉引自《當代外國詩歌佳作導讀》，第 908 頁，河北教育出版社，2000 年。

21　《海子詩全編・日記》，第 883 頁。

原諒』的抒情詩」[22]。我認為，這裏所說的海子的「復仇」，不是源於個人世俗功利欲望受挫後的怨憤，而是認清了「事實真理」和「價值真理」並不對應，反而常常對立（前者只關乎真，後者主要關乎善與美）的現實後，詩人內心生產的焦慮、憂憤和無告感。西川還談到「海子的形而上學，那就是『道家暴力』。我一直不太明白『道家暴力』到底是什麼意思」。我認為，這裏的「暴力」可能是指東方道家的「天地不仁」（道在萬物之上，無所謂偏愛純任一切按規律運行），和《聖經》故事所昭示的持刀者未必最終將死於刀下，不持刀的人（或放下刀的人）未必不死於十字架，這一客觀性。因此，「暴力」在海子個人的辭彙表中的可替換詞，或許就是「殘酷的必然性」。上帝跟生活中的光明與黑暗同時相關，二者同時存在。對於這個年輕、單純而敏感的詩人海子來說，認識到這一點真是太過殘酷了。

因此，對海子《太陽・七部書》中徹骨的絕望感，我們理應主要從這一向度來認識：「在價值的徹底毀滅中，詩人的內心被一種巨大的苦惱所糾纏……絕望感不等於厭世感或虛無感。與厭世主義和虛無主義的玩世不恭和無謂心態相反，絕望感堅持價值真實的意義，它像是對彷彿永遠不要想得到任何解答的問題的追問，這就是對世界的無意義性的永遠不可能消解的焦慮和操心。堅持對價值和意義真實的祈求才會導致絕望感……絕望感只產生於置身在價值的虛無能夠為價值真實操心的詩人的內心」[23]。需要引申的是，絕望和焦慮，也是克爾凱郭爾、雅斯貝爾斯（Karl Jaspers）、保羅・蒂利希、荷爾德林、R・S・托馬斯（Ronald Stuart Thomas）、艾略特、奧登、雅姆（Francis Jammes）……等存在主義神性哲學和詩歌系譜所論述的生存前提，而且只是前提。如何理解這個前提所帶來的可能意義，這些哲學家和詩人都有明確的超越性的宗教方向和歸所（「神的家中鷹在集合」）。而在海子這裏，「前提」與「結果」卻是完全重合的，我認為，這正是一個沒有固定宗教信仰的中國詩人「知行合一」、勇於面對自身生存真相的結果（「秋天深了／得到的尚未得到／該喪失的早已喪失」），它可真是又悽楚又明亮。如果說海子的《太陽・七部書》當

---

[22] 西川：《死亡後記》，見《海子詩全編》，第 923 頁。

[23] 劉小楓；《拯救與逍遙》，第 63、64 頁，上海人民出版社，1988 年。

得起「史詩」之名的話，我認為就是它局部地超越了個人化，並勾勒出一個種族的（詩歌）精神歷史發展到特定階段，所遇到的特有的困境圖式。

在一個普通的夜裏，清點星辰和自己手指
於是我考慮真正的史詩
是時候了
太陽之輪從頭顱從軀體從肝臟上轟轟輾過

——《太陽・斷頭篇》

這就是一個「太陽神之子」，而非「太陽王」的處境：「遠方除了遙遠一無所有」，「今夜，我彷彿感到天堂也是黑暗而空虛。所有的人和所有書都指引我以幻象，沒有人沒有書給我以真理和真實」[24]。走到這裏，海子的生命與他履踐的「一次性偉大詩歌行動」猝然終止了。前面已談到，海子的創作時間與「第三代詩」是重合的，但他與第三代詩人的向度完全不同。詩人麥芒說，「如果以現代主義為基準，那麼『第三代』是順向而動，按照歷史時間的順序走向後現代主義，而海子則是由此回頭，溯根尋源，重建背景。但海子與『第三代』時間上的重合也不是沒有某種意味的」[25]。那麼這個重合的時間「意味」何在？

生活在 20 世紀末的歷史語境中的詩人，要建構通向「本質真理」的「大詩」，誠實的海子也不得不遭遇到一個利奧塔所指出的嚴酷「寓言」：人們相信有一個絕對的宏大的真理之源，每個這一情況的敘述者都宣稱他所敘述的真理跟他「一直聽人這麼說的」一樣。他是這一真理的聽眾，而告訴他這一真理的敘述者也曾是聽眾。順著（也可說是回溯著）這條真理傳遞鏈一路都是這樣，結論暫定為真理的主人公一定是最早的敘述者。但是，「他」是誰？誰能肯定「他」存在過？我們在此碰上了可怕的迴圈：「Y 對 X 擁有權威是因為 X 授權 Y 擁有這種權威；其中偷換的論點就是：授權賦予了權威以權

[24] 《海子詩全編》，第 901 頁。
[25] 麥芒：《海子與現代史詩》，見《不死的海子》，第 219 頁。

威」[26]。海子的誠實於斯可見，這就是他勇於承認的冰川紀，「天堂在下雪／冰河時期多麼漫長而荒涼／多麼絕望」。與其說這是先知般的聲音，不如說這更像是一個「反先知」的「先知」的聲音。

儘管海子的詩歌也有明顯的缺失——多年前，筆者曾在一篇文章中指出其過度的「那喀索斯情結」，長詩的語言和結構尚缺乏精審的打磨、提煉和夯實——但在詩人們以「庸人」自炫自美的今天，我卻更願意積極肯定海子詩歌不容低估的開拓性價值。今天，我們重溫曼海姆（Karl Mannhelm）的忠告也許才真正地別有會心：「烏托邦的消失將帶來靜止的狀態，在這種狀態中，人幾乎成為物。那時，我們將面臨一種難以想像的兩難境地，即人類雖然獲得了對現實存在的最大程度的理性控制，卻也失去了任何理想，變成了僅僅憑衝動行事的生物。於是，人類在經歷了長期艱難而英勇的發展之後，剛剛達到最高程度的自覺，……卻又將創造歷史的願望隨著烏托邦的消失而丟掉」[27]。

回溯海子跌向「太陽」的詩歌烏托邦道路，依然有著特定時代「非如此不同」的重要價值，只有這個高度，才使他獲得了一個整體把握大地生存的視點，並為之做出特殊角度的命名。套用王國維先生的話就是：「中國先鋒詩自海子，境界始大」。海子留下的詩歌，無疑是屬於現代漢詩中將恆久閃光的那些冊頁的一部分，並有著豐富的內涵等待人們繼續發掘。

---

26 利奧塔：《後現代性與公正遊戲》，第 172-173 頁，上海人民出版社，1997 年。
27 轉引自鄭也夫：《代價論》，第 150 頁，三聯書店，1994 年。

第十一章　讓蒙面人說話
——西川詩歌論

西川[1]是朦朧詩浪潮之後出現的最引人注目的幾位青年詩人之一。但與大部分第三代詩人不同，他剛登詩壇就能引人注目，不是基於與朦朧詩模式的鮮明對抗，而是另有天地，迅速指向了「本體詩」(或曰元詩)。在我眼裏，從詩歌形式上說，西川只經過極短的「學徒期」，很快就結束了蹣跚之態，而在詩歌審美指向和細部技藝環節上表現出了成熟(我的記憶標記是，1983年寫出後來獲得「大學生文學創作獎詩歌第一名」的《鴿子》，和 1984 年輯印的個人詩集《星柏之路》)。這「另有天地」可能與他不是向朦朧詩學習，而是直接從原文閱讀英語詩歌有關。「鴿子」的經驗是個人的，但在結構方式上應該與史蒂文斯的「烏鶇」有關。

1985 年底，我開始協助詩人劉小放編輯創刊不久的《詩神》，一組西川作品，更加重了我對他「審美上早熟」的印象，其中《在哈爾蓋仰望星空》、《祁連山》等語境獨特，荒涼而高貴，優雅又誠懇，伴以個人化的音勢，曾讓我邊編發，邊流連默吟。1986 年初春，在林沖發配之地滄州的「華北五省市青年詩會」上，我見到西川。那時他面孔白皙、身材高大硬朗、長髮飄拂、精力充沛。但和善的表情和專注於詩歌審美的發言，加上身穿藍色中式

---

[1] 西川，生於 1963 年，1985 年畢業於北京大學英文系，現為中央美院教授。主要詩集有《虛構的家譜》、《隱密的匯合》、《大意如此》、《西川的詩》、《深淺》等。詩學隨筆集《讓蒙面人說話》、《水漬》等數種。曾獲魯迅文學獎等國家和民間文學獎項多次。2002 年，任美國艾奧瓦大學訪問學者。

對襟罩衫和燈心絨褲，卻稍稍掣住些他的青春英氣，顯得成熟而大方，古典而又前衛。這個形象與他的詩歌給我的感覺吻合了。80 年代初至中期，西川詩歌質地精純而穩定，特別是長詩《雨季》等帶來的反響，使西川在「本體詩」的向度上成為詩壇獨特的「一元」，被稱為「西川體」，並影響了許多詩人的「藝術主題」陳述和形式自律意識。

然而，為詩之道，深且險矣。一個詩人，一出現就直指「本體詩」，既是好事，也可能是「壞事」。特別對有更寬大精神視野、才智和抱負的詩人來說，藝術本體的自覺不是寫作的歸宿，毋寧說它更應是一個可信的「起點」。詩人要有能力將關於「好詩」的「共識」作為新的背景，由此出發，進一步去開拓個體靈魂話語的領域。我曾如此表述過這個問題：一個現代詩人，如果從未經過本體的自覺，他永遠不會成為真正的詩人，在一般情況下，只會成為不斷激進「實驗」的炮灰。而若他始終停留於元詩，也只能獲具美學風格、趣味範疇內的「高雅之詩」，卻不會是擁有個人內在經驗、精神氣象和話語祕密的重要詩人。

在我看來，西川的不凡正在於，被許多詩人孜孜以求，視為終點或核心的「詩本體」，在他後來卻是一個可靠的起點。從 80 年代後期開始，他就從這個「起點」或偏移，或斜出，或橫向或反向拓展。在他快意地「後退」裏，卻為中國先鋒詩歌新的深度和幅度的「前進」，做出了獨特的貢獻。因此，與常規的創作路向不同甚至相反，西川是由一個「百分之百」的詩人，修煉成了一個「百分之五十的詩人」，而空出的「五十」，是對已有的詩歌概念的創造性增補，更是對廣義的靈魂和語言邊界的開拓。顯然，由於「本體意識」的滿盈而感到了單調的饑渴，從而另掘井泉的詩人，與那些「一瓶不滿半瓶咣蕩」，試圖以粗陋的方式爭取到所謂「另類個性」的詩人，是不可做同日語的。

2004 年，西川獲得了由 22 位國內外批評家、漢學家評出的首屆「新詩界國際詩歌獎・啟明星獎」：「敏銳的問題意識，深厚的人文底蘊，使西川的詩不斷逾越自身，成為當代詩歌最重要的整合點和出發地之一。他的詩沉穩、大氣、均衡、精確，充滿睿智的洞察但也不迴避種種困擾，注重精良的抒情品格，卻又向異質事物充分敞開。他以孜孜不倦的熱情貫通經典和當下，以靈活多變的語言策略致力於綜合的創造。通過引入文明的悖論模式，他大大擴展了詩歌經驗的內涵，在不斷增加其負荷的同時也不斷鍛煉其表現的強度。他使我們意識到，一種在質地上足以與生活和歷史相對稱、相較量的詩不僅必要，而且必須」。

在詩人多次獲獎的授獎辭中，只有如上文本對西川詩歌特點及發展的概括是較為全面準確的。下面，本書將分三部分論述西川詩歌的發展道路，對「變法」期間的作品，將予以更多關注。

一

上世紀 80 年代初期至中期，中國先鋒詩寫作主要有兩大模式。其一，是朦朧詩的「社會批判，隱喻—象徵」模式；其二，是第三代詩人的「日常經驗，口語—敘述模式」。從精神來源上看，朦朧詩與第三代詩一方面與外國現代、後現代詩的影響有關，另一方面又與曾被中斷的早期五四精神「立人」傳統有關。借用伯林（Isaiah Berlin）的概念，二者不同的是，朦朧詩走的是魯迅、郭沫若式「積極自由」的立人道路，弘揚人的主體精神，追尋預設的目標，宣諭社會理想；而第三代詩走的是胡適、周作人式的「消極自由」的立人道路，在自明的個體生活（和寫作）領域裏，做自己願做的事，儘量免受各種各樣的權勢所干涉。兩種理念的差異在於，一個是「去做……的自由」，一個是「免於……的自由」。前者認為自由的本質只有自覺的奮爭才能實現，後者認為自由的本質在於世俗個體的自發性和非強制性。但總的看，他們之間的差異性又統一於在具體生存語境中「立人」這個總背景。考慮到「立人」這個總背景，在中國一直是未竟的事業，因此無論是何種「自由」，朦朧詩和第三代詩的意義均理應得到充分肯定的衡估。

但是，問題還不僅於此。任何時候，社會學意義上的「立人」都不會自動等於藝術意義上的「立詩」。特別是在前者有可能要僭妄地取代後者的情況下，「立詩」的使命會變得同等迫切。80 年代中期，西川提出了「詩歌精神」的概念：

> 一方面是希望對於當時業已氾濫成災的平民詩歌進行校正，另一方面也是希望表明自己對於服務於意識形態的正統文學和以反抗的姿態依附於意識形態的朦朧詩的態度。從詩歌本身講，我要求它多層次展出，在情感表達方面有所節制，在修辭方面達到一種透明、純粹和高貴的質地，在面對生活時採取一種既投入又遠離的獨立姿態。詩歌是飛翔的動物。詩歌是精神運作的過程和結果。它當然熱愛真理，但以懷疑為前提；它通過分辨事物的真相，以達到塑造靈魂的目的[2]。

或許西川對這兩大模式的批評有些嚴苛，但決非沒有骨子裏的準確性。西川並不反對「立人」，有他的詩作為證。這裏不如說，當時「立人」的傳統已被深深置入詩人們心中，其能量甚至已被過度開採。我們或許不缺「立人」意識，缺的是貨真價實的「詩歌」。故西川別有「立人」之志，但這個人已不再是反向意識形態隊列中的「新人」，不再是日常生活中的「俗人」，而是擁有獨立藝術身份和個人靈魂的「詩人」。「詩歌精神」，就是西川用來「塑造靈魂」的主要追尋目標。在此，「詩歌精神」與「個人靈魂」自立的可能性是同時到來的，詩人是把自己的靈魂作為一個有待於「形成」的、而非平面反抗或安穩於既有的生存條件的超越因素，來縱深想像和創造。「詩歌精神」和「個人靈魂」的建立，從寫作發生學上說，動搖了以往寫作中將社會生活設想為不可動搖的唯一母體，以解決藝術的生產問題的理念，並洞開了新的創造可能性的方向。在詩來自生活，詩來自即時性的對激進寫作潮流的感應……等理念之外，西川體悟出別種識見：詩來自偉大詩歌共時體形成的「詩歌精神」對詩人的召喚，和個人靈魂的表達渴求。這樣，詩人得以擺脫依附性人格，以自身的「藝術人格」形象出現，告別庸俗進化論制導下

---

2 西川：《大意如此》，第 246 頁，湖南文藝出版社，1997 年。

的機會主義寫作，捍衛了藝術的核心。在西川 80 年代的詩中，人的「整體存在」依然是詩歌所要處理的主題。而既然是整體的存在，就不僅僅是形而下的既存、了然、自明的社會性存在，還包括形而上的人的靈魂超越和意識自由的存在。在這點上，西川似乎與其詩友海子等人有一致之處。但深入細辨，我們會發現二者的差異還是很明顯的：西川的形而上目標指向明確而純正的「新古典主義」藝術精神，海子則試圖以詩作為中介，進而尋得「神性」的價值支點。正如批評家崔衛平曾在一篇文章中詳盡論及了海子的「自我分裂、斷裂」，指出其主要原因乃是「拒絕滲透」、「天啟情緒」[3]。而在另一篇論及西川的文章中，則說西川詩歌「是為了喚開那隱蔽的源泉之門，匯合或敞亮那祕密的事物……所有的出現都不是第一次的，所有降臨都有在它之前降臨的東西……因此我們就可以解釋為什麼在佈滿喧囂、怪異、失落、裂痛的現代作品之中，西川居然不分裂也不混亂，居然顯示出和諧、沉思和光明的某些特質。那被喚開的源泉之門是時間之門，喚開即穿越，穿越時間的重重疊嶂，他從時間走向空間……當一個人將自己交付給更為久遠更為寬廣的東西，那麼他就有效地避免了個人的從精神到形式、語言的種種崩潰和瓦解」[4]。

我認為，西川早期詩歌中的所謂「新古典主義」與其說是一種藝術方法，不如說是一種藝術精神。因為從修辭基礎上說它們更屬於現代主義中的象徵派範疇。只不過在當時中國現代詩的寫作語境中，「現代性」被簡化了，成為「拋棄過去，奔向未來」的時間神話的一部分。而西川筆下的「現代」卻是具有包容力的，它們像「掀翻時間的犁」，將古典與現代「匯合」一體。體現在作品與現實的關係上，他追求一種間接暗示性，從作者觀上，他體現為非個人化，從語言觀上，他趨向元詩的自洽和自律性……這種對形式重要性的強調，在風起雲湧以造反為圭臬的激進年代無疑顯得「古典」。但從塑造新的詩歌意志，發明新的想像力向度上看，西川的「新古典主義」反而體現出了當時大部分先鋒詩人不曾體現的有根柢的「求新求異」精神，和與中國新詩社會功利主義小傳統的有力斷裂。關於這一點，我們只要參照一下葉

3　崔衛平：《海子神話》，載《積極生活》，第 58 頁，中國人民大學出版社，2003 年。
4　崔衛平：《隱密的匯合・序言》，改革出版社，1997 年。

芝、艾略特、瓦雷里、博爾赫斯、曼捷斯塔姆和龐德……等詩人的精神姿勢，也就不難理解西川的「新古典主義」的現代性價值與活力了。

「詩歌精神」本身可以作為「信仰」嗎？西川早期詩作或許證實了這一點。特別是在一個視藝術為工具，而缺乏對藝術本身的虔誠之心的國度裏，擁有這種「信仰」不但珍貴而且有效。這使西川的詩不是表現什麼「自我」，而是將自己的靈魂提升到詩的高度，不是用詩去摹仿生活，而是讓生活反過來也摹仿一下詩歌。因此，當西川看出某些朦朧詩在接受語境中幾乎滑入政治寫作和群眾寫作的險境（「中國詩歌有限的光明習慣性地依附於廣大的黑暗，它的成功和確立，是對於普遍失敗情緒的一種補償」[5]），某些第三代詩將自身的日常煩惱和性苦悶置換為藝術上的造反時，他寧願尋找以純粹的藝術醫治靈魂的方式。「衡量一首詩的成功與否有四個程度：一、詩歌向永恆真理靠近的程度；二、詩歌通過現世界對於另一世界的提示程度；三、詩歌內部結構、技巧完善的程度；四、詩歌作為審美對象在讀者心中所能引起的快感程度。我也可稱為新古典主義又一派，請讓我取得古典文學的神髓，並附之以現代精神。請讓我復活一種回聲，它充滿著自如的透明。請讓我有所節制。我嚮往調動語言中一切因素，追求結構、聲音、意象上的完美」[6]。這是一種「新古典主義」立場，其想像力向度體現了「反」與「返」的合一。既「反對」僵化的對古典傳統的仿寫，又「返回」到人類詩歌共時體中那些仍有巨大召喚力的精神和形式成分中。總之，對這類詩人來說，使用超越性的想像力方式帶來的詩歌語言特殊「肌質」，同樣出自於對確切表達個人靈魂的關注。或許在他們看來，不能為口語轉述的語言，才是個人訊息意義上的「精確的語言」，它遠離平淡無奇的公共交流話語，說出了個人靈魂的獨特體驗。

有一種神秘你無法駕馭

你只能充當旁觀者的角色

---

[5] 西川：《大意如此》，第 242 頁。

[6] 西川：《藝術自釋》，載《詩歌報》1986・10・21。

聽憑那神秘的力量
從遙遠的地方發出信號
射出光來，穿透你的心
像今夜，在哈爾蓋
在這個遠離城市的荒涼的
地方，在這青藏高原上的
一個蠶豆般大小的火車站旁
我抬起頭來眺望星空
這時河漢無聲，鳥翼稀薄
青草向群星瘋狂地生長
馬群忘記了飛翔
風吹著空曠的夜也吹著我
風吹著未來也吹著過去
我成為某個人，某間
點著油燈的陋室
而這陋室冰涼的屋頂
被群星的億萬隻腳踩成祭壇
我像一個領取聖餐的孩子
放大了膽子，但屏住呼吸

——《在哈爾蓋仰望星空》

這首詩寫於1985年（此後又有局部潤色），我們看到的是一個有些儀式化和自矜感的虔敬的精神朝聖者的形象，這個形象不僅面對「永恆的星空」，還返諸於「內心的道德律」。西川從未成為教徒，他所謂「神秘的力量」，並非確指基督教意義上的「神」，而是一種借代意義上的高尚、德性、寬懷和節制的詩人靈魂的修持。「80年代的西川是『純詩』的堅定倡導者。值得注意的是，『純詩』在80年代中國大陸話語中更多地關涉到文學文本所構造的世界的明確清晰、合乎邏輯、高貴脫俗的特點。『純詩』的意義主要在倫理和美學方面。它很少包含戲劇性的緊張，拒絕沾染所有的世俗事物」[7]。如果說《在哈爾蓋仰望星空》等早期「純詩」作品中，詩人的精神向度是垂直「向上」昇華（而其變體就是對「遠方」的渴慕），通往神聖體驗和絕對知識，面對「此在」之我的表達遠不夠準確的話，那麼不久後詩人就削弱了儀式化傾向和聖訴語調，而自覺地強化了「此在」的維度，以半自由體的形式寫出了一批意向複雜糾葛的詩章：

完整的曠野上只有冬天
我們畏懼的豺狼蹤跡杳然
大風呼嘯而過，如同
繞過兩塊人形石頭
擁向一次沒有主人的盛宴

跟隨我，否則你會感到孤單
與我一同高喊，讓寒冷
逼入我們體內最黑暗的部位
為黑暗帶去應有的尊嚴
在這飛鳥遺落的一天

跟隨我走向大地的講壇
在濃縮的太陽底下
清除我們冗長而嘈雜的懷戀
你必須懂得服從後來者的安排
大地的沉默中包含著非理性的沉澱

---

7 柯雷（荷蘭）：《西川的〈致敬〉：社會變革之中的先鋒詩歌》，載《詩探索》2001年第1-2輯，第350頁。

看那些純潔的褐色灌木
它們與曠野保持著某種默契
而一個人卻需要為此
付出一個殉道者全部的熱情
才能安身在這曠野，單調又無限

我撫摩萬物而逐漸衰老
我收回雙手時萬物已經黯淡
草籽中的黎明你無法叩問
一個人意味著一個困難
而你將對此慢慢習慣

你將看到我讓出我自己
是為了在曠野上與冬天相遇
是為了彌補頭腦的損失
是為了在大地空闊的
講壇上沉默無言

——《曠野一日》

這首詩寫於 80 年代末，它給我的閱讀感受很微妙，既沉鬱，又痛快。能將二者融為一體，乃西川獨擅也。在詩中，我們彷彿看到一個「老派」的遊吟者漫步於自然和心靈的雙重「曠野」。他的靈魂已開始在緩緩盤詰甚至分裂，但他不想讓這分裂將詩的純粹給毀了，而是沉鬱、徐緩、透徹而自明。規則的韻律和分節又在「耳感」上給我們一種「安全」感，它避免帶有聲音摩擦、語速生硬轉換造成的不適衝撞。讀這首詩，既有英國古典玄學派詩歌的味道，但內在的滋味卻也像是晚年杜甫、李商隱、阮籍甚至曹操的詩品在「今天」的美妙回聲。在這首詩裏，我看到的是西式的「智性」和東方風「體驗」、「感興」的融合。

「體驗」不只是向外的分析，更是向內的發現。因此，生存的劇烈衝突在詩人心中反而是「見慣不驚」的恆久「冬天」。「我們畏懼的豺狼蹤跡杳然」，不是說它們不存在，而是說詩人不再與之錙銖必較、平面格鬥。詩人要捍衛內心世界的完整，必首先以自己「體內最黑暗的部位」為對抗對象。即使生存像一場悲風「呼嘯而過」，但我們仍有不被風化的「人形石頭」般的自持、堅卓。這是在黑暗中，詩人「應有的尊嚴」，也是在工具理性、權力和形形色色的「歷史決定論」控制世界這一所謂「理性」時代，一個詩人的「非理性沉澱」。這種「非理性」或許能代表更高的「新理性」——對人性的關切。但我們注意到，此時西川已不再將運思導向「昇華」。在我們置身的歷史語境中，詩歌的「昇華」往往容易為文化中的腐朽部分、專制成分所利用，甚至曾和意識形態的「改造」機制，個人方式的道德獻祭儀式扭結一體，成為抹殺個體生命意志的「脫胎換骨」做「新人」的神話。因此，詩人不再是指向「天空」、「光」，而是「走向大地的講壇」。在懸置了假想的崇高背景後，個體生命將直接面對靈魂中的分裂、互否，獨立承擔自己的精神及其行為後果，「一個人意味著一個困難」。這困難難以類聚，「單調又無限」。至此，世界作為一場混亂的「沒有主人的盛宴」，它要求那些具有個人精神歷史的覺悟者（詩人），來自我「付賬」。文本乃是詩人給世界交付的帳單，既是一種損傷，又是一種「默契」。詩人「需要為此／付出一個殉道者全部的熱情」，這裏的「殉道」，乃是古老的詩歌之道，它指向語言的澄明、敞開、去蔽，對生存和生命臨界點上產生的語言交鋒的徹骨領受（揭示那些只能經由詩歌所揭示的生存和生命意味）。它不是高高在上的先在絕對律令，而是「後來者的安排」，「你將對此慢慢習慣」。詩人就在這種使命與宿命混而不辨的靈魂盤詰中，在這種內凝與分裂同在的心態下寫作，一方面他是高傲的，另一方面則在這種平和的驕傲中充盈了內在的緊張。

的確，這是彼時西川式的相對主義和懷疑精神。它以「心靈」的音樂，「彌補頭腦的損失」；它起於「一同高喊」，歸於「在大地空闊的／講壇上沈默無言」。它已開始告別垂直支配的「絕對知識」造成的進攻性，卻獨抒性靈並滿含對生命的體諒，對世界的惦念。

西川早期作品的語言是澄明、舒徐的，像是現代詩歌「變格」式感應古典音步的形式。這種半格律體帶來的特殊「耳感」，成為一種純聲音的「姿勢」(布拉克墨爾語)，同步帶動思想，喚起感動。他的話語歧義性不強，常常呈現一種語義飽和的單純感和異乎尋常的精確性。他不屑於用淺陋的彷徨不定去冒充詩歌的張力感，他寧願深切地洞燭。用一種標準來看，那時西川的詩因此向度單一；但對那時的他來說，這種有分寸的，自明的語言，更能言述他個人精神的核心。平靜、純正、滿懷信心，從人類靈魂之詩共時體連續「金鏈」的宣諭中，領受永恆藝術的教誨，西川的詩企圖以此更有力地影響人們。有時，恰好是澄淨的湖水能夠顯示湖的深度，而淺灘卻在混濁中蠱惑了人的視線。那時的西川無意於顛覆價值和造語義化了的世界的反，他也許更盼望人類平和淨永的那一天早日到來，他願意為此以詩付出個人可能的「文化推進力」。

上面已談到，西川早期詩歌的精神維度是指向「上方」和「遠方」的，他對「神秘的力量」始終心懷渴慕。考察西川詩歌，我們會發現，這種「神秘的力量」未必是指宗教的終極關懷，甚至也未必是「先知」式的佈道。如果說他對「海市蜃樓」、「個人烏托邦」和「巴別塔」深懷興趣的話，我想，它們的核心含義可能分別對應於詩歌精神中的「文化想像祕密」、「個人靈魂祕密」和「語言祕密」。他試圖使自己的精神「遠遊」擁有廣闊的地平線，「這地平線不僅是一種景色，更重要的是一種精神；我從不相信沒有精神地平線的文學」[8]。這就是遠方的價值，它激發出藝術的精神動能，正如西川的友人駱一禾所言，「精神動能產生了寫下詩作的推動力，並決定了詩句所能達到的程度。忽略精神動能，也就是將才華傾注在虛擲的方向上」[9]。而筆者要補充的是，正因為西川早期作品將詩歌精神推向了極端的遠方和高處(長詩《遠遊》是這一向度的總結性吟述)，才使他可信地「博取」了後來在更幽深更寬闊的意義上，回返內心和「此在」的資格。他得以在淵深博雅的書

---

[8] 西川：《讓蒙面人說話》，第 119 頁，東方出版中心，1997 年。

[9] 駱一禾：《太陽說：來，朝前走》，《陣痛的靈魂》，第 67 頁，青海人民出版社，2000 年。

卷氣與靈活的俗語之間，超驗和經驗之間，結構和解構，幽靈讀者（人類詩歌共時體中不朽的星座）和當下讀者之間，自如遊走，提供出個人獨特的文本格局。

考慮到西川寫作這些「新古典」式作品時的具體歷史語境和詩人心智發展的早期階段，這種成就的取得是很可貴的。但西川此一階段的作品也存在明顯的問題，主要集中在：詩性「隱語」的過度自洽，時常會縮減我們對更廣義的生存「語言」的深入感受和表達力；而對「正派」和「合法」的文化想像的追尋，又時常會長久地使我們成為氣喘吁吁的命名的遲到者，妨礙我們對更寬闊的「歷史生活」中個人處境和生存經驗的深度處理。80 年代末期，西川開始自覺地意識到這一點。正是這種自我意識和歷史災變雙重「及時趕到」的合力，成就了西川詩歌劇烈而可信的「變法」。對這種情形，詩人批評家敬文東說得極為中肯，「排開詩歌技術方面的問題不論，那些一開始就泥沙俱下的詩人很可能是些心性不純之徒；而經由『清純期』一步步走向蕪雜的人，倒更有可能宅心仁厚。依我的經驗，這種蕪雜中更有可能包容著更多的內容，更多的思考，更多的關懷，更多的沉痛，當然，還有更多的誠實」[10]。

二

80 年代末，歷史的劇烈錯動給詩人們帶來了深深的茫然和無告，在有效寫作缺席中，詩歌進入了 90 年代。90 年代初期的詩壇有兩種主要的想像力類型：一種是頌體調性的農耕式慶典詩歌，詩人以華彩的擬巴羅克語型書寫「鄉土家園」，詩歌成為遣興或道德自戀的工具，對具體的歷史語境缺乏起碼的敏感。另一種是迷戀於「能指滑動」，「消解歷史深度和價值關懷」的中國式的「後現代」寫作。這兩類詩歌充斥著當時的詩壇，從某種意義上說，

---

[10] 敬文東：《鹽粒簌落，來路茫茫》，載《明天》第 2 卷第 107 頁，湖南文藝出版社，2005 年。

它們共同充任了「橡皮時代」既體面又安全的詩人角色，並對大量初涉詩壇的青年寫作者構成令人擔憂的語詞「致幻效應」。詩歌在此變成了單向度的即興小箚，文化人的閒適趣味，迴避具體歷史和生存語境的快樂書寫行當，如此等等。先鋒詩歌的特殊想像力功能再一次陷入了價值迷惑。

大約在 1993 年前後，先鋒詩歌寫作較為集中地出現了想像力向度的重大嬗變與自我更新，它以深厚的歷史意識和更豐富的寫作技藝，吸引了那些有生存和審美敏識力的人們的視線，很快就由局部實驗發展到整體認知。正如西川所說，「是 80 年代末、90 年代初中國社會以及我個人生活的變故，才使我意識到我從前的寫作可能有不道德的成分：當歷史強行進入我的視野，我不得不就近觀看，我的象徵主義的、古典主義的文化立場面臨著修正。無論從道德理想，還是從生活方式，還是從個人身份來說，我都陷入一種前所未有的尷尬狀態。所以這時就我個人而言，尷尬、兩難和困境滲入到我的字裏行間」[11]。這是一種籲求歷史性與個人性，寫作的先鋒品質與對生存現實的介入同時到場的詩學。很明顯，它的出現，既與當時具體歷史語境的壓強有關，也與對早期「朦朧詩」單純的二元對立式的寫作，和對本質主義神話失效後的歷史反思有關。

從 90 年代至今，可視為西川詩歌創造力型態變化的全新階段。詩人依然關心「靈魂」問題，但這個「靈魂」已不僅是超越性的「應然如此」，而是更顯赫地加入了內在的糾結的「實際如此」。相應地，詩人的文體意識也發生了很大變化。但為使論題集中，筆者在這一節裏，主要論述此階段西川的「常體」現代詩，對他鬆動文類界限而發明出的可稱之為「雜體大詩」的形式和意味，容我下節再論。

在我對西川詩歌的閱讀記憶中，90 年代初寫下的《十二隻天鵝》別具意味。由於「天鵝」意象的「原型」性質，我曾將此詩視為詩人對自己「純詩」階段的最後繾綣和揮別。這些閃耀於湖面的天鵝，「沒有陰影」，「難於

---

[11] 西川：《大意如此》，第 2 頁。

接近」，似乎是詩人純正情懷的「客觀對應物」。然而，詩歌並未順著這種禮贊的情感勢能一路淌開，在結尾處的五行詩歌出現了意味深長的渦流：

必須化作一隻天鵝，才能尾隨在
它們身後——
靠星座導航

或者從荷花與水葫蘆的葉子上
將黑夜吸吮

無論是按照西川以往的方式，還是單就此詩前面鋪展的語境而言，這首詩寫到「星座導航」已經可以完整地結束了，不必再「吸吮黑夜」。這裏的「或者」帶來的微微遲疑的機杼觸動，透露出詩人心中更為曖昧的消息。不是「拒絕」、「睥睨」，而是「吸吮」，它將增強詩歌面對生存的強度和載力，「我的詩歌應該容納這些東西，從前我對詩歌的要求拒絕了生活的骯髒和陰影」[12]。而寫於 1991 年的《夕光中的蝙蝠》，則進一步容留了詩人複雜的現實經驗，對命運或宿命的感知，對在「純詩」中被貶低甚或被刪除了的頑韌而沉鬱的生命意志的追復、體諒、惦念乃至認同——

在戈雅的繪畫裏它們給藝術家
帶來了噩夢。它們上下翻飛
忽左忽右；它們竊竊私語
卻從不把藝術家吵醒

說不出的快樂浮現在它們那
人類的面孔上。這些似鳥

[12] 西川：《大意如此》，第 246 頁。

而不是鳥的生物，渾身漆黑
與黑暗結合，似永不開花的種籽

似無望解脫的精靈
盲目、兇殘，被意志引導
有時又倒掛在枝丫上
似片片枯葉，令人哀憫

而在其他故事裏，它們在
潮濕的岩穴裏棲身
太陽落山是它們出行的時刻
覓食、生育、然後無影無蹤

它們會強拉一個夢遊人入夥
它們會奪下他手中的火把將它熄滅
它們也會趕走一隻入侵的狼
讓它跌落山谷，無話可說

在夜晚，如果有孩子遲遲不睡
那定是由於一隻蝙蝠
躲過了守夜人酸疼的眼睛
來到附近，向他講述命運

一隻，兩隻，三隻蝙蝠
沒有財產，沒有家園，怎能給人
帶來福祉？月亮的盈虧退盡了它們的
羽毛；它們是醜陋的，也是無名的

它們的鐵石心腸從未使我動心
直到有一個夏季黃昏
我路過舊居時看到一群玩耍的孩子
看到更多的蝙蝠在他們頭頂翻飛

夕光在胡同裏布下了陰影
也為那些蝙蝠鍍上了金衣
它們翻飛在那油漆剝落的街門外
對於命運卻沉默不語

在古老的事物中，一隻蝙蝠
正是一種懷念。它們閒暇的姿態
挽留了我，使我久久停留
在那片城區，在我長大的胡同裏

時間——「夕光」，行為——「飛」，使我想起黑格爾的著名隱喻，哲學（和哲學家）是暮色裏起飛的貓頭鷹（「密涅瓦的貓頭鷹只在黃昏起飛」）。但與此不同，此時的西川寧願選擇「夕光中的蝙蝠」這一隱喻，來昭示自己對生存處境和詩人身份的看法。前者指向可公度的、絕對知識——「絕對知識是在精神形態中認識著它自己的精神，換言之，是精神對精神自身的概念式知識」[13]；而後者則是個人靈魂經驗中的局部的、差異的、歧義的、或然的「特殊知識」。

蝙蝠是翼手目的有翼哺乳動物，是哺乳動物中唯一會飛者。它夜間在空中飛翔，視力微弱，靠本身發出的超聲波來自行引導飛翔。它的「翅膀」其實只是四肢和尾部之間皮質的膜。它有足夠多的奇詭和隱密。這些飛行者，有著類似「黑衣人」的面孔和淒清幽秘的表情，它們甚至不曾得到命名，「它

[13] 黑格爾：《精神現象學》下卷，第266頁，商務印書館，1979年。

們是醜陋的，也是無名的」，它們是「似鳥而不是鳥的生物，渾身漆黑／與黑暗結合，似永不開花的種籽」，好像待在各種科屬難以類聚的邊緣地帶，「似無望解脫的精靈」獨自領受酸心刺骨的「異類」命運。

這裏，無論是出現在戈雅繪畫裏的蝙蝠，還是出現在寓言故事中的蝙蝠，都更像是一個它者，一個隻代表「盲目、兇殘、醜陋」的符號，對詩人而言，它只是「精神對精神自身的概念式的知識」，它未曾讓詩人真正地悚然心驚，也就是說他還沒有寫出過一隻屬於自己的真正的蝙蝠。1991 年，「直到有一個夏季黃昏」，特定的生存創痛和寫作心境中的詩人與蝙蝠猝然相遇。對於命運的「沉默不語」，和敢於在黑夜降臨時抱以「閒暇」睨視的高傲姿態，使這群蝙蝠成為懷念，也成為啟示，還成為對陰鬱而尷尬的自我的體識，成為自嘲……成為被詩人祛除「偽名」，首次個人化「正名」的心象。詩人也由此領悟到曾被自己忽略過的境況，從昔時「我長大的胡同裏」，直到今天，蝙蝠般倒掛著的命運未曾根本改變。而如果說彼時的蝙蝠向孩子「講述命運」只不過是冒名頂替的套話的話，那麼今天，「對於命運卻沈默不語」的蝙蝠，才真正以沉默、倔強、喑啞無名和領受荒謬，暗示出詩人被現實放逐同時也主動與之拉開距離，以求深度反思的寫作命運之謎。

詩人說蝙蝠是「懷念」和「挽留」，前者指向被啟動的生命履歷和歷史記憶，後者昭示出在詩人欲繼續向著「高處」和「聖地」翩然遠舉時，正是生存本身一把拉住了詩歌，提示它所應具有的盤詰、纏繞、容留「不潔」的語言載力。與那些代表高雅、恬適、飛升的詩歌空洞能指熟語（諸如蝴蝶、鴿子、天鵝、夜鶯、仙鶴……它們完全可以彼此「飛來飛去」地任意替換，而不影響詩歌意味的同一和統一性）相比，蝙蝠在此是不可公度、難以「除盡」的餘數，它既具有豐富的語象繁殖活力，又隨時返回自身而不被替代、稀釋掉，成為詩人難言的互否著的一個心結（或曰靈魂深處的「結石」）。

但我想，我們不能簡單地認為西川此時期的詩歌轉變動力只是來自於歷史災變、喪友之痛（西川的摯友海子、駱一禾均在 1989 年離世）和個人生活的變故。話語自有生命，詩人寫作方向的轉變，同時也來自艱辛而曠日持久的對寫作本身的探詢。任何歷史災變和命運顛躓，都不應成為自動獲具寫作合法性的藉口，歷史身份的合法性並不直接等於寫作本身的合法性、詩人身份的合法性，否則，我們會長久滯留在「刺激－反應」的工具化寫作模式中，而喪失掉更根本的對話語的深入分辨和挖掘。1995年，西川發表的《詩學中的九個問題之我見》，道出了對寫作的反思：「中國的詩歌形成了一種新的陳詞濫調：要麼描述石頭、馬車、麥子、小河；要麼描述城堡、宮殿、海倫、玫瑰；貧血的人在大談刀鋒和血；對上帝一無所知的人在呼喚上帝。他們說他們已經『抵達』——抵達了哪兒？他們反覆引用里爾克的『挺住意味著一切』——他們為什麼要挺住？鄉村、自然、往昔、異國、宗教，確有詩意，但那是別人的詩意。時間和空間上的距離在文學寫作中扮演著陌生化的角色，但當代中國詩人退到遠方和過去，並非真能從遠方和過去發現詩意，而是發現了那些描述遠方和過去的辭彙。那些辭彙由於被其他詩人反覆使用過，因而呈現出一定色澤，其自身就包含著文化和美學的積澱；它們被那些懶惰的、缺乏創造力的傢伙們順手拈來，用進自己的詩歌，而這樣的詩歌既不提示生活，也不回應歷史，因而完全喪失了活力」[14]。

這種被西川稱之為「美文學」的寫作慣性，在不同的缺乏真正的精神歷史和深度語言自覺的寫作年代，是以不同的面目出現的。如果在以往它主要體現為虛榮、矯情、多愁善感和自我欣賞的話，在今天更表現為，「它規避生命中的難題，用一種消閒的生活方式來消解民族的精神。它反對靈魂，卻恬不知恥地沒完沒了地大談真善美。它既反對令人不安的深度理性，也反對令人不安的深度非理性」[15]。這裏，西川並非是從外部歷史災變和相應的占取預支的道義制高點來申斥這種「美文學」，他是將問題限於詩學問題內部來言述和反思的。與前期創作相比，我們會明顯發現西川詩中主體形象的變異：

> 他的黑話有流行歌曲的魅力／而他的禿腦殼表明他曾在禁區裏穿行／他並不比我們更害怕雷電／當然他的大部分罪行從未公諸於眾

---

[14] 西川：《大意如此》，第258、259頁。
[15] 西川：《大意如此》，第261頁。

他對美的直覺令我們妒恨／且看他把綿羊似的姑娘欺侮到髒話滿嘴／可在他愉快時他也抱怨世界的不公平／且看他把嘍羅們派進了大學和歌舞廳

……

他的假眼珠閃射真正的凶光／連他的臭味也會損害我們的自尊心／為了對付這個壞蛋（我們心中的陰影）／我們磨好了菜刀，挖好了陷阱

……

我們就得努力分辯我們不是壞蛋／（儘管壞是生活的必需品）／我們就得獻出女兒，打開保險櫃／並且滿臉堆笑為他洗塵接風

——《壞蛋》

在此，「壞蛋」作為一個類似兒童口語語彙的詞，有分寸地懸置了斬釘截鐵的道德判斷，甚至反向的意識形態譏誚。但我們感到，它的反諷卻更為犀利了。而這裏我更感興趣的還不是詩人對「壞蛋」多少有些無奈的譏刺這個聲部，而是與其平行的另一聲部——「自我追問」意識。詩人追問道，「為了對付這個壞蛋（我們心中的陰影）」，「我們就得努力分辯我們不是壞蛋（儘管壞是生活的必需品）」，正是這突兀揳入的盤詰，令我們怵然心驚。西川在堅持基本的道義關懷的同時，又容留了生存的含混、尷尬、荒誕和複雜喜劇性，「既然生活與歷史，現在與過去，善與惡，美與醜，純粹與污濁處於一種混生狀態」，「既然詩歌必須向世界敞開，那麼經驗、矛盾、悖論、噩夢，必須找到一種能夠承擔反諷的表現形式」[16]。詩人同時也寫出了我們內心的

[16] 西川：《大意如此》，第 2、4 頁。

無言之痛和隱蔽之惡的原動力，他迫使我們看清，我們的內心其實也蹲伏著恬不知恥又屈辱無辜，狡黠狂妄又滿身灰土，咻咻威懾又羸弱不堪的野獸。在《厄運》、《巨獸》、《鷹的話語》中都有這種不同聲部的緊張爭辯，西川沒有封住「個我」／「他我」／「一切我」的嘴——沒有壓抑或刪除自己內心深處複雜糾葛的聲音，沒有對絕對主義或獨斷論的龐然大物的急切認同，從而使自己的詩在具體歷史語境和生存處境中紮下了根。

在一篇名為《反對極端純潔》的訪談錄中，西川說「我是雙魚座的，雙魚座的人特別適合當藝術家」。西川還以《雙魚座》為題寫過兩首詩，將這個占星術中的符號，生生由空中拉到了大地。「雙魚座」這個所謂藝術家，不是從高處宣佈真理的天使，不是以藝術來遣興的風流才子，而是被困乏和矛盾纏裹，思想動盪不息的詩人自況：「上溯晦暗的雙魚座／那裏有另一種遠離海水的生活／不是濫用了真理的畜生所能體驗／不是躲過了北風利爪的人們所能理解／生活變亂至今／而命運看不見摸不著／必須點亮多少支蠟燭／才能使一隻困乏的小鳥重新振作？」(《雙魚座》) 這是一個承受晦暗和北風利爪，偏離獨斷的「真理」，回溯命運之謎，並力求在困乏中重新振作的詩人形象。西川不滿於自己此前的「純詩」寫作，是因為「我認識到了魔鬼的存在，我認識到宿命的力量，我看到了真理的悖論特徵，我感到自己在面對事物時身處兩難之中……由此我想到，詩歌語言的大門必須打開，而這打開了語言大門的詩歌是人道的詩歌、容留的詩歌、不潔的詩歌，是偏離詩歌的詩歌」[17]。

變化的急迫感，還使詩人試圖從我內部挖掘出「另一個我」來承擔新的寫作使命：「需要另外一個男人來代替我生活／把我全部的責任推給他／把我全部的記憶推給他／讓他嗚嗚痛哭／也讓他享用我有限的歡樂／我將告訴他忍耐是一種美德，而泥濘／會弄髒他的褲管／他將看到大地而看不到自己／他將知道所謂思想不過是一片空白」(《雙魚座》)。如果對現代主義詩人如葉芝等人，其倡導的「面具寫作」理論更多是為了增加詩歌內部的豐富，

[17] 西川：《大意如此》，第 246 頁。

和戲劇化表現力的話，對西川而言，還特別地包含了更具體的汰瀝舊我，更新書寫姿勢和向度的意義。類似的意向，也顯赫地出現在西川《衣服》、《坐在我對面的人》、《寫在三十歲》、《虛構的家譜》、《從一場濛濛細雨開始》、《長期以來》等詩中。著名英國威爾士詩人R・S・湯瑪斯也寫過一首《雙魚座》的自況詩，與西川同題詩對讀，是饒有意味的：「誰對鱒魚說／你將死於耶穌受難日／成為一個男士與他美麗的夫人的／食物？／／是我，上帝說／鱒魚細膩肌膚的玫瑰紋理／人口中的利齒／正是他所造就。」詩人站在哪一方？他站在分裂的焦點上，他體味這疼痛，也體味著澄清真相的驕傲。這是矛盾，是悖謬，是尷尬，也是清醒，是舉目皆見的「真相」，也是無法穿透的「真理」，是邏輯中的「反常」，卻是生存經驗中無法迴避的「正常」。

在《反常》一詩中，西川寫道：

最具視覺功夫的人竟然是個瞎子

　　如果荷馬不是瞎子，那創造了荷馬的人必是瞎子

最瘦削的人後來變成了方面大耳

　　釋迦牟尼什麼時候胖過，卻被塑造成那般模樣？

最博學淹通的人卻要絕聖棄智

　　莊周偏不告訴我們他如何在家鄉勤學苦練，最終疾雷破山

最懂藝術的人只允許自己偶然吟哦

　　柏拉圖背誦著薩福的詩歌，銷毀詩人們的戶口，在理想國

最不該卿卿我我的人常駐溫柔之鄉

　　倉央嘉措每每半夜出門，用一卷情歌燒毀了自己的寶座

最講究情感的人也有不耐煩的時候

盧梭把他的孩子們統統送進了孤兒院，並且仍然大談情感

最稱道酒神精神的人，尼采，尼采

酒神的最後一個兒子，滴酒不沾，卻也在魏瑪瘋瘋癲癲

「反常」麼？對於那些相信預設「真理」、「聖者」和「正典」甚於信任生存經驗和獨立思考的人來說，詩人這裏表達的一切豈止「反常」，而且僭妄、瘋狂。因為真理、聖者和正典的最高和首要法則就是「非矛盾律」，並且享有不被質疑、甚至不被理解而只需遵奉的權力。它們同時來源於人類的理想和人類的弱點。它們是按照人類對莊嚴正劇的「劇本期待」，來設置可供崇奉的巨型卡理斯瑪（Charisma）角色的，其中密佈著可疑的「印象整飾」（即歐文‧戈夫曼〔Erving Goffman〕所說的 Impression Management）和「應然」的情境定義。然而，我們不要忘了，人類真實的生存體驗與靈魂內部最直接的現實不是「非矛盾律」而是「矛盾」。在西川筆下，真理、聖者和正典不再根源於先驗的永恆意義，詩人不再使自己的譯解活動成為對先驗結構的卑屈模仿，和對先行設定不容分辯的真理的意義透支。因為貨真價實的「成人寫作」（而非兒童暴力和青春期寫作）不是提取早已置入「結構」的意義，不是形而上學的在場，而是生存的血肉之軀和個人靈魂的「在場」。值得注意的是，此詩中揭示出的矛盾和邏輯裂縫，並不意味著詩人要「以反為正」，要「顛覆」什麼真理和正典。西川希望自己成為真正能獨立思考和體驗的人，而不是以自身的淺薄將一切都「解構」為「淺薄」（一種還算有趣的遊戲），或硬著青春的頭皮喧嚷自己與一切「斷裂」（一種完全無趣的騙局），更不是將人降為「裸猿」然後爬下使上半身與下半身折為一條線來嘲弄站立者。他的一門心思是要揭示出表面上嚴格、穩定、和諧的觀念的內在矛盾和緊張態勢，使它們「問題化」而不是「結論化」。在詩人筆下，依然有著邏輯（或稱之為「亞邏輯」、「偽邏輯」），但這種邏輯不再侷限於「不是……就是」、「非此即彼」的二元對立減縮邏輯，而是「增補邏輯」，「即是……又是」、「亦此亦彼」。二元邏輯的基本守則是同一律（A＝A），以及由此衍化的排斥律（A

≠-A），而增補邏輯則展示了差別的原則，它強調「既是 A 又是非 A，還可能是生成性的 B、C、X……」，如此等等。我們看到，詩中所舉出的大人物與事件，其頭頂上的光環既有許多是被後來的人們硬性附加上，以之作為石頭用來砸人的；也有許多是人物自身的固有矛盾真實性帶來的。就後者而言，這些人與事竟也不失可愛與可信，值得我們重新認識和命名。所以，詩人的反諷芒刺同時指向了後來淺陋的注釋者及盲信者，卡理斯瑪型人物自身，還指向了過去的天真的自己。

或許正是對生存和生命中異質事物悖立而共生的體驗，使西川將寫於不同時期（前後相距 9 年）的幾首長詩聚合成為一首更為複雜的長詩——《匯合》（包括《雨季》、《輓歌》、《造訪》、《激情》、《哀歌》、《遠遊》）。「在整體之中，它們各自獲得了位置和次序。它們互相牽動，互相修正，它們肯定會傳達出一些它們作為單篇作品所無力傳達的東西」[18]。這樣一來，詩的整體已決不是部分之「和」，而成為相乘後的「積」，乃至解方程中的「未知數」。從詩歌結構上看，這首詩約略可分為兩個聲部，「雨季」、「激情」、「遠遊」構成共時體的光明的聲部；而「造訪」、「輓歌」、「哀歌」則構成歷時性的荒謬、遲疑、盤詰的幽暗的聲部。兩個聲部成為混聲的「獨唱」（或曰「雙聲話語」），就各自而言，它們都流暢自如不難理解，但當二者被詩人扭結為一體時，其間又陡然出現了多少渦流而顯出了超量的「晦澀」。筆者為什麼使用「混聲的獨唱」這一矛盾語呢？是由於這首長詩的書寫者確係一個西川，但這個「西川」又是由詩人靈魂中不同的「我」，同時發聲，爭辯，對話，周旋，磋商的結果，「除了邏輯我之外，還有經驗我和夢我，邏輯出現裂縫的時候，就是經驗我和夢我在作怪。人不可能拋棄掉經驗我和夢我，必須這三部分合在一塊才構成一個完整的我」[19]。

第一聲部的西川更多是情理邏輯和幻夢的「我」，而第二聲部的西川則更多地體現為複雜經驗的「我」和噩夢的「我」。由六首詩構成的《匯合》，不僅可約略分為兩大聲部，其中每首詩內部亦有不同聲部的對話。比如《激

---

[18] 西川：《讓蒙面人說話》，第 236 頁。

[19] 西川：《深淺》，第 278 頁，中國和平出版社，2006 年。

情》，詩中就有六個「我」現身，他們分別是「偽書作者」、「偽先知」、「遊俠騎士」、「僧侶」、「占星術士」、「煉金術士」。詩人由這些不同的「我」，分別探詢了信仰真理與理性真理，事實判斷與價值判斷，實用智性和任俠意志，蒙昧主義和超越精神、實存的真實與語言本身的真實……如此等等含混莫辨的複雜糾結。這些「中世紀」的人物，卻反覆展開著一場「當代」的對話，將中國 90 年代以來智識者（特別是詩人們）內心的分裂、矛盾的精神困境展現出來。這種意識與葉芝「面具」理論的啟發有關，它讓詩人隱於詩中不同的「說話人」背後，而以幾個不同的形象各發己見。這六個說話人都是詩人部分人格的代言者，他們不同的話語與矛盾正是詩人靈魂內部複雜矛盾衝突的展示，他們合作構成了豐富而完整的詩人精神肖像，並真切地體現出詩人靈魂的來路，歷程，和當下的境遇；對理想境界的追尋和發現它真實的脆弱之處後的痛惜之情。

長詩《匯合》結束於《遠遊》中的「海市蜃樓」。我認為，將之放到長詩整體語境來解讀，這個場景就具有了更豐富的意味：首先，詩人以幻象昭示出，要復興當下瀕臨滅跡的精神超越能力，已無法指望日益一體化的物質和意識形態「出售制度」，而要靠個體、邊緣、差異、局部的靈魂世界的豐富和想像力。其次，這個幻象或許也昭示出，詩人以往堅信並身體力行的那個有健全精神的人、明晰的世界、絕對的真理和本質，從未真的完整存在過，對它的「鄉愁」在很大程度上也是對西方文化的假「鄉愁」。這樣，詩中「中世紀」和「當代」有如在凸透鏡中構成了同一平面的對稱。我們看到，詩中的說話人——詩人，既反對縮減人超越性的靈魂需要而向現實生存俯首稱臣，又反對將「需要」自欺地等同於「擁有」。他表達的「遠遊」的內部實質其實還是心靈的「近遊」，自由的內部恰是對不「自由」的感知。剛才說到其「超量的晦澀」，就體現在兩個聲部的彼此追問、彼此修正中，「應該從解釋人的晦澀狀態開始向世人解釋中國當代詩歌……在今天這樣一個充滿尷尬的時代，可以說『通俗易懂』的詩歌就是不道德的詩歌」[20]。此處的「道

---

[20] 西川：《大意如此》，第 289 頁。

德」，意指不計代價揭示出存在的真實和精神的誠實，亦如昆德拉所言：「如果一部小說未能發現任何迄今未知的有關生存的點滴，它就缺乏道義。認識是小說的唯一道義」[21]。

在西川此階段的大量詩中，似乎是以博爾赫斯式的精確的智性描繪出生存迷宮的圖式，但又與博爾赫斯狐狸般的猶疑機敏不同，他同時以獵豹式的犀利橫肆，不斷突破著這些圖式的邊界，使其文本在表像的、經驗的段落和整體的有機的知識性引申之間達成「蠻橫」的平衡，以不可公度的悖論的「晦澀」，破除可公度的常識迷思。他守護著生存和生命以如其所是的「問題」的形式存在，在此，詩中的晦澀以其堅硬的「封閉性」，成為不可除盡無法通約，但又衝撞人心的那個生存中的「餘數」。

三

在 90 年代，中國先鋒詩歌發生了創造力型態的「轉型」，西川是少數代表性詩人之一。他的詩向著「包容」、「反諷」、「對話」、「悖論」、「綜合創造力」敞開，並有力地影響了許多同代人的寫作。我想，每個有效的詩人，都會有寫作中的「命運夥伴」（像斯賓塞說的「力的持久性」一樣），它大於我們的書寫對象和知識對象，它位於經驗背後，是經驗得以「結構」的基礎。在先鋒詩歌的寫作中，我知道一些詩人的「命運夥伴」分別是：地緣風俗，殖民文化的都市，反向意識形態，低消費的四處遊蕩，女人，植物，農耕儀典，（特定科屬的）動物，某位西方強力詩人，宗教（包括各類亞宗教），或酒，或古典類書……如此等等。誰是西川 90 年代以來寫作的「命運夥伴」？我想，那一定是詩中那個蒙面的懷疑論者。他與光天化日下的懷疑論者不同，其因蒙面，他既是懷疑論者，同時也是那疑團，正是「他」的說話，使西川的詩多出了一些聲部，在獨白、對話、混聲和聆聽中，西川寫出了使他

---

[21] 米蘭・昆德拉：《小說的藝術》，第 4 頁，作家出版社，1992 年。

再次引人注目的詩作，綜合表達了「我和實存世界」，「我和超自然」，「我和他」，「我和你」，乃至「我和我」……之間的複雜關係。

如果說這個蒙面的懷疑論者在西川的短詩中還遵循著所謂文體規範，我稱之為的「常體」的話，那麼在他 90 年代以來的長詩中，則逸出了常體，呈現出一種猛烈變構的「雜體」形式。詩人發明了一種解體的形式，以對稱和對抗於解體的時代，這個雜體不再遵循預設的詩型，而是筆隨心走，隨物賦形，看似無體，實則體匿性存，更有難度地表達了詩人寬大的本體意識，即形式是達到了目的的內容，內容是完成了的形式。詩人更內在地實踐著「舞蹈和舞者不能分開」的現代性寫作理想。

詩人的寫作性質及結構形式本身的猛烈變化，是源於他對語言載力的自覺的思考。在與加拿大詩人弗萊德・華（Fred Wah）的一次交流中，西川這樣表達對自己現時寫作狀態的認識：「我不是一個百分之百的詩人，我是一個百分之五十的詩人，或者說我根本不關心我是不是一個詩人，或者說我根本不關心我寫的東西是不是詩歌，我只關心『文學』這個大的概念，與此同時，我也關心社會，關心歷史、哲學、宗教、文化……我一直在努力打破各種界線，語言的界線、詩歌形式的界線、思維方式的界線。1989 年使許多詩人在寫作上轉了方向，我也在思考怎樣才能使我的寫作與時代生活相較量。直到 1992 年，我開始從純詩退下來，或者更進一步說，我把詩寫成了一個大雜燴，既非詩，也非論，也非散文，我不知道它叫什麼，我不要那麼多界線」[22]。與很多詩人因本體意識欠缺或殘缺所帶來的詩歌形式的蕪雜鬆弛不同，西川是從質地精美的「純詩」中走出的詩人。詩人駱一禾曾如此評價西川詩歌：「西川被公認是目前最有成熟文體，技巧基本上無懈可擊的一個詩人」[23]。諸多詩歌批評家都對西川有過類似的評價，它無疑是可信的。的確，對形式而言，西川是早熟的，80 年代中後，他的抒情短詩從語言、結構和情調上幾乎都滿足了純詩「界線」內的要求，並有力地影響和帶動了一些同氣相求的詩人。但從更高的標準看，滿足了純詩「界線」內要求的詩，

---

[22] 西川：《讓蒙面人說話》，第 278、279 頁。

[23] 《海子、駱一禾作品集》，第 296 頁，南京出版社，1991 年。

未必就是真氣淋漓的個人靈魂之詩。在許多時候，它們（界線）是通向已成經典詩歌系譜在審美風格上的「好」的結果，而不是通向迫使詩人拿起筆來的「原始」力量。它們之所以很少受到詰詢，其中一個原因也是由其內在的「他性要素」決定的。所謂「他性要素」，從積極的重視歷史生成原則上說，當然也包括寫作中不可避免的文本間性（互文性）。此一文本與彼一文本，現在的文本與過去的文本總會發生聯繫，並組成新的文本織體。由於新的文本在與舊的文本的關係中獲得自身的意義，因而「文本間性」就成為引發和擴充意義的場所。

然而，「文本的歷史生成原則」只是創作中的原則之一，特別是對詩人而不是對批評家來說，它不是首要的原則，更不是唯一的原則。在令人滿意地解決了詩歌本體形式問題後，西川沒有陷入成熟的停頓，而是主動尋求更高的寫作難度，突破界線，使自己的詩歌從形式到內涵都獲具了陌生的獨立性。詩人「從具有唯美氣質的高蹈抒情，轉向一種包容複雜異質性成分的綜合技藝，從結構的整飭轉向結構的瓦解」[24]。如果說這裏依然有文本間性的話，那也不是簡單的引發和擴充已知「意義」，而主要是以個人的心智，參與和改寫已知意義，甚至生產出全新的意義。西川的雜體長詩，如《致敬》、《鷹的話語》、《厄運》、《小老兒》、《芳名》、《思想練習》等，不僅是90 年代中國詩歌轉型最重要的標識，而且在我眼裏，它們在現代漢詩的發展史上亦可稱為不可繞過的典範性文本。西川向著形式和意蘊的未知地帶的探險，不止改變了詩歌本身，也達到了對「自我意識」的拓展和改造。我想，衡估一個成熟詩人的寫作是否具有「重要性」，有一條屢試不爽的標準，看他是否因為自己的文本創造，而生成了新的自我。對於一個成熟的寫作者來說，如果他不因為自己的創作而發生靈魂的改變，那他為什麼還要不息地工作呢？

請看西川長詩《厄運》給我們提供的陌生化書寫格局：

[24] 薑濤：《被句群囚禁的巨獸之舞》，《在北大課堂讀詩》，第 232 頁，長江文藝出版社，2002 年。

……他出生的省份遍佈縱橫的河道、碧綠的稻田。農業之風吹涼了他的屁股。他請求廟裏的神仙對他多加照看／他努力學習，學習到半夜女鬼為他洗腳；他努力勞動，勞動到地裏不再有收成／長庚星閃耀在天邊，他的順風船開到了長庚星下面。帶著私奔的快感他敲開尼祿的家門，漫步在雄偉的廣場，他的口臭讓尼祿感到厭煩／另一個半球的神祇聽見他的蠢話／另一個半球的蠢人招待他麵包渣。可在故鄉人看來他已經成功：一回到祖國他就在有限的範圍裏實行起小小的暴政…… ……

——《厄運・009734》

很明顯，詩人考慮的不是什麼「文類規範」，像不像一首「好詩」，而是更深入的歷史想像力和話語的活力及有效性問題。詩中的「他」，既是一個具體的個人，同時也是一個有足夠承載力的「歷史符號」。詩人自覺地將自己的敘述話語織入一張更廣闊的歷史、社會和文化系譜網中，通過互文性關係，發現了這個身份不明的「他」是由近代以來的歷史、現實和文化之網編織而成的多重矛盾主體。我們看到，即使後來在「他」追求精神「私奔」的反傳統姿態背後，不期然中依然順理成章地依循於專制或蒙昧主義的傳統。「他」使我們縱深反思，在某個特定的歷史語境中，一代人精神構型內部存在著的價值齟齬。西川這種語型和結構，的確顛覆了文體的界限，但卻有效地擴大了詩歌文體的包容力。他堅持了獨立思考、獨立判斷的「個人寫作」，但又使之進入更廣闊的有機知識份子公共交流和對話平臺，詩歌具有了觸及歷史、時代和知識份子公眾情感的力量。我想，詩人對既往詩歌寫作方式的某種程度的「顛覆」，不是為顛覆而顛覆，其根本原因是為了解決語言與擴大了的經驗之間的緊張矛盾關係，使詩歌話語更有力地在生存和歷史語境中紮下根。

在談到 90 年代以來自己的寫作方式發生巨大變化時，西川說：「急劇變化的歷史對我當時的審美習慣和價值觀具有摧毀性的打擊力。所以我當時從內心深處需要一種東西，它應該既能與歷史相應，又能強大到保證我不會被歷史生活的波濤所吞噬，如果可能，最好還能最大限度地保證我的獨立性」[25]。的確，顛覆的發生是由於習見的方式已無法準確表達詩人意識到的巨大歷史內涵，和現實生存中「可寫資源」的空前豐富性；通過變化或顛覆才能建立更有效地與之對應／對稱的語境。這樣的詩作，忠實於當代人精神世界的複雜性，矛盾性和可變性，維繫住了具體歷史語境中固有的真實感，啟動了不同話語系譜之間的能動的碰撞和交流。它們不但改變了我們的詩語表達方式，也在改變著我們的詩學思維方式。

新歷史主義重要先驅福柯說，「為了弄清楚什麼是文學，我不會去研究它的內在結構。我更願去瞭解某種被遺忘、被忽視的非文學的話語，是經過怎樣一系列運動和過程進入到文學領域中去的」[26]。這種立場，不僅是歷史和「知識考古」，同時也體現了更寬大的文學眼光。詩歌要恢復對時代歷史講話的能力，有賴於詩人更關心其話語的有效性或持久價值感，而非是文體意義上的「潔癖」。

與他的「常體詩」相比，西川的雜體詩更體現出對思想問題的關心，但這並不意味著放棄詩歌獨特的存在依據。正如其所述，「我對思想問題的關心絕不意味著我的寫作完全哲學化了。事實上，不論是哲學、倫理學，還是歷史、宗教，甚至迷信，我都不想在詩歌中對它們直接加以討論。在詩歌中，我迷戀的是它們的美學意義。我把哲學、倫理學、歷史、宗教、迷信中的悖論模式引入詩歌以便形成我自己的偽哲學、偽理性語言方式，以便使詩歌獲得生活和歷史的強度。我對在詩歌語言表面做手腳並不感興趣，我要求詩歌語言表面的流暢和完整暗含著內在質地的悖論和破碎」[27]。這裏，所謂「偽哲學」就是在哲學思辯無力面對的「飛地」上展開詩人的工作，悍然闖入荒謬地帶，命名和守護悖論、矛盾、歧義、荒謬以如其所是的形態存在，防止它被哲學話語和科技話語所簡化和抹殺。詩人不想虛假地彌合裂縫，毋寧說他更擴大了這個裂縫，在裂縫中洞透生存和生命的真實。相應地，「偽理性」

---

[25] 西川：《對話：答譚克修問》，《明天》第二卷，第 456 頁，湖南文藝出版社，2005 年。
[26] 福柯：《權力的眼睛》，第 90 頁，嚴鋒譯，上海人民出版社，1997 年。
[27] 西川：《大意如此》自序，第 5 頁。

既不同於思辯和實用理性，也不同於寄生在對手身上的反理性，而是融合了生命直覺、意志、玄學、內省、奇想的個體「別趣」之思。它成為燭照理性的鏡子，或者說是理性被解碼、解域後，思想的進一步延伸。要使理性和反理性同時「短路」，在偏見和奇想中依然保持深刻的「思」的品質和寫作的嚴肅性，這或許就是詩人的想法。也正是因此，使西川的雜體詩不同於那些「中國式後現代」詩中能指的平面滑動。它們不是只有無窮包膜內核卻空無一物的洋蔥，而是實實在在的諸多言說有根的莖塊，這莖塊彼此纏繞相互啟動，但並不指向文本毀物主義，而是將生存和語言內部實實在在起作用的彼此矛盾的力量引誘出來。如果說在這些詩中有什麼遭到毀壞的話，那決不是意義本身，而是那種認為某種唯一「正確」的指意系統，必須牽制其他一切「偏見」回到「正見」的主張。

《致敬》和《鷹的話語》，是西川雜體詩中表現「偽理性」、「偽哲學」最充分也最有趣的。它們帶來了新的「詩思」，也同步創造出新的「詩型」。

1992 年，西川完成了其詩歌在意蘊和形式上雙重轉型的標誌性作品《致敬》。在當時，這首雜體大詩可能是被人們（批評家和詩人們）關注最多但評論最少的作品。因為人們遇到了一個難啃的「巨獸」，一時不知如何「下嘴」。從詩歌本體上說，它以猛烈的離心力飛出了哪怕是極端的現代詩實驗軌道——它沒有「斷行」，這一最通行最有效的詩歌定位化期待；它沒有「核心」，這一定向線索拋射所形成的整體注意力期待；它沒有「主體語型」，詩中的表現和再現，私人隱喻和約定俗成原型，極簡化和深度含混，書面語和口語，判斷和描述……全都雜揉一體；它甚至沒有連貫的節律化期待，詩中某些片段的節律化被總體的非節律化包裹、改寫和塗擦，更像是散句對節律的馴服而不是相反。

從詩歌意味上說，詩人將生存、生命、歷史、現實、文化、宗教、寓言、未知、迷信，巨獸、幽靈、夢境、日常細節……混編成不斷延展的織體，經由經驗、玄思、敘述、抒情、反諷、戲仿、箴言、尷尬、譏誚、高傲、自嘲的交替興現，力圖全息性地表達自己靈魂深處的迂曲升沉、繁複糾葛。如果說西川身上有無數個「我」，此前他還不知該先說哪一個的話，那麼現在他或許已有信心亦有功底地決定「一塊說吧」。全詩共分八個部分，但詩人經驗的表達卻不是層層遞進的，它們像是八條平行線，彼此對稱又對峙，彼此參照、爭辯和吸引。

> 在卡車穿城而過的聲音裏，要使血液安靜是多麼難哪！要使卡車上的牲口們安靜是多麼難哪！用什麼樣的勸說，什麼樣的許諾，什麼樣的賄賂，什麼樣的威脅，才能使它們安靜？而它們是安靜的。
>
> ……
>
> 心靈多麼無力，當燈火熄滅，當掃街人起床，當烏鴉迎著照臨本城的陽光起飛，為它們華貴的翅膀不再混同於夜間的文字而自豪。
>
> ……
>
> 苦悶。懸掛的鑼鼓。地下室中昏睡的豹子。旋轉的樓梯。夜間的火把。城門。古老星座下觸及草根的寒冷。封閉的肉體。無法飲用的水。似大船般漂移的冰塊。作為乘客的鳥。阻斷的河道。未誕生的兒女。未成形的淚水。未開始的懲罰。混亂。平衡。上升。空白……怎樣談論苦悶才不算過錯？面對岔道上遺落的花冠，請考慮鋌而走險的代價！
>
> ……
>
> 多想叫喊，迫使鋼鐵發出回聲，迫使習慣於隱密生活的老鼠列隊來到我的面前。多想叫喊，但要儘量把聲音壓低，不能像謾罵，而應像祈禱，不能像大炮的轟鳴，而應像風的呼嘯。更強烈的心跳伴隨著更大的寂靜，眼看存貯的雨水即將被喝光，叫喊吧！啊，我多想叫喊，當數百隻烏鴉聒噪，我沒有金口玉言——我就是不祥之兆。

……

一個走進深山的人奇蹟般地活著。他在冬天儲存白菜，他在夏天製造冰。他說：「無從感受的人是不真實的，連同他的祖籍和起居」。因此我們湊近桃花以磨練嗅覺。面對桃花以及其他美麗的事物，不懂得脫帽致敬的人不是我們的同志。

但這不是我們盼待的結果：靈魂，被閒置；詞語，被敲詐。

詩歌教導了死者和下一代。

……

鏡中的世界與我的世界完全對等但又完全相反，那不是地獄就是天堂；一個與我一模一樣但又完全相反的男人，在那個世界裏生活，那不是武松就是西門慶。

……

那巨獸，我看見了。那巨獸，毛髮粗硬，牙齒鋒利，雙眼幾乎失明。那巨獸，喘著粗氣，嘟囔著厄運，而腳下沒有聲響。那巨獸，缺乏幽默感，像竭力掩蓋其貧賤出身的人，像被使命所毀掉的人，沒有搖籃可資回憶，沒有目的地可資嚮往，沒有足夠的謊言來為自我辯護。它拍打樹幹，收集嬰兒；它活著，像一塊岩石，死去，像一場雪崩。

烏鴉在稻草人中間尋找同夥。

那巨獸，痛恨我的髮型，痛恨我的氣味，痛恨我的遺憾和拘謹。一句話，痛恨我把幸福打扮得珠光寶氣。它擠進我的房門，命令我站立在牆角，不由分說坐垮我的椅子，打碎我的鏡子，撕爛我的窗簾和一切屬於我個人的靈魂屏障。我哀求它：「在我口渴的時候別拿走我的茶杯！」它就地掘出泉水，算是對我的回答。

一頓鸚鵡，一頓鸚鵡的廢話！

我們稱老虎為「老虎」，我們稱毛驢為「毛驢」。而那巨獸，你管它叫什麼？沒有名字，那巨獸的肉體和陰影便模糊一片，你便難以呼喚它，你便難以確定它在陽光下的位置並預卜它的吉凶。應該給它一個名字，比如「哀愁」或者「羞澀」，應該給它一片飲水的池塘，應該給它一間避雨的屋舍。沒有名字的巨獸是可怕的。

一隻畫眉把國王的爪牙全幹掉！

……

法律上說：那趁火打劫的人必死，那掛羊頭賣狗肉的人必遭報應，那東張西望的人陷阱就在腳前，那小肚雞腸的人必遭唾棄。而我不得不有所補充，因為我看到飛黃騰達的猴子像飛黃騰達的人一樣能幹，一樣肌肉發達，一樣不擇手段。

……

真理不能公開，沒有回聲的思想難於歌唱。

……

不能死於雷擊，不能死於溺水，不能死於毒藥，不能死於械鬥，不能死於疾病，不能死於事故，不能死於大笑不止或大哭不止或暴飲暴食或滔滔不絕的談說，直到力量用盡。那麼如何死去呢？崇高的死亡，醜陋的屍體：不留下屍體的死亡是不可能的。

……

哦，破門而入的好漢，你可以拿走我床底的錢罐，你可以拿走我爐中的火焰，但你不能拿走我的眼鏡、我的拖鞋——你不能冒充我活在這世上。

……

痰跡，有人生存。

寒冷低估了我們的耐力。

詩人胡續冬曾說及對西川的《致敬》，要注意其「釋放方式」，未必一定要逐句落實，和總結統一「主題」，「把這種塊狀淤積、矛盾現象進行一種釋放，我覺得把握這種釋放的過程也是解讀詩的方法之一」[28]。我同意這種內行的說法。而且，詩裏句群的意義和詩人的潛臺詞似乎也無庸我來說破，有敏識力的讀者都不難感應。我要提示的是，此詩在結構上是心靈不同角隅的散點共振，像是材質、刀法、風格、意旨都迥然異趣的雕像，被置放在一個複雜意念的雕塑廣場上，以其空間感的均衡有致，共振出大於各部分之和的意味。「場」的出現，既激發出超量的意味又有效地防止了想像力的過度膨脹和奔湧。當然，雕塑廣場背後，一定有隱身的雕塑家存在，「他」靈魂肖

---

[28] 《在北大課堂讀詩》，第230頁，長江文藝出版社，2002年。

像的基本表情還是可以看清的：在歷史語境發生巨大變化時，他不自戀自憐，不煽情地哀訴或尖叫地「反抗」，而是更為鎮定地凝神於與人的存在密切相關的林林總總的現實，圍繞著由豐富的知識人格形成的求真意志（求真只是一種「意志」，求真不等於自詡為得到了「真」，人們能保證的只是這一意志的奮勇不息），而重估既成的「價值」和認知方式。在哲學、倫理、歷史、文化、語言、宗教的邊緣所構成的空間（所謂「偽哲學、偽倫理」……），展開自己揭示生存和生命真相的寫作。

而詩人為智性注入了感性、迷狂乃至「邪念」，其目的並不在於「話語的狂歡和排場」，而是以此打散權力知識的堆塊，為人精神的尊嚴和靈魂的歷險，製造繼續進行的機會。詩人批評家姜濤準確地指出：「全詩基本上是在兩個世界的對立、相互改寫和轉化間展開……如果進一步分析上述兩個世界在《致敬》中的關係，會發現其實在具體的詞語、段落是交錯纏繞、合二而一的，難以區分。當日常的細節、場景大量湧入，但卻沒有導致所謂『敘事性』的出現，全詩在蕪雜、混亂的同時，仍保持了強烈的寓言的、崇高的風格」[29]。我以為，這裏所說的「兩個世界」、「交錯纏繞」與「崇高」並不矛盾，其「崇高」不是常識意義上的定向昇華，而體現為面對生存困境龐大的體積感和威懾力，詩人依然保持了求真（或「證偽」）意志的勇氣和希望，他進入巨獸，他成為巨獸，他超越巨獸，這意志本身即有另一意義上的「崇高感」。比如我們不能說詩人布萊克（William Blake）的《地獄的箴言》系列，沒有另類意義上的崇高感。這裏不妨用瓦爾特・本雅明（Walter Benjamin）的話來表述：「只是因為有了那些不抱希望的人，希望才賜予了我們」。

1997 年寫作的《鷹的話語》，是西川雜體大詩中將深度智慧、悖論模式、語言批判、狂歡精神發揮到極端的代表性文本。全詩由八大部分（99 條）構成，八大部分分別是「關於思想既有害又可怕」，「關於孤獨即欲望得不到滿足」，「關於房間裏的假因果真偶然」，「關於呆頭呆腦的善與惹是生非的

[29] 薑濤：《混雜的語言：詩歌批評的社會學可能》，載《光芒湧入》第 306、307 頁，新世界出版社，2004 年。

惡」,「關於我對事物的親密感受」,「關於格鬥、撕咬和死亡」,「關於真實的呈現」,「關於我的無意義的生活」。對《鷹的話語》做新批評式的細讀，並細緻分析各部分之間的秘響旁通或歧見互破，完全需要另寫一篇長文章。這裏筆者暫且先從宏觀上論述一下它所提供的新異的「說話人」視點及姿態，運思方式，「不確定性」，對整體話語的有力拆解。

限於篇幅，下面只能摘引這部超長作品的片斷，讓我們跟隨詩人釋放的狀態，抓住詞語的阿里阿德涅彩線走過「迷宮」。

> 1・我聽說，在某座村莊，所有人的腦子都因某種疾病而壞死，只有村長的腦子壞掉一半。因此常有人半夜跑到村長家，從床上拽起他來並且喝令：「給我想想此事！」
>
> 2・你看思想是一種負擔，有損於尊嚴。
>
> 3・我聽說，曾有一個男孩慣於為胡思亂想而藏進鐵鍋或鳥窩，而他母親確信他跑不出自己的掌心。直到有一天，他徹底消失：連他自己亦不知他身在何方，更不用說他焦慮的母親。
>
> 4・你看思想的確既有害又可怕。
>
> 14・在欲望的面前君王也要立正，在欲望的支配下傻瓜也要顯示他的精明。儘管你並不知道有什麼東西隨風而逝，但你卻知道你欲望的雙手空空：你由此進入孤獨之門。
>
> 15・或為一試耐力你放棄你的房屋。而當你厭倦了困苦想重新招回你的歡娛，卻發現那房屋中已建立起老鼠們的制度：你由此進入孤獨之門。

16・或你自我懷疑日甚一日，於是開始了盲目的自我懲罰。這正如你親手栽下一棵皮包骨的蘋果樹，卻被下落的豐滿的蘋果砸暈（蘋果錯把你當成了牛頓）：你由此進入孤獨之門。

20・你養了一隻鳥就把這迷宮變成一隻鳥籠；你養了一條狗就把這迷宮變成一個狗窩。當你想否認自己是一隻鳥時你正在與鳥爭論；當你想否認自己是一條狗時你只好像狗一樣吠叫。

22・你因錯過一場宴會而趕上一場鬥毆。你因沒能成為聖賢而在街頭喝得爛醉。你歌唱，別人以為你在尖叫。你索取，最終將自己獻出。一個跟蹤你的傢伙與你一起掉進陷阱。

23・孤獨有一個龐大的體積。

25・要不要讀一下這張地圖？憂傷是第一個岔路口：一條路通向歌唱，一條路通向迷惘；迷惘是第二個岔路口：一條路通向享樂，一條路通向虛無；虛無是第三個岔路口：一條路通向死亡，一條路通向徹悟；徹悟是第四個岔路口：一條路通向瘋狂，一條路通向寂靜。

28・一位禁欲者在死裏逃生之後變成了一個花花公子。

29・一位英俊小生殺死另外兩位英俊小生只為他們三人長相一致。

32・一個熟讀《論語》的人把另一個熟讀《論語》的人駁得體無完膚。

33・杜甫得到了太多的讚譽，所以另一個杜甫肯定一無所獲。

40・醜陋的面孔微笑，雖然欠雅，但是否可以稱之為「善」？假嗓子唱歌，雖然動聽，但是否「真誠」？崔鶯鶯從不打情罵俏卻犯了通姦罪，賣油郎滿面紅光卻沒有女朋友。

42・而在鐵路兩旁，土匪們等待著受招安；而在京城，為富不仁者提防著破產……有時惡人們把我逗得前仰後合。為了免於出醜，有時善人們假裝兇狠而惡人們羞於作惡。

45・這滿目的善，天哪，多麼平庸！而惡，多麼需要靈感！

48・一頂破草帽落在聖人頭上就變成了聖物，而一隻蚊子即便飲了聖人的血亦應被打死。指出這一點是惡在惹是生非之一。

49・惡人供出同夥，其罪惡便得以減免，而善人吹捧同夥，我們卻必須說他是善上加善。指出這一點是惡在惹是生非之二。

58・於是我變成我的後代，讓雨水檢測我的防水性能。於是我變成雨水，淋在一個知識份子光禿的頭頂。於是我變成這個知識份子，憤世嫉俗，從地上撿起一塊石頭投向壓迫者，在我被我擊中的一剎那，我的兩個腦子同時轟鳴。

68・傳說在曠野的天空，鷹蛇格鬥掉下來，砸破了索福克勒斯的腦袋。要是它們知道誰將被砸死，它們是否還會格鬥？它們是否會把死亡弄假成真，給野蠻的悲劇補上命運的特徵？

71・最終是饑餓提醒它飛翔、俯衝和撕咬，像饑餓的太陽、僧侶、鑌鐵禪杖，像鷹。最終是饑餓使它飛翔不動，成為蒼蠅的食品，成為白領麗人小客廳裏翼展兩米的鷹皮。

76・太正確了，一切，所以荒謬；太荒謬了，一切，所以真實。所以讓正確的更正確，讓荒謬的更荒謬，乃是令真實呈現的不二法門。

86・太真實了！一切，所以正確；太正確了，一切，所以荒謬。

91・只有當一根釘子紮到我的手上，我的手才顯現出真實；只有當一陣黑煙嗆得我流淚，我才感受到我的存在。一匹白馬上端騎著的十位仙女撕碎了我的心。

94・我曾迷失在一座陰森的府宅，像一名刺客攪亂了那裏的秩序，像一個惡棍激發出小姐們的恐懼。這時我品嘗到另一種迷失——迷失於快樂，我因而忘記了自己的混亂和恐懼。

95・我曾身陷一座被圍困的城市，我曾遇到過一位年邁的書生。當我向他指出我們的「處境」和「孤獨」，他說他只關心天下人的福祉。所以我是把一口痰吐進了烏鴉的嘴裏。

99・所以請允許我在你的房間待上一小時，因為一隻鷹打算在我的心室裏居住一星期。如果你接受我，我樂於變成你所希望的形象，但時間不能太久，否則我的本相就會暴露無遺。

「鷹的話語」，詩中的「說話人」是一隻鷹。對於一篇全力展示個人靈魂無數幽暗角隅的複雜糾結的話語巨陣，為何說是「鷹」的話語呢？難道「鷹」不是隱喻著類型化的高翔、超越、雄健、堅定、風暴甚至威權……意味麼？我認為，我們需要從整體的詩歌語境來釐定「鷹」的含義。正如荷馬筆下雄健堅定的「奧德修斯」已轉世為喬依斯（James Joyce）煩憂忐忑的「尤利西斯」，賽萬提斯筆下純真超越的「唐吉訶德」已轉世為卡夫卡遲疑不安的「土地測量員」那樣，西川筆下的鷹，早已不是公共原型意義上的「雄鷹」。找準「鷹」的寓意，才有可能找到理解其「話語」的暗道。

結合上述摘引的作品片斷，我們可以看出，鷹（詩中「說話人」）之言述姿態主要有三：其一曰「反訓」。如果說「鷹」這個語詞已具有了如上「正訓」的公共隱喻，那麼，西川正好借用這個符號對之進行「反訓」。與「你們」自以為了然、既在的鷹之話語不同，「我」這裏是一隻置身於現代生存矛盾和悖論氣漩中的鷹，是孤獨之鷹，遊疑之鷹，「我中有我，正如鷹中有鷹」，鷹中之鷹區別於其他的鷹。詩中鷹的「話語」，其實是「關於話語的話語」。它從既有的整體「話語」模式中發現裂縫，剔抉並接引出在話語晦澀褶皺中隱藏著的離散因數，使它顯現、發光和鳴響。「我描述出一隻鷹，是為了砍下它的頭……倘若它果有再生之力，則當今世界並非沒有奇蹟發生」。

其二曰「分訓」。既然「鷹」已被人們賦予了道德意義上俯瞰的、迅猛的、高傲的視點，那麼詩人可以懸置其淺陋的道德含義（但不是什麼「反道德」），而只分訓出其抽象的求真意志、俯瞰視點、迅疾和高傲本身，在詩中借助它揭示出生存和歷史中不能為道德所改善的殘酷的真實和宿命，和在「善與惡」之間的廣大含混地帶。「於是我避開市鎮，避開那裏的糊塗思想，追隨一隻鷹投在大地上的陰影。在我避開那些糊塗思想之後，我瞭解了火焰和洪水猛獸的無情」，「即使在格鬥時它也在內心遠離格鬥，因此它是昂貴的鳥；即使在俯衝時它也內心平靜，因此它幾乎接近於神性。它從我夢的屋簷上掠過：一個字，一個幻象。我並不喜歡它的尖喙和利爪，但在它和大地之間保持著遺憾的理解和暴虐的愛情」。西川曾高傲又不無痛苦地坦言，《鷹的話語》寫出了自己的「精神隱私」，其中義項之一我想就是他在詩中深入到了生存不以人的道德意志為轉移，且永遠無法化解的悖論特徵，「鷹瞭解這一點，因此它從不落淚」，詩人要勇敢地面對它，命名它。面對生存和「正典」，詩人不是天真漢或虛無主義者式地肯定和否定，而是重新獨立地面對它們思考、體驗、說出。即使詩人的言述高於普通理解力 2000 公尺，也在所不惜。

其三曰批識式「散訓」。鷹是變動不居在飛翔的，這類乎於詩人高度興奮中的寫作狀態。藉此他在詩中不再採用焦點透視，而是運用散點透視來打破統一凝固的界線，重新繪製靈魂變動不居的地圖。就像一個飽讀之士在重新翻閱生存、生命、歷史、文化、語言……之大書，在以前曾誠惶誠恐地劃上標記線和馴服的讚語的地方，現在隨手打上了問號、引號、分號、逗號，增寫了尖新而反諷的批識。因其是批識式散訓，詩人得以自如出入其間，在揭示事物悖論的同時，也不掩飾自身的矛盾、悖謬，好奇心甚至是大頑童式的「惡搞」癖。這是一種祛「中心」化的寫作，詩人在祛除絕對主義獨斷論中心話語時，也不想給自己的話語留下「中心」的特權。

這首詩對「整體性話語」的拆解，比之《致敬》更為激進，更為犀利，更為詼諧。讀它時，我的心情是緊張而又歡愉的。這位「鷹」兄的話語，以諧寓莊，憂欣並存，隨立隨破，以言拆言，奇思迸湧，出入自由，亂道有道，蹊蹺橫生，以文為戲而含至理深賅，絕傍他人又能啟發同好。這只懷疑主義的詩歌之鷹，對似非而是之事有高度敏感。體現在寫作運思中，就是「偽哲學」或玄學的鋪陳。他深知詩人的本分乃在於從「常識」和「真理」中接引出悖謬，在這個被權力、拜金和技術理性日益簡單化、類聚化的世界上，捍衛人類重新提出「問題」的能力和權利。這是一種審美的智慧的快樂人道主義。在感性生活被降格為眾多無賴嘴臉的時候，它爭取到了碩果僅存的恰當的高貴品質：一種新感性。由此，我們能以欣快的閱讀，領略這首詩中的豐富意義和語型的不斷「換檔」的刺激：一會兒是生存悖論的敞開者，一會兒是心知肚明卻故做糊塗的「愚人志」，一會兒是顯幽燭隱的另類「啟示錄」，一會兒是自我解嘲的寬懷者，一會兒是真戲假唱或假戲真唱的「牛皮大王」。這一切扭結一體，最後變成收盡萬象又吐出萬象的反諷的詩歌智者。他肯定了人性求真意志的魅力，申說了生活正是在含混中才有意義活力和更多可能的價值。這個微笑的懷疑主義者早已不是簡單賭氣式地說「不」或「是」的人，他相信溝通和對話，比之自以為是的宣諭，更符合一個詩人的本分。

漢學家柯雷先生曾指出過西川的《致敬》在內涵與形式兩方面的「不確定性」的特點，並側重於從「元詩」的角度對之進行了精彩的分析[30]。而《鷹的話語》比之《致敬》顯得更具「不確定性」。這裏，筆者不從「元詩」角度，而從文化語境和詩人知識型的變異上看，這種「不確定性」是緣何而生成的。在筆者看來，此詩的「不確定性」的生成，與詩人對「整體性話語」（或曰總體性）的質詢有關。

何謂「整體性話語」？它是指人類對「真理」的「完善共識」的陳述。人們相信外部事物，人類的生存和歷史均有著固定不變的本質，基礎，秩序，邏輯發展和預設的目標。而且這種本質、基礎、秩序、邏輯和目標，已被卡理斯瑪式的人物和理念所發現所命名，後來者的任務只是反覆認同這些預先置入的總體「理念」。如果個體的經驗和思考與整體原則提取出的「共識」發生了矛盾、斷裂，那麼，需要修正的永遠應該是個體。因為整體共識已先驗地完善化，它「自洽」地具有著絕對性和價值上的唯一優先性。它是合法的知識（話語），並同時指出任何與它相悖的東西均為「非法的知識」。由此可以看出，所謂非法的知識不過是與總體性知識不同的，被壓抑在權力話語之下的經驗的知識，喑啞的知識，不願被規訓化的知識。而《鷹的話語》卻恰恰挽留和解救出某些被排斥的個人思考和靈魂體驗，從確定性中引出不確定性，從被奴役的大寫的絕對之「思」中，分裂擴散出小寫的「我思」來。只有看到這一點，我們才不至於將《鷹的話語》的「不確定性」侷限於形式實驗，而看不到形式就是內容的要項，內容也是形式的要項。

西川的雜體長詩，如《致敬》、《鷹的話語》、《厄運》、《小老兒》、《芳名》、《思想練習》等，使西川創造性地偏離——或者說豐富——了「詩人」這一限定形象，面向複雜的世界開放，並不斷從「非詩」的、「不潔」的材料中獲得了寫作活力的補償。他使詩的文體鬆動，包容力更廣闊些，讓詩擁有了更廣泛的營養、循環和調節系統。在這裏，我們看到的是一個永遠保持對價值問題的關懷，但同時反對將「價值」作為一個既成的凝固物的思想者，一

---

[30] 柯雷：《西川的〈致敬〉：社會變革之中的中國先鋒詩歌》，載《詩探索》2001 第1-2 輯。

個不息地挖掘著語言更多的可能性的智者，一個在超驗和世俗間遊走的體驗命名者，一個通過格言質詢格言的文士，一個不乏責任感又悠哉遊哉的自由知識份子詩人。西川詩歌中的「自由知識份子精神」體現在，他維護的不是靜態的知識，而是從具體歷史、文化及個人本真經驗出發，通過深入思考、批判、證偽、猜測、想像，不斷提供出更有啟發力感染力的新的精神／文體成果。他強調的是對生命、生存、文化、語言等的綜合探詢，對寫作技藝的專業自覺，對以往被誇張或煽情化了的「知識份子精神」的反省和批判，並警惕種種極端主義思潮假借知識份子之名給文化帶來危害。在此義項關係裏，「自由知識份子」不是「詩人」的限制成分，而是二者彼此啟發，不斷開放的盤詰關係。

西川所走過的創作道路給我們以新的啟示。如果說他前期創作是「純於一」的話，其後期創作則是「雜於一」。前面的「一」，是純詩風格意義上的共性的「一」，後面的「一」則是詩人個體生命和靈魂話語的「（這）一（個）」。作為詩人和批評家的經驗告訴我，這個「一」的變化並不應導致我們得出「今是昨非」的結論。第二步如果是扎實可信的，必是在第一步之後走出，詩人是穿過了詩本體而非繞過了它。

今天的西川仍一意孤行，繼續深入創造出個人靈魂和話語的幽邃天地，對這個蒙面人的「越來越不像詩歌」的詩歌，激賞或懷疑悉屬正常。因為——

> 不必請求那些粉紅色的耳朵
> 它們只接納有道理的聲音
> 而你的聲音越來越沒有道理
> 彷彿傍晚響在法院窗外的雷霆

而他的雷霆正是對「正確」的天空的黑色幽默，是個體靈魂的濃密雲層在放電時發出的響聲……詩人本來就籲求著與之相匹配的更發達強韌、能接受巨大衝擊波的「耳朵」。

第十二章　「反詩」與「返詩」
——于堅詩歌論

一

于堅[1]是「朦朧詩」的表意模式之後（「表」，表達、表現方法；「意」，所表達的意味、意義），最重要的詩人，「第三代詩」最突出的代表之一。于堅從上世紀 70 年代中期開始寫作詩歌，至今仍以旺盛的創造活力不斷提供出量高質精令人矚目的作品。在我印象中，于堅的詩歌寫作狀態一直都很飽滿，不是像大部分詩人的寫作常態那樣間歇式的噴發，而是持續不斷的湧流。而且，返觀他歷時近 30 年來的寫作，其創造力型態有著鮮明的連貫性或整體性。他的詩歌是有「根」的，這個根，既紮在我們生活的自然意義上的大地，也紮在具體的時代生存的「土壤」裏，同時還紮在詩人個人自覺的語言方式中。有「根」的詩歌未必等於好的詩歌，很可能某些平庸的詩人同樣有根，然而于堅的詩是很出色的。其中一個重要原因在於，以上所說的根性，在于堅那裏，不僅是基於簡單的情感和素材認同，而是與他對「詩歌寫

---

[1] 于堅，1954 年生於昆明。1970 年到 1980 年在工廠當鍛工。1980 年考入雲南大學中文系。畢業後在雲南省文聯工作至今。大學期間開始發表詩作，被稱為「大學生詩派的旗手」，著名的民間詩歌刊物《他們》的主要成員。著有詩集《詩六十首》，《對一隻烏鴉的命名》、《一枚穿過天空的釘子》、《詩集與圖像》、《便條集》等，散文集《棕皮手記》、《人間筆記》、《暗盒筆記》。曾獲臺灣《聯合報》十四屆新詩獎，《人民文學》詩歌獎，新詩界國際詩歌獎「啟明星」獎，華語文學傳媒大獎詩歌獎。

作」本身的思考緊密相關。由此，于堅的詩歌一般地說會有兩個平行的視野和意向：一是「詩所言」，一是「寫作（或曰書寫）本身」。只有將這兩個平行的視野同時納入閱讀，人們才會從于堅詩中既體會出豐富的生存和生命意味，又會體會出濃烈的「元詩」（關於詩的詩）意味。特別是 90 年代以來，後者益發明顯，寫作過程的自覺成為于堅探詢語言性質及「詞與物」關係的最佳時刻。

對於現代詩得到普遍認同的「間接化」的表達方式（暗示性、隱喻性）而言，于堅詩歌語言的「直接化」表達方式，在特定的時代寫作語境中有著「反詩」性質。但如果我們超出「特定的時代寫作語境」來看，于堅的「反詩」毋寧說是「返詩」。返回詩歌古老而自然的發生學，創作論和效果史。返回語言的來路甚至源頭。返回人與詩的素樸而親昵的關係。當然，「反詩」也好，「返詩」也罷，同樣不會自動帶來詩歌的優劣。我們眼見著不少于堅詩風的追隨者，「反詩」，只剩下「反對」的姿態和乾癟無趣的分行文字；「返詩」，又只剩下對過往已成的詩品的卑屈服從。于堅卻成功地逃離了這些陷阱，他的詩新異而又親切，粗獷而又精審，本土化而又力圖同步於當前世界詩歌某一文脈的旨趣。就後者而言，美國漢學家宇文所安（Stephen Owen）一句簡單的話也可謂褶皺深藏：「中國近年來出現了真正值得引起國際關注的詩人，例如北島，還有于堅——後者對於世界詩歌和國家文學體制的拒絕，具有反諷意味地增加了他的聲名」[2]。

在我的詩人朋友中，于堅是極少數的那種深悟自身素質及當下語境中有效寫作「限度」的人。這使他 80 年代的寫作，一直保持著恰如其分的適度：個人主義和自然主義（即日常生活題材和雲南高原地緣／文化題材）的結合。漫遊、聚會、釣魚和網球，並沒有使他的詩歌表現得興致勃勃、潦草和迷惘。我想，他是通過嚴格的語言修正，將自己的文本提升到樸素高度的，這與那些由於修辭才能不濟而不得不「樸素」的詩人完全不同。

---

2 宇文所安：《進與退：「世界詩歌」的問題與可能性》，載《新詩評論》2006，第一輯。

于堅患有耳疾。除此之外我感到他的身體狀態極棒。他矮小、黑、較胖，神情憨厚，眼神固執而明亮，看起來更多地具有高原土人特徵。但要是我們知道于堅是四川人，我們對他精神中的自負和堅韌就不會感到太奇怪。于堅的母親則是昆明人。這個城市精於園藝，顏色鮮麗，民族雜多。于堅的詩也很好地體現了清澈、健壯，包容性強的特徵。玩笑地講，這兩種基因，恰好分別代表于堅詩歌的個人主義和自然主義基調。于堅的迷人之處在於，他從不趨風趕浪，他知道自己語境的有效「限度」應在哪裏，自己只該寫什麼和只應怎樣寫，他要把自覺到的語言去蔽任務完成得更為徹底，而不屑於滿足個別惟「文化」是舉的讀者的好奇心。對自身素質及寫作「限度」的準確把握，使于堅的詩呈現出一種素樸、源於本真生命的口語的狀態。沒有矯揉造作，更沒有被「創新」的狗追得無處撒尿。

1984 年，于堅和韓東、丁當發起《他們》。從表面的詩歌情調上看，這像是一個溫和、明快的日常還原主義集團。但是，細心的讀者可以發現，恰恰在于堅他們這裏，而不是在感傷主義詩人那裏，表現出更刻骨的清醒，疲竭和傲慢。滿不在乎，目不斜視，存心抹煞現象與「本質」的界限，均表現了詩人對浪漫主義價值的懷疑。對這種醒悟，于堅沒有虛假地製造「超越」姿勢，他使生存的境況變得具體真切。而不是像某些新銳詩人那樣從既成的現代西方哲學命題中假借穿越力量。《尚義街六號》、《感謝父親》、《作品 100 號》、《作品第 52 號》、《參觀紀念堂》、《心靈的寓所》、《世界啊　你進來吧》等，就是這樣的佳作。在于堅的描述中，庸常的生活成為磨損浪漫昇華的緩慢過程。但也許他真正想說的是，這才是每個人自然命定的、正常的生存賜予，它不會再一次齧蝕我們的內心了。比起這種鎮定自若的清醒狀態，那種在「高處」空洞吶喊的意識形態和浪漫崇高感，甚至更像是發自規訓瞭望塔樓的笑聲。

于堅當時的許多詩歌，由於具體歷史語境的後制閱讀作用力，致使如上因素得以以社會學方式闡釋，雖然這對他不凡的詩藝是不公正的，但也為他贏得了比別人更大量的普通讀者。他使生命中俗不可耐和孤傲健康完美地結為一體，他認定自己屬於「餐桌邊上」的一個「局外人」，由此，對這時代是毋庸施出自作多情能量的。局外人既不能改變，又無可讓予，獨立或附俗，在這類人身上重合為一；他只推動和策演自己的話語，這使其詩作區別於窮酸學究的大談道德文化要旨，而呈現出一種客觀的描述和個人的語言興趣。于堅藉此避免裝神弄鬼。

80年代于堅詩歌的另一種向度是對自然的詠述（這條文脈延續至今）。特別是他描述雲南高原舒放明媚凝恆的風光的詩，比如《河流》、《高山》、《蒼山清碧溪》、《滇池》、《在雲南省西部荒原上所見的兩棵樹》、《陽光下的棕櫚樹》，寫出了景色的細部紋理，又寫出了它的靈魂，尤其感人至深。他喜歡弗洛斯特（Robert Lee Frost）式的平靜、透明中潛含現代因素，力避強暴的隱喻、誇張、變形。或許在他筆下，人類先在的根，不是什麼後天的邏各斯，而是永恆的大自然。他力圖重鑄此念。自然主義的寫作，超越一般意義上的有神論，卻又體現出一種奇妙的類似於「宗教」的情感態度。那麼，于堅的詩是自然泛神論的嗎？也不是。在他那裏，自然就是自然，它的神奇博大，並不依賴於人的圖騰才得以樹立。一般的讀者往往忽略于堅這類詩歌，因為它們在審美方式上不夠激進和任性。但正是在這點上，表現出于堅的價值。他以平靜的誠實的寫作態度，提供了當時不為多數人所能理解的先鋒意義。

于堅生於1954年。但粗略的劃分，他的精神類型卻更屬於60年代出生的個人主義者、自由主義者。他的知識積累或閱讀範圍也與北島一代相去甚遠。特別是90年代初起，他將語言哲學和自然主義，波普爾（Karl Popper）的「批判理性主義」和海德格爾的「去蔽」，古典詩學中的「靜心」與後現代的解構……如此等等，「蠻橫」地焊為一體，寫出了個人化的詩歌。毫無疑問，于堅的詩也常常體現出對類的關注；但他本不想也無力代表「一代人」的良心。他只對自我話語運作感興趣，他知道，通過對自我的研究、展示，客觀上就會引發讀者對類群對歷史文化的思考。從80年代末至今，于堅更多專注於對「語言作為存在之現象」的探詢。他在「拒絕隱喻」的理念下，反對僵化的文化系統和所指系統，寫出《對一隻烏鴉的命名》、《魚》、《避雨之樹》、《下午，一位在陰影中走過的同事》、《事件》系列、《啤酒瓶蓋》、《塑膠袋》、《往事二三》系列、《過海關》，特別是長詩《0檔案》、《飛行》等佳作。在這類詩中，于堅更像一個執迷於語言批判和原在物象的研究家。時而反諷，時而分釐不差、精細、冷靜、沉溺，有如在顯微鏡下工作。這使他更徹底地變為「局外人」和對語言作為存在現象的分析者。詩人避免主觀評判，在語言和物象面前，似乎成為忠實的「鏡頭」，但他打開的卻是更敏感的穿越知識與權力的通道，並持續對詩壇發生著難以替代的影響。

2004 年，由 22 位國內外批評家、漢學家評出的首屆「新詩界國際詩歌獎・啟明星獎」授獎辭這樣概括了于堅的詩歌成就：「多年來于堅一直活躍在當代詩歌的前沿。他旺盛的創造力與他的勃勃雄心、他常變的風格相得益彰。無論是作為一個自然的稱頌者還是日常詩意的發現者，是從事激進的語言實驗還是冷靜的物象研究，他的寫作始終在俯身探索詩歌原發的、自在的、難以釋義的魅力根源。他的詩自由地穿行於生活場景和白日夢、精密的刻畫和陡峭的反諷之間。他對語詞的具體性、在場感的強調和出色運用，有力地矯正了當代詩歌中不及物的高蹈傾向，並在一個更為廣闊的前景上，改變了我們看待詩歌中詞與物關係的眼光」。

以上是對于堅及其詩歌道路的約略勾畫。下面筆者主要圍繞于堅詩歌中「歷史的個人化」和「拒絕隱喻」這兩個問題來論述。

二

上世紀 80 年代，于堅詩歌以與「朦朧詩」從意識背景到語言態度上的鮮明不同而引人矚目。約略地說，從意識背景上，他迴避了朦朧詩鮮明的社會批判意識和道義承擔色彩，而強調對個體生命日常經驗的準確表達。從語言態度上，他迴避了朦朧詩整體修辭基礎的「隱喻—暗示」方式，而追求口語的直接、詼諧、自然，語境透明，陳述句型中個人化的語感。從情感狀態上說，于堅詩歌與朦朧詩相比，大致體現出非悲劇崇高化、非文化，平和地面對本真的世俗生活，並發掘其意義和意趣的情調。將這些特點綜合起來看，它們都指向了對「朦朧詩」中「說話人」姿態的偏離。但「偏離」不是

「反對」，理解這一點非常重要。考慮到諸多誤解由此產生，故下面我將圍繞對「歷史意識」的不同處理，談于堅詩歌與朦朧詩的差異性。

讓我們從朦朧詩的發生講起。毋庸質疑，就詩歌語境與當時（上世紀60年代中期至70年代中後期）具體歷史語境的難以分離的關係看，朦朧詩中的「說話人」及其方式是恰當而有力的。概括地說，朦朧詩中一個重要意旨就是恢復「人」的尊嚴、權利、自由。具體歷史語境決定了這個「人」，首先是與蒙昧主義、現代迷信和文化專制相對立的覺醒著的「一代人」。因為他們是最早從文化專制中覺醒，面對整體性的人道失落，故不得不「整體性」地施救。在這裏，我們可以看出朦朧詩與五四啟蒙精神的同構之處。因此，限於時代條件，朦朧詩中的主體，是一個從紅色選本文化中剛走出，尚帶有這種文化遺痕的，由啟蒙主義宣諭者，人道和人性地位被「沉潭」後及時趕到的打撈者，話語系譜上的憂患的浪漫主義、意象派和象徵派……等混編而成的多重矛盾主體。在他們的「隱喻－象徵，社會批判」想像力模式內部，有著個體性和類群性，個人話語和整體話語間的價值矛盾。這種矛盾性也正是朦朧詩的真實性所在。在社會整體意義上「人」的尊嚴和權利被剝奪後，首先要做的一步就是為「人」正名。把工具順役式的「非人」，變為主體性的「人」。貶低或繞過這一步，而只去高喊「個人」，在當時的歷史語境中只是淺薄的、沒有尊嚴而自甘卑屈的「知足常樂」的自我中心。其實在文革後期，這種淺薄無謂的奴性「自我」，已成社會現象，它從另一方向像潤滑劑一樣維持著專制主義文化的超穩定運轉，在不期然中，它與權力體制達成呼應，後者說「形勢大好」，前者提供「我們活得大好」的事實。所以，朦朧詩作為特定階段的詩歌現象，其意義是不應被貶低的。第二步必須在第一步之後，「穿過」而不是「繞過」，這才是誠實的寫作立場。誠如第三代詩人韓東以「長兄為父」道出了其與朦朧詩人的關係，在精神上既有承接也有斷裂，二者都是必然的。

否定朦朧詩是淺薄的，但穿過它的階段去繼續探詢詩歌中「人」的問題，則是有巨大意義的。正像朦朧詩人寫出了當時自己置身其中的歷史語境的真實性一樣，以于堅為重要代表的80年代興起的「第三代詩」，同樣也忠實於當時自己的歷史語境。二者之間在寫作姿態上的對立性，統一於他們對各自歷史語境和生存狀態的表達的真實性。80 年代初，歷史發生了很大變化，雖然朦朧詩受到那些思想僵化的批評家的猛烈抨擊，但這反而擴大了它的影響力，使其站穩了腳跟。其原因就是由於它與中國精英知識界「想像中國」的整體話語——「人道主義」、「改革開放」、「走向現代化」——是一致的。

上世紀 80 年代中期，社會共同的想像關係開始「破裂」，整體話語也同樣如此。「話語」，是中國文學界特別是詩歌界近年常常使用的辭彙。然而，我認為絕大多數人只是簡單地從語言學至多是修辭學的角度使用這一辭彙的。其實，「話語」在哲學和文學理論的有效使用中，主要並非是指語言構成的一系列完整的單位語段，一些記錄符號，或文本的修辭特徵。而是指一種歷史生成的存在，是歷史的「集體無意識型構」的產物。這一型構有自己的時間模式，有自己的限度，「從話語講述的年代到講述話語的年代」的轉型，就含有話語本身就是歷史，而不僅僅是記錄歷史的符號或工具的意思。那麼，作為歷史生成的有條件的存在，當條件變化了，話語的型式也會發生變化。第三代詩的代表人物于堅的詩歌話語，相對於朦朧詩的偏移甚至叛離，也應被編織進歷史（話語）自然演進的鏈條中。

的確，我們已看到于堅詩歌中的「說話人」與朦朧詩深為不同，而其詩歌所處理的「材料」也明顯區別於朦朧詩。這並非是說于堅的詩歌沒有「歷史意識」，而是他將「歷史意識個人化」了，在歷史的褶皺中發現令人震動的生存和生命細節。朦朧詩的敘述一般是「大敘述」，這與當時詩人感到的整體性的「大壓抑」有關。以「大敘述」對抗（和對稱）於「大壓抑」，這正是詩人最基本的「現實感」。請看北島在文革時代寫下的《結局或開始》中的句子——

悲哀的霧
覆蓋著補丁般錯落的屋頂
在房子與房子之間
煙囪噴吐著灰燼般的人群

溫暖從明亮的樹梢吹散
逗留在貧困的煙頭上
一隻只疲憊的手中
升起低沉的烏雲

以太陽的名義
黑暗在公開地掠奪
沉默依然是東方的故事
人民在褪色的壁畫上
默默地永生
默默地死去

……

這裏的「敘述話語」無疑是宏大的。不用說下節中「太陽」、「黑暗」、「東方」、「人民」這些具有整體指涉的抽象的大詞，就是上節中那個較為具體的場景描敘，實際上讓我們體味到的也是文革期間以「人民大眾」、「無產階級」的名義，實現的對人民大眾各種基本利益和權利的剝奪。「補丁般錯落的房頂」，「灰燼般的人群」，「貧困的煙頭」，「疲倦的手中升起低沉的烏雲」，用不著受過多少詩歌閱讀訓練，人們會感到這些描敘都超越了這個具體場景，成為對那個時代冷酷、欺詐、壓抑、貧困、疲倦……的整體隱喻。

再比較于堅寫於 1982 年的《羅家生》——

他天天騎一輛舊「來鈴」
在煙囪冒煙的時候
來上班

駛過辦公樓

駛過鍛工車間
駛過倉庫的圍牆
走進那間木板搭成的小屋

工人們站在車間門口
看到他　就說
羅家生來了

誰也不知道他是誰
誰也不問他是誰
全廠都叫他羅家生

工人常常去敲他的小屋
找他修手錶　修電錶
找他修收音機

文化大革命
他被趕出廠
在他的箱子裏
搜出一條領帶

他再來上班的時候
還是騎那輛「來鈴」
羅家生
悄悄地結了婚
一個人也沒有請
四十二歲
當了父親

就在這一年
他死了
電爐把他的頭
炸開一大條口
真可怕

埋他的那天
他老婆沒有來
幾個工人把他抬到山上
他們說　他個頭小
抬著不重
從前他修的表
比新的還好

煙囪冒煙了
工人們站在車間門口
羅家生
沒有來上班

這首詩同樣書寫了特定歷史時代中人的際遇，但詩人沒有採用「宏大敘述」或「宏大抒情」，而是通過對一個具體的小人物「羅家生」來敘述的。于堅說，羅家生確有其人。這個人幾乎沒有什麼特殊性，個頭小，人也十分平凡、木訥，連結婚都悄悄地，沒請一個人，「誰也不知道他是誰／誰也不問他是誰」，他老實巴交地上下班，稱得上「特殊」的只是他技術好，還經常幫人修手錶、電錶、收音機。但這樣的人，在文革期間被趕出了工廠，原因是「在他的箱子裏／搜出一條領帶」。在那樣一個「革命」滲透一切角落的年代，「『領帶』隱喻西方生活，……它是對一個時代某些本質方面的把握」[3]。這個敘述細節並無任何誇張之處。羅家生「悄悄地結了婚」，四十二歲剛當上父親就死於工傷事故。詩人對這件事的敘述是克制的，但有效地引發了讀者沉重的悲憫，「埋他的那天／他老婆沒有來／幾個工人把他抬到山上／他們說　他個頭小／抬著不重／從前他修的表／比新的還好」，一個小人物悄悄地出現，悄悄地消失，「抬著不重」，但我們的心卻是沉重的。

與北島的詩宏觀的俯瞰不同，這首詩詩人採取的是細部的平視角，羅家生「並不以某種異質凸出來或凹下去，他是平的」，詩人準確地寫出了他的「在著」，同時就寫出了「圍繞著這個人生存狀態的某種語境」[4]。這首詩紋理清晰的有著現場「目擊感」，普通人的日常生活方式，為人處世風格，時代暴力強行闖入後帶來的命運顛躓，都於波瀾不驚中得到顯現。運用平視角和小視點，于堅同樣成功地寫出了生存「褶皺」中包含著的歷史真實性。由此可見，詩人對朦朧詩精英主義的整體話語（或曰巨型話語）的迴避，並非是拒絕詩與歷史語境的聯繫，而是揭示出被整體話語的大結構所忽略的，日常生存細碎角落裏的沉默或暗啞的生存「原子」，這是一種將「歷史具體細節化」的努力。因此，于堅談此詩時說道：「我甚至敢說這是一首史詩，至少我理解的史詩是如此。史詩並不僅是虛構或回憶某種神話，史詩也是對存在的檔案式記錄，對缺乏史詩傳統的中國詩歌來說，史詩往往被誤解為神話式的英雄故事」[5]。同樣，「第三代詩」的代表人物韓東也這樣理解于堅的這類詩作：「我認為，于堅寫出了第三代詩歌中可稱之為史詩的東西……，在我看來，史詩至少要符合以下兩個條件：一定的歷史實錄性質（物質的和精神的現象性存在，或統稱為文化存在）和絕對的非個人化。至於規模的宏大和不朽的預期則在其次。……于堅從一個觀察者變成了研究家。他記錄並討論了歷史，于堅的品質規定了他是當代精神的研究家，而非代言人」[6]。如果將措辭更準確些，我們應當說于堅的詩歌體現出了某種別樣的「史詩性」。

---

[3] 于堅：《棕皮手記》，第171、173頁，東方出版中心，1997年。
[4] 于堅：《棕皮手記》，第169頁。
[5] 于堅：《棕皮手記》，第171頁。
[6] 韓東：《第二次背叛》，載《百家》1990第1期。

《女同學》、《感謝父親》、《心靈的寓所》、《純棉的母親》、《作品 100 號》，集中表達文革記憶的《往事二三》系列，都具有這類獨特的性質。他將早期朦朧詩語境中的時代、人民，轉向了具體生活和具體的人。這是一種既放鬆又聚焦的方式，它具有雙重內在反省的陳述性質，既反省了具體歷史症候，又反省了早期朦朧詩精英主義整體話語帶來的與具體生活境況的某種間隔。試看一個歷史時代完全可以被詩人聚焦於一方小小的《郵票》上：

1967 年我迷上了集郵
紅衛兵哥哥走進劉家
他家立即成為勝利後的戰場
鏡子四分五裂　櫃子倒下
滿地都是各種物件的屍體
枕頭之死最難看　破肚開膛
我試圖藏起一個貼著郵票的信封
寄自杏村　收信者是白梅
郵票忽然被一輛坦克壓住了
疼得我大叫起來
少年時代瞬間粉碎
那張小方塊的紙上印著
鴿子　16 枚一套
我已經有 15 只

《感謝父親》中的「父親」，也是一個具體的人，而非一個意味著體制或家族的尊者的符號。他不比人性好，也不比人性更糟，他是一個特定歷史語境中生活著的「正常的人」。這個「特定歷史語境」，詩人選取的主要是 20 世紀 50-70 年代。詩人寫了許多細節，日常生活中物資的匱乏，使父親為家庭付出了更多的拼爭；政治生活的險峻，使父親要做安全的「好人」於是去「交代　揭發　檢舉　告密」，「檢查兒子的日記」，如此等等。在「這一個」父親身上，同樣折射出歷史的某些本質方面，詩人不但於此反思了那段踐踏常識（基本人性和道德底線）的歷史，而且反思了何謂「芸芸眾生」、「人民」？從來就沒有抽象的鐵板一塊的意味著「真善美」的「人民」，人民就是每一個具體的個人，他（她）既是歷史壓迫的客體，又很可能是歷史權力主動的載體或工具，為了生存自保或隱蔽的人性之惡而相互傾軋，自我壓迫，對他人冷漠，甚至慶幸災難沒有降臨到自己頭上……如果說上述詩中北島筆下的「人民」，是被整體話語自動地賦予了「善良的受難者」的身份，那麼于堅的「芸芸眾生－人民」，則是更為本真而複雜的糾結體。于堅聲稱自己使用的是「局外人」視角，其實這個「局外人」不是與生存境況無關的旁觀者，而是與事態拉開距離，得以更冷靜的觀照者、剖析者、命名者。

朦朧詩作為特定年代的寫作，有其永恆的價值。在我看來，第三代詩歌與朦朧詩的差異，應理解為前者對後者「接著說」，而非「反著說」。朦朧詩整體否定了那個非人道的時代（「我不相信」），可謂振聾發聵。在全面徹底否定的基礎上，于堅們則進一步以個體的、局部的、稗史的、檔案式的精細剖析，完成著對具體病灶的小陳述。對先鋒詩歌的歷史想像力的進程而言，這兩步都意義重大，但第二步的確是在無法也不應省略的第一步之後走出。正如多年後，《今天》創立期的作家劉自立（即作家詩人伊恕）先生所言：「在朦朧詩早期的詩歌話語當中，上述詩人的文本定位，其作品還是相對準確的、深刻的和不乏靈感的。因為那時候，他們的詩歌，完全產生在本土文化和政治話語的環境當中。北島早期詩歌的歷史意義遠未結束。任何在『人』的意義上退後半步的選擇和選題，在我看來，都是毫不足取的」[7]。因此，不是在「人」的意義上「退後」，而是進一步以不同的細節聚焦顯現和挖掘的第三代詩人代表于堅的作品，對上世紀 80 年代思想解凍的歷史氛圍而言，其「文本定位」，同樣是準確、深刻和不乏靈感的，這些詩也產生於當時本土文化和政治話語（又豈止是政治話語，包括所有人文學科話語乃至日常交流話語）的環境當中。

---

7 劉自立：《「今天派」今天的寫作》，載《揚子鱷》第四期，2003 年。

朦朧詩（包括「X 小組」、「太陽縱隊」、「白洋淀詩群」、「今天」）中「人」的形象，是在整體社會歷史語境的嚴寒季節中凍結、雕鑿而成的，是那個歷史季節準確的反映；當 80 年代歷史的季節溫度轉換時，「它」的溶解和柔軟化變化就是題中應有之義。問題很明顯，詩有詩的命運或宿命，只有經過前代詩人「整體性」地對整體歷史的反思、批判、否決「之後」，後起詩人才可靠地贏得了他們進一步反思歷史生活細部的權利。再進一步說，在獲得了這一權利「之後」，他們的視野才可能也必然會延伸至對朦朧詩與其所反對的整體話語的「異質同構」方面的再反思。是「……之後」，而絕不是獲得這個權利之前，這是對此問題最基本、誠實而真實的敘述方法。因此，不加梳理和辨認，將于堅詩歌的意蘊簡單地視為朦朧詩的對立面（所謂「與北島們對著幹」）的說法，是極為幼稚和無知的——無論是曾經這麼說過，還是今後打算這麼說。

而將詩歌中的歷史反思、語言批判、生存境況探勘綜合起來處理，發揮得淋漓盡致的，還是于堅完成於 1992 年 5 月的長詩《0 檔案》。這部長詩共 300 餘行，分為七卷，詩人以「客觀」的生活陳述（記述），間以檔案語體的概括式「定性」，以及對時代意識形態和主流文化熟語的戲擬，寫出了「一個」出生於上世紀 50 年代中期，成長於意識形態全面宰制的特殊年代的中國城市男人的前半生。詩中的主人公是個無名者「他」，而關於他的檔案是「0」，一方面說明「無名」其實是一代人的「共名」，另一方面則昭示出體制化的「統一意志、統一思想、統一語言、統一行動」，對個體生命的漠視、壓抑乃至刪除。長詩《0 檔案》，它既可視為一部深度的語言批判作品，同時也是深入具體歷史語境，犀利地澄清時代生存真相的作品。詩中有不少段落，甚至是刻意地以「非詩」的、社會體制「習語」或「關鍵字」的形式出現，詩人寫出它們對個人生存的影響，開啟了我們的歷史記憶：

> **鑒定**：尊敬老師　關心同學　反對個人主義　不遲到／遵守紀律　熱愛勞動　不早退　不講髒話　不調戲婦女／不說謊　滅四害　講衛生　不拿群眾一針一線　積極肯幹／講文明　心靈美　儀表美　修

指甲　喊叔叔　叫阿姨／扶爺爺　挽奶奶　上課把手背在後面　積極要求上進／專心聽講　認真做筆記　生動活潑　謙虛謹慎　任勞任怨

思想彙報：他想喊反對口號　他想違法亂紀　他想喪心病狂　他想墮落／他想強姦　他想裸體　他想殺掉一批人　他想搶銀行／他想當大富翁　大地主　大資本家　想當國王　總統／他想花天酒地　荒淫無度　獨霸一方　作威作福　騎在人民頭上／他想投降　他想叛變　他想自首　他想變節　他想反戈一擊／他想暴亂　頻繁活動　騷動　造反　推翻一個階級

一組隱藏在陰暗思想中的動詞：砸爛　勃起　插入　收拾　陷害　誣告　落井下石／幹　搞　整　聲嘶力竭　搗毀　揭發／打倒　槍決　踏上一隻鐵腳　衝啊　上啊……

這些故意「乾澀」的詩行，反而是詩人具有豐沛的歷史想像力的表徵，所謂內容是完成的形式，形式是達到了目的的內容。它深刻地反思和揭示了一代人的成長史。他們是昆德拉所說的「兒童暴力」的產品，既是單純的也是可怕的，既受到「理想教育」又受到「仇恨教育」，既順役於禁欲主義又將性／政治宣洩結為一體。特別是文革中，社會總體性的施暴結構已深深植入了他們（我們）無意識深處。詩人迫使我們反思，當偽善和彼此監視成為一個人表現「忠貞」、「光明」、「崇高」的必須方式，那麼我們的歷史和精神型構發生了怎樣的史無前例的災變？同時，這首詩更深刻的意義還是其「語言批判」。它表達了「檔案語體」對個體生命的歪曲壓抑。在一個以僵化的正確性、統一性取代差異性和複雜經驗的時代，諸如文革時代，公共書寫方式成為消除任何歧見，對人統一管理、統一控制的怪物；人在減縮化漩渦中成為一個個僵滯的政治符碼，一個可以類聚化的無足輕重的工具，一個龐大的機器群落中的一顆螺絲釘。在此，「個人檔案」竟然導致了個人的消失，這難道不是具有「極限悖謬」特徵的歷史體驗嗎？所以，與其說詩人在質詢將人變為「0」的檔案本身，不如說更是在以此來「轉喻」一種普遍的權力話語方式。它不尊重個人的尊嚴，並自認為具有絕對的控制、懲罰大權。如果說人類就是通過語言去辨認存在的，那麼減縮和控制語言，就是減縮和控制人的精神能力。正如奧威爾所揭示過的體制化的書寫，就體現在將一切「中心化」、「整體化」、「順役化」的企圖中，而當它深入到我們每個具體的個人的話語方式中時，專制主義和蒙昧主義就同時產生了。正如批評家賀奕所說：「作者探索的是文革公共書寫和個人話語的關係。很顯然，在我國文學生活中，檔案代表著一種最具效力的公共書寫方式。對於個人話語的有力箝制，既是它的天性，也屬它的職能。……長詩的結構來自對文革書寫的戲擬，而長詩的意旨卻在於對這種公共書寫的背棄和反動……作者極力避免主觀情感介入，他想使每一個詞，每一個句子，都僅僅呈現出純粹語義學層面上的意思……有一點不容否認，這一還原詞語的努力相對詩作產生的實效，始終構成尖銳的矛盾衝突。因為在讀者（尤其當他恰好是一個中國人）看來，詩作的題材具有無可置疑的歷史內涵」[8]。

所謂「歷史內涵」，的確是這部長詩明顯表達的主要意旨之一。而同樣明顯並值得指出的是，這部長詩還有著超逾某個階段性歷史的內涵。細讀這首詩我們可以看出，形形色色的權力話語與人們的關係，並非單純的「控制／反控制」，「壓抑／反壓抑」關係。被權力主義整體話語所囚禁的人們，本身就是這種權力話語的合格載體或導體。特別是在一個蒙昧主義時代，權力話語不僅是自上而下的控制，在相當多的情況下還是自下而上的呼應乃至籲求。權力會從數不清的角度發生著內在的相互作用關係，在生活中它甚至是由許多「無權者」、卑屈者、智識者、父母、鄰居、同僚體現的。于堅在這首詩中沒有忽略這一點，特別是在卷二《成長史》，卷三《戀愛史》，卷五《表格》中，詩人的目光不是僅投向上層的制度性權力話語，而同時更犀利也更有難度地投向了普通民眾與權力相互選擇相互配合的運作關係。正是這些內

[8] 賀奕：《九十年代的詩歌事故》，載《大家》1994 年第 1 期。

涵，才使得于堅此詩在極端地摹擬—反諷權力主義整體話語時，沒有落入後來時興的另一意義和意向上的整體話語：「我們是無辜的受難者」。他保持了深刻的批判性，在人們的情感和理智無法承受的時候，語言批判還在繼續著……這保證了《0 檔案》在事過境遷之後依然有足夠的思想承載力和藝術魅力。

以上，筆者更多是從于堅詩歌的重要向度之一——「歷史意識個人化」——來展開論述的。因為于堅的這一向度完全被忽視，提到于堅就只是「日常生活」，所以有必要突出強調。如所共知，于堅還有許多自覺減少歷史因素、社會學因素乃至「文化」因素，而致力於以世俗精神表達本土日常生活中，個體的「自然」人的生命存在狀態、情感經驗的作品。他說，「每個詩人的背後都有一張具體的地圖。故鄉、母語、人生場景。某種程度上，寫作的衝動就是來自對此地圖的回憶、去蔽的努力，或者理想主義化、昇華、遮蔽……有些人總是對他的與生俱來的地圖、他的『被拋性』自慚形穢，他中了教育的毒。千方百計要把這張地圖塗抹掉，塗抹到不留痕跡」[9]。于堅這類作品就是有「具體地圖」的寫作。它們有豐盈的本土、故鄉經驗，普通人心靈細膩的紋理，自然而明朗，冷靜而詼諧，坦誠而大方，幾乎沒有人格面具，與普通讀者達成了平等的溝通和對話。儘管一些詩中不時出現嘲謔和反諷，但它們總的詞根是以飽滿的興趣來陳說—欣賞這個本來就是由凡人組成的世界。這些詩迴避了任何意義上的「巨型想像」、「理想化昇華」，將詩歌的重心「收縮」到個人日常經驗本身。這種「收縮」是一種奇妙的收縮，它反而擴大了「個人」的體驗尺度，「我」的情感、經驗、本能、意識和身體得以彰顯。從題材維度上，它們回到了對詩人個人情性的吟述；從形式維度上，它們體現了對總體話語和「高雅」修辭的雙重不屑；從心理維度上，它們表達了鎮定自若的「另類」和「原在者」心態；從語言維度上，它們體現了口語語態和心態合一的直接性，其語境澄明，語義單純。最終，從想像力範疇看，詩人力求表述自我和本真環境的「同格」。

---

[9] 《于堅集》第四卷，第 337 頁，雲南人民出版社，2004 年。

限於篇幅，對於這一類詩作筆者不再多說，普通讀者完全可以無任何困難地進入並喜歡上它們。就個人興趣而言，這類詩作中的以下篇目是給我留下愉快的閱讀記憶的：《尚義街六號》、《純棉的母親》、《外婆》、《女同學》、《作品 XX 號》系列、《有朋從遠方來》、《鄰居》、《世界啊　你進來吧》、《上教堂》、《外婆》、《寄小杏》、《禮拜日的昆明翠湖公園》、《在牙科診所》、《宿命》、《成都行》、《伊沙小像》、《便條集》系列……等等。

三

于堅的詩歌語言具有極為鮮明的個人特色，從修辭學角度看，就是他在 1991 年一篇同名短文中倡言的「拒絕隱喻」[10]。這篇文章發表後，有人認同，有人質疑。在我當時的記憶中，那些認同的聲音裏，沒有人真正理解了于堅所表達的理念究竟意指著什麼？他們只將這個理念當作「平民詩歌」的語言應「明白如話」的口號來看，並以此為工具來反對「晦澀難懂」的隱喻詩歌。而那些質疑的聲音中，也多是圍繞「何為隱喻？」「隱喻怎麼可能真正被拒絕？」這類語言學角度展開。的確，用「拒絕」來表達自己對「隱喻」語型的態度，且不說從語義上漏洞太大，就是從姿態上說也顯得有些做作和誇張。兩年後，于堅在此文的基礎上修訂補充了自己的觀點，更名為《從隱喻後退》（1995 年 8 月完成）。從「拒絕」到「後退」，動詞的方向和限度顯得更清楚了，它不僅是語氣的修正，更重要的是它準確、實事求是、以自成一理而服人了。詩歌寫作為什麼要「從隱喻後退」？弄明白這個有助於理解于堅的詩，否則會導致簡化于堅作品內含。讓我們摘錄幾段于堅的說法並略做批識：

「最初，世界的隱喻是一種元隱喻。這種隱喻是命名式的。它和後來那種『言此意彼』的本體和喻體無關」。詩人是從命名功能的角度進入語言並

10　《拒絕隱喻》被收入吳思敬編《磁場與魔方》，北京師範大學出版社，1993 年。

進而考察詩歌語言的。在此我們會想到海德格爾在《詩・語言・思》所表述的：正是詩使語言成為可能，詩是人的原初語言，所以應該這樣顛倒表述：語言的本質必得通過詩的本質來理解。

元隱喻是命名，而「今天我們所謂的隱喻，是隱喻後，是正名的結果。文明導致了理解力和想像力的發達，創造的年代結束了，命名終止。詩成為闡釋意義的工具。這是創造後」。在于堅看來，今天大量詩中的隱喻，只是類聚化、僵滯化的文化所指，是缺少原創力的複製。這個語言批判應當說是有的放矢。

「元詩被遮蔽在所指中，遮蔽在隱喻中，成為被遮蔽在隱喻之下的『在場』。……詩被遺忘了，它成為隱喻的奴隸，它成為後詩偷運精神或文化鴉片的工具」。我們的確看到了許多詩，隱喻非但沒有啟動新的未知的感覺，反而成為看圖識字式的固定對應，它們的確是以詩的「行話」遏制了詩本身的活力和魔力。正如于堅舉例道，「數千年的各時代詩歌關於秋天的隱喻積澱在這個詞中，當人們說秋天，他意識到的不是自然，而是關於秋天的文化。命名在所指的層面上進行，所指生所指，意義生意義，意義又負載著人們的價值判斷，它和世界的關係已不是命名的關係，而是一套隱喻價值系統。能指早已被文化所遮蔽，它遠離存在。人說不出他的存在，他只能說出他的文化」。

于堅的憂心顯然是必要的，如果我們不拘泥於他在細節詞語表述上的粗放的話，從整體意向上看這種憂心其實也應是每一位真正的詩人的憂心。面對這種僵化的所指系統，于堅提出了自己的寫作策略：「如果一個詩人不是在解構中使用漢語，他就無法逃脫這個封閉的隱喻系統。……詩對於存在已處於一種嚴重的失語狀態。成為詩人逃避存在的烏托邦，成為詩人們區別於芸芸眾生的風雅標誌。我相信，從詩開始的語言遊戲，有可能最終改變漢語的失語狀態。我認為，這種遊戲不是什麼革命性的，不斷前進的東西。我認為這種語言遊戲可以說是一種後退的遊戲。在後退中重建能指和所指的關係的遊戲。詩是從既成的意義、隱喻系統的自覺地後退」。我認為，這裏的三個「後退」，在整個文章的語境中還是明確的，有前提的，即讓詩擺脫本質主義、形而上學，逃離既成意義「深度」的桎梏，逃離已成共識而可以仿寫的「高雅」套話和固定的聯想模式……如此等等，回到詩語創造的源頭，建立語言與存在的本真關係。總之，這裏的「後退」是基於對詩的本體和功能的雙重關注，這樣做「意味著使詩重新具有命名的功能。這種命名和最初的命名不同，它是對已有的名進行去蔽的過程。在這一過程中，詩顯現」[11]。

這裏需要多說幾句。無論是從理論常識還是寫作事實看，就「隱喻」本身而言，並不一定天然地等於通向僵化的文化所指系統（正如「口語」也不一定天然通向「原創力」一樣）。現代意義上的「隱喻」，反而恰是為消除這種僵化系統而運作的，它更注重揭示神秘與未知，展現和啟動生存和生命乃至潛意識內部種種複雜糾葛的向度。這一點，我們只要隨意提及近半個世紀以來的詩人，如狄蘭・湯瑪斯、畢肖普（Elizabeth Bishop）、策蘭、洛厄爾、普拉斯、休斯（Tad Hughes）、夏爾（René Char）、薩克斯（Nelly Sachs）、特朗斯特羅姆、赫魯伯、帕拉（Nicanor Parra）、帕斯、阿米亥（Yahuda Amichai）……的作品就清楚了。于堅使用全稱判斷來否棄隱喻，將其本質化地定性為「創造力的敵人」、「隱喻垃圾」，這個全稱否棄式的論點，顯然經不住反駁。于堅為何要使用絕對化本質化的全稱判斷？詩人姜濤的看法為我們提供了一個有效又有趣方向：「大概當時他提出『拒絕隱喻』的時候，他基本上針對的是具體的問題，並不是泛指。他要拒絕的這個隱喻，指的是我們陳舊的、對於詩歌、對於語言的理解，並不是說對所有隱喻的迴避。他後來沒有做一個區分，是造成他自己體制化的一個重要原因……于堅在某種程度已經把拒絕隱喻之類的命題當成自己的發明，他其實是朝向文學史的」[12]。

所以我想，我們應該做的是，在排除對隱喻全稱式的否定後，再看看于堅是否有力擊中了大量隱喻式詩作致命的病灶？結論是，于堅深深地擊中了。隱喻無須一概否棄，「垃圾」卻必須清除，無論它是隱喻的，還是口語的。前面說過，于堅許多詩可稱為「以詩言詩」（ars poetica）或「元詩」，在此，「詩所言」和「寫作本身」兩個意旨是平行出現的。這一點體現得最

---

[11] 于堅：《棕皮手記》，第 239-246 頁，東方出版中心，1997 年。

[12] 《在北大課堂讀詩》，第 332，339 頁，長江文藝出版社，2002 年。

為顯豁和精彩的作品是:《對一隻烏鴉的命名》、《啤酒瓶蓋》、《塑膠袋》、《第一課:「愛巢」》、《金魚》、《讚美海鷗》、《在丹麥遇見天鵝》、《關於玫瑰》、《被暗示的玫瑰》、《無法適應的房間》、《在詩人的範圍以外對一個雨點一生的觀察》、《事件》(系列詩)、《便條集》(系列詩)等等。這些作品或致力於正面清除既成的文化隱喻積澱,或致力於從反面對這些「文化積澱」進行滑稽摹仿、反諷,最終,詩人力求嚴格地在「原在」的意義上救出這些已被文化隱喻焊死在所指上的名詞,恢復它們本真而鮮潤的自在生機。詩人經由從批評的距離對創作過程的自覺掌握,將這些死「名詞」變成了活「動詞」。

除去于堅在《從隱喻後退》一文中明確表達的個人認識外,從「知識型」上看,這個理念或許是語言分析哲學中的「語言批判」意識,在詩學中的「借挪使用」。或許正是受其影響,在于堅及某些第三代詩人看來,語言是表達本真的個人生命經驗事實的,而「隱喻」預設了本體和喻體(現象/本質)的分裂,它具有明顯的形而上學指向,和建立總體性認知體系的企圖。這與新一代詩人主張的「具體的、局部的、判斷的、細節的、稗史和檔案式的描述和0度的」[13]詩歌話語方式,構成根本的矛盾。按照語言分析哲學家維特根斯坦的表述就是:「全部哲學就是語言批判」。如果在詩人限定的想像力範疇中,語言應該表述經驗事實的話,那麼超驗的題旨,既無法被經驗證明,又無法為之「證偽」,那就當屬「沉默」的部分,可以在寫作中刪除了。但值得我們注意的還有,對常規意義上現代詩「隱喻」的抑制,有時反而可能會激發擴大了讀者對「語言本身」的想像力尺度。在這點上,恰如對法國「新小說」的閱讀效果史,它們迴避了對所謂的「本質」、「整體」和「基礎」的探詢,但這種迴避不是簡單的「無關」,它設置了自己獨特的「暗鈕」,撳開它後,我們看到的是景深陡然加大的新一代寫作者與既成的語言模式的對抗(所謂「正是巴爾扎克,成就了格里耶〔Alain Robbe Grillet〕的重要性」)。在對抗中,一個簡潔的文本同樣會吸附意向不同的解讀維度,「每個讀者面對的不像是同一首詩」。這是于堅詩歌與80年代同步出現的「南方生活流」

13　于堅:《拒絕隱喻》。

詩歌的不同之處。後者僅指向「現實主義」，而于堅卻由「反詩」達到「返詩」的先鋒實驗。

《對一隻烏鴉的命名》是更鮮明地體現于堅從既成的文化隱喻後退，清除已死掉的偽名，顯現現代詩中詞與物「嶄新」（同時也是「原初」）關係的作品：

當一隻烏鴉　棲留在我內心的曠野
我要說的　不是它的象徵　它的隱喻或神話
我要說的　只是一隻烏鴉　正像當年
我從未在一個鴉巢中抓出過一隻鴿子
從童年到今天　我的雙手已長滿語言的老繭
但作為詩人　我還沒有說出過　一隻烏鴉

……
烏鴉　就是從黑透的開始　飛向黑透的結局
黑透　就是從誕生就進入永遠的孤獨和偏見
進入無所不在的迫害和追捕
它不是鳥　它是烏鴉
充滿惡意的世界　每一秒鐘
都有一萬個藉口　以光明或美的名義
朝這個代表黑暗勢力的活靶　開槍
它不會因此逃到烏鴉之外
飛得高些　僭越鷹的座位
或者降得矮些　混跡於螞蟻的海拔
天空的打洞者　它是它的黑洞穴　它的黑鑽頭
它只在它的高度　烏鴉的高度
駕駛著它的方位　它的時間　它的乘客
它是一隻快樂的　大嘴巴的烏鴉

在它的外面　世界只是臆造

只是一隻烏鴉無邊無際的靈感

你們　遼闊的天空和大地　遼闊之外的遼闊

你們　于堅以及一代又一代的讀者

都是一隻烏鴉巢中的食物

……

讓我們捫心自問，真可怕，光是一個動物學名詞——「烏鴉」——就已經自帶了對一切壞人壞事的隱喻想像。詩人說要「對一隻烏鴉命名」，但是這首詩寫的卻是對偽命名的困惑消解。「烏鴉」在詩歌——其實何止詩歌，它甚至是一個跨文化語境通用的意識形態、宗教、寓言、民俗乃至口語中的——通用的隱喻「熟語」裏，只能表示黑暗勢力、詭譎、不祥、「充滿惡意的世界」。它是被牢不可破的巨大文化隱喻所「迫害和追捕」，在「永恆的孤獨和偏見」中飛翔的詞語，任何新的命名都會馬上被它們覆蓋、淹沒。所以，詩人並沒有為這只烏鴉進行新的命名，而是清除既成的隱喻，回到原初語言的來處，讓烏鴉作為烏鴉而存在。詩人力求寫出一隻更實體更直觀的原在的烏鴉，讓這只大嘴巴的黑鳥以它本然的存在去與詞語發生關係，讓人們學會面對烏鴉本身，看，聽，摸和嗅。

當然，這更主要是一首「關於詩的詩」，正像于堅說「當它在飛翔／就是我在飛翔」。詩人想表達的其實是應如何看待寫作的性質，他是在為寫作「命名」。詩人顯然主張應該回到人的基本感覺，回到感官，回到事實的寫作態度。是的，把盡人皆知的文化隱喻在詩歌中再大抒一通情，是和創造性寫作的基本性質正相反對的。我們是否想到，在我們連篇累牘的寫作當中，將世上多少東西都僅僅變成了我們手邊的工具來使喚。于堅希望讓事與物在詩中出場，讓它們和詞都活在本然的「在」中。于堅通過命名的困惑，還揭示出詩歌寫作中過度膨脹的「以人易物」意識帶來的枯燥無趣。在好多時候，當「泛人」的視點得以收斂時，世界萬物在文學中或許會重新煥發出素樸而神奇的光芒。類似的手段，還有于堅對「海鷗」作為勇敢的革命者，「玫瑰」

作為姑娘、羅曼蒂克的愛情、高貴典雅的生活方式、基督教中的仁慈之美……的消解。由於此類隱喻套語是人們耳熟能詳的，詩人的消解也自動地具備了廣大的壓力面積。但他的「壓強」卻並未受損，原因是詩人特別注重於「怎麼說」的過程，他的「說法」詼諧自如，舒放有致，可謂誘人。除了有針對性的反面「消解」外，于堅還正面處理了那些歷來被認為是「非詩」的、「無意義」的、不能建立隱喻關係的日常材料。比如那首著名的《啤酒瓶蓋》。再比如《鐵路附近的一堆油桶》：

> 堆積在鐵道線旁　組成了一個表面
> 深褐色的大輪廓　與天空和地面清楚地區分
> 「周圍」與「附近」　都成了背景
> 紅色油漆的字母　似乎是無產者的手跡
> A　B　X和M　像是些形而上的蜘蛛
> 代表著表面之後　內部的什麼
> 看不見任何內部　火車途經此地
> 只是十多秒　目擊一個表面的時間
> 在此之前　我的眼睛正像火車一樣盲目
> 沿著固定的路線　向著已知的車站
> 後面的那一節　是悶罐子車廂
> 一群前往漢口的豬　與我同行
> 在京漢鐵路幹線的附近　我的視覺被某種表面挽救
> 彷彿是歷史上的某日　文森特・凡高
> 抵達　阿爾附近的農場
> 我意識到那不過是一堆汽油桶　是在後來

「油桶」，是現代社會常見的東西，作為與人們的生活息息相關的工業社會的產物，它天然地被排斥在「大自然或農耕式吟詠」，或「形而上觀照」式的詩意之外。在我們的藝術感知裏，似乎它完全沒有可觀照的「價值」，更沒有形成文化想像的「隱喻」的積澱。對這些在詩中「無名」的事物，詩人想要為之「命名」。但老套方式的命名是乏味而矯情的，它不過是「沿著固定的路線　向著已知的車站」而已——「紅色油漆的字母　似乎是無產者的手跡／A　B　X和M　像是些形而上的蜘蛛　代表著表面之後　內部的什麼」。這裏，被于堅戲仿的無產者、形而上、字母、內部，不但沒能寫出油桶的意味，連它作為物理存在的空間構形和質感都遮蔽起來，它完全不見了。其實它沒有什麼「內部深度」，但也沒什麼「膚淺」，它在著，如此而已。最後，詩人說他意識到這些「深度」的做作，「是在後來」。他的感知不是被「內部的什麼」所啟動，而是「我的視覺被某種表面拯救」。這些堆積在鐵道線旁的「深褐色的大輪廓」，在詩人凝注中本身就有線條與質感帶給人的視覺喜悅，像凡高那些表現阿爾農民日常什物的畫，無情無不情，無意味又無不意味。如果說于堅的某些「物」之詩，因顯得過度用力，最終反而使物不得不在較大程度上成為「托物喻詩」的工具，那麼這裏詩人對這些「油桶」的敘述，則舉重若輕，自如而扎實，寫作中的分寸感掌握得恰到好處。這首詩也有明顯的元詩企圖，但整個作品卻並未陷入對「何為寫作？」這一預設主題的急切歸附。這是「說法」與「物」得以同時到場的詩歌。理想的「元詩」必須能（不經由詩學闡釋）構成自足的詩，它才贏得了言「元」（甚至言「原」）的權利。

任何自覺的寫作者都知曉，詞與物永遠不是一回事。所以被于堅所批判的「你寫下的並非你觸及的」，本是一個真相或真理（除了支票和判決書之類），它並不該得到批判。但是我們用不著深文周納，其實于堅真正想說的是，「為一束花命名時也暗示一個女人／當你說禿鷹　人家卻以為你讚美權力」（《事件：寫作》），當語言被退化為公共的、可以批量生產的濫俗隱喻的固定反應時，這樣的「詩家語」就成為創造力的敵人了。在許多詩中，于堅選擇了這類早已退化、層層蒙垢的固定隱喻，如「烏鴉」、「海鷗」、「玫瑰」、「春天」、「鷹」、「風暴」、「老虎」、「停電」、「黑夜」、「釘子」、「愛巢」、「教堂」、「避雨之樹」如此等等，進行了令人解頤的消解還原，他不僅讓人們恢復了單純清明的視線，「看」到了事物去蔽後的生動姿容，而且也給予那些對文化遮蔽懵懂無察的為詩者以猛擊一掌的啟示。當然，當有時于堅過度緊張地考慮到「拒絕隱喻」這個預設的元詩「主題」（吊詭的是，他要反對的正是寫作意旨及詞語內含的「預設性」）來為詩時，他的一些作品反而無力了。讓我們看兩首消解「秋天」隱喻的詩——

啊　秋天來了
我不是告訴你
我有一顆悲哀的心
我不是告訴你
我在想念　高高的蒼穹
樹葉和烏雲又起飛了
我只是告訴你
這曾經是　一首古老史詩的開頭
後面跟著南方的森林　火焰
跟著鷹　巫師　和弓箭
跟著那些將要成為詩人的人

——《啊，秋天來了》

秋天深了
這是詩歌中的廢話之一
秋天深了
這是勞動的深度之一
那些種植在深處的東西
現在已經赤裸裸地
呈現於　大地的表面

將有更多的活計要幹
大地上的土著們

不會為糧食的成熟傷心
拿著鐮刀和繩子
暴露出肌肉中原始的力量

他們要把在前些日子
詩人們大肆歌詠的
所謂青春的　牧歌中的
被用來象徵　人性的東西
徹底地傷害

——《秋天深了》

這兩首關於「秋天」的詩都有極為明顯的對抗意義上的「文本間性」，任何有一定文學閱讀量的讀者都可以看出。第一首，先告訴人們秋天來了不暗示「我有一顆悲哀的心」，「我在想念　高高的蒼穹／樹葉和烏雲又起飛了」，這是對詩語中既成「悲秋」模式的拆解。但是，詩人又強調「我只是告訴你」這是古老史詩的開頭，後面跟著森林、火焰、鷹、巫師、弓箭和「將要成為詩人的人」。這裏的秋天，與其說是「後退到原在」，不如說是更「前進」到了另一套固有隱喻的虛構奇觀，其模式一如「我有一顆悲哀的心」。而後一首，詩人依然先嘲弄「秋天深了／這是詩歌中的廢話」，這本不錯。但說秋天深了，「這是勞動的深度之一」，作物豐收，農人勞作，他們「不會為糧食的成熟傷心／拿著鐮刀和繩子／暴露出肌肉中原始的力量」，並且這些情境將把「詩人們大肆歌詠的所謂青春的　牧歌中的　被用來象徵　人性的東西／徹底地傷害」，則更像是詩人為急切表達寫作的對抗性而臨時拉來的東西，導致一切非但未曾「赤裸裸地　呈現於　大地的表面」，反而被一種理念遮蔽起來。

海子在著名的《秋》中寫道：「秋天深了，神的家中鷹在集合／神的故鄉鷹在言語／秋天深了，王在寫詩／在這個世界上秋天深了／得到的尚未得到／該喪失的早已喪失」。海子的秋天後面跟著的是神、鷹、寫詩的王、痛失的心情；而于堅的「秋天深了、秋天來了」，後面跟著的則是火焰、鷹、巫師、弓箭，特別還有一群據說是要「徹底地傷害詩歌象徵」的農民。開玩笑地說，就上述詩而言，如果我們應該為海子蓋一間反思室的話，為公平起見，我們也應同時在旁邊為于堅蓋上一間。二者都想用預設的「深度」理念說事，只是系譜不同罷了。可見無論「隱喻」，還是「拒絕隱喻」，都不是我們寫詩的目的，我們的目的是寫出有個人創造力的詩。「讓我的舌頭獲救」，應是指要恢復詩歌鮮潤的生命元氣，命名的活力，因此，我們拒絕僵化隱喻是要拒絕意義的「預設」，同樣我們也要拒絕將「拒絕隱喻」僵化為詩歌的「預設主題」。而無論是隱喻還是口語，只要用得好都應是創造性而非預設性的。于堅寫出這樣的詩可能受到詩歌「論戰」氛圍的影響，而我認為，任何時候我們應該記住的都是詩歌本身自有目的。

1997 年寫成的《飛行》，與 1992 年的《0 檔案》是于堅作品中最有分量的兩部長詩。詩評家沈奇在談到《飛行》時說：「飛行具有整合性的效應。……我總以為，一位真正成熟的大詩人，不僅應具有不可或缺的探索與實驗精神，更應具有對一個時代的成就予以收攝與整合的能力。……很明顯，《飛行》中的語調，包括語調下潛藏的文化心態，已不再如于堅以往詩作中那樣純粹和單一，而呈現純駁互見、多元共生的樣貌。骨架和肌理依然是『于堅風』的，但多了些別樣的、包括非『于堅風』的韻致，被有機地吸納、滲化進來」[14]。我認為這個評價是中肯的。反對「預設」的書寫藩籬，尋求「增補」的自由，不但不會中斷我們詩歌中已有的敏識和個人特徵，反而會使我們的詩歌變得更為豐富，于堅的《飛行》有力地體現了這一點。

如果說《0 檔案》指向語言批判，和提供一種新的詩歌話語形式，那麼《飛行》則沖淡了明顯的實驗指向，詩人專注於心靈狀態從宏觀到細枝末節的波動，專注於自身以及時代的語言狀況，專注於對生存和生命全息表達的自由和諸多詩歌技藝的整合。這既是一次從中國到比利時的真實的跨國飛行，也是一次帶有轉喻色彩的對當下個我心靈體驗的亂雲飛渡的飛行。在這

---

[14] 《沈奇詩學論集》，第 9、16、17 頁，中國社會科學出版社，2005 年。

首詩裏，敘述和抒情，細節和幻象，口語和隱喻，打破古今中外時空的博物志般的知識性互文和當下此在的故鄉樸素的人與事，對現代性「時間神話」的質疑和對生命中緩慢的心靈涵泳的讚許，對世界統一性（「統一」到西方）「現代—後現代」霸權的憂心和對傳統文化近乎於疼愛般的深情……全都融為一體。

詩人是從古老的祖國飛往比利時根特，也是思接古今、視通中外的寫作運思流程，「不過是九個小時　不過是撳了幾個鍵　Enter」。這樣的詩句總是令我感動和震悚：詩人面對這個淺薄而快速的信奉「時間神話」的世界反諷道——

一切都在前面　馬不停蹄的時間中
是否有完整的形式　抱一而終？
是否還有什麼堅持著原在　樹根　石頭　河流　古董
大地上是否還容忍那些一成不變的事物？
過時的活法　開始就是結束
它必然是向後看的　鳥的種族
飛行並不是在事物中前進
天空中的西緒弗斯　同一速度的反覆
原始而頑固的路線　不為改朝換代的喧囂所動
永恆的可見形式　在飛機出現之前
但遠遠地落後了　它從未發展　它從未抵達新世界

……　……

哦　耳朵裏充滿金屬耗損的噪聲
我聽不見大地的聲音了
聽不見它有聲音　也聽不見它沒有聲音
大地啊　你是否還在我的腳下？

我的記憶一片空白　猶如革命後的廣場　猶如檔袋
戎馬倥傯　在時代的急行軍中　我是否曾經　作為一隻耳朵軟下來
諦聽一根縫衣針如何　在月光中邁著蛇步　穿過蘇州　墮落的旗袍？
我是否曾在某個懶洋洋的秋天　為一片葉子的咳嗽心動？
我是否記得故鄉的夕陽中　一把老躺椅守舊的弧線？
「小紅低唱我吹簫　回首煙波十二橋」
哦　我是否曾在故國的女牆下夢見蝴蝶　在蝴蝶夢裏成為落花？

今天，人們通常已告別了舊的神話，天神地祇已經在我們心靈中消失了，這（或許）標誌著人類的成熟和進步。但是，很少有人省悟，更鮮有中國詩人像于堅這樣集中深入地表達出在我們告別舊的神話的同時，我們又目光短淺地製造了新的神話：絕對崇拜新一輪的「全球化」的權力話語和機械的力量、科技的力量，將之作為新的圖騰來供奉。人們把信心託付給了自以為是「無所不能」或「終將無所不能」的現代化進軍，快意地攫取和破壞大自然，同時貶低古老的人文價值和心靈體驗，將人與人、人與自然和諧相處的生活方式藐視為「陳舊」。實證精神、工業和科技的發展誠然有其極大的合理性，但當它們惡性膨脹、危及人類生存的自然心態和自然家園時，它們就走向了人類期望的反面。可歎的是，我們直到現在才開始知道了信奉「新的神話」的代價。如果說在舊約故事中，發怒的「上帝」尚且記得吩咐諾亞，洪水之前將人與動物置於方舟裏，一切畜類、飛鳥、昆蟲，都與人一樣有生存的權利，與人共同維護大地的平衡與和諧的話；那麼，實證主義、實利主義、工業與科技霸權的「新上帝」，則是一種更瘋狂的僭妄，它創造出一場更無情的規訓制度和鋼鐵、電流、水泥……的「洪水」，使人的心靈僵直乏味，使億萬種生靈幾乎無處棲身。現代化的大道變得日益狹窄，兩邊乃至前方佈滿了人類不期然中挖出的陷阱，最終隨更多物種消失的可能就是人自己的生活和心靈。讀這首長詩令我感慨不已，在「說什麼」和「怎麼說」上它均令人滿意。當然，《飛行》的主題意蘊是極為豐富的，但在我心中，詩人筆下的「飛行」與「原在」的刺目對照這條線索，卻最有力最能衝擊人心。

于堅是一位有連續 30 年詩歌「工齡」的優秀詩人，有很強的寫作自覺和非凡的創造才能。他通過「反詩」的策略，目的是「返回」真正的詩歌創造之源。正如詩人黃梁所說：「探索自然與文化的本質差異與文化符碼對人與自然的雙重遮蔽正是于堅詩歌的主題核心……對文化加覆在認知與命名的遮蔽，于堅除了拒絕隱喻的語言立場外，同時也採取了三種詩學對應：一是藉遠離文化情境的自然景觀擦亮視域中的積塵。二是通過對照、反襯、詰問去蔽顯真。三是以具體、直接的中性化敘述排除認識偏離」[15]。因此，儘管于堅的詩論表述有「獨斷」之處，但其核心意向是非常可貴而富於啟示性的。

在談到一種文學或文化是通過「神聖化」和正典的「合法化」的交互作用來產生壓抑的時候，福柯說，「問題在於有人在這篇或那篇文章裏作如是說固然不必大驚小怪，然而假如與此同時……全都或明或暗地告訴你，如果你想知道一種文化的那些偉大決斷，即它改變方向的轉捩點，那麼你就必須去談狄德羅和薩德，或者黑格爾，或者拉伯雷——這些書裏都有答案……這就導致很嚴重的『政治』（話語）封鎖」[16]。

的確如此。我們看到在中國先鋒文學藝術界，當含混、歧義和文化隱喻的措辭方式被過度開採後，事實上它們也體現出另一意義上的單維直線體驗和思考方式，並造成了「神聖化」、「合法化」壓抑。有不少詩人把語言的意義同經驗事實隔離開，並把既成的文化「隱喻」無條件地接受下來，這同樣是把多向度的語言隱蔽地「清潔」成單維平面的語言。如果我們不許辨難「先鋒派」的語言通則，如果我們不再有能力從日常語言中汲取活力，如果我們不願進一步探討制導著「隱喻」構成的意識形態和「西方中心」，那麼我們就只能順從「先鋒」的現狀，再不能做其他有效、有趣的事——這事實上也體現了「肯定既成規訓」的勝利。于堅的由「反詩」到「返詩」的詩學，是有針對性、有道理的。

---

[15] 黃梁：《一枚穿過天空的釘子・序言》，臺灣唐山出版社，1999 年。

[16] 轉引自陸揚：《後現代的文本闡釋：福柯與德里達》，第 215 頁，上海三聯書店，2002 年。

但本章最後，我想說，在另一方面值得注意的是，也不能將拒絕隱喻、口語寫作、反文化寫作「神聖化」和「體制化」。而且我認為將之「神聖化」的不良後果，今天已明顯暴露出來了，它造成了新的壓抑機制——雖然這不能由于堅本人負責。當代日常主義詩歌（網路詩為甚）已走進一個進一步反智、自戀地玩味瑣屑、陳舊的個人欲望的貧乏世界，對平面化的自覺追求已經嚴重傷害了底蘊原來就不深厚的當代詩歌，它用所謂「本真的『後口語』」製造的藝術，比它欲毀掉的更無價值。並且，它「經常散發出委員會進行指責和審查的氣氛。知識份子被喊去受訓。當你說……的時候你的意思是什麼？難道你沒隱瞞什麼？你講的是一種可疑的語言。你不像我們中的其他人那樣講話，不像街頭上的人那樣講話，而是像不屬於這兒的外來人那樣講話。我們必須還你本來面目，揭穿你的詭計，使你得到淨化。我們要教你說你心裏所想的，說『清楚』、『把牌攤開』。……你可以朗誦詩歌——那是正常的。我們熱愛詩歌。但我們要懂得你的詩，而且只有當我們能夠按照日常語言來解釋你的符號、隱喻和形象時，我們才能懂得你的詩。……多向度語言被轉變成單向度語言，在這個過程中，不同的、對立的意義不再互相滲透，而是相互隔離；意義的容易引起爭議的歷史向度都被迫保持緘默」[17]。

——無庸我再饒舌，馬爾庫塞（Herbert Marcuse）的話真像是對今天說的。

[17] 馬爾庫塞：《單向度的人》，第 172、178 頁。上海譯文出版社，1984 年。

第十三章　女性意識及個人的心靈詞源
——翟永明詩歌論

談及翟永明[1]詩歌，最容易出現的詞語就是「女性詩歌」。女性詩歌是「女性文學」的重要構成部分。那麼，何為「女性文學」呢？在相當長的時期內，「女性文學」被泛指為女性寫作的文學，即使在國外，「women's literature」也是一個被長期使用的「熟語」。大約自上世紀 50 年代以來，「女性文學」的涵蓋範疇被自覺地約小，特指由女作家、女詩人創作的，表現女性生存和生命經驗的作品。這的確是認識的進步。

但問題還不僅於此。許多人又是將「女性意識、女性經驗」這一題材本身當作藝術評判的標準了。這是一種偏向。很明顯，表現女性生存和生命經驗絕對應予贊許，可這些經驗不會自動達致「文學的表現」。也就是說，無論是對男性還是女性，要取得文學上的意義，其衡估標準是超越性別的「藝術本身」。這才是讓詩與詩人互贈沉重的尊嚴的恰當形式。

但問題依然「不僅於此」。由此導致的「新一輪」偏向更應注意，即在分析優秀的女作家女詩人比如翟永明等的作品時，許多批評家（以男性為多）為體現出對「性別區分的等級觀點」的警惕，而故意忽視、乃至氣喘吁吁地

---

[1] 翟永明，1955 年生於四川，畢業於成都電訊工程學院，曾在某物理研究所工作。現經營「白夜」酒吧。1980 年代初開始發表作品，主要詩集有《女人》、《在一切玫瑰之上》、《翟永明詩集》、《黑夜裏的素歌》、《稱之為一切》、《終於使我周轉不靈》等。另有隨筆集數種。

躲開她們作品中重要構成成分之一的「女性意識」，而專撿那些所謂的「共同人性，精純技藝」的詩作加以論析。從骨子裏說，這種偏向與前一種偏向表面上對抗，骨子裏是戲劇性對稱和異質同構的。它們都認定了「女性意識」就註定等於女權主義的告白——誰告訴他們是這樣的？

當我們說「面對詩本身」的時候，我們是同時面向「舞者和舞蹈」的一體化展開。翟永明的重要詩作，的確有極為明確的「女性意識」，然而同樣重要的是它們是精純的詩歌文本，我們面對的正是這種意義上的「詩本身」，是內容與形式的同時抵達。為使本章論題集中，筆者主要圍繞詩人揭示「女性」生存和生命體驗的重要作品進行論述。而題目「女性意識及個人的心靈詞源」，則意在提示讀者，翟永明詩歌的成功與其他的成功者一樣，並不依賴於對特殊題材的佔有，而是個人化的書寫、命名能力，他們「佔有」的只是將公共化的語詞變為了個人「發明」般的新詞。

翟永明是不凡的藝術「創造者」，也是誠實的「勞動者」。在中國先鋒詩人中，她可能是連續性寫作「工齡」最長的少數人之一。就其 20 餘年充滿活力的不間斷的寫作來看，其創作道路約略可分為三個階段：

80 年代，以隱喻和暗示為主導語型，深入而自覺的女性主義「自白」傾訴期；

90 年代，採用轉喻和口語的融合性語型，給激烈的情緒降溫，將更廣泛的日常經驗、歷史、文化，做「寓言化」處理的深度命名「克制陳述」期；

90 年代末至新世紀，主要提煉明朗、簡勁、詼諧的異質混合語言（既有「詩家語」，亦有人際交流語，包括時代流行語、俗語、俚語乃至方言），在更為冷靜、準確點染式的世風反諷中，同步完成對人精神困惑的揭示、體諒和惦念。可將之稱為「以具體超越具體」，「少就是多」——「極少主義」（或曰「極簡主義」）寫作期。

以上三個階段的劃分，只是就翟永明詩歌寫作方式轉型的主要狀貌而言，它們不可能是絕對的前後斷裂，而是可信的自我躍遷。而且，三階段之間的差異性，又統一於詩人「不斷發掘個人的心靈詞源」這一總體背景的真實和連貫性。翟永明有出色的詩歌技藝，但並非是輕鬆的炫技派詩人，她是心靈中有「石頭」(重力) 的詩人,在我的印象中,她甚至有一種本質的詩人常會有的誠樸而自信的木訥感。所以,她的「變」是有靈魂和話語原動力根據的,內中透露的消息遠遠超越了簡單的修辭學和風格學畛域。

一

不僅僅侷限於女性,任何有良知的人都會承認,一部人類「文明」史,就是一部男權中心的歷史。女性在這部被壓抑乃至被刪除的歷史中,始終處於「邊緣的邊緣」。即使作為現代性話語的組成部分,最初那些覺悟了的「女權」的聲音有極大歷史進步意義,但也難免在很大程度上以變格的方式,借挪使用「整體歷史話語」(也即用男性話語) 的價值立場、言說方式,來運載自己的「人生而平等」的意向。事實很清楚,「平等、自由、人的權利」如此等等,其實是更寬泛的整體「人本」意向,對女性的歷史和現實苦難處境並沒有更深切更真確的理解和同情。在亙古至今鐵幕一般的男權圍困中,女性如果不能從根本上質疑整個文化思想史敘述,而只從總體話語中的某一端出發,就僅能為自身爭得「補充」意義上的言說權,是無法真正達到自尊自立的目的的。

上世紀 60 年代以降,新一代女權/女性主義者敏識到這一困境,僅僅侷限於男女平等仍然是在不期然中抹殺女性獨特的價值,她們在繼承初期女權主義注重「平等」的前提下,進一步強調「性別差異」、「女性獨特性」本身的價值尊嚴。近 20 年來,女性主義話語在整合了上述意識後,似乎不再顯赫地強調兩性對立,而是注重兩性對話、溝通、磋商和互補。讓女人自尊自信地成為女人,在女權——女性——女人的完整統一中,與異性一道創造和分享共同的世界。這是一條由求同到尋異,由尋異再到對稱和諧的精神路線圖——但其最重要的前提不容忘懷,就是已經建立起來的女性主體性、進而是女性個體的主體性。

在我看來,翟永明早期詩歌代表作組詩《女人》(1984)、《人生在世》(1986),在意識背景上與 60 年代以降「女性意識」的全面覺醒密切相關。

這裏的「女人」，是包容了「女權意識」、「女性主義」後，以個體生命的體驗書寫精神奧秘的「女人」。她消解了男權文化對女性的貶低，但又不將自己的話語寄生在消解和控訴姿態上，而是深入地言說了女人獨特的命運意識、生命意識和現實經驗：

穿黑裙的女人夤夜而來
她祕密的一瞥使我精疲力竭
我突然想起這個季節魚都會死去
而每條路正在穿越飛鳥的痕跡

貌似屍體的山巒被黑暗拖曳
附近灌木的心跳隱約可聞
那些巨大的鳥從空中向我俯視
帶著人類的眼神
在一種祕而不宣的野蠻空氣中
冬天起伏著殘酷的雄性意識

我一向有著不同尋常的平靜
猶如盲者，因此我在白天看見黑夜
嬰兒般直率，我的指紋
已沒有更多的悲哀可提供
腳步！正在變老的聲音
夢顯得若有所知，從自己的眼睛裏
我看到了忘記開花的時辰
給黃昏施加壓力

鮮苔含在口中，他們所懇求的意義
把微笑會心地折入懷中

夜晚似有似無地痙攣，像一聲咳嗽
憋在喉嚨，我已離開這個死洞

——《預感》

這是組詩《女人》中的第一首作品《預感》。這裏的「預感」具有雙重含義：首先，女性在歷史和現實中受到形形色色的壓抑，而她們的未來也只不過是尚待到來的壓抑，「在一種秘而不宣的野蠻空氣中／冬天起伏著殘酷的雄性意識」，這種「預感」與現實命運的吻合震悚著詩人的身心。同時，「預感」也是對女性自我尊嚴的確立、自我創造力的肯定及其可能前景的「預感」。正如詩人在《女人》組詩的序言中所說：「現在才是我真正強大起來的時刻。或者說我現在才意識到我周圍的世界以及我置身其中的涵義。一個個人與宇宙的內在意識——我稱之為黑夜意識——使我註定成為女性的思想、信念和情感承擔者，並直接把這種承擔注入一種被我視為意識之最的努力之中。這就是詩……這不是拯救的過程，而是徹悟的過程。因為女性千變萬化的心靈在千變萬化的世界中更能容納一切，同時展示它最富魅力卻又永難實現的精神。所以，女性的真正力量就在於既對抗自身命運的暴戾，又服從內心召喚的真實，並在充滿矛盾的二者之間建立起黑夜的意識」[2]。此詩就在對自身命運和心靈創造力的徹悟中展開，「穿黑裙的女人夤夜而來／她祕密的一瞥使我精疲力竭」。這裏的「精疲力竭」既是指精神和命運的不堪重負，同時又指女性在重疊遮蔽的黑夜中不甘沉淪的夙夜匪懈的祕密奮爭。就前者而言，重要的不是這種身心勞瘁的感覺，而是這種感覺背後的意義。只有那些勇於抗爭堅持獨立人格的女性，才會有「精疲力竭」的感覺，才可能看到那無跡可見又無處不在的「穿黑裙」的不祥而光明的命運女神。

這樣，此詩一開始就出現了兩種對立的力量，這兩種力量都源於女性自身。接下來，詩人通過隱喻把握了女性生存的基本環境，「那些巨大的鳥從空中向我俯視／帶著人類的眼神／在一種秘而不宣的野蠻空氣中／冬天起

2　翟永明：《黑夜的意識》，《磁場與魔方》，第 140 頁，北京師範大學出版社，1993 年。

伏著殘酷的雄性意識」。但詩人並沒有被這種壓迫征服，作為有精神目標的女性，「我一向有著不同尋常的平靜」，這些野蠻空氣和殘酷的雄性意識，正構成了「我」拆解的對象，「我」的生命恰恰在對抗而又服從內心召喚中呈示了意義。儘管最終的現實結局還難以估計，但這種「預感」本身，其精神價值完全可以肯定了。

詩人說她在白天看見黑夜，她的命運也不過如此，「已沒有更多的悲哀可提供」了，這就使她的反抗超越了大悲大喜的戲劇化宣諭，而別有一種清醒、持久的內心平衡的力量，「從自己的眼睛裏／我看到了忘記開花的時辰／給黃昏施加壓力」。正是這種持久的、內在的個體主體性覺醒，使「夜晚似有似無地痙攣，像一聲咳嗽／憋在喉嚨」。而詩人由於個體人格的高揚，在「精疲力竭」中也終於爭得了高層次的自我實現，睨視、批判、拆解污濁的性別歧視文化，「離開這個死洞」。在這裏，女性要爭得做人的「平等」，但絕不是做人的「相同」。詩人始終沒有忘記自身是與「雄性意識」相對而存在的。她要爭得的是作為個體的女性能被社會所重視、所尊重，她要確立的是女性本身就是美好的。在當時涉足女性文學的諸詩人中，翟永明無疑是最深刻最成熟的一位。

如果說《預感》書寫了女性的歷史和現實命運，以及新女性具有的自我肯定、自我發展的意志和能力，那麼《世界》則從原型的角度，揭示了女性偉大的原生力原創力對於整體人類的決定性意義。由於「原型」是攜帶著遠古以來人類集體無意識所積澱的大型記憶，詩人沉實的聲音彷彿掀起了歷史的地表，敦促「世界」（它可卑地更屬於男人）去恢復被遺忘的視覺和聽力：

一世界的深奧面孔被風殘留，一頭白燧石
　　讓時間燃燒成曖昧的幻影
太陽用獨裁者的目光保持它憤怒的廣度
　　並尋找我的頭頂和腳底

雖然那已是很久以前的事，我在夢中目空一切

　　輕輕地走來，受孕於天空
在那裏烏雲孵化落日，我的眼眶盛滿一個大海
　　從縱深的喉嚨裏長出白珊瑚

　　海浪拍打我
好像產婆在拍打我的脊背，就這樣
　　世界闖進了我的身體
使我驚慌，使我迷惑，使我感到某種程度的狂喜

　　我依然珍惜，懷著
那偉大的野獸的心情注視世界，深思熟慮
　　我想：歷史並不遙遠
於是我聽到了陣陣潮汐，帶著古老的氣息

從黃昏，呱呱墜地的世界性死亡之中
　　白羊座仍在頭頂閃爍
猶如人類的繁殖之門，母性貴重而可怕的光芒
　　在我誕生之前，就註定了

為那些原始的岩層種下黑色夢想的根。它們
　　靠我的血液生長
　　我目睹了世界
因此，我創造黑夜使人類倖免於難

——《世界》

一開始，詩人並置了兩個核心原型意象：燃燒的「白燧石」和獨裁者的「太陽」。後者是雄性的象徵，前者則是雌性的象徵。從遠古起，月亮（「白燧石」的本體）就成為女性的象徵。中國文化及審美性格中「陰陽」的概念

如此，西方的神話阿芙羅狄蒂、赫加特，近東的神話伊師塔、阿斯塔爾忒、茜伯莉等都是月神。在這裏，詩人暗示了一種難言的悲鬱。太陽是悍厲的、向外的、有著某種「憤怒的」侵犯性，而月亮卻是柔和的、向內的、「曖昧的」受虐者。兩者共同支撐著人類博大的「天空」，但太陽中心的意識卻支配性地覆蓋了整個人類精神的歷程。這是每一個具有精神獨立性的女人所不斷面臨的現實命運和心理感受。在這一節，語詞的重量全都壓在「曖昧的幻影」和「獨裁者的目光」這兩個偏正詞組上了。前者虛，後者實，道出了人類精神歷程的極度不平衡。

接下來，詩人改造了有關女性受孕的神話，「我在夢中目空一切／輕輕地走來，受孕於天空」。在猶太教和基督教教義中，夏娃違反了上帝的戒律，偷食禁果，被逐出樂園，成為人類「罪惡之源」。在這裏，「我」成為夏娃的同義語，「我」改造了這一神話固有的意旨，成為人類之母，大地靈長之源。「我」本無罪，是「我」打開禁區，讓人智慧並「孵化落日」，劃開了屬於「人」的天地。最大的自豪和最深的苦難集於女性一身，鹹澀的淚在「我的眼眶盛滿一個大海」，長出純潔而無言的「白珊瑚」。這一節與前一節造成逆向反動，極度的不平衡在「我」這一「世界」裏被質疑甚至擊毀。整首詩開始出現深度反諷，被男性霸權確立的社會意識的「有序」，被覺醒的女性個體生命的體驗所解構。

「海浪拍打我／……使我驚慌，使我迷惑，使我／感到某種程度的狂喜」。這裏的「海浪」，既是整個生存圈的象徵，又是個體生命內部緊張糾葛造成的「個人話語場」，它們包括精神和生理上的所有感覺，是尋求也是享受，是主動又是被動，是「偉大的野獸的心情」。傳統的性別歧視在詩中完全置換為一種深深的繁殖的自豪，這是對女性生命價值的充分肯定。關於這種生命體驗，翟永明名之為「黑夜意識」——一種獨立的、充分個人性的「世界」，她說：「它是人類最初的也是最後的本性。就是它，周身體現出整個世界的女性美，最終成為全體生命的一個契合」[3]。詩人使一部殘酷的性別歧視的歷史，回溯到其尚未被扭曲、污染的清凌凌的源頭。

---

3 翟永明：《黑夜的意識》，《磁場與魔方》，第 141 頁。

男性中心話語確立的「原創—象徵秩序」是男性，「他」是先在的、正極的、本質的，「他」有著不容分說、不准懷疑的權勢。在這種超強度和幅度的話語壓制下，女性一直被暴虐地驅逐出寫作領域，女性要申說自己獨立的生命尊嚴和偉大的精神身份，摒棄人類文化思想史習見的男權敘述套語，採用原型隱喻（或顛覆或偏移）是十分有效的策略；同時，這也是翟永明早期詩作採取「自白派」式的隱喻—暗示措辭的必要性之一：女人必須自己書寫自己，無論是採用「原型」，還是「自白」，徹悟之時也就是獲救之舌獨立言說之時。在《臆想》中，詩人不但質詢了「天鵝」原型（男權象徵的主神宙斯，以垂直而降的暴力強暴了「麗達」），而且也警醒地質疑了 「橡樹」原型（著名朦朧詩中男性偉岸的符號）——「我是否正在消失？橡樹是什麼？」因為，在缺乏平等對話的條件下，女性如果不是基於對自身命運的洞見，而是直接呼籲兩性平等，很可能她們面對的就是男權主義總體話語的「冷漠的石頭」，甚至連自己的言說都可能在不期然的摹仿中 「成為它的贗品」（《瞬間》）。如果在一些人那裏，女性寫作的「解放」就是淪為「用筆為自己整形，變得和藹／過分瀟灑，近乎試探性的微笑」（《詩人》）的對男權的應和，那麼在特定的條件下，女性言說的「封閉性」才是更真切的「敞開」——「我來了　我靠近　我侵入／懷著從不開敞的脾氣／活得像一個灰甕」（《荒屋》）。這裏，來了——靠近——侵入，是連續性的「向內轉」的精神動作，在「灰甕」內部有著幾多清醒、幾多爭辯、幾多高傲、幾多沉痛的「回音」在縈繞！詩人通過言說而抵達了更豐富的緘默，「空白之頁」不是缺席，而是女性獨立自足的話語空間可能性的建立。雖然詩人知道「永無休止，其回音像一條先見的路／所有的力量射入致命的腳踵，在那裏／我不再知道：完成之後又怎樣？」（《結束》），但她依然堅定深入地書寫著，並譏誚了男權「美學上級」們對女性詩歌的貶抑：

「人生在世」她低聲念著
又抬起富有表情的眼光
對準所有的人——

　　智慧、滿載著學問
第一句詩就使人心蕭條

肩後，孩童似的夜
喚醒內心活動的色彩
月亮呵月亮
把幻景投在她的臉上

女詩人用植物的語言
寫著她缺少的東西
通過星辰，思索並未言明的
我們出世的地方
毫無害處的詞語和毫無用處的
子孫排成一行
無藥可救的真實，目瞪口呆
看著春天的綠色野獸漸漸走過

看起來像醫生的建築師
無法為我減輕苦難
當他說：你缺乏銳度
當你說了許多，僅僅一句話
就使人心蕭條

誰將是兇手？誰在假裝生活？
是否她的聲音在背地裏營造
雙重的意象？
男人在近處注視：巴不得她生兒育女

《人生在世》這毫無智慧的聲音
脫穎而生，但在夜深人靜時
她的目光無法同時貢獻
個人和歷史的幻想
月亮呵月亮，把空虛投在她的臉上

——《人生在世》

「人生在世」，這不是一句完整的話。但當這四個音節從一個女人嘴裏湧出時，我們不難體味到它那濃重的歎息、深深的內創，這「第一句詩就使人心蕭條」。這正是以女人生存的壓抑性語境做背景的，它足以喚起「內心活動的色彩」。詩人說自己追求的是生命的深刻，而非思考的深刻。她「用植物的語言／寫著她缺少的東西」，她是「通過星辰，思索並未言明的／我們出世的地方」。這種獨特的個體生命的瞬間展開，恰恰比那些所謂的「理性的思辯」更能把握內在的真實。她的「毫無害處的詞語」，卻揭示了「無藥可救的真實」，這首詩就是在為女性詩歌申辯，為女人獨異的審美觀照方式申辯。

詩中那位「看起來像醫生的建築師」，就是不倫不類貌似深刻的男性審美習尚的代表。「他說：你缺乏銳度」，這是以男性的審美價值標準去苛求女性詩歌。他不知道，正是女性詩歌這種獨具真愫的生命體驗，才使這個世界「目瞪口呆／看著春天的綠色野獸漸漸走過」的。他不知道，為何「人生在世」——「僅僅一句話／就使人心蕭條」。接下來，詩人冷峻地發問「誰將是兇手？誰在假裝生活？／是否她的聲音在背地裏營造／雙重的意象？」原來，人們庸俗的猜測，惡俗的詮釋，都是要消泯女性話語的精神內核甚至全部精神獨立，使她只去「生兒育女」。詩人不是「在背地裏營造雙重的意象」，她只是展示了生命內部最基本的複雜現實。與其說「她的目光無法同時貢獻／個人和歷史的幻想」，不如說在這裏個人和歷史是同時在場的，正如詩人所說，「為自己寫作，並非不考慮個人經驗與時代和歷史的關係，個人的人生經驗總是包含有時代和歷史的經驗的。我相信，只要我在寫，我的寫作就與時代有關。我不會刻意去營造所謂的現實使命感，而只會在創造性的自由前提下去關注和考慮更大，更有力的現實」[4]。

長詩《靜安莊》（1985 年）就是詩人經由個人經驗延展到整體生存和歷史記憶的成功範例。「靜安莊」本是文革後期詩人作為「知青」插隊落戶的一個村莊，因此這首以隱喻和轉喻交互運作的長詩，依然帶有明顯的「本事」性。1985 年前後，中國文壇正是「尋根文學」和「知青文學」占主導地位的時期（從寫作群的構成上，二者幾乎重疊）。從題材看，《靜安莊》客觀上與它們構成了鮮明的互文關係。但這種「互文性」不是「影響」意義上的，而是相互參照，甚至是「症狀閱讀」意義上的[5]。參照彼時的「知青文學」主題類型和敘述模式，可以看出《靜安莊》別具高度個人化的揭示生存和生命體驗的深度。在當時的「知青文學」、「尋根文學」中，我們心靈最深處的晦澀角隅很少被觸動，因為我們曾親歷過的生存經驗被作家詩人們改寫了。他們不約而同地遵奉著「青春無悔」（其變體是回到「人民母親」懷抱，回到「儒道互補之民間」、「仁義之村莊」）的模式，將歷史和個人命運的災變，輕鬆地納入了「受難但崇高」的自我精神美化中。他們迴避了什麼？對什麼言殊緘默？為何迴避和緘默？其「症狀」乃在於對意識形態主流話語的服從和謙卑補充。這樣，這些知青作品，不但沒能逸出、反而更主動地修復了開始發生斷裂的主流意識形態話語，故而和許多「歸來者」前「右派」一樣，馬上獲得了「自己人」的合法身份。而《靜安莊》，絲毫沒有認同這個被主流敘事所指定的角色，而是堅持忠實於詩人個體的獨立體驗和言說，這些像是夢遊者的言述，更深切地擊中了生存的根子：

4 翟永明：《內心的個人宗教》，載《星星詩刊》2002・7 期。

5 阿爾都塞（Louis Althusser）認為，一種觀念的性質，取決於它潛在的無意識結構。這一結構隱藏著，並通過錯綜複雜的矛盾所決定的空白、沉默、短缺等症狀，在文本中「體現」出來。而症狀閱讀就是，我們面對一個文本，不僅要看它寫出了什麼，同時還要看它隱藏、迴避了什麼。

第一次來我就趕上漆黑的日子
到處都有臉型相像的小徑
涼風吹得我蒼白寂寞……

——《第一月》

走過一堵又一堵牆，我的腳不著地
荒屋在那裏窮兇極惡，積著薄薄紅土
是什麼擋住我如此溫情的視線？
在螞蟻的必死之路
臉上蓋著樹葉的人走來
向日葵被割掉頭顱。粗糙糜爛的脖子
伸在天空下如同一排謊言
……
我尋找，總帶著未遂的笑容
內心傷口與他們的肉眼連成一線
怎樣才能進入靜安莊？

儘管每天都有溺嬰屍體和服毒的新娘
他們回來了，花朵列成縱隊反抗
分娩的聲音突然提高
　感覺落日從裏面崩潰

——《第二月》

夜裏月黑風高，男孩子們練習殺人
粗野的麥田潛伏某種欲念
我聞到這個村莊的醉意

——《第六月》

身懷六甲的婦女帶著水果般倦意
血光之災使族人想起貪心的墓場
老人們坐在門前，橡皮似的身體
因乾渴對神充滿敬意，目光無法穿過

傍晚清涼熱烈的消息。強姦於正午發生，如同
一次地震，太陽在最後時刻鬆弛，
祈禱佈滿村莊，抬起的頭因苦難而腫脹

——《第七月》

我十九，一無所知，本質上僅僅是女人
但從我身上能聽見直率的嗥叫
誰能料到我會發育成一種疾病？

——《第九月》

在詩人誠實無欺的心象顯示中，苦難、駭怖、原始、詭異、木訥，就是苦難、駭怖、原始、詭異和木訥，它們並未因有堂皇的意識形態和「成長的必然代價」的藉口，而顯得浪漫和崇高。詩人不但觀照現實，也傾聽著靜安莊一代代亡靈在地底發出的聲音。這裏的人們身體勞瘁、靈魂襤褸，沒有希望地活在雙重意義的瘟疫和壞天氣中。低等的生存環境和永劫輪迴的命運顛躓，千重萬襲的身心赤貧和無告，竟使得「性」也成為劇烈的摧毀性力量。詩人以隱喻和轉喻的融彙，找到了個人的心靈詞源，真實地寫出了特定歷史時期特殊身份的人群和生存狀態，使我們得以回到曾經歷過的噬心的生存境況中。

同時值得我們注意的是，詩人並未因揭示人們的苦難而放棄對他們（包括知青自己）心態和言行的反思批判。這裏，苦難中的人群沒有被美化，也沒有被醜化，詩人是如其所是地寫出在這個巨大的魔場中，人心的自然變異

和蛻化。當這些沒有頭腦的「向日葵」被拋入社會底層，他們會做些什麼呢？因苦難而道德昇華？因屈辱而顯示純潔？不，我們看到的是殘酷和野蠻，仇恨和施暴，性侵犯和凌辱。而按照當時的主流「知青敘事模式」的規則，「苦難」本身就具有可「昇華」的價值，承受苦難的人天然具有道德上的優勢，苦難似乎天然地通向「美德」。從骨子裏說，這種模式等於是在為苦難辯護，苦難在此不但不是惡的，反而顯得如此美好和純潔。在這等令人匪夷所思的肯定中，一段荒謬而野蠻的歷史被赦免了，同樣，一代人心靈和肉體的痛苦也被輕鬆地刪除了。而《靜安莊》卻是捍衛記憶拒絕遺忘的詩歌，它的方式是以一個村莊微縮的時空隱喻，來折射整體生存。正如批評家唐曉渡說：「《靜安莊》具備生活的一切表現特徵，卻通篇瀰漫著一種神秘死亡的腐敗氣息。在這種氣息中生存成了一種疾病，或一件可疑之事」[6]。

批評家朱大可從此詩中同樣也看出了歷史的個人化，或說是將個人置放到具體歷史語境中書寫的努力。「這是一個關於瀕臨死亡的種族的龐大寓言，凡十二章，以月份為各章標題，構成有序的讀數，暗示種族時間的循環與輪迴。……這不正是關於種族本性的真切喻示麼？一個屬於它的子民，將面臨嚴重的二難困境：在它的外面閱讀並詰難它，或者，進入它並成為其中的角色。翟永明不可能克服這種存在的兩重性，在《靜安莊》裏，她一方面被讀著，一方面又讀著自己」[7]。

以上可見，80 年代作為詩人創作的第一階段，在側重於女性生命意識和經驗表達的同時，詩人並未陷入無足輕重的「非歷史化」的中國式的「純詩」（素材潔癖）寫作陷阱。女性個體視點在此也並不意味著狹隘自戀、自憐，而是深入地揭示生存和生命的寫作——並很好地保持了對個體體驗的原始性忠誠。詩人個體獨特的女性意識之所以能「獲得普遍性認同」，是由於「女性的歷史意識與女性身體經驗的不可分割性將這種主題嵌入複雜的時代命題之中」[8]。我們應該警惕以男權話語界定何為「歷史意識」，要看到「女

---

[6] 《唐曉渡詩學論集》，第 87 頁，中國社會科學出版社，2001 年。
[7] 朱大可：《燃燒的迷津》，第 46 頁，學林出版社，1991 年。
[8] 周瓚：《翟永明詩歌的聲音與場景》，載《詩刊》2006 年 3 期。

性詩歌中表達的對人類共有的生命本質的思考和關注」[9]。正像翟永明熱愛的自白派詩人普拉斯一樣，個體的生存和生命悲情，總是引發我們對更廣闊的生存壓抑的驚愕洞見。誰能有愚蠢的膽量說出：同時代的男性詩人的社會化「堂皇吟述」，就比普拉斯更深地擊穿了時代生存的本質？

二

翟永明早期作品，詩風激烈、緊張、尖新而又含混，在隱喻、暗示性語段中不時突兀地插入有意味的日常生活細節，造成載夢載實，且神且「魔」的效果。所謂「人須有心事／才能見鬼／才能在午夜反覆見到／幻滅中白色人影」(《午夜的判斷》)。這期間，她集中寫出的幾個組詩，將普拉斯的「自白」式影響的寫作，垂直（空降般不可思議地）帶入了中國詩壇，幾乎獨力加促了當時中國女性詩歌的成熟。她說，「我在 80 年代中期的寫作曾深受美國自白派詩歌的影響，尤其是普拉斯和洛厄爾，我當時正處於社會和個人的矛盾中，心靈遭遇的重創，使我對一切絕望，當我讀到普拉斯『你的身體傷害我，就像世界傷害著上帝』以及洛厄爾『我自己就是地獄』的句子時，我感到從頭至腳的震驚，那時我受傷的心臟的跳動與他們詩句韻律的跳動合拍」[10]。但翟永明是服從內心召喚和技藝經驗召喚的詩人，當個體體驗和生存狀況以及歷史語境發生巨大變化後，她意識到自己不能再以「自白派」詩歌的方式，準確地表達內心了。像一個傾倒的水甕，詩人借自白派之力將內心的絕望、激憤、憂懼集中迸湧而出，進入 90 年代後，詩人逐漸遠離了長久纏繞她的苦痛情緒和個人夢魇主題，也逐漸遠離自白派詩歌語型和情緒強度的巨大影響。從「沉浸其中」到「逐漸遠離」，表面上看是詩人審美趣尚的變化，其實骨子裏基於同一個原因——忠實於個人的心靈詞源。沉浸，是

9　翟永明：《完成之後又怎樣》，載《標準》，第 121 頁，1996 年創刊號。
10　翟永明：《完成之後又怎樣》。《標準》創刊號。

由於它與「我」心靈跳動「合拍」；遠離，是由於「我」的心靈變化了，需要一種新的書寫來準確地對稱和對應「我」的心靈。

翟永明 90 年代的寫作，雖不乏精敏的隱喻片斷，但更主要是採用轉喻和口語的融合語型，給激烈的情緒降溫，將更廣泛的日常經驗，歷史、文化做「寓言化」處理，在冷靜客觀的「克制陳述」中，更顯得遊刃有餘地為心靈畫像，為生存命名。

90 年代初的《壁虎與我》、《甲蟲》、《玩偶》、《我揚鞭策馬》等短詩，處於變化的臨界點上。在這裏，詩中的「說話人」冷靜地觀照所書寫的「對象」，在情感經驗表達上，「我」與「它」拉開了一定的距離，對象不再是「我」情感經驗和意志「獨白」的單純載體，而是具有了自己的生命，它們與「我」構成場景—對話關係。

你好！壁虎
你的虔誠刻到天花板上
你駭人的眼睛在黑暗中流來流去
我的心靈多次顫慄
落在你的注視裏
……
我來到何處？與你相遇
你這怕人的　溫馴的東西
當你盯著我　我盯著你
我們的目光互相吸引
……
我死了多久？與你相遇
當我站在這兒束手無策
最有力的手也不敢伸出
與你相握　那小小爪子
比龐然大物更讓我恐懼

走吧　壁虎的你

離開陰影　如我一樣

向更深處尋覓

──《壁虎與我》

與這只身體扁平，趾上有祕密吸盤，時而精敏疾行，時而靜止於懸壁的小爬行動物對視，令詩人驚愕不已，「我們的目光互相吸引」。壁虎從不傷害人，但在人們看來它是猥瑣、陰鬱、駭怖的小東西。詩人在此領悟了它頑健的生存力，機敏的感覺系統，在危局中如履平地的膽量，和在緘默中堅持「向更深處尋覓」的意志。但真正值得注意的是，詩人不僅是在凝神於壁虎，而是「我──與壁虎」（此外還有「我」與土撥鼠、蝙蝠、甲蟲等詩），她尋求著一個更為冷靜客觀的關聯域，「我」不是中心，對象也不是，「我」與「它」互為主／客體，使得詩歌超逾了個我的獨白，而探尋到「具象中的抽象」精神──詩人在當下的境遇，沉默與敞開的辨證關係，龐然大物與微縮法式的「小東西」的轉換，死與生，陰影與澄明在寫作中的異質同體──帶有生存命名和元詩的雙重主題。

《玩偶》（包括詩人稍後寫出的《玩偶之家》），是一個敏感的文學原型。對現代女性而言，這種原型意味更為強烈。原型不同於「初型」，後者是發生型的、暫時的、個我自白的；而前者則是循環的、重複出現的，作為人與人之間的「溝通單位」。翟永明使用這個原型與人們的交流願望是很明顯的。這個原型與易卜生、塞克斯頓（Anne Sexton）、阿特伍德（Margaret Atwood）、里奇（Adrienne Rich）、拉維考維赤……等人筆下的玩偶，既有文本間性，更有明顯的偏移。如果說，後者以昭告方式寫出了西方現代女性在情愛婚姻中的屈辱地位；那麼前者則以靜察諦聽的姿勢，寫出了東方女性在喑啞之隅的孤寂顫慄、自舔傷痕並自我反思的沉痛與無告：「像靜物　也像黑暗中的燈泡／面目醜陋的玩偶不慌不忙／無法識別它內心的狂野／我的夢多麼心酸　思念我兒時的玩伴／躺在我手上，一針又一針／我縫著它的面孔和笑容……這玩偶的眼睛／比萬物安寧／這玩偶的夢／飄向我的世界／我的夢多麼心酸／夜夜見你站在床前／你的手像一把剪刀／時時要把我傷害？」玩偶不是「我自白」的傳聲筒，而是我觀照體驗（甚至分析）的對象，富含著更豐富的視點和更從容的語調。由「我」兒時的玩伴，變成「我」命運的一部分，此間多少迂曲需要在緘默之地繼續展開回聲？詩歌最後三行突然出現的「你」意味深長，它既是男人，也是「我自己」，也是玩偶本身，「白晝和夜晚都睜著眼睛／有著難言的洞察力」(《玩偶之家》)，這就使詩歌超越了站隊式的性別戰爭，而更縱深地揭示了人類文化中無論是出於男人，還是女人自己的對女性的性別歧視（即女性自我歧視）的醜惡共性。玩偶，這個帶有侮辱性的性別符號，在此被賦予了批判與反思、申辯與對話等複雜難辨又深入腠裏的個人心靈詞源之光。詩人意識到，對女性的性別歧視、性別壓抑、性別污染，不僅僅在宏觀的文化價值系統中，更滲透在隨手可觸的日常生活的細節裏，她要一一揭示它們，像「細數全身骨頭裏發慌的骨刺」那樣。

長詩《莉莉和瓊》帶有戲劇性和小說式的敘述特點，與在女性負笈異域，懷鄉和傷感、慵倦的情緒中潛伏著的纖敏的芒刺性質。詩人不是「寫我」，而是「我寫」，——「我站在橫街直街的交點上」打量同類的命運。而且，這裏的女性，也不再是女性藝術家或精英知識份子身份，只是常見的有文化的女人。在措辭上，那種自矜式的神經質與話語怪癖（不是貶意）不見了，轉喻的敘述性流暢的語言，使詩人做到了視角與心靈，語態與心態的合一。在淡化了自矜和怪癖之後，詩人得以以水平視角描敘同類的言行和心靈。翟永明曾說，「我對詩歌的結構和空間感也一直有著不倦的興趣，在組詩中貫注我對戲劇的形式感理解……我最喜愛的詩人隨階段性而變化，他們對我的啟迪和影響也是綜合性的，其中，從一開始到現在，一如既往地對我產生持續影響的詩人是葉芝」[11]。的確，無論是詩學思維方式，還是從詩歌結構原則上看，葉芝的「幻象」理論對翟永明早期詩歌有一定的影響，而葉芝的「面具」理論、「戲劇化」理論，則在一定程度上啟發了翟永明 90 年代詩歌的「戲劇化」結構（當然，翟永明詩歌的戲劇化也與她喜愛中國戲劇有關，她的組

[11] 翟永明：《詞語與激情共舞》，載《詩歌與人》，第 2、3 頁，2003 年 8 期。

詩《道具和場景的述說》，透出了箇中消息，主要體現在間接性、客觀性和「意從境出」上，此處不論）。這表現在她詩歌結構內部的互否性緊張關係，詩人隱身而讓幾個不同的聲音「說話」，這些不同的聲音在爭辯也在複調式平行共響，它們都是詩人靈魂中幾個不同的「我」的體現。它們的不同話語和意識，是詩人共時承受的內心矛盾的展示。

這首詩中的莉莉與瓊，既是一對女友，有時又是一個分裂個體的彼此的尋找和補充，「莉莉夢中看見瓊的臉」，「莉莉的心在白色透明的絲裙裏／跑來跑去……瓊的心／正傾向莉莉的十根手指／蔥管似的手指／迫切豎起莉莉存在的問題」。而當莉莉和瓊在返諸內心探討心靈困境時，隱身的詩人（「說話人」）偶爾也會出來說話，這時的詩歌語言書面感強，甚至帶有寸鐵封喉的犀利哲思性，她的「我」、「第二自我」、「第三自我」……迸湧而出，達到了詩歌知性和感性的雙重高強度。

如果我們繼續深入細辨，莉莉和瓊的身份還不僅於如上所說，她們還是在歷史和現實中穿逐的女性，並足以代表亙古至今諸多女性的集體命運：「我死了，請讓我復活／成為活著的任何人」。在她們身上，積澱著多重時空中女性命運的消息——她們是註定在一生中比一切男人至少多出一次地更痛苦更危險地躺在「冰涼的手術臺上」穿越生死的人；是叮囑自己和同類「千萬別跨過那道牆」，但終於輕信「電影中的愛情」而無奈地跨過的人；是在熱烈的新年晚會上只能勞瘁孤單地「在廚房忙碌」到「新年鐘聲響起，淚水發白」的人；是忍受「月亮的尖刀在咒語中飛旋」而又沉浸溫存月色的人；是自問「生育的事情　這些指標／可就是幸福的指標？」而又在風雨之夜像雌鳥一樣用身體遮蓋雛鳥的人；是「想起一個令人發笑的愛情」，又不斷幻想和追尋可能的「例外」的人……詩人在此沒有採取急煎煎的控訴方式，她以更為平靜更為誠摯的態度，既寫出了女性的隱痛、無告，也讚歎地寫出了她們的美質，感人至深的「姐妹之邦」，和清靜不爭（不屑於像男人總是為功名利祿「忙個不停」）。

這首詩中語象帶有明確的轉喻性質，詩人帶領我們穿越時空，將不同的時代疊印在一起，讓我們領略「江山如畫／什麼也沒改變」的女性命運：從一個「公園以北冤死的鬼魂」到異邦公園中為人畫像掙錢的洋插隊女人；從「一身白的絲綢／紫色髮簪和骨頭手鐲」到「金屬高跟鞋」；從「繡花綳架」「香奩微光不生」到「綠色信用卡」；從「紫檀桌旁」到「二手電腦」；從「大紅燈籠」下的幽影到「白領麗人的嚴肅儀態」……如此等等，時代在變化，女性在逐漸解放，但比之她們的祖輩，她們只是半徑的射線延長了，其實她們受歧視的命運並沒有根本改變，還是在一個不同半徑的同心圓中。無數畫面翩然遊移而來，有現實也有夢境，有冥界也有「科羅娜 19 號公寓」，有舊時代也有「新」時代，有紐約也有難耐的思鄉病中的成都，使一部女性心靈史像永恆的寓言命名那般，更強烈連貫地搽進了讀者的心。

這首長詩，包括《咖啡館之歌》、《十四首素歌》、《盲人按摩師的幾種方式》、《小酒館的現場主題》、《鄉村茶館》等組詩，還帶來一種極為特殊的審美氣質，即詩人越「寫實」就越「寫意」，越寫意就越寫實，立意沉穩而氣息綿長。如果說翟永明前期的作品有靈氣和「巫」氣的話，那麼第二階段她的作品則更多體現出已接通了「地氣」和「人間煙火氣」。敘述的冷靜客觀，詞語的潤澤、準確，詩中如鹽溶水的「思」的品質，都讓人安詳而機敏地沉醉其間，低回徜徉。

從「女性詩歌」的視角看過去，進入 90 年代，翟永明詩歌中的女性意識有了更縱深的發展，視野打得更開了。詩人在「自白」期更多關注作為女性的「我」的自我意識、意志和潛意識，現在則同時關注著女性類群的生存境況、歷史命運。正如詩人周瓚所說：「與早期構築的有關女性的獨特的主體神話不同，在晚近的寫作中，詩人返身進到女性生存的歷史場景中，質疑並改寫已經被男權話語所書寫的女性故事。早期的個人成長主題也漸變為對女性族群的生存主題的探詢」[12]。

在我看來，大型組詩《十四首素歌——致母親》，是當代詩歌中最早和最有力的對女性家族史的吟述，也是詩人對中國當代詩歌獨特而重要的貢獻。在這組詩中，她徹底擺脫了男權話語制度建構的「父系家族史」為唯一

[12] 周瓚：《翟永明詩歌的聲音與場景》，載《詩刊》2006 年 3 期。

正統家族史（而母系所有的親屬均為「外人」）的陋見，而把吟述線索設置在貫穿幾個時代的母系家族之中。需要釐清的是，在詩作中詩人對於母系家族的歸屬感，是否受到女性主義小說家從文化「尋父」到精神「審父」，再到由對「想像界的父親的缺席」產生的徹骨失望感所帶來的「厭男症」和「殺」夫心態的影響？我以為並不是如此。翟永明是另有天地，忠實於個人心靈詞源的詩人，她曾說，「我不認為自己是女權主義者，但我的朋友們往往認為我有強烈的女權思想，那麼也許我是那種並不想與男人為敵的新女權主義者。我樂意保持自己的女性性質，任何困惑的時候也不會放棄這些特質而從各方面去扮演一個男人。我不會說：男人做得到的事女人也能做，我只想說：男人在思考問題，女人同樣在思考」[13]。在這組詩中，我們看到詩人通過對母親（與「我」）系譜的書寫，來重新補充闡釋既成歷史話語的努力。從「女性被講述」，到「女性自我講述」，再到「女性講述自身的族群歷史」，其間的擴展令人深思。既然話語是歷史地形成的，它必然會在新的敘述視角揳入歷史語境後，煥發出新的意味。翟永明無意於設置新的性別對抗，因為對男性中心的決絕對抗，如果顛倒過來的話，從運思方式上就會成為新的「中心主義」。也就是「正因為有上帝，才有撒旦；有彌撒，才有黑色的彌撒」。真正的自由是忘記敵對者時時在場的時候。因此，或許她更願意平靜自如地款款詠述自己對母親的緬懷和敬仰，進而掘開一部以男性為中心的中國現代史（包括革命史）敘述板結的岩層下，女性所做出的偉大努力和實績——

詩中，母親貧寒的童年在黃河南岸的小村莊度過，當「我們的地在一點點失去」，「屍骸遍野塞滿了她的眼睛」時，少女時代的母親成為兒童團長。後來，「鷹一樣銳利表情的」母親「戎裝成婚／身邊　站著瘦峭的父親」。「在那些戰爭年代　我的母親每天／在生的瞬間和死的瞬間中／穿行　她的美貌和／她雙頰的桃花點染出／戰爭最詭奇的圖案／她秀髮剪短　步履矯健／躲避著叢林中的槍子和／敵人手中的導火線　然後／她積極的身軀跑向

---

[13] 翟永明：《完成之後又怎樣？》，載《標準》創刊號。

／另一個爆破點」。而同時，還有不同於男性的別樣的艱辛在伴著她們，「戰爭搞亂了母親們的生育／胎兒如幽靈向外張望，但／沒有權利選擇時間」。

艱辛年代過去後，這一代母親們彷彿依舊「戎裝在身」，又成為祖國的建設者。而建設、和平，而非戰爭，才更是女性純潔的初衷：「母親說／她的理想似乎比生命本身／更重要　創建是快樂的／比之於毀壞……為建設奔忙的母親／肉體的美一點點的消散／而時間更深邃的部分／顯出它永恆不變的力量」……母親們不但是戰士、建設者，還和父親同樣是家庭的支柱，甚至在工作之後還得承擔著比之男性更沉重煩瑣的家務勞作：「我聽見失眠的母親／在隔壁灶旁忙碌／在天亮前漿洗衣物」，直到老年，「母親彎腰坐在她的縫紉機旁／用肘支撐衰老／敲打她越來越簡單的生活……那淒涼的、最終的／純粹的姿勢」。

詩人以平靜的態度道出這一代母親們的艱辛的一生，她們和男人一起戰鬥和建設，男性歷史話語從不忘彰顯自己，而她們卻湮沒無聞。一部歷史，在很大程度上就是男性宰制的宏大敘述史，它以權威和真理的面目出現，使性別歧視合法化（它同時帶來了廣大女性的自我壓抑和自我貶低），它遮蔽女性對社會、歷史的貢獻，並完全貶低和抹殺廣大女性的生育和家務勞動本身就具有的不可磨滅的價值。翟永明以沉實而堅定的聲音質詢這一可疑的歷史敘述，為女性正名。

為使論題集中，筆者在上面只是著重論述了《十四首素歌》的一個聲部。而與此平行的另一聲部是有關「我」與「母親」的對話和潛對話。在第二個聲部裏，詩人使兩種時間重疊，以母女二人的「童年」，「十八歲」，「二十歲」，「三十歲」，「四十歲」平行比照，詠述了自己的心靈和身體成長史，並以後來者的眼光評說了女性的特質及命運。其中當然也有兩代人之間嚴峻的盤詰、歎怨和不解，但更多的卻是深切的體諒與認同。人到中年的詩人，已不同於 29 歲時寫作《母親》（組詩《女人》之一）的詩人。那時詩人對母親既有深切的愛，但也有奇異的「恨」。就後者而言，她筆下的母親在某種意義上是為男權壓抑機制所影響而成為無性別的「家長」的壓制力量代表，並且詩人試圖通過對母親的反抗，減緩無意識中的性別焦慮（所謂「伊列克特拉情結」)：「你使我醒來／聽到這世界的聲音，你讓我生下來，你讓我與不幸構成／這世界的可怕的雙胞胎。多年來，我已記不得今夜的哭聲」，「我被遺棄在世上，隻身一人，太陽的光線悲哀地／籠罩著我，當你俯身世界時是否知道你遺落了什麼？／歲月把我放在磨子裏，讓我親眼看著自己被碾碎／呵，母親，當我終於變得沉默，你是否為之欣喜……」(《母親》1984 年作)。那麼到今天，成熟的詩人對母親們體現出了更深更多的體諒、惦念、認同和讚美。在女性被視為次等性別，從精神到身體都遭到蔑視的文化語境裏，詩人以《十四首素歌》、《時間美人之歌》、《魚玄機賦》、《三美人之歌》、《祖母的時光》、《剪刀手的對話》、《編織和行為之歌》、《鄉村茶館》……等大量作品，以歷史和現實中具有符號意義的女性為焦點，追溯和重新命名歷史與當下的女性，波瀾不驚卻更為有力地顛覆了男性霸權建立的二元對立的精神／身體等級制度。

她的作品揭示出：具體的人的質量是有優劣的，但這決非與性別有關，女性並不等於被動、孱弱、寄生、卑屈、無理性。這些性別－氣質的「本質主義」體制話語，不但出自男性，其實大量女性也服從乃至加入了這一「性別敘事」，她們認同了不平等的界定、歸類和擒服，既喪失了對精神－身體差異性的自信，又進一步將女性的感情和身體視為「人們」的「它者」對待。因此，只從生理性別上劃線而進行男權批判，是無助於打破這道鐵壁銅牆的——有些男人很可能是女權主義者，而有些女人則很可能是男權的義務幫兇。是故，翟永明後期詩歌不從性別對抗入手，轉而鎮定地書寫女性系譜，肯定她們的偉大價值，這從接受效果史上看，詩人對男權話語的瓦解和批判，是更有力、更內在、更高傲，也更能服人的。周瓚對此的評述很恰當：「詩人更為清醒地領略到了女性在歷史和文化中由來已久的精神命運，體現在詩歌中，她更為直接地關注個人成長、家族故事和母系親緣的歷史神話，也更為自覺地探討了微妙而複雜的兩性關係以及青春與衰老的主題，這一切都和詩人關心的美與自由的命題相關」[14]。

---

[14] 周瓚：《簡評翟永明詩歌寫作的三個階段》，載《星星詩刊》2002 年 7 月號。

上面談到，翟永明 90 年代的詩歌寫作，雖不乏精敏的隱喻片斷，但從語型上主要是採用轉喻和口語的融合。這樣做的效果是可以強化詩歌的「場景－對話」功能，在多人稱的互補敘述裏，發揮日常細節的力量，揭示出在司空見慣的世俗生存中，未被我們真正認識的事物性質。如果說在第一階段，詩人是將潛意識中的未知凝為文本的「已知」的話，那麼在第二階段，詩人則是將日常生活和性別等級制中的已知，再細化到令人震悚的「未知」。詩人賦予她的文本以「澄明」的現實場景，但澄明中的「幽暗」，卻更為牽動讀者的心靈。這似乎是矛盾的，其實不然。原因是在許多詩中，詩人將與人的生存困境密切相關的噬心體驗，經由類似小說或「情境劇」的方式清晰地敘述出來，結構完整而語境澄明，句群簡勁連貫而言說有據，詞語的內涵和外延都具有穩定性，甚至能指和所指時常是重合的；然而正是在用澄明的語境排除掉表面修辭效果上的幽暗後，生存和生命自身的「幽暗」才得以赤裸裸地面對了我們。這是剝離假問題，凸顯真問題，「證偽」假幽暗，揭示真「悖論」的寫作，這使得詩人常常是以人們意識的終點作為自己命名的起點。比如在一個姊妹場景「潛對話」後詩人寫道：

那些最美妙的事　煩心事
快樂事　風流事
緩慢置人於死地的傷心事
它們像許多斑點
遍佈我們全身
更糟糕的是：它們
既不是太陽的斑點
也不是豹子的斑點
它們不過是斑點狗的斑點

——《雙重遊戲》

正是在這樣邊緣清晰的話語畛域裏，我們才觸及了生存和生命中幽暗的核心。這「斑點」令人震悚又令人失笑，教人惶惑又教人寬懷。是怨訴是自嘲？悲欣難名，憂謔匪辨。它「點」出了一切，又似乎無所定「點」。但這清晰的「斑點」，卻幽暗而固執地站在失敗的我們面前，既無法抹去又難以繞開，它以清晰的方式擴大了我們的茫然無知，使我們再次浸漬到緊張、荒謬而又不乏小小快樂的生存體驗和詩性體驗中。這不僅是詩人內在意識的變延，同時也帶來了詩歌細部技藝環節的變化，使她的作品由早期更多的詞語本身的「悖論」，變為在去掉紛擾的詞語枝蔓後所顯露出的生存自身的「悖論」。

90 年代後期至今，可視為翟永明詩歌創作的第三階段。從創造力型態上看，它是上一階段的自然延伸，只是變得更為簡雋、清暢了。她已很少寫長詩和組詩，其文本更明朗、輕逸，並有了較多的詼諧成分。對世風的反諷，對人精神困惑的揭示更內在更波瀾不驚了。在語言和結構上，也體現出「極少主義」（或曰「極簡主義」）——「少就是多」——的趣尚。1997 年，在《面對詞語本身》一文中，詩人如此表述這種變化的動因——

> 某些過去為我所忽略的詞語如今帶給我欣喜的快感，能夠從沉湎其中的長期的意象中掙脫出來，游向新的曾經漏掉的美感，本身就蘊涵著詞語的神秘難測。日常經驗從來就是我詩中著重延伸的部分，如今我在其中發現了多種可能性。……《女人》那一階段的狂熱激情也帶給了我詩中某些雕飾和粗糙成分。我在寫完它之後認識了這一點。從那時開始，我祕密地、堅忍地等待和探尋。一次，我置身於一個四方的、極少主義的窗戶，發現窗外那繁複的、瑣碎的風景被這四面的框子給框住了，風景變成平面的，脆弱而又易感，它不是變得更遠，而是變得更近，以致進入了室內，就像某些見慣不驚的詞語，在瞬間改變了它們的外表。於是我想到：對於一個詞語建築師來說，那些目不暇接

的，詞與詞的關係和力量，那些阻斷你視線，使你無所適從的物和材料，是無須抱怨的，我們只是需要一個二維的、極少主義的限制[15]。

這段自述的前半部分，是詩人對自己第二階段詩歌寫作的總結，而後半部分，毋寧說其實它表達的是對自己今後的詩歌寫作的自覺期待和努力。1997 年後，詩人的自我期待逐漸變為出色的文本現實。經過幾年的努力，當 2002 年詩人的新作詩集《終於使我周轉不靈》出版時，在序言中她已有足夠的自信說出：「1998 年起我的寫作也有很大變化，我更趨向於在語言和表達上以少勝多。建築師密斯・范德羅的一句話『少就是多』是我那一時期寫作上的金科玉律」[16]。

「少」並不必然等於「多」。要使「少」變成「多」，需要詩人更豐富內在的經驗和更端凝硬健的語言力量貫注其間。翟永明所言及的「少」，是刪除詩中多餘的「宏大敘事」的僭妄，和虛張聲勢的號令般的專斷抒情，抑制那些突兀的刺耳的聲音，為詩歌的語境畛域和「音高」設限。所以，詩歌話語之少，決不等於它語境包容力的減縮。這裏的「少」，恰好帶來了語言的「壓合」。詩人以簡雋的話語和準確穩定的對細節的持續關注，而與生存世界建立了一種更可靠更謙遜也更深邃的關係。在這裏，人與存在在猝然相遇的電光石火中共現真容。限於篇幅，這裏且以詩人對當下「藝術」的觀感為例：

有人在講：一次行為
——如今「藝術」的全部涵義
我就看見　一隻手
剖開羊的全身
一半冰凍

---

15 翟永明：《面對詞語本身》，《現代漢詩：反思與求索》，第 254 頁，作家出版社，1998 年。

16 翟永明：《終於使我周轉不靈》，第 8 頁，河北教育出版社，2002 年。

一半鮮活
「藝術」　讓我看見屬羊的命運

——《週末求醉》

聽樂隊聒噪　聽歌手
號啕　看彩燈打擊
他們平面的臉　實際很痛
我們內心已被揉成一團碎屑
——被訓練有素的藝術
　　被置身其中的環境、文脈
　　被晚餐以及蠟燭
　　被忙碌的大腦和聊天

——《長於一夜的痛》

他放下手中的鉛筆
所有的透明或不透明的材料
所有原始形式　為他所用
所有的立方體、錐體
所有的球體、圓柱體（含圓本身）

都是曖昧的
類似造型古怪的酒瓶
類似赤身裸體時的蜷曲

他們與我同住這一空間
他們　以及那些建築體的神情
都在表明

他們僅僅是　陰霾天空下的
性愛之身

——《我的建築師友人》

他們說：
　　　　紅顏最好不解詩
他們在書桌上
堆滿了墨盒、光碟機和一些白紙

而我們
　　　　兩樣都要：
蘋果牌　雅詩蘭黛
打字機和　化妝品

當我站在一個混凝土屋頂下
它的數學構成　抽象了一顆心
我甚至想　抓起這一個立方體
當我的化妝盒

那是在幾年前　在一架飛機上
我們俯瞰那片炭黑的地質層
它們經過了史前，變得重要
那是在多少年前？
那是在還沒有男人與女人之前

——《給女詩人》

我的潛水艇　最新在何處下水
在誰的血管裏泊靠

追星族、酷族，迪廳的重金屬
分析了寫作的潛望鏡
……
潛水艇　它要一直潛到海底
緊急　但又無用地下潛
再沒有一個口令可以支使它

從前我寫過　現在還這樣寫：
都如此不適宜了
你還在造你的潛水艇
它是戰爭的紀念碑
它是戰爭的墳墓　它將長眠海底
但它又是離我們越來越遠的
適宜幽閉的心情

——《潛水艇的悲傷》

我試著掌握的
是一種品質時間
它們不見首　不見尾
無比輕逸
從我的短髮上梳理起
它們一根根地變長，變深

試著去畫　就注意到
呼吸的細小和重要
身體的無比輕微　和運動
試著去畫　就側重了
光線的失去　和無法打撈

——《試著去畫》

詩人以簡勁、透明而普通的語言，表達了她更深邃的洞識。在如上引詩片斷中我們可以領悟到詩人的反諷和喜劇精神——在當下，某些先鋒藝術的激進挑戰，實際上是骨子裏的脆弱和乾涸。某些「反權力主義」的先鋒派，其實也詭譎地建立了自己的權力：即享有淺薄和向社會撒嬌的權力；享有不被自己之外的人們所理解的權力（越古怪「象徵資本」就越高）；享有「拒絕詮釋」的權力（其實，它們比任何時代的藝術都更依賴於觀念、依賴於闡釋才能「成立」）；享有將無聊的臆想的物品冒充「裝置」，先期依賴於資助者然後回報之，進行商業性展出的權力；享有永遠圍繞「性愛」這個總詞根，將之萬變而又不變的「抽象」權力；享有莫名其妙的男性性別優勢（「美學上級」），藐視或塗改女性創作的權力……如此等等。詩人不無憂慮地說過：「西方當代藝術已經把能夠衍生意義的種類窮盡到他們自己都折騰不下去的地步，而大部分中國當代藝術家只是學了點皮毛和由此帶來的功利心。後現代藝術的真相是應該讓我們看見一個無限自由的狀態，而我們現在所看到的卻是被功名利祿所捆縛的淺薄，它導致一些藝術家不關心藝術的真諦，只關心它帶給世俗生活的好處」[17]。

在上面詩中，詩人還說自己的寫作狀態是「潛水艇」，它是個體的、內向的、沉潛的、幽閉的，同時也是機敏的、精確的、迅猛的和硬實的。這種寫作，雖「無比輕逸」，但更會滋潤於久遠，「變長，變深」。如果時間「光線失去，無法打撈」，就讓我們沉到底，抓住那些瑣細的無法消解的深暗的晶體（是傷疤也是紫水晶），像畢肖普那樣「數到一百」，為生存中的事物命名，並最終在「寫一筆劃一筆」中，讓寫作吸收憂傷和死亡，讓生命「飛了」「意外了」：

某一天，我會靜靜坐於井底
如同坐於某位女士的浴室

[17] 翟永明：《詞語與激情共舞》，載《詩歌與人》2003 年 8 月。

井壁筆直　通往某顆星
如果它有足夠的吸力
如果它沒有　井
就像一個小型的抽風機
往上　抽走我體內的
有害物質　然後
一切事物的空氣
托起我　像托起一小口清氣

——《如此坐於井底》

像那則著名的禪宗公案所說，今天的翟永明已到達第三階段的「見山依然是山，見水依然是水」。無論是即境即靈、涉筆成趣的日常生活表達（《週末與幾位忙人共飲》、《聞香識舞》、《我醉，你不喝》、《軍裝秀》、《重陽登高》、《女子澡堂》），還是「擊空明兮溯流光」式的緬想和懷舊心情（《菊花燈籠飄過來》、《畫皮》、《魚玄機賦》、《電影的故事》、《手勢》、《在古代》）；是更沉毅也更有內力的對男性霸權解構（《英雄》、《兩種人》、《你給我什麼野蠻的禮物？》、《新天鵝湖》），還是雙性溝通對話乃至雙性同體式的吟述（《友人素描》、《計程車男人》、《水中的弟弟》、《三天前，我走進或走出醫院》、《去面對一個電話》、《一個遊戲》），甚至還有對弱者、底層「沉默的大多數」所遭受的苦難、壓迫、屈辱的呈現、飲泣（《老家》、《部分的她》、《拿什麼來關愛嬰兒》）……這些詩都讓我們感到了詩人真正的成熟，鎮靜中的內力深遠之感。因為詩人寫作的第三階段尚未完成，一些以「具體超越具體」的探索，尚處於難以估測的發展可能性中，這裏筆者不再多加論列。

本章更多地論及了翟永明詩歌表達的「女性意識」，但筆者是站在「文化詩學」而非單純的「性別」視角，來探詢和評價女性詩人的獨特體驗、獨特視點、獨特貢獻的。它們的意義決不止於對男權文化的批判與顛覆，和對女性在文學中的話語權利的爭取。更重要的是，無論是在「詩」還是「思」的意義上，它們都是現代漢詩寫作中最優異而無可替代的一部分。而且，這裏的「詩與思」絕不限於女性題材自身。正如詩人這樣說，「我認為女詩人作品中的『女性意識』是與生俱來的，是從我們體內引入我們的詩句中，無論這聲音是溫柔的，或者尖厲的，是沉重的，或是瘋狂的，它都出自女性之喉，我們站在女性的角度感悟世間的種種事物，並藉詞語表達出來，這就是我們作品中的『女性意識』。我反感以男性價值觀，男性話語權力來界定『女性意識』，以男性概念來強化『女性意識』，好像女詩人除了表明自己的女性身份之外沒幹過別的事。……對女作者是否依賴性別經驗這一點我覺得不是根本問題，無論依賴何種經驗，只要能將它最終處理成一篇好作品，那就是才能，『好詩』才是我們的最終目標」[18]。正是這種對藝術本身（「好詩」）的信義承諾，使翟永明不斷精進，不斷尋找新的變化。這種變化是一種藝術自省意識的提醒，它不只是審美方式的改變，而是詩人要求自己更貼近個人心靈的詞源，並在樸素的詞語中抵達事物的本質。

是的，讓詩與詩人互贈沉重的尊嚴。任何一個詩人之所以能夠贏得我們嚴肅的敬意，既涉及到她／他對題材的個人化開拓，也涉及到她／他對人性和想像力，以及語言奧秘的獨特發現。特別是在一個女性的尊嚴和權利受到普遍壓抑的文化語境裏，停止於「女性性別視點」的批評，即使是肯定，也會在不期然中形成再度弔詭的「優待的虐待」。似乎女性文學主要具有題材上的特殊意義和預支的弱勢者的道義優勢，而其優異的文本質地和不斷深入拓展的精神視域，則可以略而不論。我注意到，越是優秀的女詩人女作家，越明確表示過反對僅以單一的性別視點來考察她們的文本，諸如詩人翟永明、伊蕾、王小妮，作家鐵凝、殘雪、王安憶、陳染……其中有些人還提出過「超性別」、「第三性」等等。不是說她們的作品沒有顯豁的女性意識，很可能相反，正是因著她們具有自覺的女性意識，才使她們深刻地警惕著被男權文化視為異類，「次一等而又不可或缺的文本樣態」來傲慢地窺視或觀賞。

因此，筆者高度評價翟永明的詩歌，不是因為在現代詩界她最早成功地運用了性別視點，而是她不斷發掘個人心靈詞源及精湛的詩藝。雖然翟永明

---

[18] 翟永明：《完成之後又怎樣》，載《標準》創刊號，第121頁。

寫有許多有關女性體驗的詩，但她從不會刻意淡化和繞開其他觸動心靈的豐富題材，和多重視角。正如詩人鍾鳴所言：「她牢牢把握的是公共經驗中個人的特殊性。而相反，許多人卻是個人特殊性之外的共同經驗」[19]。翟永明是現代漢詩寫作史上少數翹楚詩人之一，無論是從詩歌意蘊和技藝環節上看，她都具有令人信服的實力和實績，她的意義決非「女性詩歌」可以總結。特別教人尊敬的是，翟永明在上世紀 80 年代中期已寫出了許多能代表那個時代詩歌高度的作品，但她沒有像大多數詩人那樣陷入「成功的停頓」，而是不斷精進著，並以其審美創造力型態的誘人變化，有效地影響著新一代寫作者。

返觀詩人二十餘年的詩歌寫作，我們有如閱讀一部態度深沉而真摯，言說有據而靈動，技藝精純而趣味豐盈的「成長小說」，我們不但看到了詩人個體的靈魂肖像，也彷彿看到了我們自身的精神履歷隱現其中。我們不只傾聽著「她」說，還傾聽著我們內心的應答，傾聽著「語言本身的言說」。翟永明詩歌寫作一直不曾固持於簡單的題材和風格預設，而是通向使她寫作的生命源始力量和語言的自覺。就此而言，與其說她是「詩人中的女性」，不如說她是找到了個人心靈詞源的「詩人中的詩人」。

[19] 鍾鳴：《快樂和憂傷的祕密》，《黑夜裏的素歌》序言，改革出版社，1997 年。

第十四章　精神肖像和潛對話
——十位新生代詩人簡論

在第一章裏，筆者已較為詳盡地論述了新生代詩人的意識背景、想像力維度、語言態度。並論述了新生代詩歌與朦朧詩的差異，這種差異決定了不同的創造力型態。這些內容讀者可以參閱，因此這裏不再重複。

當然，新生代詩人只是「朦朧詩」之後崛起的一代詩歌新人的泛指。他們各自的創造力型態也是迥異的。但是，從宏觀上說他們繼承了先輩的精神慧命並有所發展，以各自的努力給中國詩歌帶來了三項成果——

其一，寫作中個體主體性的確立，使個體生命的體驗高於任何形式的集體順役。在詩歌中，個人經驗與集體經驗的「脫節」，個人話語與整體話語的「錯位」，常常會帶來更為撼人的「心靈真實」，也會從另一方面加深和拓展我們的「現實感」。

其二，捍衛了詩歌的本體依據。由過往詩歌的「寫什麼」，到新生代的「怎麼寫」，體現了詩歌本體意識的自覺。無論是「站在虛構這邊」，還是「詩到語言為止」，語言在詩中不再僅僅是負載意義的工具，而是詩人想像力與生存接觸的唯一「事實」。新生代詩歌在某種程度上使其修辭基礎、吟述模式的嬗變，擺脫了對事實表象的被動依附性。「現實」，不是與人的生命經驗無關的既在、了然的存在，而是被心靈的話語所「寫」出來的東西。

其三，對跨文化語境中的當代世界文學的傾心關注，以及對中國傳統文學的深度再理解，開闊了詩人的精神視域，使新生代詩歌兼備了「民族性」和「人類性」眼光。

——這三項成果，已足夠教人讚歎了。

前面，筆者已論述了新生代詩歌的四位代表人物于堅、西川、海子、翟永明。在本著最後一章我將以「精神肖像或潛對話」的形式，對幾位我熟悉的獨立而重要的詩人進行簡評。「肖像」，取其約略詩歌精神素描之意，而「潛對話」則表明在批評中我對「對話、磋商、溝通」這一心願的持久迷戀——它是自由、愉快、有趣又有效的。

歐陽江河

我接觸歐陽江河和他的詩較晚。大約是在 1986 年。在這之前，我多次聽人讚揚他，但始終沒有細讀過他的詩。最早讀到的是《懸棺》，該詩的濃密晦澀半文半白使我大傷腦筋，我認為這是以文化鋪排為優勢，對讀者的一種要脅，就棄之不讀。但很奇怪，《懸棺》使我放心不下。歐陽江河在我心目中是充滿才氣、炫耀、危言聳聽和目空一切的，這使我對其寫詩的方式而不是對其詩產生了興趣。

開始改變我看法的是歐陽江河的一篇詩學論文《關於現代詩的隨想》。這篇文章發在民刊《日日新》上。1986 年春天的一個早晨，我讀到它。當時給我的震動是比較大的。清晰有力的表述，超前和超量的負荷，使我認定這是當時最有份量的文章，雖然它只有 2000 餘字。歐陽江河野心勃勃，根本不在乎當時中國現代詩的進展情況，而將目力直投西方經典詩人。在文中，他提出「大師論」，以此作為他的參照目標或評估尺度，並要求自己「從事王者的事業」。他寫道：「大師是一種文化氛圍和一種生命現象，是種族精神進化過程中的一次突變，是一代乃至幾代人的總結。」最後，他引用了史蒂文斯（Wallace Stevens）的詩句形象地表述說，大師「在百萬個鑽石中總結我們。」

這篇文章在我日後再次閱讀中不斷煥發活力，同時使我對歐陽江河產生了很大信任。我耐下心重讀了《懸棺》，從彼此纏繞、衝撞、強暴的複雜關係中，理出頭緒。對種族精神歷史的多向度刺穿，對人類荒誕生存的褻瀆、不信任乃至棄絕，在此詩中企臨了晦暗的深度。歐陽江河寫道，「那高高在上、下臨無地、橫絕萬世的空中城堡僅僅為了顯示崩潰」，「在一個透徹之觀中人類將面目全非。貌似一切而什麼也不是。」

「崩潰」。「什麼也不是」。這二者是對「共識」意義上的整體歷史敘述的顛覆，是對客觀真理本源性缺席的陳述，也是對現代人絕望狀態的命名和闡釋。與北島等詩人不同，歐陽江河棄置了人道主義背景，敢於無出路，敢於承擔恐怖與斷裂的幻覺文本。也許對歐陽江河來說，生存中有終極意義的東西，就是保持說出深刻話語的權利。這使他的詩以一種極端的「差異鏈能指」的形式出現，以一種與普通讀者沒有調和可能的方式凌絕於世。

1988 年春天，我在一個筆會上見到歐陽江河。個子不高，皮膚是一種黯淡的黃色。在煞有介事的忙叨叨中透出一種潛在的傲慢、戲劇化、堅定、友善的奇特混和。在會上，他宣讀了詩學論文《對抗與對稱》的主要部分。這是那次筆會上最有份量的文章。它加深了我對其人素養、文化準備和天分的較高估計。

此後，我又讀到他許多新作，它們貨真價實，使我將歐陽江河當作優秀的詩人看待。不僅僅由於他的詩，也由於他絕對專業化的理論態度。這是我判斷一個詩人價值的重要角度。精湛的理論頭腦，往往使詩人的寫作由自發上升到自覺，由即時性觸發上升到有方向性。

《懸棺》階段之後，歐陽江河詩歌的隱喻系統和個人語型發生了較大變化。《烏托邦》可以看作走向辨證對位式玄學的前奏。這首詩，我先在民刊《巴蜀現代詩群》上看到第一章：《我們》。銳利而凝恆的節奏，透徹而簡潔的原型象徵，將「上帝」、「父」的權力話語對輕描淡寫眾生的忻合／戕害，以及「法西斯主義群眾心理學」凝為一條。它使「我們」在語言中定型，對象化，更像從赤紅烏托邦中走過來的我們自己。但歐陽江河的智慧也許還在於，他通過對「上帝」和「父」隱喻系譜故作驚人的揭示，用語言把命名的勝利帶給了詩人自己。

1988 年，歐陽江河上述變化已趨完形。這一年詩刊的「青春詩會」，他發表了《玻璃工廠》和《漢英之間》。這兩首詩，在其文士式的口語型式中，加入了對個我經驗和現象世界的描述。內核堅硬，語義穩定而不容分說，沒有挑釁的欲望而強勁有力，是詩歌處理當下材料的成功之作，幾乎影響到了更多青年詩人——包括許多與歐陽江河的寫作態度相悖的「第三代詩人」。在這裏，歐陽江河再次體現出他的「大師情結」。他一開始操縱交談或口語型語碼，就獨標於世；他不與流行的光譜統一卻又不捨棄抓取眾人的欲望。他其實不斷地為人們提供好奇，施加影響，他開始想與更多有教養的普通讀者「遊戲」一下此在的想法了。

1989 年之後，歐陽江河的重要作品有《快餐館》、《談話記錄》和《傍晚穿過廣場》等。此時的歐陽江河更熱衷於處理當代題材。在一次談話中，歐陽江河說，他所理解的當代不是物理的當代，而是想像的當代、語言的當代和敘述的當代。通過寫作，在文本中當代經過想像與語言的敘述處理而被改變，被重新命名。這樣，詩人就由個人的當代而寫出了普遍的當代。慣於發明概念的歐陽江河接著陳述了他的「付賬說」。他認為每個時代的人類都像在赴宴，宴散之後必須要有人付賬，詩人或更廣義的「人文知識份子」就是付賬者。如果詩人不能為時代付賬，他就沒有資格以詩人的身份赴宴，而只能以大眾的身份像大眾一樣吃完抹抹嘴就溜。的確，一個時代的真正結束不是物理時間的結束，而是以一個或幾個文本來結束的。如果沒有一個文本來「付賬」，時代就永遠無法結束。現在漢語詩人如果想成為一個一生的持續的寫作者，他應當思考更重大的問題，即詩人與他所處的時代的關係問題，寫作中碰到的語言表達問題。

《快餐館》可以視作《懸棺》的「續篇」。或者說即時性欣快症麻醉症失重症三位一體的「快餐館」，就是一座現在時的死亡懸棺。正像艾略特把現代人精神缺失之死，比作「噓」的一聲而不是「轟」的一聲那樣，歐陽江河寫出，快餐館的薄、輕、一次性敷衍消費，正是現代人的基本精神狀態。歐陽江河在另一首短詩中說：「一個車站像高處的石頭滾落到腳下，我已無力把你的座位推回到空中。」但歐陽江河顯然在用自己的智商努力推舉他自己的詩壇座位，如果不是空中的話至少也是山巔。

歐陽江河喜歡說自己是「知識份子詩人」。大概他既受益也受害於這個稱謂。反對他的人認為他把詩變成了正統的主流「知識」。其實，現代詩中的「知識」是一種「特殊知識」。我用「特殊」來限制和修正「知識」，意在陳明它是一種與矛盾修辭、多音爭辯、互否、悖論、反諷、歷史想像力對生存現狀的複合感受有關的「知識」。

在一個思想、「感性」與技術和物質放縱主義同步的集約化、標準化的乾涸的社會文化環境中，這種「特殊知識」恰好是對絕對主義知識、二元對立知識及唯理主義崇拜和歷史決定論的顛覆。後者簡化乃至抹殺了世界和人生（包括審美）的問題，前者捍衛了世界和人生以探詢問題的形式存在。

就世界範圍內的現代文學藝術而言，我們看到那些具有知識份子精神的文學家，更有力地將理智的深刻內省和感性的解放凝為一體。在此，「特殊知識」以其特有的細節含義，重新釐定了詩歌（文學）中「知識」的含義。

從某一角度講，我願將它作為一個「新感性」的審美的批判的詞語。它要反抗的不僅是意識形態壓抑、工具理性、科技霸權，而且還有受動的消閒遣興、取媚市場、自我精神剝奪的偽感性「奇觀」。

「特殊知識」是否定精神、批判精神、自由探詢、歷史想像力的綜合，是詩人對於生命、自由、美、責任的自覺。也可以簡言之，它是一種現代經驗的複雜「知識」，是詩人立場下的相對主義和懷疑主義的「特殊知識」。他要消解「牢不可破」的形而上學，消解自以為客觀的統一性和確定性，捍衛寫作的自由、差異性以及介入生存的有效性活力。

在我看來，在 1990 年創作的長詩《傍晚穿過廣場》就是一首廣闊，雙向反諷，複義而沉穩的傑作，並有略略壓抑的激情。是知識份子詩人處理當代噬心題材的典範之作。90 年代中期，他的詩又發生了較大變化，《時裝店》、《感恩節》、《那麼，威尼斯呢？》、《我們的睡眠，我們的饑餓》、《紙幣，硬幣》是其代表。這是後現代文脈影響下的寫作。「站在虛構這邊」，表明了這位知識份子詩人對寫作的敏識。它不是僭妄的而是謙遜的說法。寫作，特別是現代詩寫作，是可以並且應該通向某個超時間、超歷史的「絕對本質」，或是先驗真理嗎？在他看來，這是可疑的。現代詩不存在非歷史的永恆模式、第一原理，它是在書寫過程中漸漸發明出的自洽的「此在」的個人化的修辭基礎。現代詩寫作的合法性，用不著卑屈地認同某種元敘述和元抒情的支撐。

保持歐陽江河寫作有效性的東西，說到底是詞與詞之間的激發、磋商和周旋。詩人不再是效忠於已成的形而上學體系甚至詩歌經典，更不是被動認同寫作與「生活」的表面上的對等，而是捍衛住生存以問題的形式存在，「沉溺於對未知事物的迷戀」，享受寫作帶來的活力、熱情和歡愉。

駱一禾

駱一禾是後新時期以來為中國現代詩作出很大貢獻的青年詩人之一。他是海子生死相托的朋友，他與這個高邁的、激情的、短命的詩人有一些相似之處，但他的意義卻在於他和海子不同的方面。這體現在，海子的詩是個人化的、狂熱的，在撲向光明的旅程中，伴隨著一種陰鬱的心境。海子不但對以知識論為基礎的世界文明絕望，而且最後發展到對人類肉身的絕望；而駱一禾則沉毅、謙抑地對待人類智慧、傳統，並在詩中廣闊地設下了朝霞、血湧和創世的靜寂。駱一禾詩歌的複現語象，有與唐詩和西方古典主義詩歌「陳陳相因」之處。這種共時的文本互涉，使其帶有簡勁和緬懷的力量。它們不是匆匆寫成的、天啟的、夢幻的，而是定居型的、內氣遠出和經得起原型批評的。如果說，詩是一種令人難忘的語言，駱一禾詩語的難忘則在於它是人類偉大詩歌共時體上隆起的一種回聲，是已成詩歌的萬美之美印證著它。駱一禾是較早注意到現代詩與傳統之間有著不可消解互文性關係的詩人；他通過寫作把這種關係具體化。縝密的知性和輝煌的抒情，表現出這位擁有宏大目標的中國知識份子所熱衷的精神「修遠」一元性態度。在他看來，精神的上升或孤獨自我獲啟是一體的。這使他敢於渾身大火「在一條天路上走著我自己」：

在黑暗的籠罩中清澈見底是多麼恐怖
在白閃閃的水面上下沉
在自己的光明中下沉
一直到老、至水底

這場較力是不祥的。但駱一禾沒有像現代詩人那樣表現自己的騷動不寧或激憤，他用一種天樂齊鳴的清音沖淡了詩中善惡對峙的強烈效果。他的「向下」之路（「在自己的光明中下沉」），更像是為精神升入「屋宇」之巔所鋪設的臺基，而不是通過「我」的失敗來褻瀆神聖的缺席。如果說在駱一禾某些詩中（特別是那首有名的《日和夜》）也顯豁地呈現了悵惘和陰鬱，那也只是表明在他生命的瞬間展開中，「天空預示般地將陰影投在你的頭上」（荷爾德林《日爾曼尼亞》）。這種天空的「陰影」是高不可及的，幾至造成對詩人的壓迫、審視，這與那般由自我迷戀走向自我懷疑和毀滅的詩人，不可作同日語。

駱一禾的詩節奏緩慢、平穩。在錯落不齊的詩行中，他試圖以插入短促尖新的獨詞句來調整節奏以造成跌宕效果。但很少能充分實現。他太有耐性了，情感一絲一縷抽取出來，深念美德的詩人，難以漂亮地實現「爆發」狀態。但也恰緣於此，使駱一禾詩歌的語音及句群，像是堅定駛往「聖地」的方陣，稱頌、肅穆、永不衰退。

在詩學立場上，駱一禾強調身心合一意義上的性靈本體論。但他反對由此導向「放縱主義」（Bohemianism）——這是我們常見的詩人性靈擴張的後果。怎樣整合這一矛盾狀態？他選擇了永恆理念圖式對性靈的加入。這種「加入」，使個體生命的性靈本體論不再按這個概念的準確內含體現於他的詩學中。因此，他的詩學意志很難施放於廣大的詩人／讀者，他們寧願放棄他的詩學而專注於他的創作本身。這無論如何是十分可惜的事。在貧乏的時代，詩學立場要想征服眾人，最簡潔的辦法是走各式各樣的極端，以令人目眩的片面的強光，刺瞎讀者的視力。而他太像個宿儒了，他不屑於說：「嗨！此處嚴禁行走！」

駱一禾欽崇的是「美神」(他的唯一一篇完整表述詩學立場的論文即以此命名),他企望以此變衍生命、重建信心。他的詩即體現了此種至美至善的純一性。也許他想對世人說「要進入永生,就當遵守此誡命」。但他不像海子那樣以從天下視的先知的方式說出,他更像是一位地上的義人。就我個人的喜好而言,我或許更傾向於駱一禾的態度。親切,友善,觸動心房。這個平展著紅布的目光清澈的詩人,是謙和的仁義之士。

駱一禾的長詩《世界的血》、《大海》,是本世紀中國最優秀的大詩章之一。它展示了知性的綿密力量,卻又將之和諧地融彙於高邁放達的激情和想像中。這是智慧的、挑戰的,又是困惑的、老式的;它將寬廣的語境和精雕細琢的細節含義共時呈現,將悲慨的緬懷和朗照的前景化若無痕地銜接在一起。在組織的精心和情感的高貴方面,它不同於五四以來任何時期的文學風尚,它更類似於一種近乎天意的絕對訴說。無論是其精神內核還是其構成形式,此詩都堪稱典範。

從整體來看,這些長詩的主題是精神「還鄉者」的處境。詩人試圖以此再造新時代的「中世紀」。救贖的單純,墓誌銘式的讚頌,和午夜降臨的悲劇氣質,都被一種準神示著述般的習語裹挾。這種迂闊又高蹈的主題類型,使他既像是一個精神濟貧院的執事,又像是一個承擔人類前途的先驅。

1988 年,我受託為江西百花洲文藝出版社編一部名為《對話與獨白》的詩學文集,約駱一禾寄來了他的長文《火光》手稿。在我剛剛編定此書時,傳來了詩人過世的消息。現在,這部書稿還在出版社篋底,不知何時得見天宇。駱一禾的死,正像奧地利詩人霍夫曼斯塔爾(Hugo Von Hofmannsthal)一樣源於腦血管突發性大面積出血。在此,我且以霍夫曼斯塔爾的詩句祭獻駱一禾在天之靈:

那時,與我們共同度過漫長歲月的人

和那些早已入土的同胞

他們與我們仍然近在咫尺

他們與我們仍然情同手足。

韓　東

韓東是「第三代詩」的核心人物。從 80 年代至今，一直保持著創造活力。他堅持詩歌「第一次抒情」的真實感和生命元氣，反對智性玄學詩歌的艱澀，和常規抒情詩誇飾的激情和幻想氣質，而身體力行一種沉靜、自然、明朗、真切的詩風。韓東的表意方式直接影響、帶動了新生代詩歌風尚的轉型。他善於給高漲的情緒「降溫」，以求在對更為冷靜、準確的個人經驗和為人處世風格的描述中，完成對人稍縱即逝的感覺祕密和持久的精神困惑的揭示。因此，他的詩精緻而扎實，它們發現了「存在」，而不只是還原人的日常生活。韓東動人而誠懇的詩風，使其作品能在平淡的日常生活中發現其內在奧秘，並不乏形而上引申的可能性——後一特點並不為多數人注意。他的詩不乏諷喻，但總能保持飽滿的興趣來觀賞這個平淡的世界。他創造了一種表面平淡實則機敏的美學，在深思熟慮的精審中也恰當地保有著類乎「即興」般的鮮潤感和活力。

韓東，一個大學哲學系畢業生，卻從不在詩歌中放縱哲學的學識。他對寧靜、單純的審美性格，保持著美好的尊重。但在理論文字中，卻是好鬥的、喜歡譏諷人的。在許多時候，其理論話語會有一針見血的力量。

韓東是我認識的詩人中少數能將文章寫清楚的人之一。此人敏感、謹慎，既尖銳又有靜氣，具有分析頭腦。韓東初期的詩作從修辭型式上受朦朧詩影響，如《給初升的太陽》。但從意識背景上，他是明亮的、平和的，沒有朦朧詩中的憤怒感和淚眼模糊面目。也許《山民》是個例外。此詩含有對傳統精神歷史的批判。但這種批判和反諷是無可奈何的。韓東同樣意識到「海很遙遠」，於是他寧願只揭示「山民」的宿命。在這一點上，韓東比北島等人顯得更像個「過來人」。這顯示了韓東式的深層個人私語。

1984 年，韓東、于堅、丁當等發起《他們》。在朦朧詩大行其道之時，《他們》的平靜、透明、還原經驗的寫作態度，使這等有些類似中國五言詩的作品反而更像是一個新的起點。這個階段，韓東寫過一些現世生命形態（有人說是「平民意識」）的詩，但很快就又往前走。他太高傲了，以至於他兒童般的領袖欲表現在，僅僅提攜與他相像的青年人。同時他又僅僅提供一種姿態或可能性，就趕緊擺脫眾人，繼續向前。這使韓東成為一個神秘的人物，受到人們不同念頭的關注。

當然，韓東的目的肯定不是為關心詩歌公益的人提供所謂「平民意識」的新話題。他的審美狀態的遷延，是對語言去蔽功能的自覺，也是他不斷站在客觀的立場來思考自己的結果。「生存的無意義」體現在詩語中，最恰當有力的策略，並不是喋喋不休的饒舌，疊床架屋的互動語辭爆炸。持這種寫作立場的人，骨子裏卻是相信生存不僅有意義，而且還有更多有待創構的方面等詩人挖掘哩。韓東與這種貌似絕望主義者實際是浪漫主義者的詩人深為不同。另外，他較早意識到了在文化繼承中以綜合和仿寫面目出現的精神平庸。他的詩慵倦、枯淡，在平靜的外表下潛藏著個人化的生活態度，在文字直接性中表述了陰沉的絕望感，具有某種意義上的後現代主義特徵：

有關大雁塔
我們又能知道些什麼
有很多人從遠方趕來
為了爬上去
做一次英雄
也有的還來做第二次
或者更多
那些不得意的人們
那些發福的人們
統統爬上去
做一做英雄
然後下來
走進這條大街
轉眼不見了
也有有種的往下跳

在臺階上開一朵紅花
那就真的成了英雄
當代英雄
有關大雁塔
我們又能知道些什麼
我們爬上去
看看四周的風景
然後再下來

這首文不對「題」的《有關大雁塔》，像是第三代詩人的「寫作憲章」。它連一代人內心的焦慮都不屑於展現了。如果說貝克特的《等待戈多》是以期待形式始，以永恆的幻滅告終的話，韓東則深入表現了沒有精神歷史（所謂「傳統的孤兒」），因而也沒有幻滅的麻木的一代的生命狀態。展示生存的無意義，語言當然也「該」如此。類似的例子還有《你見過大海》等。

與韓東首次見面是在淮安，周恩來的故鄉。他體質單薄，白皙，態度持重卻給我以良好印象。五月末的天氣，已呈潮熱，韓東還穿著高幫鹿皮鞋。過時的、60 年代末流行的深紅玳瑁眼鏡，不時滑下鼻樑。當時我的感覺是，他更像一個規行矩步、歷盡滄桑的老三屆學生。這使我擁有充分的信任感。會期的最後一天，韓東發言，標題是《三個世俗角色之後》，我知道我剛才的感覺錯了。這時的韓東，孤傲、咄咄逼人、不留餘地，與任何人的態度都呈極端對立。他以「政治動物」、「文化動物」、「歷史動物」這三個世俗角色決絕地概括了中國現代詩人的精神和創作態度。最後，他說：「詩人卻是另一個世俗角色之外的角色」，「中國詩人的道路從此開始」。

但韓東更願意用詩來回答這一問題。1989 年，韓東在其主編的《他們》刊物上，頭題，大面積展示了自己的近作。這期刊物中，一些曾在《他們》露面的詩人開始悄悄離去。韓東的詩奇妙、簡雋而輕逸、「天真」，像南京黃昏的光線朦朦朧朧。有著純詩的不可消解，不可闡釋性。《未來的建築師》、《聽力》、《二十年前剪枝季節裏的一個下午》、《渡河的隊伍》、《一種黑暗》、

《天亮以前》，在工穩的語感中體現出逼近純語的自然的顫動。物象被放大，凝眸，令人銷魂。

就我個人的趣味，我更喜歡韓東稍前的作品，如《哥哥的一生必天真爛漫》、《馬和日光的讚歌》、《我聽見杯子》、《向鞋子敬禮》、《跑鞋》和《雨衣·煙盒·自行車》等。比起上述更強調純詩技藝因素的詩，這些詩更具生命的活力和天然感，其寫作的真實性被我直接「觸及」。90 年代後，韓東主要創作小說，長篇《紮根》完全可躋身現代經典之列。其詩歌也越寫越精審，並在題材上更為開闊。

柏　樺

柏樺給我最突出的感覺是遊絲一般飄泊無定。說來很好玩，某年受《詩神》之命我向柏樺約稿幾次，信件均被退回。通信地址先是留在成都，後又到了重慶，很快又出現在南京——不是遊走，而是工作頻繁的調換。可樂的是南京的信又被退回。鬼知道那時這位有著陰淒幻美抒情天才的詩人究竟在哪裏「動輒發脾氣，動輒熱愛，拾起從前的壞習慣」而「望氣」（引自柏樺詩句）。

柏樺的飄泊無定似乎有某種象徵性？就像一個活得不舒服的病人，頻頻變換姿勢那樣。

柏樺的詩成色十足而穩定。有如老式衰落王公及文士意識，加上波德萊爾式的「遊蕩孤魂」的早期象徵主義的殉情者。他也抗議、煽動，但更顯得與時代「我獨若遺」。他彷彿在用長長的摘果竿擇取精純而高高在上的「往事」之果，不知疲倦，心蕩神搖。他尋找的是舊時代那個怪癖纏身的「內在的自我」。

我從《表達》而注意柏樺的詩。這首詩寫在 1981 年 10 月。我看到它已是 1986 年了。當時我更驚異的是它竟寫在 5 年之前。這首詩是迴旋的、感傷的（儘管有些莫名其感傷），略略壓抑的節奏，構成情緒的網罟，能指鏈的無窮遊動使人在最後關鍵的一刻也不可參透。與當時已在詩壇熙來攘往的「第三代口語詩」迥然相異，卻同時又與四川盆地拱起的駁雜崢嶸的現代東方大賦不同。

柏樺是獨特的。他不用自覺地悄然離去或遁入西詩，他似乎是直接用神經質的焦灼，和器官的宿疾狀態來決定詩歌狀態的。因此，他的問題不在於找到一個什麼現代「哲學」命題加以演繹以示深刻，他自身的恍惚與迷醉已足夠入詩了。因此，他所憂心的問題只是語言問題——如何去「表達」的問題。

柏樺專修過西方現代文學專業。但很奇怪，他似乎時時警惕被動認同（或簡單套用）西詩。他的中後期作品，充滿唐詩宋詞和明代豔曲的韻致，獨坐一堆東方瑰寶，寥無一人，慕戀、歌吟、欲蓋彌彰。《夏天還很遠》、《惟有舊日子帶給我們幸福》、《李後主》、《春天》、《震顫》、《下午》、《活著》等，是癡情而眩暈的，細微而豔情的；提心吊膽生怕「一次長成只為了一次零落。」這種奇妙的第一次抒情和邊緣狀態體驗，為柏樺獨具。請看《活著》：

在迷離的市聲中
隱約傳來暗淡的口琴聲
呵，這是春陽普照的一刻
這是下午的大地

運行不已的春光啊
帶走我驀然遠飛的年輕心思
北方、南方
到處是一樣的經歷

我站在明淨的平臺上
讚歎我秀麗的身影
風吹亂我的頭髮

這是真的，我多麼年輕

當天氣從潦倒中退去
當落日迎來了流水
我輕聲對自己說：
我要活著、活著、活到底

在眾口一詞比拼「誰更能跟上時代」的詩壇，柏樺是真正的「另類」。他的詩有一條清暢又敏感的脈管，通向漢詩傳統，眷念生命，留戀光景，神清韻遠，明心見性。在現代詩界，柏樺是被人閱讀極多但評論最少的詩人之一，其原因就是他的詩極為迷人但卻「脫離時代」，他的抒情喚起了我們靈魂中被認為是落伍的「陳腐」的部分。它傷害了我們「後現代」的集體式的虛榮。

從心理完形隱喻上說，我在一篇文章中曾「玩笑」地將詩人分為三類。「上午型」的詩人是合時的、理智的、進取的。「夜晚型」的詩人是陰鷙的、玄學的、啟示的。「下午型」的詩人則是清靜的、不爭的、慼然的。

一天下午，我在成都翟永明的「白夜」酒吧對柏樺談了我的玩笑。柏樺深為會心，他說：是呵，我就是個「下午」的詩人。向黃昏、向暗夜迅速過渡的「下午」充滿了深不可測的「頹唐」與火熱的女性般的魅力。在將出版的《左邊》一書裏，我也專門談到了「下午」的喻象。

是的，「下午」在這裏不再是時間制度，而是柏樺許多詩作的情境，心象，宿疾，生命感受的尺度，寫作語境的「命運夥伴」。

《活著》同樣是一首「下午之歌」，它語境澄明、線條流暢、情感纖細而飽滿。多少次我沉浸其間，它使我被「後現代」催促得惶亂的心踏實下來，對自己說：生活好好的沒變，詩歌仍然會是我們古老的心願之鄉。

我多麼喜歡柏樺寫出了「隱約傳來暗淡的口琴聲」這句子呵！口琴聲也是這首詩的音色和音質。「落伍的」口琴，細碎岑寂閃爍著的口琴，老派的懂得羞怯的簧片，穩住了一顆詩人的心，「呵，這是春陽普照的一刻，這是下午的大地」。

光景多麼讓人留戀，春天如期滾滾來到人間。與古典詩人一樣，大自然的變化也是給柏樺的一次巨大賜福。「驀然遠飛的年輕心思」，道盡了領受者的驚喜和寬懷。在這「我心與天地同參」的一刻，詩人成為自然中的一個音符，他沉醉其間，以「女性般」的纖細柔情，毫不自矜地讚歎、眷念著自己有幸能感知到美的生命。

這時，我們有必要注意到開頭「在迷離的市聲中」這一情境了。「市聲」，在現實的接受語境中既有實指性，又有隱喻功能。與當下「效率」和「利潤」粗鄙合唱的市聲相比，暗淡的詩歌「口琴」，顯得多麼纖弱、「頹唐」。但是，詩從來就有自己的使命，詩人應有自己古老而率真的「潦倒」，他要挽留有如「剩日」般的美，痛惜被性情之光照徹的生命，他面向詩歌要「輕聲對自己說：我要活著、活著、活到底」。

柏樺同時期的《選擇》，堪與此詩形成互文關係：「他要去肯雅，他要去墨西哥／他要去江蘇國際公司／／年輕時我們在規則中大肆尖叫／今天，我們在規則中學習呼吸。」這種反諷是「下午的」、「陳腐傳統的」，但它深深擊中了我們的無言之痛……

但我們看到還有一個柏樺。「面部瘦削，仇恨敏銳／無常的悲哀細膩的閃爍」，終致「熱血漩渦的一刻到了／情感在衝破／指頭在戮入／膠水廣泛地投向階級／妄想的耐心與反動作鬥爭」（《誰》、《瓊斯敦》）。這種尖利的、骨質的、鋒鋼的語型，使柏樺某階段的創作更多地涉入了歷史質詢、意識形態反諷話語地盤。包括《幸福》、《痛》、《青春》、《我歌唱生長的骨頭》、《夏天，呵，夏天》、《生活》、《十夜，十夜》，核心語像雄辯，隱忍不下，它們顛覆了流行的政治套語，解構、改寫、轉進又轉出。「進步」、「革命」、「階級」、「犧牲」等權力話語獨斷的語辭，被柏樺賦予本真的效力——重新命名。或從事正名的奪權。

這時曾經軟弱的柏樺，則像那個被逐出天堂的密爾頓《失樂園》的主角，高傲，色厲內荏卻不肯低頭。

但柏樺終究是一個尊重共時詩歌規範的詩人。前後期詩作從意識背景上絕然不同，但在強調詩的肌質（本體依據）方面，是始終貫穿的。追溯其文本，共有的「左邊」白熱化烏托邦姿態，「下午」的情感的補償行為，文學史纂學意義上的語詞窮究癖，是其總特徵。

柏樺的後期詩會由此最終導向某種意義上的警世小型敘事嗎？他的事件詩「宣誓」感越來越顯豁，甚至體現出某種雄辯術味道。說實在話，我認同現在的柏樺，但又不忍那個周身不適或在地窖中與「前朝美人」幽會的柏樺消失⋯⋯

臧　棣

進入 90 年代，臧棣在我眼中有不凡的份量和魅力。他是詩與詩論雙雙生輝的人。作為詩論家，他有一種看似平常其實很罕見的能力：將高密度的思想長久集中，全力以赴地孕育並清晰論述當下複雜糾結的詩學命題。他沒有利用詩人身份的特許，在文論寫作中以似是而非的修辭，冒充或代替運思及準確意義的真實推進。我多年從事詩論寫作，深知頭腦那渴求輕快、喜歡斷續的慵懶本性。因此，我認為臧棣在這方面有很高的天賦和斯巴達式的意志。他的文章，是 90 年代詩學不可多得的重要收穫。讀這些論文，我每每會覺得閱讀是一種好的生活，歡悅敏識和有精神收益的生活。下面，我要談的是作為詩人的臧棣。

我結識臧棣的詩是在 80 年代中期，他是從起步就堅執於詩歌現代性的詩人。最初幾年，他的詩精微、簡勁，以純詩為標的，始於寫作快感，終於審美教養。那時，北大有一撥這樣的詩人，我和朋友們曾稱之為「北大感」。這些詩人雖無當時詩界那種亂中奪權的野心，但骨子裏更為孤傲。似乎漢語現代詩永駐不衰的絕對形式本體，要在一代人的加速進程中達到制高點了。臧棣在這批人中是出色的，雖說如此，其詩在活力、韌度和經驗的包容力上，同樣有顯見的缺失。

我想，詩這種東西，是經驗與語言之間彼此發現、彼此省察緊張關係的恰當解決。經驗一旦擴大，語言就遇到了麻煩，它不夠使喚了。詩的現代性，從根本上就是為解決語言與擴大了的經驗的矛盾關係，使語言更有力地在現代經驗中紮下根。臧棣在 80 年代末似乎就置身於這麻煩中，迫使他尋求一種新的設想、視角和語型語調。那時，我讀了他的《當代愛情》、《詹姆斯・鮑得溫死了》和《論生活的靈感》。正是這幾首詩，讓我對臧棣另眼相看。他的創造力形態開始轉變了。但這個彎轉的不急，他彷彿是由史蒂文斯的觸鬚慢慢伸向羅伯特・洛厄爾乃至某種程度的拉金。在這類詩中，臧棣初步嘗試一種旁觀的或潛對話式的言說，詩中人情世態、物性、「討論」和奇妙的詞藻，鬆鬆地繫在一起，他保留了形而上學並最終遲疑這種保留。我等著臧棣更旺盛的顯示和演示，等著他經驗—話語之圈的完整標畫。

進入 90 年代後，臧棣成為聲譽日隆的詩人。他的詩集《燕園記事》，教我感到一種超其所望的成熟。他的精神姿態和書寫格局觸動了我，我看到一種新的詩歌「說話人」出現了。他不是鳥瞰大地的激情之鷹，不是由品鑒性啟發的神韻妙悟裏手，也不是華彩能指的炫技者，甚至不是以詩完成文化批判的「知識份子」。這個新型的「說話人」，其獨特精神姿態給我的觀感是：一個對存在有個人化想像力的詩歌從業者：游走於校園、寫作間和差不多同代文化人圈子，對其閒散時光中豐富隱密的私人關係及精神成長史的分析和命名者。他揭示了這代人內心生活和室內生活（微型劇式的）尚不為人知的「喜劇」領域，表現了這一特殊精神社區的生存和生命狀態。雖然他的立場及修辭特性是反諷的，但在情感上又有某種程度的讚許（不同於易感的辯護）。他肯定現時生活，並將此作為有助於自我獲啟及保持對生命奧秘好奇心的歡樂源泉。他很少感情脆弱地懷舊。他不急切認同可類聚的道德優勢的批判性，並警惕這種批判性成為新的教條。臧棣的反諷，經由個人祕密快樂寫作的稜鏡折光，平衡為幾乎是復議式的微妙的「生活頌」。他或許是第一個公正地講說了同代人生活那煩擾勞神中的魅力。他有能力並樂於從中汲取「非詩」材料，在智性中展開對話—場景性修辭，並享受寫作的豐盈與歡悅。

是呵，我有些老了，我不熟悉這樣的精神姿態，它很深地吸引了我。這是臧棣詩歌集《燕園記事》教我心動的地方。

臧棣的許多詩有大量日常生活細節乃至敘事性。在詩中吸收和轉化敘事性成分，有助於對具體歷史語境及生存處境的揭示，增強詩的歷史真實感。這似乎是 90 年代有效寫作的寬泛通則，但如何理解它的細部含義卻言人人殊。我認為，臧棣詩中的敘事性不同於「敘事詩」。它們不是對線條式的生活事件的追摹，而是碎片的、情境的和內省的。它是由寫作者的內心經歷投射到「事件」上，用智性設置的可能存在的「日常生活寓言」。《燕園記事》中的這類作品，警惕著所謂「當下感」這一新的詩歌評估權勢，使詩維護了必要的審美高傲。詩人關注的不僅是生活，更是時代生活中詞語的狀況。至於詩中的「歷史意識」，在臧棣的詩中不是指向那種「風雲史」，而是從個人具體生存處境或經驗之圈出發與時代的對話。他將人的生活態度和自我意識，總結成特殊的限量「歷史」，在限量中凸現個體主體性的內在強韌度。在此，「少就是多」，它不是材料體積的宏大，而是認識力的宏大。在這種相對主義和懷疑主義的個人化寫作中，臧棣同樣實現了對「整體」歷史的折射（以及某種意義上的消解和反諷）。

比如，在有關「維拉」的組詩、《婚姻烹飪學》、《訪友》、《在樓梯上》、《書信片斷》、《日出之前》等類型的詩裏，詩人的確更多涉入了「日常事件」（他更多的詩只是鑲嵌著日常經驗描述的片斷）。但讀後我感到，這些「事件」都承擔著更大的智性負荷。他一邊冷靜地敘事，一邊融入戲劇獨白和情境對話。他把分解陳述，戲劇獨白，心理分析，沉思盤詰做了有條不紊的遊走。寫作者的態度因「事件」進程與心理時間和混合語型的糾葛，變得向度複雜。在「事」後，語言再次縱身一躍，帶著高強度的「電荷」形成詩歌自身「進一步工作」的魔力。它發現了存在，而不只是還原或認識日常生活。在此，詩之敘事性依恃的不是單維的時間鏈，而是內心經歷中不同聲部的爭辯，保持了生存與語言臨界點上交鋒的複雜性、可變性、間接感和混成力。詩歌藉此區分於日常生活中的公眾心理和情感，成為一種可供研究的發生於寫作中的「日常生活寓言」。由此看來，臧棣與其說是熱衷於敘事，不如說是熱衷於用文本設置一個可供心靈去體驗的生存情境。這樣的詩，依然充滿了暗示性這一古老的詩歌尊嚴。《燕園記事》就如此地在個人經驗與歷史想像力，智性和感性，真實感和間離性，踏實與辭采，自由與限制之間，達成了很大程度的平衡。我想，寫作的眾多可能性有待我們打開，但不管詩歌變成什麼樣，它都應在內部挽留只能經由詩所提供的令人驚喜的勁道；在形式的探尋上，沒有「從頭幹起」、「義無反顧」這回事——我傾向於將此視為令人蹙額的抱負。

臧棣的詩歌語言，令我稱心的方面不少。這裏，我想先來談談其中的一點：其「艱澀」中的精審恰當。我雖忝列什麼「新潮批評」之一員，但比照之下，我或許是個更老派的讀者。能否這麼說，老派讀者有個基本特徵，就是讀詩時，尋求「修辭可信感」（我生造的詞，但比其他說法更有效）的願望常常是很強烈的。我樂於學習不同時代變化著的修辭基礎。 但我認為，無論哪個時代的詩，其修辭的可信感仍會是為其提供根本價值和光芒的致命條件。由此，我拒絕與任何「靈感」派詩人達成默契，也與某些「能指」亂竄的詩人保持距離。臧棣的詩符合我的胃口。修辭上的可信感不同於「反映論」意義上的可信感，我指的是：詩中各細部詞語及書寫技術環節，在整體語境中都發揮出準確有效的協同作用。它是對語言結構內部複雜性及限度的顯幽燭隱。是的，我心儀的詩應具有現代漢語寫作體現出的完整、複雜、連貫和言說有據，對範式讀者具有可接受性。既涉入語義甚至潛意識的艱澀，又值得以意識去體驗乃至詮釋；它不會因詮釋而散架，正確的詮釋往往使它更為誘人。臧棣許多短詩中曲折的詩歌話語，在初識之下先給人以艱澀的印象，但骨子裏卻有異乎尋常的精確性。像《小小的拯救》、《古琴》、《抽屜》、《線人》、《偽證》、《地下通道》、《小丑之歌》等都是現代漢詩中的珍品。他那些不那麼艱澀的敘事性作品，也都有種曲折的「準艱澀」，可實際上卻是精審自然的。他是一個將批評過程同步匯入創作的自覺的詩人，在《燕園紀事》裏，我看到了對每個語象的反覆掂量磨礪；經驗在對抗共生中展示的張力範疇；沉穩控制的潛在節奏；不同局部肌質彼此的變奏和小心承接；堅卓完整的結構；如此等等。他詩語的艱澀，意在造成經驗的互否和增值，和聲部的多重共鳴感，是一種智性下的設置。為使詩達成深層完整的對話與交流，並保持合適載力下的簡潔（少就是多），詩人不能原宥語言的懶惰和無能，他沒有捷徑可走。因此，我認為，艱澀的前提是一定要有修辭可信感，有超量的義項要壓合。真正內在而精確的漢語詩歌，在現代條件下，常會體現出不同程度的艱澀感。因為現代語境中人的經驗和情感日趨內向複雜了，減化和避閃有違寫作意義上的「倫理」。困難在於，我們同時要警惕那些徒具「合混」外表，骨子裏沒啥名堂的人利用這一口實欺世（所謂「神賜的妙語」，在目下已諷刺性地變成新八股）。在此，我想最好讓我們將兩種「艱澀」釐清，把那種有價值和魅力的艱澀，視為對詞語更精確和飽滿的摸索（修辭可信感）。

全面評說臧棣的詩，不是這篇短文的任務。我只選擇了自己感興趣的三個方面來談。《燕園紀事》之後，他仍然保持了探求的勇氣和職業寫作進取心，寫出了許多優秀作品；在詩歌材料的佔有上，體現了更開闊的視野。他歡悅的寫作態度，乃建立於嚴格的藝術自律精神之上。我願意對我的朋友說：去讀點臧棣的詩與論文吧，他信得過。

呂德安

呂德安是傾向於快樂寫作的詩人，但這種快樂不是青春期筆隨心走的大大咧咧抒懷，而是一種沉靜、舒徐、純於一的成熟表達。但如果你認為呂德安僅僅是在追求「樸素」就錯了。他的心計、暗藏著的美妙的矯情，對詩壇始終清醒的估計，都在他的文本中潛在運行著。太高傲了以至不屑於先鋒，這就是呂德安樸素謙恭中的不樸素不謙恭，也是他贏得先鋒詩壇好評的原因之一。

呂德安早期的主要詩作，都與他的故鄉——福建省一個古老碼頭——馬尾鎮有關。對故鄉及大自然的不能自已的迷戀，使呂德安的詩基本姿勢不是前傾的，而是回溯，是追憶。但呂德安並不在「反映論」的意義上動用他的題材。故鄉在他的語境中，是一種因過於沉靜透明反到教人生疑的田園烏托邦，籠罩著令人心醉的岑寂和宿命味道。這一點頗像弗洛斯特（Robert

Frost）的「農場」題材，它的表層體現出寫作者的健康平靜，但骨子裏又有點「白雪掩蓋下的淒涼」。

除去詩人早期的成名作《父親和我》、《獻詩》、《沃角的夜和女人》之外，呂德安的詩教我喜歡的還有《夏天的篷布》、《蟋蟀之王》、《泥瓦匠印象》、《狐狸中的狐狸》、《沉默》以及後來的《曼凱托》、《解凍》和《河床中的男人》。其詩集《南方以北》、《頑石》的詩中，每個詞，詞素，似乎都可以徹底退回到字典的準確含義，但由於詩人智慧過人的結構感，一當它們形成秩序、語境後，這些基本詞彙都開始煥發出奇妙而純淨的「適得其所」的光芒。獲得了一種「新感性」。這是呂德安最見本領的地方。

呂德安的詩，還有一種令人著迷的旋律感。這也是他快樂寫作的關鍵部分。這種旋律感不僅是指他的一些謠曲詩對土風民謠的仿寫，而是更多的非謠曲調性的詩更好地更有難度地體現了旋律感。深入細辨，我們會發現，呂德安的詩對無摩擦延續音的頻繁使用和對音響共振峰良好的耳感，是這些詩奇妙旋律的秘訣；而可感的起伏節奏則僅是其表面形式而已。此外，呂德安詩歌的旋律感還得利於他幾乎從不使用歧義詞，這就使讀他的詩成為流暢的（而不是停下來「破譯」局部隱喻密碼）一貫到底的過程。

讀呂德安的詩教我愉快同時又不敢掉以輕心。與其說他的詩是平凡人的沉靜的溫暖話語，倒不如說它更像是「鄉間別墅」中有教養的中產階級式的「鄉愁」高級娛樂。呂德安是一個小小的奇蹟，他以背對的方式超越了時代，在詩壇「日日新」的情勢下「守舊」更顯得卓爾不群。這也是對「樸素」原義的美妙不恭。

周倫佑

在熱衷於搞現代詩運動的詩人中，我的印象周倫佑年齡為最大。他和朦朧詩人屬一代人，但理論準備卻比朦朧詩人豐富扎實。如果說早期北島們的集團願望更多是建立在普通、樸素的人道主義啟蒙立場，周倫佑卻更敏感於全球一體化的後現代的文化遷徙大勢。這位偏隅於西昌小城的知識份子，竟日苦讀、思考、寫作和摘錄。對西歐到美洲大陸的許多文化／藝術關鍵節點性人物，周倫佑均能有所領會並強行整合到自己的意識中。他是炫耀的、雄辯的，構築體系毫不手軟有時卻又表現出對科學主義的敬畏。他反覆無常，但勇於承擔自我否定的後果。這使他的理論發展棄置了緩慢的過渡形態。因此，當我收到載有周倫佑最新理論思考的刊物時，就必定產生一種極強烈的閱讀欲望：這位朋友現在在想什麼？這種論辨式的咄咄逼人的長篇大作，又是要另起哪路爐灶？有時，周倫佑的最大任務彷彿就是證明你們是錯誤的。因為他理解每一件事太快了。讀的書太多了。他有永不知足的詮釋癮和深刻學術批判的功力。

雖然周倫佑是以一位優秀詩人的身份參與先鋒詩歌浪潮，但他的名聲卻有一半是作為重量級詩評家造就的。他的幾篇重要文章（《變構：當代藝術啟示錄》、《反價值》、《紅色寫作》），都是未來的文學史家必讀的。這些論文，如果說有其內在的連貫性，我想，就是對主流文化及意識形態的否定立場。在他的意識中，先鋒詩歌的歷史不是技巧演變史，而是意志演變史。這種泛文化理論表述，使周倫佑的文章更具有鳥瞰式的廣闊、深入——同時，又逃不脫以曾經反叛的方法論為後盾。周倫佑的魅力是否也存在於奮不顧身的自悖中？

作為詩人的周倫佑，其寫作常常有力地成為他的批評原則的展示。它們提供各種新異的文本向度，對既成的詩歌類型進行變構和顛覆。因此，在周倫佑的詩中，潛意識，非理性，拆解，這些貌似自由的呈現，骨子裏都是自明得不能再自明、理性得不能再理性了。作為「非非」的盟主，有學問的周倫佑從一開始就存有非「非非」因素。他曾放棄了自己的理性主義立場，以求以更大的強度與同仁達成平衡，但他的拯世情結總是在不留意的地方敞露出來，他「消磁」還不徹底。以此考察作為流派的「非非」解體，我們也許就不會感到突兀和奇怪：「非非」的幾員幹將，遲早會固持於自我獨立、自我發展的欲望。「解體」就是開闢新的道路，就是拒斥將集團的力量施加於自己，就是更大的行為「非非」。而人際的糾葛只是一個誘發因素。

周倫佑是有巨大創造能力的詩人。他的詩體制龐大、包容性強。即使在鋪張的解構式文本中，他骨子裏仍是在解決一個又一個深刻的、生死攸關的生存課題。從《帶貓頭鷹的男子》、《狼谷》，到《十三級臺階》和《自由方塊》、《頭像》，以迄晚近的《刀鋒二十首》、《象形虎》、《變形蛋》，可以見出揭示生存的遞進性質。如果說這些詩帶有更多的書卷氣、玄學性和刺戟／反應模式的話，我想說，這本來就是周倫佑個體生命的本真呈現；他從來就活在思想和書籍之中，活在與整體體制話語的對抗和防禦之中。

我有時會開玩笑地說，周倫佑是潛在的「極權主義者」。他的遺世狂傲和籲求擁戴心理令人驚異地扭結在一起。在交談和傾聽別人意見的時候，周倫佑常常咧嘴大笑，他用親切的表情告訴你必須加以修正你自己。他從來不是安靜的觀望者，從來不忍心讓自己脫離噬心話題的中心。這使周倫佑難以保持儒雅的風度，但也使他永遠年輕。

周倫佑是我們這個時代少數的精英之一。在缺乏必要寫作條件的狀態中（意識形態的和經濟保障的），他提供了一些值得這時代充分重視的理論及詩歌文本。他是更根本的「左派」、無產者，戰略家。他激進的革命的（就此語詞的更本質含義而言）中心視角，熱血感人心扉。無怪乎他能夠冷傲地說：

「時間在鮮明的主題上割一道口子／血流不止的地方便是新的開始。」

伊　蕾

伊蕾於上世紀 70 年代後期開始發表詩歌，那時她是典型的浪漫主義詩人，詩中不乏海涅、普希金的餘韻。80 年代中期，伊蕾詩風大變，以《獨身女人的臥室》、《流浪的恆星》、《叛逆的手》等長詩震動詩歌界，一時間成為「女性主義詩歌」最重要的代表之一。1991 年，伊蕾從詩壇「消失」，遠赴莫斯科，從事美術收藏及策展活動。雖然她已很少發表作品，但朋友們知道她一直沒有放下詩歌。記得那時她從俄羅斯寄來的信件，大量的內容是談詩的。她還多次對我談到俄羅斯或歐洲古老的建築、街道，「那就像古老又彌新的高貴的詩歌，而我們的大都市太『日日新』了，新得沒有詩意。」

在伊蕾的詩中，生命、愛情的虛無，和生命、愛情的神聖，是對抗共生地整一性到來的。在這裏，後一項不是核心的、正極的、本源的，前一項也不是。作為她詩歌經驗之圈本質東西，是這兩者互為表裏、互為因果的整一存在，猶如火焰和灰燼不能分離。詩歌，既在生存之內（情感經驗）又在生存之外（形上體驗），帶著語言的爆發力和柔情，穿越時間的屏障到達神奇和自由。如此說來，伊蕾的詩是那種可以類聚化的超逸空濛的「小資迷夢」詩歌嗎？不是，她的個別性在於，她把自我與生存對稱在一個平行線上，「我是整個世界除以二／剩下的一個單數／一個自由運動的獨立的單子／一個具有創造力的精神實體」(《獨身女人的臥室》)。在這種自覺的創作態度支配下，她得以抽身其外地審視生存，或者她得以有一段助跑的路程而狠狠衝擊穿越虛無的牆。這就不再是將陰晦的生存擁在懷裏以惡抗惡，其親在的結構也不僅是煩與畏，而是有著比它們更純粹更高貴的詩的閃光。我認為，只有看到這一點，才可能將伊蕾成熟期詩作與另外的女性詩人區別開來，從而對她做出恰當而有力的評價。

伊蕾主要不是依恃著混沌的感覺寫作的人。感覺，只是詩歌最基本的元素，詩中的感覺如果是有意味的，它必須源於詩人對自己情感奧秘的洞悉，否則，它就只是即興的速寫而不會是堅實的雲石雕像。表達感覺是不錯的，但感覺並不必然達致「詩的表現」。在出現了瓦雷裏之後，詩人毫無必要再將自己降格為幻覺的機器了。伊蕾後來日益意識到這一點，她的詩作為一種深邃的抒情跡寫，並不排除智性的成分。與思辨的抽象不同，伊蕾詩歌中的抽象不是那種一正一反式的判斷，不是那種直線到達終點的認識。而是在一種「在各個方向突然出現／又瞬間消隱」(《獨身女人的臥室》) 的彼此吸附和矛盾的力量中，達到的更具有包容力的話語「磁場」。在這裏，詩的語境是完整的，情感是本真的，但卻成功地容留了單純中的糾葛和澄明中的淒涼。這就使她的詩在佔有現代經驗的範圍上，超出了所謂「純情的詩人」。

《獨身女人的臥室》(1986)是伊蕾詩歌意識的充分體現。在這首詩中，詩人不是一般意義上的「表現自我」。因為，自我和意識從來不等於一回事，在現代條件下，它們常常構成分裂狀態。「獨身女人」是「我」審視的準客體，這種一而二的結構，才可能具有現象學式的刺穿經驗本質的視力。由於「我」的分身術，使得「臥室」具備了人類整體生存的喻義。那麼，「我」的焦慮、絕望、性欲、欣悅，就超出了單一的自戀或自瀆的範疇，而進入對生存本身的追問和暗示之中。頻繁出現的「你不來與我同居」，也昭示著人類整體命運的虛無，那個「你」，猶如戈多，本身就是一種永無歸期的空洞。人深陷於孤獨的「臥室」，他們所能做的僅僅是無望的籲求而已：

如果需要幸福我就拉上窗簾
痛苦立即變成享受
如果我想自殺我就拉上窗簾
生存欲望油然而生

這種簡單之至的反諷方式，經由整首詩語境的壓力透射著人類遁入肉身的無奈原因。這裏，「拉上窗簾」後並不形成一個自足的內在世界，而對靈魂的痛苦和自殺這一劫數，「拉上窗簾」顯得多麼短暫和孱弱呵。伊蕾意識到生命的虛無，信仰精神的耗盡，於是，在「自畫像」上，「整個臉部我只畫了眉毛」。除了無意義之外，一切都是可以懷疑的。「宇宙漆黑沒有道路／每一步都有如萬丈深淵」，「因為是全體人的恐懼／所以全體人都不恐懼」。那麼，詩人意識到這種深淵和恐懼，就不再是單向度的悲觀和懷疑了。悲觀和懷疑常常是價值論的產物，它們導源於人類內心對公正和意義的嚮往；而伊蕾的意識，則是源於自身生命本體的產物。這首詩，有健壯而豁達的性衝動貫注其間，性，在伊蕾這裏同時成為對「親在」進行分析的對象，肉體的存在和精神的虛無構成經驗之圈的兩個半圓，前者追索後者，成為一種功能，在相互矛盾相互排斥的展示中，達到對生命原動力真相的澄明。詩人無意揚此貶彼，她所要做的是揭示生命的最高真實。這裏沒有結論，「我」看到了本源就足夠了。「我」有時是一種敘寫的戲劇角色的虛影，因而，它只是「我們」之外的另一個話語存在，如此而已。

伊蕾的詩歌常常涉及「時間」的觀念，但她不是研討傳統哲學意義上的永恆與瞬間、有限與無限的關係。因此，在她的詩中，很少有繁複的認識論意義上的感慨。她關心的不是抽象的時間，而是個體體驗著的時間，個體的「向死而生」的方式。顯然，伊蕾不想作什麼拯救眾生的先知、勞其筋骨餓其體膚的承擔者，更不想作什麼女強人。她骨子裏是個了無牽掛的流浪者，慵懶的獨身女人。她企圖在瘋狂的愛情和快樂中倏然飛翔。但是，這種放縱的欲念時時受到生存的圍困，這才使她的詩常常體現出一種狠歹歹的怨憤，一種衝破柵欄的無法無天的叛逃。這正是伊蕾不同於某些一相情願的「深刻」、「悲劇感」的詩人之處。在後者那裏，「深刻」、「悲劇」表現為有意的製造，為「深刻」而「深刻」，為「悲劇」而「悲劇」；而在伊蕾那裏，表現為發諸生命本源的尋求快樂、逍遙的天性，受到阻遏之後的自然反彈。這就使她的詩親近生命而遠離觀念，親近原欲而遠離道德。讀她的詩，你會感到她時時在說，最有價值的邏輯就是生命欲望的邏輯，我多麼希望不必再痛苦啦！「我放棄了一切苟且的計畫／生命放任自流／暴雨使生物鐘短暫停止／哦，暫停的快樂深奧無邊／請停留一下／我寧願倒地而死」！無論是在她80 年代中期的代表作中，還是稍後的《黝黑的水》、《豬之舞》、《情舞》、《愛的自語》中，以及 90 年代後的《最後的樂章》、《葡萄園》、《冬天的情歌》中，我們都可以感到在詩人恣情任性的坦率宣洩中，既有生命欲望的情味猛烈地向我們壓迫過來，又有對它們在瞬間被擊得潰散的吟述。能寫出這樣既流暢又不乏糾結的「自我意識」，伊蕾付出了生活和情感的雙重代價。我可以說，她是一個「知行合一」的詩人，「怎麼活就怎麼寫」的詩人。伊蕾詩歌中一貫的羅曼蒂克和被囚感、叛逃欲，乃是源於她生命履歷的基本事實，而不是外在觀念的移置。

她的詩，揭示出兩種彼此對抗的力量怎樣粉碎了一個享樂主義者的夢想。它們在澄明的光焰深處，透射著苦澀的語言鑽石。但伊蕾從不想讓痛苦的波濤把詩的純粹給毀了，她寫得高貴、自信而純正。無疑，伊蕾的許多詩都貫穿著現實經驗層面的對異化現實的否定和批判，但正是有了上面所說的對只活一次的個體生命時間的「向死而生」的認識，才使得這些否定和批判更為急迫和動人。正是在這些詩中，我們不但將伊蕾的詩歌意識與本質主義的哲學區別開來，更重要的是，我們也將她與另外的先鋒詩人區別開來了。衡量一個詩人經驗之圈的價值，主要的原則正是在他（她）展示個體生命深層實在的獨特性上，看他（她）是否能為那些與個人的存在密切相關的基本問題注入異質的衝動。

在流行藝術中，時尚是支配詩人操作的主要動因。我們很容易為某種詩潮歸類，這也許表明了理論的幼稚和嘩眾取寵；但另一個原因是，這些流行詩自身缺乏個性，詩人沒有充分的精神準備和藝術信念，難免左右從風低昂隨流。伊蕾的詩顯然不是這種東西。她的詩從形式上有時還給人以某種古老的感覺，她不故意製造語言的迷幔，不信任稍縱即逝的夢境漂流，而是反覆地審視、準確地安排每一個語辭和結構。在這些詩裏，詩人毫不掩飾她對完整、嚴飭、準確的抒情詩歌的尊敬，表現出一種真實而穩健的「白銀時代」詩似的抒情精神。即使像《媽媽——》這類極為沉痛的作品，我們同樣看到了在真實的情感表達中，詩人精審、縝密的細節提煉和雙重的視野。詩人不僅要融合智性與抒情，更重要的是，她同時要控制想像力達到語境的透明，要避免智性的板結以及情感被混亂的語境「蒸發」掉。如果說伊蕾是不信任靈感的詩人，恐怕不太對；但我知道，靈感在她那裏不過是將生命體驗化為語言的瞬間衝動，這種衝動出現後，剩下的就全靠詩人認真的掂量、反覆的思忖、比較和安排了。這種形式和意識的契合無間，使伊蕾的抒情詩具備了鮮明的「個人性」。

詩人伊蕾常常對朋友們感歎「生命是虛無的」。我想，一個將生命視為虛無的人，才會認真對待藝術，因為，人的生命並不比詩歌更重要；反過來說，一個如此虔誠地對待藝術的人，他（她）的生命真會是虛無的嗎？

鄭單衣

上世紀 90 年代以來，詩歌界出現了一個流行口號，叫做「個人化寫作」。它的出現從文脈溯源看，甚至與 60 年代中期的青年詩人「地下寫作」都有關係。當時，「白洋淀詩群」、食指及朦朧詩先驅們的寫作，就含有對彼時的「總體話語」特別是意識形態制導下的集體順役性寫作的反叛。當然，朦朧詩先驅們的寫作，在偏離了主流意識形態總體話語的同時，又加入了另一類總體話語，即銜接了五四以後乍起中輟的啟蒙主義話語。正如後來越看越清楚的那樣，朦朧詩中的「我」，並非只是具體的個人，更主要是現代文明的化身，是作為封建極權的挑戰者——譬如「狂人」原型系譜的當代版——的代言人形象出現的。

但我反對現在許多詩人和批評家以「代言人」為說辭，來貶低朦朧詩。詩有詩的命運，有它成長的時間。因此，作為當代先鋒詩發育成長的必要環節，我對朦朧詩人永遠懷著敬意。沒有他們所提供的從蒙昧的群體中分離出來的少數醒悟的大寫的「人」，就沒有 80 年代專注於個體生命體驗的「新生代詩人」，也不會有 90 年代在不同的先鋒詩人那裏取得共識的口號——「個人化寫作」的鮮明確立。

之所以先談這些，是由於我日漸感到了蹊蹺，90 年代的口號「個人化寫作」，在某種意義上還真的像是停留於「口號」，它似乎又導致了新一輪的「總體話語」。比如，無論是「知識」派還是「民間」派，對詩歌和詩人價值的指認，雖充滿齟齬甚至失態的紛爭，但兩者在其根莖上似乎又有某種類同的新的寫作「通則」，即：明顯貶低或排斥詩歌的抒情性，否棄個體情感角隅的晦澀紋理，不能容忍純審美迷醉的奇思異想，嘲弄敏感、天真、內向而憂鬱的「弱者」的體驗，懸置詩歌作為語言煉金術的精純質地。這樣一來，柏樺、鄭單衣、黑大春、陸憶敏、呂德安等優秀詩人及其詩作，就再次「橫遭」新一輪的忽視或遺忘。

作為詩歌評論從業者，90 年代初我雖然也對那些輕淺或誇張的抒情風尚（如「孩兒國」式的自戀自虐，和頌體調性的農耕慶典詩歌）進行過辨析和抵制，但我從未認為抒情會自動帶來詩本身的失效，更不會想到後來的對抒情性的「妖魔化」指認。我想說的是，是否「抒情」並不重要，重要的是怎樣來抒情，抒什麼樣的情。當下詩壇把「抒情」這個語詞凝固化、本質化的做法，是狹隘和愚蠢的。我們不能抽象地談論詩歌的「抒情」是優是劣，我們的衡估只能針對每一個具體的詩人和作品。

正是在排斥抒情性寫作的新「通則」下，在這種集體化的「個人寫作」口號的喜劇中，再加上後來的一些有意義或無意義、有趣和無趣的「論戰」，使得包括鄭單衣在內的幾位優異的抒情詩人的真正「個人化」的詩歌，被深深遮蔽了。

鄭單衣的詩，最顯著的特徵即強力抒情。這也是其屢遭排斥、誤解，卻又為極少數真正的內行所讚歎的地方。抒情，乃是漢語詩歌的根性之一。一部光彩熠熠的古典詩史，正是吟詠情愫而明心見性的抒情傳統，使漢風長駐，持之以恆。一般地說，鄭單衣的詩對這一歷久彌新的漢詩傳統，有著自覺的承接和發展，這令他的作品有珍貴的根性和個性。這裏的「根性」，似乎無需多說。我想著重談談，在漢語先鋒詩歌界，鄭單衣的抒情詩所表現出的非常鮮明而珍貴的藝術個性。

鄭單衣的抒情詩的現代性和獨特性體現在，它們不是那種陳腐的抒情詩中常見的類型化的道德自詡和單向度的濫情。他的詩歌特性——或者說他對現代抒情詩的探索——體現在，在整體的濃郁的情感氛圍中，巧妙地包容了個人本真的身世感，經驗細節，無意識的沖湧，生命記憶，乃至自我盤詰與自我爭辯。當然還有同樣重要的，他的不凡的語言天賦，冷靜的詞語塑型與控制能力，和對個人化詩意空間的結構能力。而如果深入細辨我們還會發現，他的現代抒情詩還成功地挽留了現代「智性詩歌」的有益成分，運用曲折複雜的現代修辭技藝，以及對生命體驗的多視角吟述，避開了以往抒情詩中由於濫情易感，缺乏本真細節經驗、意義畛域，從而使詩情最後被蒸發掉的險境。

這些飽滿、盤曲，精敏而鮮潤的現代抒情詩，讓我們看到了「抒情性」在當下先鋒詩寫作中的新的可能，也得以清晰地看到一個有魅力的「文學性個人」對生存、生命、母語的挖掘和頗富原創精神的命名。從 22 歲的詩人寫於 1985 年的《妹妹》等，到 80 年代中後期的《詩十六首》，《春天》系列九首，直至 90 年代初的百餘首抒情短章，以及《夏天的翅膀》，《在我們中間》，《昏迷》，《時間的迷霧》等組詩，勾勒出一條持續延伸的創造力軌跡——既葆有根脈的本土性，又不斷為現代漢詩的「抒情性」注入個人的變構創造力。他使一個古老的詩歌類型，煥發出了陌生而奇詭的個人化光芒——

> 「整整十五天，你聲音沙啞／念叨著一首詩，一個名字／彷彿專為你的孤單，它們／才將這些楓葉變成美麗的故事／／而最美的故事都留不住／就像水，帶走頭髮和梳子／世界天天在變。一株月下的梨樹／有時也懲罰她命中的果實／／哦，一樹翻動，萬樹是悲風／自從我們來到這個世界／便總是分離／一個深居簡出，一個心事重重／／哦，這徒勞而無用的生活多麼勞累！／你住在楓園卻總讓我想到／一種美，一種極端的美／正在她自身的熱血中焚毀／／哦，一分鐘一分鐘的焚毀／該是怎樣地一種憂鬱的光／迫使秋天年年相像，迫使我今夜／只為你一個人陷入這無邊的癡狂！」

這是詩人寫於 80 年代中期的《一首獻給亞亞的秋歌》的摘句，當時即讓我發出了由衷的讚歎。在鄭單衣全部的詩歌中，比之此後的詩，它算不上佳品。我在此引述是想告訴讀者，即使是這樣一首早期之作，也仍然能體現鄭單衣詩歌獨異而不凡的品質。它們是情感燎烈的，但又是言說有據的，它通向個人心靈，自憐又自審，獨白又對話，頹喪而健壯，語境清澈卻又有著靈魂內凝的漩渦。讀這樣的詩，一個本真的個體生命，被我們更準確有力地覺察，它不是類聚化的「愛」與「悲秋」，而是個人心靈赤裸裸的照面。因此在鄭單衣的詩歌中，所謂「抒情性」的動力因素，完全來源於個人化的求真意志。這裏，詩歌情感的具體、複雜、真實，有效地消解了任何形式的整體敘述和「元抒情」，它讓差異、弱勢、局部和偶然發聲，生命得以去蔽，語言的深淵被高高舉起。因此，詩人能夠誠實而高傲地說，「我撕開紗布繃帶／我撕痛苦的皮給你看——／／瞧，這就是／詩——正在變紅的這只鳥／羽翼豐滿，肌肉結實，包紮著骨骼／聲帶白銀薄如蟬翼／整個地……再瞧／那天上的發育／／以及，有力的她留在紙上的深深爪痕……」(《詩》)。

面對鄭單衣的詩，我們以往詩學中關於詩歌類型的劃分可能顯得不那麼有把握了。而詩歌界所缺乏的，正是應經由文本細讀建立的對真正個人話語、個性修辭的敏識。比如，我多次聽詩歌界同行（各「派」詩人和詩評家）說，鄭單衣是「浪漫主義詩人」。言外之意是，它們「舊」了。這種簡單省力的歸類，說明了批評和創作界共同的惰性，或鄙陋失察。在我看來，鄭單衣的詩歌是異質混成的，體現了一個具有創新意識的自覺的詩人，拋棄簡單化的「認派歸宗」情結，向各種優秀範式「采氣」，最終奇妙地轉化為個人創造的能力。他的寫作動力，不是通向某一種已成的完整「範式」，而是源於使他寫作的心靈和話語沖湧的力量。這力量的指向，是成就一種與眾不同的個人化現代抒情詩。如果為了論說的方便或簡潔，硬要為鄭單衣的詩歌話語譜系歸類的話，我想，與其說它們是「浪漫主義」的，還不如說它們是「象徵主義」或「超現實主義」乃至「新古典主義」的化若無痕的融合。關於這點，還可以從同行對鄭單衣詩歌不斷更換的比擬對象，如：雪萊，濟慈，里爾克，狄蘭・托馬斯，茨維塔耶娃，藍波，甚至波德萊爾等等得到佐證。不錯，他曾路過他們，但為的是走向自己，成為自己。我想順便指出的是，這種在批評和創作界（其實後者為甚，但指責卻只指向了前者）把中國詩人和其他語種的大詩人作比擬的傾向，除了反映出急切的趕超意識外，還表明了當代先鋒詩歌評論標準的遊移，理論和作品資源的匱乏。更有趣的是，在我們這裏看到的詩歌「論戰」，更像是威廉斯（William Carlos Williams）與艾略特，拉金與奧登，布羅茨基和柯索（Gregory Corso）的論戰。

我之所以不同意將鄭單衣的詩歌簡單視作「浪漫主義」，而提出「象徵」與「超現實」的融合，是因為在我看來，象徵主義和超現實主義詩歌固然有著寫作理念的差異，但兩者的修辭基礎特別是語言意識，又有某種相似性，即由浪漫主義的「我說」，轉而為「語言言說」。鄭單衣現代抒情詩的奇妙之處和難度正在於，由發生學意義上的「我說」，最終變為「它（語言）說」。

在此，語言和情感是同步發生、彼此照亮的，而不是用一個理念、情感去尋找語象。請看我信手摘下的這樣一些句子——

> 「最後一夜下起大雪／一雙布鞋踏雪／相送……惜別城頭／那逃亡的鳥又夢見了瘋響的鐘。」
>
> 「我望見了醉醺醺的魚／總是醉醺醺的／我望見了秋天的軍隊和風／在塔尖上／／我望見呵，再望見……／雲是那更高的眺望者」。
>
> 「啊，青春／你過早地攪亂了我的心／過早地／讓我聞到昏迷的硫磺／／啊，美酒／你過早地灌醉了火車的肺／過早地／讓我在飛馳的車頭眺望／／啊，瘋狂的女人／你們頭腦裏溶解了太多的鹽／過早地／過早地讓我粉碎了膝蓋！」
>
> 「在來蘇爾的氣味中／醫生們忙於操作／用鹽、用禮貌、用憂鬱的三角鐵」。
>
> 「啊，美的急行軍！啊，滿天的急行軍！／逃亡啊，滿天的逃亡……那缺氧的無止境的天空啊／我們列隊，俯身，鐘聲齊鳴……」。
>
> 「當那群淚水老人用皮尺去量這個國家／我珍藏在日記裏的國家……深井晃動／霧正瀰漫。霧／像那不像的……／從裏面領著我前往，前往」。
>
> 「不，我無法叫你相信／這是電在金屬中彎曲的日子！」
>
> 「你把肉體打開，裏面全是蝴蝶／隨風上下，一片騷亂！」
>
> 「我就要走了。像雲騎著焦臭的馬／到處是紊亂的氣味／直達肺腑的暴力的氣味！」

……如此等等。這樣神奇、精敏但又扎實的句子，在鄭單衣的詩歌中隨處可見。也可以說，他力求自己詩中的每一個句群，都有幾個「興奮點」和清澈中的「幽暗面」。因此，在鄭單衣詩歌的書寫過程中，隨時面臨著將要發生的「語言事件」，它們是和動作（書寫）同步出現的嶄新吟述，在充滿歡愉的閱讀過程中，讀者也變成了一個特殊類型的「寫作者」，與詩人一道挖掘母語的神秘可能性。而這是現代漢語「抒情詩」中很少有的品質。

但是，不要認為鄭單衣的詩是什麼「自動寫作」。自動寫作法作為超現實主義詩歌的技藝之一，既為詩歌寫作帶來了活力和自由，同時其流弊所及也帶來了漠視藝術自律，即興胡言的風尚。正因如此，我認為，在某種意義上說，鄭單衣也是個新古典主義者。按照瓦雷裏的說法，「『古典主義者』，在此是用來指那些能將批評密切地融於創作的詩人」，即那些有藝術自律精神，能將自己的寫作放置到清醒的省察，高度的耐心和反覆磨礪的技藝下的詩人。鄭單衣的詩，經絡舒展，氣脈貫通，想像力豐盈，而又結構嚴飭，其上下文各細部肌質都會發揮著準確有效的協同作用。論說優秀的詩人，我總喜歡用引詩直接「打擊」讀者，使之與我分享閱讀的歡愉：

> 「我向大海深處發射的箭射中了藍色的靜脈／我向碧波深處發射的箭也射穿了大海／／我射向天空的銅不斷和陰暗的雲層較量／我射向地心深處的銅也射中了糧倉……」
>
> 「但詩人只是大霧中講話的那人／在大霧中／像通紅通紅的始祖鳥，哈著熱氣……」。
>
> 「我的詩是那位黑人的紅心／站在白色制服深深彎下的腰間／／壯著西紅柿的膽／送來帳單」。

諸如此類的語象（心象），不僅光亮尖新，突兀閃耀，有如一道強光；它們更是堅實鋒利的，一下一下研磨而成的刃口，它照射並劃破我們，作用於我們的生命、心智和無意識。從結構上說，他的詩大多是完整的「情境」詩，語象自由、快放、尖新，但決不是信筆塗鴉、莫名所以的欺世。

作為一個老牌的先鋒詩人，在他的詩中，隨處可見詩人對每個語象的精心磨礪，經驗在顯幽燭隱的複調式表達中展示的完整（這很重要！）畛域，語境中沉穩共鳴著的「耳感」，對核心隱喻奇異的變奏和有力的承接。一句話，這些詩，均可稱為有機的獨特的整體，具有隱密而自覺的情理線索，和鮮明地彼此呼應的細部技藝環節，有「互否」中內部的統一性，張力關係，動態平衡。毫無疑問，鄭單衣從不缺乏豐沛的「潛意識投射」和夢幻體驗，但一旦進入寫作，詩人就馬上醒來。詩人提供的也不是什麼「靈感」，而是一件件精純的藝術品。「靈感表現」是不錯的，但靈感並不必然達致「詩的表現」。

讀鄭單衣的詩，我常會感到讀詩是對人生的一次賜福，或許詩人的命運常會充滿顛躓，但說到底，詩是給人安慰，讓人歡愉和迷醉的美酒佳釀。

大　解

詩人大解用三年半的時間完成了一萬六千餘行的長詩《悲歌》。我作為「老牌」的詩歌從業者，對各類詩歌體式已見慣不驚。因此，當我以第一讀者的身份面對這首長詩的時候，只是想約略看看詩人在寫些什麼，怎樣寫的。

然而，讀過二百餘行之後，我被它吸引了，直至讀完。對當代長詩而言，這樣的閱讀狀態在我是少見的。我想，一首詩再長，它也是一句一句寫成的，說到底，如果它的局部肌質成色不佳，總體構架再精審也沒有用。畢竟我們衡估的是詩本身，而不是推舉詩壇的「勞動英雄」。我要說，大解這首詩，不僅整體構架堅實，而且各個技藝環節也較為令人滿意。在我的閱讀視域中，它稱得上是現代漢詩長卷寫作中的重要收穫。

熟悉大解的人都知道，他最擅長的是抒情短章。從 1985 年自印詩集《感覺詩》開始，直到 90 年代初期在中國詩壇樹立起鮮明的獨抒性靈的遊吟者形象，二十五行左右的精美而輕逸的抒情詩，曾令眾多讀者讚許。在許多人那裏，所謂的寫作就是順流而下，依賴於成功的經驗，加深自己的形象。而大解卻是聽命於「藝術即發現」之道，勇於挑戰自我、衝擊極限的優秀詩人，他逆流而上，猶如跳龍門的大魚，動作有力而不失優雅，他有能力不斷探索，並勇於自我負責。

帕斯曾說，「何謂長詩？長就是擴展的意思。在短詩中，為了維護一致性而犧牲了變化；在長詩中，變化獲得了充分的發揮，同時又不破壞整體性。」在長詩中，我們不僅看到長度，其標準也在變化。而我們稱之為擴展的東西，主要就是驚奇與複歸、創新與重複、斷裂與持續的結合。我很欣慰地看到了大解對「長詩」在本體上的敏識。我曾看過一些現代漢詩長詩，在我印象中它們更像是連續的抒情短詩的「焊接」，詩人的目的是歌唱，詩人的興奮點是靈感，不是智力的和吟述的結構。我個人對此種寫法有所不適。我認為，真正的長詩應有強烈而連貫的智性和敘述性框架，如果僅憑感情和修辭炫技的驅動，200 行之後再優秀的詩人也會將自己漸漸耗空——除非詩人硬賴在情感和修辭的空洞中循環往復。

但同時還應考慮到，敘述畢竟是詩的下駟，對長詩而言，它更難免黏滯和枯燥。大解的《悲歌》，有效地避免了此二種陷阱，創造出一種我稱之為「吟述」（且吟且述，載吟載述）的風格。讀這部詩我們可以聽到他的聲音像織機上的緯線一樣，在雙向拉開的時間中穿逐，決不曾頹然斷掉；而他的空間，卻像奇詭的經線，勾勒出自然和心靈、社會和文化、神話和日常生活的細膩紋理。在此，長詩維護了必要的沉著和徐緩，穩住了讀者的視線；而在總體的沉著之中，又容留了局部肌質的迅疾、果敢和新奇……乃至寂靜和眩暈。在大解奇妙而寬闊的「吟述」中，敘事與抒情，幻象與智性，形而下與形而上，都基本做到了彼此忻合無間的遊走。詩人的結構能力，感情強度，捕捉具體事象的功力，豐盈的想像力，修辭才智亦都得到較為均衡而完整的發揮、變演。在此，我們不僅看到了心靈與事物的隱密躍動，而且領悟到某種超驗的精神圖式。

我認為，《悲歌》寫的是一個超級漫遊者的「靈與肉」遭際的「故事」。其主人公公孫，雖以單數第一人稱「我」出現，但實際上這是個「多元第一人稱」——既是一個「我」，又是一個「他者」，或「我們」。公孫，正如這個古老姓氏所暗示的，是一個去過時間深處，貫穿歷史的人。他離山的壯舉，不僅僅通向過去，重新呼喚和命名逝去者，為我們的生存作證；而且通向未來，「從以往的歲月中回到今天」，「我在恢復人類的記憶／讓過去的時光重現於世／也為了與先人團聚／與他們一起生活共同走向未來／使時間在同一個點上（像一滴水）／反映全部的文明。」在公孫身上，過去—現在—未來這三種時間是彼此穿插乃至疊合的。與其說公孫是自發地沉醉於「往事」之中，勿寧說是起伏的峰巒（作為凝固的時空的隱喻）在召喚他自覺地將歷史視為活生生的「今天」的一部分，並通向永不消歇的不斷重臨的「未來」。

詩人昭示我們，人類用不著卑屈地匍匐於「末世學」的憂心忡忡之中，一切都不會結束，大道周行，一切都在不斷地開始著，構成永無止境的「現時」。在這裏，詩人完成了對影響現代人思維方式的直線型時間觀的質詢——基督教的「始祖犯罪—末日審判」直線時間觀，以及歷史決定論者以「面向未來」為藉口所製造的時間神話，都在此遭到消解。詩人通過離山構成輪迴的時空結構，告訴人們歷史在對今天講話，而今天亦無窮漫射著重新解讀歷史的巨大可能性。因此，《悲歌》並非通常意義上的史詩敘述話語的歷時性文本，而是共時性的。正是這種共時性，使詩人作到了真力彌滿，萬象歸懷，百感橫集，既概括了人類的精神歷史，又突入了生命體驗的未知領域。這首詩有著強烈的「現代性」，它是精神型構和話語型式的現代性，而不是物質主義和科技暴力的表面化的現代性。

我們再看一看該詩的結構意識。對現代詩而言，它的完整性和審美快感是靠什麼取得的？就我本人的意識來說，它不是靠和諧優雅，而是靠逆反、互否、鬥爭取得的。大解的《悲歌》啟示我們，現代詩，特別是「長詩」，其能量不應是各局部單維的相加，而應是複雜經驗在衝突中取得的平衡，即相乘的積。詩歌的張力就處於相摩擦的力彼此持存又彼此互動之處；經不起經驗複雜性或矛盾的考驗的長詩，只是一首被「抻」長了的短詩，它（短詩）的基本格局和話語氣象，即詩中那一整套相互關係是雄辯的，而非呈現的。《悲歌》展示了非線性的、可稱之為「力場」的結構，它的三大部分是共振的。我們看到，在第一部分《人間》，涵納了人的原始生命衝動、愛情，人精神和肉體雙重的被拋和流浪，以及人在戰爭中傾吐的盲目而僭妄的瘋狂和仇恨。這三重意向通向一個總背景，即生存意志和強力意志像強壯的瞎子，它肩負著雙目完好的理智的跛子。後者在與前者磋商乃至爭辨。但最終起作用的卻是前者。第二部《幻象》，詩人處理了蜃景、帝王之夢和作為種族集體無意識的神話原型。在這裏，「強力意志」得到了愛欲和現代理性的洗濯，詩人將歷史批判鋒芒深入到生存的深處，在古往今來的征戰中智勇超群的大人物，其另一個「我」不過是歇斯底里又色厲內荏的矛盾者。以暴力奪取的權力必以暴力來維持，所謂的 「帝王之夢」不過是放大了的一場生死賭博，其憂煩虛弱一如卡夫卡《地洞》中患得患失的小動物。

詩中出現的雙聲爭辯，不是後現代時尚寫作的「雜語齊鳴」，毋寧說是一種嚴肅的現代寫作倫理所致。正如現代主義詩人帕斯所言：「我們每個人同時就是好幾個人。我們傾向於消除這種多樣性以獲得一種所謂的統一。至於文學，當許多種聲音中的一種取消了其他聲音時，我們可以說，這個作家找到了風格這種東西。我們也可以說，創作僵化的死神落到了他的頭上。……充滿活力的作家，哪怕只寫五行字，也依舊保持自我的多樣性，保持我與其他的我之間的對話。取消多樣性就是自相摧殘。被取消了的我，肉體的我，不體面的我，恬不知恥的我，都應通過作家的喉舌來表達自我。如果在一篇文章中出現了那些被壓制的聲音，這文章就活了……假如一個作家標榜理性、正義、歷史都在他一邊，那是不道德的」[1]

值得注意的是，在愛欲和現代理性的向度之上，詩人還引入了審美的向度——蜃景，以及遠古神話來啟示人們內在的超越之路。愛欲使人心變得柔軟，現代理性使人達到內省和反思，而審美最終使人成為純粹澄明、與世俗得失無關的可愛的本真的人。正如托馬斯・曼所言，「眾多憂鬱的野心將從審美身上消失」，追求美和創造美是一種新的純真的品質。這種有益的品質將構成覺悟者心靈的一部分，使他們在精神上是健康的，毫不裝模作樣的，不是焦灼、而是充滿信心的，充滿創造活力的，這是一種與整個人類極其友好的意向。第三部《塵世》有力地回應了《人間》，如果說「人間」是從本體性角度體悟並概括了何為「人」，那麼「塵世」則是從當下和手邊命名了具體、平凡、真實的「此在之境」。在「塵世」中，公孫被還原為與當下共

---

[1] 帕斯：《批評的激情》，第 165、166 頁。雲南人民出版社，1995 年。

在的卑微的個人。他的生存意志中加入了更多良知和決斷。他既反對人的墮性、世俗的沉淪，又不棄絕眾人和逃避世界。猶如《戰爭與和平》中負傷後的安德列公爵，終得以寧靜地仰望天空一樣，公孫那顆歷盡滄桑的心靈也還原為一片片溫煦明澈的陽光，他投入了「追憶逝水年華」式的雕山運動，在光、聲、水、風、石等單純元素的映襯下，生命變得如此勻稱平和，鏗鏘有聲，健康而洗煉。由個人化的「愛情」始，到將愛與創造推向更廣闊的人世的自覺終，詩人的想法或許是天行健，人的生命亦自強不息。在我們所有的經驗中，將生存意志引向愛與創造，真實與自我犧牲，這一經驗始終是最深刻、最有價值的部分。在這個以陰沉和自我中心為「現代經驗」標識的歷史語境中，大解這種「老式」的精神誡命，反而煥發出更為深邃更為遼闊的光芒。由以上概括可以見出，《悲歌》在結構上的「動態平衡」。動態是指經驗的繁富包容力，而平衡則是指其內在情理邏輯的完整性、連貫性。

《悲歌》是歷史悲情的鏡子，但更是世間博愛和創造的鏡子。雖然詩中不乏深刻的歷史和文化批判，但就我的審美感受而言，它的基礎音調是肯定性的甚至是歡樂的。在看慣了那麼多病歷卡式的荒蕪心靈表演的「排場」的詩作後，我漸漸產生了厭倦的心理。讓我著迷的依然會是「光明的神秘」，而非順從「黑暗和荒蕪」的結局。在大解筆下，我最終看到「所有的人發出了同一的喊聲」，這聲音浩大、純正，帶著生存和生命的尊嚴，一直伸延到未來，現在乃至過去。

文德勒（Helen Vendler）曾以「在見證的迫切性與愉悅的迫切性之間徘徊」，來界說希尼（Seamus Heaney）詩中的內在張力關係。這說法有道理，但又隱約體現了批評家的「僵執」。其實，所謂「見證的迫切性」如果沒有快樂寫作的迫切性和精純的技藝伴隨，它就成為無足輕重的迫切性。正如我在開頭所言，「畢竟我們衡估的是詩本身」，這是起點也是結穴。正是在這裏，我肯定詩人大解的《悲歌》，他不乏對生存的深度認識，但也未曾放棄審美的高傲。

代跋　我眼中的今日中國詩歌
——在 2011 年亞洲詩歌節上的主題演講

新世紀以來，隨著全球化和市場化的縱深展開，中國文化也經歷著新的震盪。與那些驚呼「文學死了」的悲觀論者不同，我看到，雖然詩歌的社會影響力在日益縮小，但許多詩歌自身的質地卻未必真的走低。一些詩人的心智和技藝，在進一步的成熟與豐富，使中國詩歌發生了某些變化。這些變化可以從不同角度敘述，限於此次亞洲詩歌節的議題「詩歌精神和當代言說」，和這篇演說性文字的篇幅，我側重談一下在我眼裏近年來中國現代詩的外部和內部生長態勢，以與在座的其他國家的詩人朋友們對話交流。

標題「我眼中的……」，是說並沒有一個客觀自在的「今日中國詩歌」，它只是我個人的觀感。其實，任何理解和解釋都必然帶有主觀性、構成性，我們與事物的關係，不僅是「存在－反映」的關係，而更像是「問－答」關係，你問什麼，它才會答什麼。

一、外部環境

先簡單介紹一下外部詩歌環境。如所周知，新世紀以來，受到拜金大潮和消費主義通俗文化的衝擊，中國詩歌已經失去了上世紀 80、90 年代的輝煌。這恐怕也不只是中國現象，對此我們無能為力，不再多議。我想說的是，如果我們單就詩歌的「硬件」展示場域的條件看，其實比以前還有所改善。

比如單就詩歌的載體而言，就有著很大改善。首先是隨著網路的普及，僅 2005 年，中國就出現了百餘家詩歌網站，在我印象中，品質較好的有不下 50 家。而據統計，至今年，詩歌網站已超過 1000 家。這是詩歌生態方面的一件大事。詩歌網站具有高速傳播、無限增容、閱讀的便捷等特性。它們不但擴大了詩歌的影響力，而且吸引了眾多青年人參與到現代詩的欣賞和創作中來。

除網路外，紙媒詩歌的載體也在大幅度增加容量，無論是體制內還是民間，各種類型的紙質詩歌刊物層出不窮，數量比以前呈數十倍增長。而且幾乎每份體制內的詩歌刊物，都增加了「下半月刊」。中國當代詩歌就發表場地的開闊性而言，應該是處於歷史上最好的時期。

從現代詩理論批評刊物看，除去上世紀僅有的詩歌理論批評刊物《詩探索》外，新世紀以來，專門的詩歌理論和批評刊物也在日益增多，有的刊物比如北京大學中國新詩研究所的《新詩評論》等，還達到了新詩理論期刊史上最高的水準。很多高校成立了「詩歌研究院、所」，且大都有自己的理論刊物。不少高校的學報和文學理論刊物還長期辟有「中國現代詩研究」之類的專欄。

高校現代詩學方向碩士生、博士生的擴招，集中培養出了為數可觀的專業研究人才；而近年來某些著名詩人進入高校擔任詩歌寫作和詩學研究教職，或許會更有效地培養創作與批評的雙重人才。另外，新世紀以來中國的詩歌活動也很熱鬧，無論體制內還是民間，各種頻繁舉辦的詩歌創作研討會、詩歌節、朗誦會、詩歌之旅、青春詩會，還有諸多不同類型、各懷意向的詩歌評獎、排行榜、十大詩人評選等等，令人眼花繚亂。

令人印象深刻，值得特別指出的還有近年來那些來自民間的對詩歌創作和研究的巨額基金投放。這些捐資者往往本身就是詩人，他們在經濟上成功以後，慷慨無私地支援詩歌，他們不計代價，沒有急切的功利目的，只求有實效地給詩歌的發展帶來巨大助益。

現在中國詩壇，不同的年齡段都有活躍的詩人，可謂四世同堂。朦朧詩人、第三代詩人中的某些代表人物，依然活躍在創造的現場，而 60 年代中後和 70 年代出生的一些詩人，他們的經驗、思想和技藝日益豐富、成熟，已成為目下最顯豁、最有活力的部分。或許是悠久詩歌傳統的精神血緣，我看到，即使是在「尚利」「尚力」的今天，依然有很多有詩歌才能的青年詩人，把詩歌作為生命中最重要的部分之一，他們具有恆久的投身詩歌創造的自我信義承諾，有著專業化的雄心壯志。他們是詩歌的生力軍，也是希望所在。

以上是我對今日中國詩壇「外部環境」的約略介紹。下面集中談論我眼中的詩歌內部的生長著的態勢，新的困惑，及可能性前景。

二、寫者姿態的變化

記得上世紀 90 年代，我讀到曼捷施塔姆這樣的詩句：「所有的詩歌，我分成許可寫和不許寫的／前者是卑鄙下流的，後者是盜竊來的空氣。」這種表述，帶給我激勵，於我心有戚戚焉。在漫長而特定的歷史語境裏，曼傑施塔姆的這種劃分，對中國當代先鋒詩歌不僅同樣非常有效，甚至還是我們寫作的重要精神動能之一。

然而，後來具體歷史語境發生了很大變化，特別是新世紀以來我們面對著新的更複雜的情勢。如果說我們此前的寫作，曾受益於以上這種二元對抗式劃分，那麼長久依賴這種單一對抗的寫作模式，今天也會受制於它的簡單化。

近年以來，中國詩歌的場域更為複雜。詩歌主要不僅是置身於被禁止和不許寫的氛圍中，還形成於急速的社會劇變和持續不斷糾結的、多音齊鳴雜語喧嘩、令人困惑的文化語境裏。以往的對抗框架不再「夠用」，有敏識力的詩人們開始探尋更準確的言述的位置和他們的讀者，使曼捷施塔姆所說的社會歷史意義上的「盜竊來的空氣」，變為真正「個人意義的深呼吸」。正如北島在《關鍵詞》中寫道：「我的影子很危險／這受雇於太陽的藝人／帶來的最後的知識／是空的／／那是蛀蟲工作的／黑暗屬性／暴力的最小的孩子／空中的足音。」詩人們普遍對「受顧」於太陽的黑影表達了反思，因為它持久地寄生於自己的對手，不期然中發生的「次生效應」，也時常會使之變形為暴力的異質同構體，「暴力的最小的孩子」。以往支撐著寫作的形形色色的二元抗辯結構已經發生複雜變異，長久依賴於這種結構，會使我們的詩歌缺乏緊張摩擦的歷史視野，和真切有效的語言推進力。

相應地，諸多中國詩歌批評家共同感受到，過去能夠支撐我們的對詩歌場域作出理解、描述的基本框架，在今天已開始變換，至少是在很大程度上鬆弛了。二元對抗性的結構邏輯，已無法容納今天複雜的詩歌現實。

如果我們對詩壇的描述，仍然長久地依賴於這種已經鬆弛的二元抗辯結構，將無助於對當代詩歌發展做出可信的認知，我們會被自身狹隘獨斷式的價值預設和評價系統所「體制化」。相應地，要對今日中國詩人的寫作姿態做出「整體性」的描述，肯定也是不現實的。這裏所談，更多是我個人對中國詩歌「有效寫作」部分的大致印象，並不包括更大量的我以為的尚屬「習作」部分。

——當然，詩壇「雜語喧嘩」，但受亞洲詩歌節主辦方委託，我還是有「義務」綜合評述詩壇態勢。我看到，各類詩人具體的寫作方式不同，但就有效寫作部分的精神背景而言，他們或許還是有約略的「家族相似性」。

從寫者姿態上看，新世紀以來中國詩歌發生了明顯的變化。其特點是：各種創造力形態的詩人們，不約而同地淡化甚至放棄了對形形色色的所謂「終極真理」、「絕對本質」、「終極家園」、「超驗的神性」的追尋。這種淡化雖從上世紀 90 年代中期已經開始，但至今才真正成為中國詩壇的「常態」。詩人們普遍不再認為自己的心靈和語言，可以真實地反映「終極真理」、「整體」、「絕對本質」、「至高的神性」，詩歌話語不必要、也不可能符合所謂先驗或終極的「真理」「基礎」「絕對理念」。那種先驗設定的超時間、超歷史的終極關懷框架失效了，個人置身其中的具體的歷史語境和生存細節，成為新的出發點。許多重要詩人改變了想像力的向度和質地，將以往充斥詩壇的非歷史化的「聖詞想像力」「泛美文想像力」，和單維平面化展開敘述的「日常生活詩」，發展為「個人化的歷史想像力」。

警惕「泛美文」對精神的消解，容下面再談。這裏先談迴避「聖詞」問題。

對那些有精神敏識力的詩人而言，「聖詞寫作」往往通向烏托邦式的宏大敘事、堂皇抒情。聖詞，指寫作中使用那些帶有不容分說的本質主義、整體主義、道德優勢、絕對知識、代言人姿態和自動昇華的核心詞。對許多詩人而言，聖詞遮蔽了生存與生命經驗的矛盾性、差異性、此在感，使詩歌精神類型化、整體化、彼岸化，與詩歌在具體歷史語境中深入揭示生存和生命真相的功能相抵觸。聖詞，與哲學家羅蒂在《偶然、反諷與團結》中創造的術語「終極語彙」（final vocabulary）可互為替換，「這語彙之所以是『終極的』，乃是因為凡對這些語詞的價值產生了疑惑，其使用者都不得不求助於循環的論證，以求解答。那些語詞乃是他在語言範圍內所能做到的一切；超出了那些語詞，便只有無助的被動，或訴諸武力。」[1]

宏大敘事的可替換詞是「元敘事」。利奧塔在《後現代狀態——關於知識的報告》中揭示了「元敘事」的危機。「元敘事」是指那些能夠為現代知識立法的哲學話語、宏大敘事。如古典哲學的「思辨敘事」、「絕對精神」，現代性敘事中的「本質主義」、「理性主義」、「科技進步一定帶來人的自由、解放」、「某某主義、某某意識形態必會達致普遍繁榮」，甚至特定宗教敘事中的「靈魂皈依－得救的唯一道路」，如此等等。

利奧塔指出：一方面，「現在」的依據是「未來」，現在的合法性是建立在要實現的「未來」上；另一方面，卻又是「現在」使「未來」合法化。這是一個不可調和的悖論。長期以來我們未曾懷疑的宏大敘事，其合法性卻很可能是一種未經檢驗的預設或是假設。利奧塔在《後現代性和公正遊戲》裏，還指出一個吊詭而嚴酷的「寓言」：人們相信有一個絕對的宏大的真理之源，每個這一情況的敘述者都宣稱他所敘述的真理跟他「一直聽人這麼說的」一

[1] 理查德・羅蒂：《偶然、反諷與團結》，徐文瑞譯，商務印書館，2003 年，第 105 頁。

樣。他是這一真理的聽眾，而告訴他這一真理的敘述者也曾是聽眾。順著（也可說是回溯著）這條真理傳遞鏈一路都是這樣，結論暫定為真理的主人公一定是最早的敘述者。但是，「他」是誰？誰能肯定「他」及其所敘述的「宏大真理」確實存在過？我們在此碰上了可怕的循環：「Y 對 X 擁有權威是因為 X 授權 Y 擁有這種權威；其中偷換的論點就是：授權賦予了權威以權威。」[2]

但不要以為這種理念，在實踐的認識論上必然導致虛無主義。羅蒂、利奧塔等人，一方面指出「後哲學文化」、「後現代知識圖景」，是批判烏托邦主義、宏大敘事、本質主義、決定論；另一方面，他們也在強調，人類還是應有著認識生存和生命的勇氣，使整體性敘述分散在表意的、實踐的、描述的話語中，強調「多元共生」、差異性對話，「向整體性挑戰，讓我們做那不可表現之物的見證人，讓我們尊重差異，並拯救它的聲譽」。

中國詩歌告別「終極聖言」式寫作，其寫者姿態的變化，其精神脈絡於上述背景或有相似之處。迴避對「終極」、「絕對」的追尋，並不意味著詩人放棄對詩歌精神的堅持。如何在真切的個人生活和具體歷史語境的真實性之間達成同步展示，如何提取在細節的、匿名的個人經驗中，所隱藏著的歷史品質，正是一些中國詩人試圖解決的問題。正是這種自覺，使當下中國現代詩在文學話語與歷史話語，個人化的形式技藝、思想起源和寬大的生存關懷、文化關懷之間，建立了一種深入的彼此啟發的能動關係。

許多詩人嘗試著擴大詩歌言說的包容力，體現在：由單純的抒情性轉入了對當代複雜的深層經驗的揭示；由居高臨下的精英獨白式的「啟蒙」，變為平等真切的對話、溝通、磋商；由「獨與天地精神相往還」，轉為對世俗生命的涵容和吟述；由對語言幻象境界的生成性展示，轉為對現實「場景」的精敏的寓言化處理；由單向度的審美「昇華」轉入懷疑、反諷乃至滑稽模仿。還有一些成熟的詩人，嘗試著有力地融匯處理被既往的狹隘理念看作是「非詩」的材料，「非詩」的體裁，其詩歌語型，也由單純的隱喻或口語，發展為各種不同語型的異質扭結。

---

[2] 利奧塔：《後現代性與公正遊戲》，談瀛洲譯，上海人民出版社，1997 年，第 172 頁。

三、警覺「泛詩歌」對詩性的稀釋、消解

上面說到二元抗辯模式已「不夠用」的問題。的確，今天的詩人所面對的問題更「新鮮」，更糾結，更蹊蹺。波茲曼（Neil Postman）在《娛樂至死》中的說法令我深思：奧威爾憂慮的是信息被剝奪，赫胥黎則唯恐汪洋大海般的資訊氾濫成災，人在其中日益被動……奧威爾認為文化將被打壓，赫胥黎則展望文化將因充滿感官刺激、欲望和無規則遊戲而庸俗化。奧威爾擔憂我們將被我們痛恨的東西摧毀，赫胥黎則認為我們終將毀於被我們熱愛的事物。

我以為，今天我們中國詩人面對的問題，既有前者，也有後者，這正是其複雜性所在。

比如，我們今天無法不面對著日益顯豁的「泛詩歌」對詩性的稀釋、消解。

記得在 90 年代，不少人曾焦慮於社會生活中「詩性的流失、乾涸」，文學報刊雜誌也屢屢附庸風雅、矯揉造作地提醒「人，詩意地棲居」。那麼新世紀以來，「詩性的流失、乾涸」這個命題，還增補了新的複雜性。它有了新的重要特徵，就是「泛詩歌的幽靈化」。

近些年來，似乎有個輿論化的聲音，「詩歌越來越邊緣化」。從某個角度看，我覺得可以這麼說。但是同時要知道，理解「邊緣化」還有另一個角度，就是它的「幽靈化」。作為文體的詩歌，其影響力在減弱，但作為一種審美氣質，「擬詩歌話語」其實已像幽靈般滲透在生活中，過去向內凝重的詩意被稀釋、分解了。

我們看到的是日常生活中「泛詩歌」氣質的瀰漫化。今天，類詩歌語言和審美氣質，已像幽靈般滲透在日常生活中。它們不但頻繁在大大小小的規訓性文本中出沒，更在為資本效忠，特別是廣告（如房地產、時裝、化妝品、飲品、奢侈品等）、短信、電視廣播媒體語言、博客、微博、都市廣場的標語……中被快意地使用。網路的普及，是泛詩歌瀰漫的一件大事，媒介具有難以想像的高傳播性、超強的時效性、無限增容性，種種類詩表述層層疊疊，的確令人瞠目結舌。

媒介話語當然有好處，如所周知，毋庸我多說。作為一個詩人，現在我們似乎應看到它另一方面的性質。看到媒介不只是一個載體，同時它會自動改寫你所載的內容，它會自動暗示你，你的話語模式應是怎樣的，你會自動適應乃至迎合媒介語境的訴求來寫作。就像「格雷欣法則」說的，很多時候好的東西可能會被大量的次的淹沒，劣品吞噬良品。

我們生活在一個媒介高度膨脹的年代，我們注意到，現在的媒介語言已不同於此前的媒介語言。其中明顯的變化之一是，它們變得「泛詩歌」了，更「擬文藝腔」了，更「甜軟」了，更「美」了，更「煽情」化了，所謂體現在語言中的「日常生活審美化」。我們注意到，大眾傳媒中的「泛詩歌話語」，對我們的生活實施了「飽和式裹挾」，似乎「詩性之美」已無所不在。隨手舉出我看到的一個三線城市的一則房地產廣告——「此眺望恬然澄明，請選購萊茵水岸高尚社區，眺望星空，詩意地棲居。」再看一則模仿「朦朧詩」語言的廣告——「明天的明天，你還會送我水晶之戀嗎？」它用如此「唯美」的語言，宣傳的是果凍。

讓我們細辨一下媒介泛詩歌話語內質的蹊蹺所在。隨著時間推移，我們越來越明顯地感到，媒介話語這種甜軟、細膩的「詩性美文」，其客觀功能已不僅僅是在推銷商品，或撫慰人們的感官；它其實同時也會通過一種隱蔽的卻是有效的無所不在的所謂「美」的暗示，來歪曲地定義、混淆我們所面對的，令人困惑、痛苦、失信的荒誕的現實世界。而使真正反思、批判的詩歌精神，走向新一輪的「娛樂—快感」的馴服式文化氛圍。因為無數大大小小的殘酷的現實事件，已一再挑戰我們接受的底線，而這種泛詩歌話語無所不在的「美文」的捆綁、塗改，對我的求真意志構成了新一輪的「侵凌性」！

有敏識的人們已看出，這種泛詩歌話語，其實也是受到權力規訓話語和資本話語所鼓勵、乃至操縱的話語，只不過其間的利益主體被隱匿起來。權力話語、資本話語被狡獪而柔軟地融匯於自然的「審美話語」，即其偽裝以「自然化」形式，在社會中廣泛傳播。所以，在權力／資本也利用或玩弄「美學」的年代，泛詩歌話語會在不期然中將人們帶進一個虛假的「美」的代理世界，而使殘酷、荒謬的生存真相隱而不現。如果現代詩人對此沒有自覺的疏離意識，我們的詩很可能會被這種所謂的「美」窒息。

或許我的上述說法顯得激烈？那麼讓我平和地說，泛詩歌氣質的瀰漫化是一個喜憂參半的現象。一方面說明人們還是需要詩意的，但是它也給今天的先鋒詩人提出一個新的考驗，就是在詩歌被「泛詩歌幽靈化」分解、稀釋的情況下，怎樣繼續提供更深刻銳利的詩與思，擺脫「泛詩歌」氣質對創造力的覆蓋，增加現代詩本身獨特的犀利、真實、摩擦感，以及對人性內蘊、具體歷史語境的揭示效力。

今天，無論是否自覺，嚴肅的中國詩人其實都在拒絕新的獨斷論話語的同時，也夙夜匪懈地警覺著「泛詩歌」對深度詩性的稀釋或消解。

四、不是「美」，而是「活力」

詩歌面臨著新的困境，同時也等於是面臨著新的動力與歷史契機。在這種情況下討論「現代詩的標準」，我以為我們就不能長久徘徊在「美不美」的問題上。在如上具體歷史語境裏，對現代詩來說，更致命的問題肯定已不僅是「美不美」，乃至平均理解力上的「好」。衡估它的標準時，如果汲汲於「美不美」、「好不好」，那麼我們很可能會陷入「泛詩歌」氣質幽靈化的低水準中。如何在泛詩歌氣質覆蓋真正的現代詩精神創造力的情勢下繼續精進，我以為我們首先應將寫作的「有效性」和「活力」考慮進來。詩寫得是否「美」和「好」，長期以來是我們勿需思考只憑習慣就接受的標準；但是，「美」和「好」的作品，今天不一定是有活力的和有效的。

如果按照「泛詩歌氣質幽靈化」的低水準來考察當下中國詩壇，美詩、好詩或許並不太匱乏。我們在眾多詩歌網站、刊物和選本中，會看到如此眾多的「詩」在優雅地展示自己。它們從情調到技藝上都沒有大毛病，美，和諧，一些類聚化的哲理，一點小巧的感悟，矯情，感傷，自我欣賞，自我戲劇化的抒情，一縷輕煙似的自我優越感……還有的是矯揉造作地表演「零度」廢話，或完全掄哪是哪的「奇境」能指亂竄，如此等等，就是它們的基本範式，幾乎要與泛詩歌攪在一鍋黏粥裏。這些詩或許也有其審美「價值」，但它們是缺乏活力的，無效的，所有的「好」詩都浸在溫吞吞的泛詩歌審美氛圍裏，有它不多沒它不少，它們對當下生存、生命、語言幾乎是很少觸及。

面對這樣的「美詩」、「好詩」，我寧可認同一些先鋒詩人寫的與當下歷史情境密切相關的粗糲、真實、有熱情、有活力，也會有閃失的作品。憑我多年的寫作經驗，所謂的「美詩」、「好詩」，在當下中國詩壇的接受語境中，就是那些「無難度」（也就無閃失）的平庸的泛詩歌美文之作。它們是遣興的，遵循既成的吟弄「規範」的，因此，我寧願將其稱為「有標準卻無難度」的泛詩歌幽靈化影響、暗示下的寫作。即使只從感受力上看，他們也完全沒有帶來有新意的感知方式。

在我看來，現代詩寫作的標準，像一條不斷後移的地平線，它不是一個具體的「位址」，也沒有一個超時間、超歷史語境的技藝上的穩定衡估指標。如果我們依賴那種似乎是穩定的標準，我們很可能在另外的意義上被泛詩歌氣氛所「體制化」。

但是，警惕泛詩歌「體制化」，並不等於說現代詩寫作可以信筆胡來。當「優美、浪漫、和諧」等等不再是現代詩的圭臬後，繼續尋求寫作的活力，介入時代生存和生命的有效性，對母語可能性的挖掘，就成為詩人追尋的基本意向。

現代詩的活力，不僅是一個寫作技藝問題，它涉及到詩人對材料的敏識，對求真意志的堅持，對詩歌包容力的自覺。

——有活力的詩，應有能力處理「非詩」材料，盡可能擺脫「素材潔癖」的誘惑，擴大語境的載力，使文本成為時代生活血肉之軀上的活體組織。

——我之所以談到「求真意志」，而不是談「真理」，是因為對詩歌而言，直接處理絕對知識，有可能成為獨斷論的詩性演示。求真，是作為一種「意志」出現的，它保證了詩人與讀者的平等坦率的深度對話、磋商，而不是自詡為真理在握去訓誡讀者。

——詩歌的包容力，是指詩中應有鮮活、複雜而內在的經驗，容留詩人生命體驗中的矛盾因素、逆反因素，使詩歌文本真正於我們的此在生命中紮下根。我認為，像這樣能與我們的生存發生本真關聯的現代詩，才是「有效」的。

米沃什曾寫過這樣的詩句：「我的過去是一隻蝴蝶愚蠢地跨海航行／我的未來是一座花園，廚子在裏面割開公雞的喉嚨」（《沒有意義的交談》）。這是詩人對某種無效寫作的省思：一隻蝴蝶擁有的只是輕盈和美質，它感動於大海的遼闊，卻不知踏上的是一條力不勝任的旅途；而花園是鮮潤美麗的，卻傳出了公雞被剖開喉嚨的撲騰聲。這就是詩歌只會捕捉幻美之境，和只會空泛地呼喚「曙光」，而缺乏對生存和生命的深切洞識所帶來的「天鵝絨般自縊」的後果。

蝴蝶和公雞本身也許沒有錯，但它們卻在錯誤的時間來到了不適當的地點。在不期然中，不期然中成為淡化批判力度和價值關懷的幫閒者。米沃什後來在《可憐的詩人》中又如此寫道：「現在，歲月已改變了我的血液／成千上萬的星系在我的肉體內已出生過和死亡／我坐著，一個狡黠而憤怒的詩人／用不潔的斜視的眼神／掂量著手中的這支筆」。今天的詩人，就是這樣的「一個人」：生存見證的迫切性與寫作技藝的迫切性，二者已經不能割裂考察；吹號天使的單純，變為生存追問者的「狡黠」；比德意義上的直接和「純潔」，變為反諷的「不潔」與「斜視」。寫作和閱讀的前提，不再是不言自明的，而是需要重新「掂量」的。

在今天，把一首詩寫成平均理解力的「美」與「好」，並不困難。把一首詩寫得有時代生存和個體生命的活力，才具有真正的難度。如果詩歌只是一種唯美的遣興，一種自我撫慰的話語迷醉術，那麼詩歌史上已有足夠多的作品可以滿足這個需要。我們之所以在今天繼續寫作，就是因為泛詩歌氣質意義上的「唯美」和「迷醉」，已不再是衡估詩歌成色的可靠標準。活力，是從寫作發生學，題材和技藝，以及接受效果史的綜合效應提出的要求。我以為，對活力和有效性的追尋，是「先鋒詩」之「先鋒」的依據和理由。今天，一些中國詩人正在努力，以求能使我們的詩歌，揭示生存，回應歷史，體驗生命更內在而真切的悸動，他們擴大、偏移了孱弱陳腐的惟「美」之馬首是瞻的狹隘理念。

五、個人化歷史想像力

我們生活在媒介高度膨脹，溝通便利的時代；但是奇怪地，我們同時又是生活在一個內心封閉，彼此客氣而隔絕的「陌生人社會」，個體原子化社會。對今天的詩人來說，除過上述提到的應該警惕泛詩歌語言日漸輕柔化、狹窄化的捆綁外，我以為，我們還需要重新考慮如何使我們的詩，能在公共空間和個人生活空間自由地、縱深地穿逐。過去，我們的詩歌過度強調社會性、歷史性，最後壓垮了個人空間，這肯定不好。但近年來又有一味自戀於私人化敘述中的「我」的巨大趨勢，這同樣減縮了詩歌的能量，使詩歌沒有了視野，沒有文化創造力，甚至還影響到它的語言想像力、摩擦力、推進力的強度。

多年來，我一直在命名、論述所謂「個人化歷史想像力」，就是想消解這個二元對立，綜合處理個人和時代生存的關係。我不是提倡宏觀、籠統地處理時代生存，而是希望能緊緊抓住個人生活觀感的某些瞬間（包括斷裂之點）閃進歷史，以一個小吟述點，自然而然（化若無痕）地拎出更博大的生存情境。須知，個人經驗應該不等於封閉的、現成的、自明的東西，我們讀了不少詩，詩人們都想標榜「個我」，但我感到他們這個「我」，寫來寫去還是類型化的平均數，雞零狗碎卻雷同的「私人化」，一種由不同的個人所表達的集體欲望的陳詞濫調，很諷刺。而且我以為，玩命地歌頌自己那點欲望，和歌頌權力、歌頌資本，也是五十步笑百步。我承認現實不可在語言中「還原」，但不等於詩人要自我剝奪詩歌的「現實感」。有效的詩歌，應在對個體經驗紋理的剖露中，表現出一種在偶然的、細節的、敘述性段落，和某種整體的、有機的、歷史性引申之間構成的雙重視野。所謂舉重若輕，是深思熟慮之輕，不是輕淺、輕佻之輕。

對詩歌而言，所謂「公共空間」絕不應是以前灌輸的遠離我們的想像性概念，而是我們個人就在其中。比如，我看到某些優秀的詩人浸入個人生活敘述，但他們並沒有迴避歷史語境。可以這樣說，他們也成功地寫出了歷史的真實，卻是通過個人視野去描敘在「歷史褶皺」中，那些為人們所忽視的細密的瑣事逸聞來實現的。如何在所謂「個人話語」和「公共話語」間找到平衡，使詩同時飽含著具體歷史語境和個體經驗的張力，構築寬大而又具體真切的視野，對中國先鋒詩人還是一個考驗。

如果詩人們腦子一熱，又回到「宏大抒情」肯定不是我願意看到的；正像我同樣不願意看到，現在詩人們腦子一熱結夥「私人寫作」。被稱為「後現代」的詩人博斯凱說的特別對我胃口，他說，作為詩人個體無疑要追求有分量的「一」，但不要忘了——「成為一，是自知責任重大」。

六、用具體超越具體

我注意到，新世紀以來，有一些現代詩人為反對泛詩歌氣質的、小資化的唯美遣興，尋求詩歌真正觸及現實生存的活力，而把詩歌寫得更為「具體」了。這種創作理念已形成持續的「動力系統」，到現在依然在發生作用。不僅表現在那些親乎情、切於事的詩中，即使是諸多智性詩，個人情感經驗的抒情詩，另類式的鋒利的解構詩……等等詩歌類型，也已很少籠統的抒情，和無限度的想像力漫溢，而是尋求一種更具體真切的表意。

當下中國現代詩的重要向度之一，在我看來已經進入了一個「具體化」的寫作時段。以「時段」名之，首先意味著它不是個別詩人的或局部性的特徵，而是帶有總體意向的遷徙；其次也意味著它很可能要持續一段較長的時間。上世紀 80、90 年代以來，詩歌話語的隱喻、暗示、形而上的寫作模式的能量，或許已被過度開採，詩人選擇新的路徑，體現了不同時代的藝術在其自身的歷史演進中，所採取的不同的輪換方式。

我們在大量的詩裏，看到了程度不同的「事實性成分」、「本真的具體細節」，它們不是抒情的蒸汽，而像是固體，無法稀釋、消解，讓人看得見，摸得著，可以捺入讀者的經驗、情感。有些詩是對「本事」的提煉、揭示，有些則是虛構的帶有熔點性的寓言化生存情境。某些能夠直指人心的詩歌，是經由詩人們纖敏、尖厲而幾乎無所顧忌的詩的眼睛發現、提煉出來的，它們本身也含有著詩歌的難度和趣味。「難度」，不在表面的修辭效果和「奇境」式的想像力，而在面對具體生存細節時，詩人既精確又陡峭的表現角度，和精心錘煉語言卻又能表現出的貌似「隨興」般的親切、自由風度。

從警惕對泛詩歌氣質的依賴這個特定角度說，我認同這種「具體」。但是，需要細加分辨的是，反對泛詩歌依賴，永遠不等於放棄詩歌本身的魔力。因此，新世紀以來我一直強調，我們還要注意「用具體超越具體」。詩歌源於個體生命的經驗，經驗具有一定的敘述成分，它是具體的。但是，僅僅意識到具體還是不夠使喚的，沒有真切的經驗不行，但再好的經驗細節也不會自動等於藝術的詩歌。一旦進入寫作，我們的心智和感官應馬上醒來，審視這經驗，將之置於想像力的智慧和自足的話語形式的光照之下。「用具體超越具體」，其運思圖式或許是這樣的：具體——抽象——「新的具體」。

有魅力的詩歌既需要準確，但也需要精敏的想像力；語言的箭矢在觸及靶心之後，應能有進一步延伸的能力。所謂的詩性，就存在於這種高電荷的想像力的雙重延伸之中。我很會心於一個詩論家在談到菲立浦・拉金（Philip Larkin）時說過的一句比喻式的話，大意是，拉金那些最成功的表達本真日常經驗的詩歌，有百分之八十的可目擊性，其餘還有我們的目光和語義不能透入，但可以更深打動我們的「幽暗成分」。我以為，無論什麼類型的詩歌，不僅要呈於象、感於目、達於情，最好還能會於靈（「靈韻」），這就需要詩人自我提醒，為寫作中自然地出現的那些「陌生的投胎者」留出一定的空間。要知道，生活的力量不等同於語言的力量，語言的力量也不等同於生活的力量，好的詩歌就是要如鹽溶水地同時發揮二者的力量，缺一不可。

「用具體超越具體」，不是到達抽象，而是保留了「具體」經驗的鮮潤感、直接性，又進入到更有意味的「詩與思」的忻合無間的想像力狀態。這裏的「超越」，不再指向空洞的玄思，而是可觸摸的此在生命、靈魂和歷史生存的感悟。出而不離，入而不合是也。

我已經看到並會繼續看到「用具體超越具體」的想像力方式，在先鋒詩歌中的「勝場」。它們不是單維線性的通向「昇華」，也不是膠滯於具象性，而像是一個錐體的旋轉。它達到的是既具有本真體驗甚至是「目擊感」，同時又有巨大的精神命名勢能的語言想像力世界。詩人們自覺意識到，「具體」很重要，但「具體」的質地更重要。今天，我們不但要有能力迴避空泛無謂的「形而上」，也要有勇氣藐視那種爬行於「還原日常生活」——一種新的權勢話語。

七、探尋本土經驗的「裝載單」

長期以來，中國現、當代文學最富於生氣的部分，與西方現代文學的影響分不開（其實何止是在中國？我想在座的亞洲不同國家的詩人們也有同感）。曾有較長時期，在不少中國詩人、作家意識裏，西方文學的價值衡估標準，就代表普世性的價值標準，西方文學經驗就是「世界性」經驗，詩歌當然也不例外。我完全承認，中國文學曾受益於這種意識，特別體現在五四前後和「80 年代」文學，對個體主體性的高揚，對現代性表意策略的自覺上。

但是，問題還有另一面，今天更值得注意。太過漫長的歷史時間，也使上述意識帶來的問題愈來愈明顯，日漸迫人反思。我以為，如果說在以前，這種意識主要是具有陌生文化推進力和創造啟發性的話，那麼在今天，若還對它持久地整體性依賴，就帶有明顯的保守性了。許多成熟的中國詩人、作家已較為自覺地意識到，一個民族的文學，不應長久處於「仿寫」狀態。在很多時候，將西方文學價值作為「標準器」來急切趨奉，已經內化到了對當下中國文學作品的具體評價。似乎一首詩、一部小說所以寫得好，就是它像西方現代文學的「東方亞種」；某些人物的情感經驗和典型有「深度」，就是在精神上更接近一個西方人。

今天，一些詩人、作家在追問：是否西方的文學理念拿來就正好詮釋中國的情感經驗？是否中國人一個多世紀的甘苦，西方的「藥方」和話語「裝載單」就真正合用？追隨西方中心價值確立的「東方主義」想像模式，全部的傳統文化，是否在相當大的程度上被整體主義地當成了一個只是容納「落後」、「罪孽」、「偽善」、「壓抑」、「扭曲」、「怪誕」的泥淖？似乎與它「斷裂」得越徹底，就越有光明的未來？是否我們對一個產生過屈原、李白、杜甫、曹雪芹……的文學傳統，有過度的傷感和自卑？如此等等，都是我們今天應該縱深追問，並試圖挖掘出屬於自己的答覆的。正像林毓生先生在《中國傳統的創造性轉化》所表述的，我們不能簡單地把全部傳統文化看做一個整合的完全的有機體，要麼完全推倒，要麼全盤接受；其實，一些傳統思想與藝術的價值，雖然因原有文化架構之解體而成為游離分子，但這些游離分子中，並不缺乏可以進行現代性的創造性轉化（creative transformation），和從內部進行自我更新的可能性活力。

當下有效的中國詩人、作家，一方面肯定反對粗陋的「排外主義」，另一方面也在警惕著全球化帶來的新一輪的，似乎更隱蔽卻又不容分說的「西方中心」、「白人中心」。至少那種非常西方化的文學標準，不再能不加反思地制導著中國當代詩歌、小說的價值解釋權。而如果無邊地縱容單邊解釋權的僭妄性濫用，人們會將對所謂「真正藝術品」的細讀和價值衡估，主要留給「類西方詩歌」，我們會在不期然中認同某種單一的「審美正確」，單一的「文化闡釋特權」。

我以為，當下中國詩人、作家們對所謂「現代性」的追尋，已自覺而清晰地開始偏移、擺脫著對西方「標準器」的簡單認同／仿寫，而進入對本土經驗的深入體驗、挖掘與創造性想像中。為行文簡捷，我想以一個「隱喻」來說明這種變化。我的老朋友作家鐵凝，近年發表了一部長篇小說《笨花》。作為常有交流的朋友，我理解她命意精審之所在。為什麼取名「笨花」？在題記中，鐵凝說「笨花、洋花都是棉花。笨花產自本土，洋花由域外傳來。

有個村子叫笨花……」這個書名意味深長，作為隱喻，它恰當地暗示了本土的精神內蘊和東方藝術的勁道，讓人產生許多聯想共鳴。

「笨花」，無疑是一個後設的對舉名詞，它相對於「洋花」而出現，笨花的隱喻是被洋花「催生」出來的。當「洋花」在咸豐十年（1860）傳到中國來的時候，正值鴉片戰爭時期。可以說伴隨著西方對中國的侵入，在帶來現代性事物的同時，文化歧視、文化塗擦、文化制導也同步開始了，中國面臨著一種全新的與西方「他者」相伴而生、與「他者」共舞的存在境況。就文化隱喻而言，笨花人不會排斥種「洋花」，但更不能忘記種「笨花」，「遺棄笨花，就像忘了自己的祖宗」。可見，作為文化隱喻，「笨」字就是一種對種族歷史文化精神存在之根的堅守、奮爭、發展。

對民族精神、對民族文化、對民族審美性格的堅守和發展，同樣是當下中國詩歌所體現出的基本格調之一。這裏的「笨」，絕不是沉滯和魯鈍，而是現代性經由傳統文化所吸收轉化、自我更新後，帶來的言說有根的沉實與厚重。「花」者，也不是仿寫意義上的現代修辭炫技，而是人的生命和精神，因生發於自己腳下的土地，帶來的鮮潤生機感。置身於當下具體歷史語境中的敏感的中國讀者，在大量的詩歌、小說裏，感到這些「語言之花」與我們的生命、存在是融為一體的。從這些作品中能強烈地感到詩人、作家們對本真的中國經驗、中國形象，對民族文化價值觀、民族道德譜系、民間日常生活的深刻理解，和真誠地深度惦念的感情，他們在探尋屬於本土經驗的話語「裝載單」。許多中國詩人、作家，其作品的語境都自覺或不期然中關涉到了「全球化」與「現代性」問題，閱讀他們的作品，我時常會感到詩人、作家們在中外文化碰撞和對話的寫作語境中，所完成的對自己所屬的「中國情感經驗」、中國話語場閾的深入辨認和挖掘，對紮根於本土的人民、歷史、文化和文學系譜的自覺承繼和創造性的「變構」。

剛才說過，在文化上，我們反對盲目鼓吹民族主義，學習外國文化肯定是必要和必須的。這是前提。只不過在今天，我們面對這個問題時，還應該加入更新、更複雜的視野，加入更自覺的反思、追問、磋商和周旋。這樣做只會使我們已有的精神結構變得更豐富、開闊和自由。如果「全球化」一定要催促或教導詩人、作家一些什麼，我認為，其中肯定應該包括更深入地追尋民族文化及審美精神之根，以實現不同文化間的「差異性對話」，以漢語特殊的勁道，寫出真正有魅力的中國現代詩歌。執著於此，並不會縮小我們的精神視域，相反，正是現代意義上的鮮明的文化「地氣」或本土的審美創造活力，才使我們的文學兼備了「世界性」的眼光和價值。

詩歌是人的生存和生命體驗，在語言中的瞬間展開。揭示生存，眷念生命，流連光景，閃耀性情，是不同時代和種族的詩人們，所共同具有的基本姿勢和聲音。雖然詩歌中的情感內涵和修辭方式會有變動不居的特點，但說到底，撬動詩歌的阿基米德點還是有著相對的類似性。詩人朋友們，在令人迷醉的 2011 年亞洲詩歌節上，我們已經看到不同國家民族的詩人們，在彼此吟述著「相互補充」的生命情感體驗，並邀約「地球村」中更多的人分享和同駐詩意光陰。

人們永遠需要這種真實而深刻的聲音，充滿熱情和活力的聲音，富於生存啟示和命名力量的直抵心靈的聲音，令人興奮而迷醉的聲音。在這個充滿權力、戰火、科技圖騰、商品化、自然生態失衡的世界上，是詩，使人類的語言生活獲得了彌足珍貴的深刻、澄明、自由、安慰和超越。——只要人類存在，「詩意」就不會終結。我們領受了詩的賜福，被詩人們純正的靈魂和豐盈的才智所照亮。能將自己的心靈體驗和其他國家的同行進行交流，使我們中國詩人感到幸福。

謝謝大家！

2011 年 8 月 16 日—9 月 6 日，北京—首爾

新銳文叢27　PG0912

新銳文創
INDEPENDENT & UNIQUE

精神重力與個人詞源
——中國先鋒詩歌論

作　　者　陳　超
責任編輯　劉　璞
圖文排版　郭雅雯
封面設計　王嵩賀

出版策劃　新銳文創
發 行 人　宋政坤
法律顧問　毛國樑　律師
製作發行　秀威資訊科技股份有限公司
114 台北市內湖區瑞光路76巷65號1樓
電話：+886-2-2796-3638　傳真：+886-2-2796-1377
服務信箱：service@showwe.com.tw
http://www.showwe.com.tw
郵政劃撥　19563868　戶名：秀威資訊科技股份有限公司
展售門市　國家書店【松江門市】
104 台北市中山區松江路209號1樓
電話：+886-2-2518-0207　傳真：+886-2-2518-0778
網路訂購　秀威網路書店：http://www.bodbooks.com.tw
國家網路書店：http://www.govbooks.com.tw

出版日期　2013年1月　BOD一版
定　　價　510元

Printed in Taiwan

國家圖書館出版品預行編目

精神重力與個人詞源：中國先鋒詩歌論 / 陳超著. -- 一版.
-- 臺北市：新鋭文創, 2013. 01
面； 公分. -- (新鋭文叢27；PG0912)
ISBN 978-986-5915-52-0 (平裝)

1. 新詩　2. 詩評

820.9108　　101027845

讀者回函卡

感謝您購買本書，為提升服務品質，請填妥以下資料，將讀者回函卡直接寄回或傳真本公司，收到您的寶貴意見後，我們會收藏記錄及檢討，謝謝！

如您需要了解本公司最新出版書目、購書優惠或企劃活動，歡迎您上網查詢或下載相關資料：http:// www.showwe.com.tw

您購買的書名：________________________________

出生日期：__________年__________月__________日

學歷：□高中（含）以下　□大專　□研究所（含）以上

職業：□製造業　□金融業　□資訊業　□軍警　□傳播業　□自由業

□服務業　□公務員　□教職　□學生　□家管　□其它_____

購書地點：□網路書店　□實體書店　□書展　□郵購　□贈閱　□其他

您從何得知本書的消息？

□網路書店　□實體書店　□網路搜尋　□電子報　□書訊　□雜誌

□傳播媒體　□親友推薦　□網站推薦　□部落格　□其他__________

您對本書的評價：（請填代號　1.非常滿意　2.滿意　3.尚可　4.再改進）

封面設計____　版面編排____　內容____　文／譯筆____　價格____

讀完書後您覺得：

□很有收穫　□有收穫　□收穫不多　□沒收穫

對我們的建議：________________________________

____

____

____

請貼
郵票

11466
台北市內湖區瑞光路 76 巷 65 號 1 樓
秀威資訊科技股份有限公司 收
BOD 數位出版事業部

（請沿線對折寄回，謝謝！）

姓　　名：＿＿＿＿＿＿＿＿　年齡：＿＿＿＿　性別：□女　□男

郵遞區號：□□□□□

地　　址：＿＿＿＿＿＿＿＿＿＿＿＿＿＿＿＿

聯絡電話：（日）＿＿＿＿＿＿＿＿（夜）＿＿＿＿＿＿＿＿

E-mail：＿＿＿＿＿＿＿＿＿＿＿＿＿＿＿＿